NÃO É COMO NOS FILMES

NÃO É COMO NOS FILMES

LYNN PAINTER

Tradução de Alessandra Esteche

intrínseca

Copyright © 2024 by Simon & Schuster, LLC
Copyright da tradução © 2024 by Editora Intrínseca Ltda.
Publicado mediante acordo com Simon & Schuster Books for Young Readers, um selo de Simon & Schuster Children's Publishing Division, Nova York, NY.
Todos os direitos reservados. Nenhuma parte desta publicação pode ser reproduzida ou transmitida, em nenhuma forma ou meio, eletrônico ou mecânico, incluindo fotocópia, gravação, armazenamento de dados ou sistema de recuperação, sem a permissão por escrito da Editora Intrínseca Ltda.

TÍTULO ORIGINAL
Nothing Like the Movies

PREPARAÇÃO
Ilana Goldfeld

DIAGRAMAÇÃO
Ilustrarte Design e Produção Editorial

IMAGENS DE MIOLO E ARTE DE CAPA
© 2024 by Liz Casal

DESIGN DE CAPA
Sarah Creech, baseado no design de Heather Palisi

CIP-BRASIL. CATALOGAÇÃO NA PUBLICAÇÃO
SINDICATO NACIONAL DOS EDITORES DE LIVROS, RJ

P163n

    Painter, Lynn
    Não é como nos filmes / Lynn Painter ; tradução Alessandra Esteche. - 1. ed. - Rio de Janeiro : Intrínseca, 2024.
    416 p. ; 21 cm.

    Tradução de: Nothing like the movies
    Sequência de: Melhor do que nos filmes
    ISBN 978-85-510-1415-8

    1. Romance americano. I. Esteche, Alessandra. II. Título.

24-93647
                                    CDD: 813
                                    CDU: 83-31(73)

Gabriela Faray Ferreira Lopes - Bibliotecária - CRB-7/6643

[2024]
Todos os direitos desta edição reservados à
EDITORA INTRÍNSECA LTDA.
Av. das Américas, 500, bloco 12, sala 303
22640-904 – Barra da Tijuca
Rio de Janeiro – RJ
Tel./Fax: (21) 3206-7400
www.intrinseca.com.br

Para quem ama o amor do Wes e da Liz:
este livro só existe por sua causa, e sou
eternamente grata por isso.

PRÓLOGO

VÉSPERA DE ANO-NOVO

"Se meu eu de quinze anos me visse agora, ele me daria um soco."

— *O plano imperfeito*

Wes

— Nossa, está *lotado*.

— Cara, eu avisei — anunciou Adam, colocando um chiclete na boca e abrindo um sorriso arrogante.

Entramos na festa. De algum lugar, uma caixa de som ressoava bem estridente, e as pessoas conversavam *ainda mais alto* que a música.

Subi a escada atrás de Adam e Noah e fomos para a sala, onde todo mundo que eu conhecia da escola parecia estar. *Droga.* Tinha gente em cada canto — nos sofás, em pé —, e na mesma hora eu me arrependi de ter saído de casa.

— Bennett! — exclamou Alex, que veio correndo do outro lado da sala para me abraçar.

— Feliz Ano-Novo, Benedetti — falei, engolindo em seco e retribuindo o abraço.

— Como você está? — perguntou ela.

Detestei o jeito como a garota sorriu ao me soltar. Era um daqueles gestos cheios de pena, como se estivesse perguntando como eu estava lidando com o fato de minha vida ter virado de cabeça para baixo.

— Bem.

Eu estava dividido entre ficar feliz por meus amigos estarem de volta da faculdade — *nem acredito que tenho vida social de novo* — e meio que odiar ter que ser sociável. Porque, por mais legais que eles fossem, dava para ver que sentiam pena de mim. Por causa do meu pai, por eu ter desistido da faculdade, por eu não jogar mais beisebol.

Eu era digno de muita pena.

Desde que Noah e Adam voltaram, eu negava os convites para sair. Mas por algum motivo ser véspera de Ano-Novo me fez ceder. Pelo jeito, as festas tinham me deixado abalado, mas agora eu estava arrependido.

Porque nada parecia igual.

Quando estive com aquelas pessoas na última vez, todos tínhamos grandes planos para o futuro.

E... bem, *eles* ainda tinham.

Eu, por outro lado, tinha perdido o rumo.

Quando meu pai morreu (duas semanas depois da minha mudança para a Universidade da Califórnia), voltei para ir ao velório e nunca mais botei os pés na faculdade. Decidi abandonar os estudos e o que o futuro me reservava. *Como se eu tivesse escolha...* Agora que já haviam se passado alguns meses, eu estava trabalhando em período integral num mercado e era motorista de aplicativo nas horas vagas. A vida era *ótima*.

—Vamos... Michael está jogando Aposto na cozinha — chamou Noah, apontando. — Aqui está muito barulhento.

Aposto, o novo passatempo favorito das festas, consistia basicamente em desafios valendo dinheiro. Uns caras com quem eu trabalhava tinham inventado o jogo, e quando contei a Adam e Noah, ambos ficaram fissurados nele.

Acompanhei os dois até a cozinha, parando para pegar uma bebida antes de me sentar.

— Até que enfim, Bennett — disse Michael, na outra ponta da mesa, com a voz tão arrastada que eu sabia que já estava bêbado. — Você parece um eremita! Todo mundo está de volta! Estamos de férias!

Cerrei os dentes ao ouvir os primeiros acordes de uma música do álbum *Fearless*. É *óbvio* que *aquela* música tocaria. "Breathe". Muito apropriado para a situação em que minha vida se encontrava.

— Eu ando ocupado — respondi, pegando o copo e virando tudo.

Eu não *queria* ficar bêbado, mas também não estava exatamente *evitando* que isso acontecesse. Tínhamos bebido um pouco na casa do Noah com o irmão dele, então já havia queimado a largada.

— Aposto cinco dólares que Bennett não acerta daqui — provocou Noah, empurrando uma lata vazia na minha direção e apontando para a pia da cozinha.

— Topo.

Joguei a lata, que bateu na bancada e caiu no chão.

— Você é muito ruim — disse ele.

Tirei uma nota de cinco dólares do bolso e coloquei na frente dele.

— Mas sou melhor que você.

— Joss acabou de chegar — comentou Noah, lendo uma mensagem. — Com meu sanduíche de frango. Isso!

— Aposto o sanduíche de frango que vo...

Parei de falar quando a vi.

Ela. Estava. Ali.

Droga.

Libby estava na sala de estar.

Eu consegui evitá-la por duas semanas desde que ela tinha voltado para passar as férias em casa, mas agora estávamos na mesma festa.

Na véspera de Ano-Novo.

Está de brincadeira, universo? Eu recusei o convite de três festas diferentes naquela noite, festas em que achei que ela pudesse aparecer, mas imaginei que estaria seguro ali.

Não sei ao certo se tudo ficou silencioso, barulhento, borrado ou nítido demais, só que senti o universo mudar enquanto eu olhava para Liz, tudo se desfazendo em pinceladas impressionistas e cores difusas. Ela estava falando com Joss, sorrindo, e o vazio que eu senti ao vê-la, uma dor aguda, tornou difícil respirar.

Eu não a via pessoalmente desde o dia do velório do meu pai. Ficamos algumas semanas namorando a distância, mas eu terminei tudo.

Não tive escolha.

I can't breathe without you, but I have to...

Meus dedos coçavam, querendo tocá-la, ir até ela, pegar sua mão e trazê-la para perto para que pudéssemos rir das apostas e convencer alguém a fazer algo idiota.

Mas Liz não era mais minha namorada.

De repente as várias lembranças com ela — sorrindo para mim, em meus braços no meu quarto na faculdade — rodopiam e se chocam com meus pulmões, me deixando sem fôlego, parecendo uma bola lançada a cento e cinquenta quilômetros por hora.

Ela estava com um suéter preto larguinho e macio, a parte da frente dentro da saia xadrez. Estava linda, de meia-calça preta e com uma bota bonita, mas meus olhos focaram como lasers no ombro bronzeado e no pedacinho de tatuagem que a blusa deixava à mostra.

Como se clamasse por mim.

Porque eu conhecia aquela tatuagem melhor que a minha, provavelmente porque nunca só *olhava* para a dela. Eu *explorava*, traçava com os dedos, beijava, estudava aquela latitude tatuada como se o corpo dela fosse meu mapa e aquelas coordenadas fossem meu norte.

You're the only thing I know like the back of my hand...

Droga.

— Aposto três dólares que você não consegue adivinhar a carta — desafiei Adam, pegando o baralho que estava no meio da mesa da cozinha para tentar me distrair.

Eu tinha certeza de que não conseguiria lidar com as lembranças; elas iam acabar comigo se eu continuasse olhando para Liz.

E quase pior que isso eram as perguntas, que pareciam nunca me abandonar quando eu pensava nela.

Será que ela ainda vai ler na praia? Será que ela foi na nossa hamburgueria desde que eu vim embora? Que músicas ela acrescentou à trilha sonora do primeiro ano de faculdade?

Eu não me permitia nem pensar na possibilidade de ela estar saindo com alguém.

Era melhor não saber.

Excluí minhas redes sociais quando decidi abandonar a faculdade, em parte porque sabia que passaria o resto da vida stalkeando Liz e também porque... o que eu ia postar? Meus amigos compartilhavam fotos de festas da faculdade e diziam que estavam estudando para as provas, então seria muito legal se eu também compartilhasse um pouco da minha vida, certo?

Hoje trabalhando no mercado aprendi a consertar o compressor do forno industrial. Está funcionando que é uma beleza. #Gratidão.

— Topo. É uma rainha — disse Adam, sorrindo para mim feito um imbecil.

Virei o valete.

— Errou feio, parceiro.

— Queremos jogar — interveio Joss, entrando na cozinha e sentando na cadeira vazia entre Adam e Noah, deixando uma embalagem de fast-food na mesa.

Adam atirou três dólares em mim.

— Eu amo você e esse sanduíche! — exclamou Noah, abrindo o pacote. — Amo tanto.

Senti meu corpo entrar em estado de alerta, zumbindo, consciente de que Liz estaria logo atrás da Joss. Mantive os olhos fixos nas cartas.

— Beleza, Jo... — disse Adam. — Aposto cinco dólares que você não consegue dizer o juramento à bandeira dos Estados Unidos de trás para a frente.

Ela começou em meio a risadas e provocações, mas eu não consegui ouvir nada com aquele zumbido em meus ouvidos, sentindo Liz ocupar a cadeira que estava livre do outro lado do Adam. O cabelo ruivo e as notas do perfume Chanel n. 5 tomaram conta da minha atmosfera, a mistura que eu inspirava e que entrava pelos meus poros. Eu me recusei a me virar para ela — *não posso fazer isso* —, mas meu rosto queimou quando senti seus olhos em mim.

Droga, droga, droga. Comecei a embaralhar as cartas enquanto Joss continuava na sua missão.

— Gostei da barba, Bennett — sussurrou Liz, sua voz mergulhando em meu fluxo sanguíneo, bombeando para todas as partes do corpo.

Respirei fundo e fui obrigado a olhar para ela.

Quer dizer, não tinha como ignorá-la.

Desviei a atenção das cartas, e quando ela sorriu, tudo dentro de mim se acalmou.

Porque era tudo igual.

Era o mesmo sorriso que me deixava de pernas bambas, o sorriso da primeira vez que ela disse que me amava, no estacionamento do abrigo de animais em Ogallala, Nebraska. Lábios vermelhos, olhos verdes reluzentes, bochechas cor-de-rosa...

Nossa, ela não me odeia.

Engoli em seco e não soube o que fazer com as várias perguntas que surgiram em minha mente.

Por que ela não me odiava? Caramba, ela estava chorando quando nos falamos pela última vez.

Ela deveria me odiar.

O que eu faço agora?

Só me dei conta de que estávamos parados nos encarando quando Noah disse:

— Fala sério, gente, arranja um quarto. Aposto vinte dólares que Liz e Wes não vão se beijar.

Um clima estranho atingiu a cozinha como o estalar de um tapa, como se o som ecoasse sem que ninguém soubesse ao certo como reagir. Antes mesmo que eu pudesse processar aquilo e encontrar um jeito de desconversar, Liz ergueu o queixo e respondeu:

— Topo.

Se eu estivesse em pé, tenho quase certeza de que teria caído para trás, a força daquela palavra de quatro letras atingindo meu peito como um soco. Quando olhei para seus lábios com batom vermelho-retrô, sorrindo e me desafiando a beijá-la, eu só ouvia meu coração disparado, ressoando como um bumbo em meu crânio.

Cerrei os dentes, minha mente acelerando, porque eu nunca quis tanto alguma coisa na vida. Quis puxá-la para perto e me perder em seu beijo, no calor que eu não sentia desde o dia em que ela acenou para mim antes de entrar na área de embarque para o voo de volta a Los Angeles.

Mas, se a beijasse... eu sabia que voltaríamos a ficar juntos. Eu não era forte o bastante para abrir mão dela mais uma vez, mesmo se fosse melhor para Liz ficarmos separados.

Era *mesmo* o melhor para ela.

Então engoli em seco, empurrei a cadeira e fiquei de pé, fitando seus olhos verde-esmeralda.

— De jeito nenhum — falei, um pouco chocado com meu tom insensível, embora todas as células do meu corpo estivessem se afogando em emoções.

Saí da cozinha, sem o mínimo interesse no que Noah gritou conforme eu me afastava ("Por que você é tão babaca?") ou na bronca que eu certamente levaria da Joss na próxima vez que nos encontrássemos.

Eles que se danem, pensei, indo em direção à porta dos fundos. Eu precisava sair daquele lugar.

Mas eu também sabia muito bem, sentado sozinho na varanda daquela casa à meia-noite, olhando fixamente para a ponta alaranjada de um charuto, ouvindo todos lá dentro gritarem "Feliz Ano-Novo", que eu jamais me perdoaria pela expressão no rosto dela ao ouvir minhas palavras.

CAPÍTULO UM

DOIS ANOS DEPOIS

"Odeio tanto você que isso me deixa doente."

— *10 coisas que eu odeio em você*

Wes

Desliguei o despertador às seis da manhã e sentei no escuro. Então me levantei e comecei a me vestir.

— Babaca sádico — resmungou AJ, meu colega de quarto, e virou para o outro lado na cama.

Tínhamos jogado na mesma liga de verão no Canadá e nos hospedado na casa da mesma família, então, embora aquele fosse o primeiro dia de aula do trimestre do outono, a sensação era de que fazia anos que morávamos juntos. Eu sabia que ele ia dormir até que faltassem cinco minutos para sairmos para a musculação, mas eu queria estar bem desperto e preparado para dar tudo de mim quando chegássemos ao complexo esportivo Acosta dali a algumas horas.

Ajeitei meus fones de ouvido e coloquei "Trouble's Coming", do Royal Blood, para tocar no último volume. Desci a colina, passando por dormitórios dos quais eu ainda nem sabia o nome. Desde a mudança, eu corria todas as manhãs, e tinha alguma coisa nas primeiras horas do dia no campus, antes que ele ganhasse vida, que eu amava. Ver o sol nascer, ouvir os pássaros (entre uma música e outra), passar pelas árvores verdes que por algum motivo pareciam *diferentes* das árvores da minha cidade natal... eu estava apaixonado pela Califórnia.

Eu estava apaixonado pela Universidade da Califórnia, para ser mais exato.

E, para ser sincero, minha paixão tinha mais a ver com o fato de ali ser o palco da minha segunda chance do que com o lugar em si. Sim, a vista era linda, mas o mais importante era que meus sonhos iam se realizar.

Reduzi o ritmo para deixar um patinete elétrico passar, toda essa bobagem sentimental mexendo comigo. Porque eu estava fascinado com as possibilidades que aquele lugar poderia me proporcionar. O potencial para o beisebol (tanto universitário quanto, cruzando os dedos, profissional, na Major League Baseball), o potencial acadêmico, o *outro* potencial. Aquele lugar no mapa, Los Angeles, era como o ponto de partida da minha vida inteira.

Passei por um homem lavando uma lixeira com uma mangueira e meio que senti vontade de começar a cantar, de tão emocionado que estava.

Em vez disso, cumprimentei-o com um aceno de cabeça e continuei correndo.

Bom dia, cara!

AJ podia até considerar loucura correr tão cedo todos os dias, mas ele não passava de um bebezão, um garoto de dezoito anos que mal teve tempo de tirar a coroa de rei do baile antes do primeiro dia na faculdade.

Eu, por outro lado, era um calouro de vinte anos com muito a provar.

Porque, dois anos atrás, eu tinha tudo.

E perdi tudo.

Então, já que eu havia recebido uma segunda chance para conquistar tudo aquilo de volta, pode apostar que eu não ia fazer corpo mole.

De jeito algum! Eu ia agarrar essa oportunidade com vontade, com mãos firmes, e nunca mais largar.

Eu ia aproveitar a vida, mergulhar de cabeça em cada momento, porque sabia por experiência própria que tudo podia ser passageiro. Para falar a verdade, eu estava até eufórico com o primeiro dia de aula. Tipo, eu não ia dizer nenhuma baboseira como "hoje é o primeiro dia do resto da minha vida" (parece muito com o mantra "foco, força e fé", né?), mas era meio isso o que eu sentia.

E estava *preparado*.

Corri cinco quilômetros, tomei um banho e comi um burrito de café da manhã com AJ no refeitório do prédio Ackerman, antes de irmos até o complexo esportivo do campus, o Acosta, de patinete elétrico.

Eu adorava os patinetes elétricos que podíamos alugar no campus.

Como não levei o carro para a faculdade e não tinha bicicleta, os patinetes espalhados por todo o campus eram um sonho realizado.

Wes + patinetes = amor eterno.

Nossa, pareço até uma criancinha do jardim de infância entusiasmada com o primeiro dia de aula, né?

Eu continuava entusiasmado feito um nerd quando cheguei à primeira aula — a musculação não tinha diminuído a minha empolgação.

— Bem-vindos à disciplina Engenharia Civil e Infraestrutura.

Entrei na sala de aula no momento exato em que o professor começou a falar, o que quer dizer que os cem alunos, mais ou menos, que estavam naquela sala enorme estilo auditório se viraram para olhar na minha direção.

Parabéns, seu idiota.

Calculei muito mal o tempo que levaria para ir do complexo esportivo até o prédio Boetler Hall, então minha decisão de comprar um shake proteico com AJ depois da musculação não tinha sido muito inteligente.

Mas eu estava tão empolgado por ter sido o melhor levantador do dia em todo o time de beisebol — *isso aí!* — que aquela pausa pareceu uma ideia brilhante (naquela hora). Por que não ficar mais alguns minutos por ali, só curtindo o fato de que, até aquele momento, no Primeiro Dia, eu ainda não tinha colocado tudo a perder?

Depressa, fui até um assento vago na primeira fila, abrindo a mochila e tirando um caderno (eu *não* era do tipo que fazia anotações em notebook). Aquela era uma disciplina introdutória dos cursos de Engenharia Civil e Ambiental, então eu não podia perder nenhuma informação importante.

— Em vez de repassar o programa do curso com vocês, algo muito clichê para o primeiro dia, vou dar um voto de confiança e acreditar que são capazes de ler a ementa. Parece se tratar de uma turma inteligente — disse o professor Tchodre, um homem alto com um bigode sério, em pé ao lado de sua mesa. — Então que tal começarmos?

Apertei a borracha da lapiseira, abri o caderno e me preparei para fazer anotações.

— Nesta aula, vamos analisar o papel dos engenheiros civis no desenvolvimento e na preservação da infraestrutura.

Comecei a escrever conforme ele explicava, ainda impressionado com o fato de estar em uma disciplina de Engenharia no primeiro dia de aula do primeiro trimestre. Eu imaginei que o primeiro trimestre teria matérias mais genéricas, e que eu passaria o dia em aulas inúteis como Música Mundial e Antropologia, então era incrível estar matriculado naquela disciplina, além de em Química e Cálculo.

Senti *saudade* de estudar Matemática e Ciência nos dois anos que dei uma pausa nos estudos, por mais louco que isso possa parecer.

Eu culpava a sra. Okun, minha professora de Física do colégio, por isso. Ela me convenceu a ir para um acampamento de Engenharia no Missouri depois do segundo ano do ensino médio (durante as duas semanas entre o verão e os treinos da liga de beisebol no outono), e eu fui sem saber o que esperar. Só aceitei porque eram duas semanas longe da chatice do Nebraska.

Só que eu jamais tinha imaginado como ia adorar estar com pessoas que gostavam de Matemática e Ciência tanto quanto eu. Antes daquele acampamento, eu não tinha a menor ideia do que queria fazer da vida, além de ser lançador em uma liga profissional de beisebol, é óbvio.

Mas assim que cheguei lá senti que tinha encontrado meu lugar. Entendi como as coisas funcionavam ali, com aquelas pessoas; tudo fazia sentido. O acampamento despertou alguma coisa dentro de mim e me fez sentir que aquele era meu destino, embora o esporte fosse minha prioridade.

Então estar ali, em uma sala de aula, na faculdade, dando o pontapé para tudo acontecer...

Parecia muito importante.

Anotei basicamente todas as palavras do professor até o fim da aula, apesar de saber que não precisaria de boa parte daquelas informações, mas não me importei. Eu não tinha dado muita importância para a faculdade da primeira vez, pensava que era *óbvio* que eu poderia fazer uma graduação se quisesse, mas, após ter visto essa opção desaparecer, minha postura mudou por completo.

Eu ia aproveitar cada segundo daquela experiência.

As anotações, os estudos, os trabalhos... eu queria ir bem em tudo.

Em seguida, fui para a aula de Química, depois almocei e tirei um cochilo rápido. Precisava descansar antes do treino, precisava de um pouco de silêncio para pôr os pensamentos em ordem, porque, por mais que fosse incrível que eu tivesse arrasado na musculação mais cedo, isso não ia servir de nada se eu não mandasse bem como lançador.

— Tem certeza de que não quer jogar basquete? — gritou AJ.

Ele e alguns dos caras se preparavam para uma partida de uma horinha na quadra de basquete Hitch, que era aberta para uso.

Eu amava jogar, mas precisava poupar energia para o primeiro treino da minha vida acadêmica.

— Não, valeu — respondi, ajustando o despertador do celular e fechando os olhos.

Mas o sono não vinha.

Porque agora que eu estava ali e tinha *oficialmente* começado a estudar na Universidade da Califórnia, finalmente era hora de colocar o plano em ação.

Era hora de reconquistar Liz Buxbaum.

CAPÍTULO DOIS

"Antes de você entrar na minha vida, eu era capaz
de tomar decisões. Já não sou. Fiquei viciado.
Preciso da sua opinião para tudo. O que acha?"

— *Amor à segunda vista*

Liz

Ai, minha nossa... aquele é o...?

Eram sete da manhã e o sol mal tinha nascido, então quase todo o bairro, Westwood, ainda estava dormindo.

Mas eu não.

Eu tinha saído para correr.

E *aquele* garoto também, o sr. Estou-Tentando-Quebrar-Um-Recorde-de-Velocidade, com suas pernas compridas. Ele estava lá na frente, longe, um garoto bem alto que devia ser calouro de basquete, e apertei os olhos, tentando enxergar melhor.

Não, eu com certeza não faço ideia de quem é aquele garoto gigante.

"Ever Since New York" estava tocando nos meus fones de ouvido, uma música subestimada do Harry Styles que, na minha opinião, tinha tudo a ver com o outono. Embora estivesse quente em Los Angeles, minha cabeça já estava no clima de outono de Stars Hollow, a cidade de *Gilmore Girls*, porque o trimestre tinha oficialmente começado.

O que significava que minhas playlists estavam recheadas de músicas que lembravam pilhas e mais pilhas de folhas amareladas recém-caídas das árvores.

Eu sei, ainda é cedo para uma playlist com cheirinho de Pumpkin spice latte, mas não estou nem aí!
Porque o primeiro dia de aula do trimestre era algo mágico. Quase dava para sentir o frescor imaculado de um novo período. Parecia que tudo era possível.
Ainda mais esse ano.
Depois de dois anos me candidatando a vagas sem sentido que não contribuiriam em nada para minha futura carreira a não ser me ensinar o jeito mais fácil de carregar café até o escritório, eu tinha conseguido um estágio.
E não era *qualquer* estágio.
Era um estágio com Lilith Grossman.
Acenei para o zelador que lavava a calçada e me dei conta de que estava sorrindo como uma psicopata, mas era inevitável.
Porque, a dois anos de me formar, eu tinha conseguido um estágio com potencial de gerar grandes oportunidades para o meu futuro.
E aquele era meu primeiro dia.
No ano anterior, Clark, um dos meus colegas de quarto, começou a trabalhar na equipe de vídeo do departamento esportivo. Eu não sabia nada sobre esportes, mas ele me avisou que tinha surgido uma vaga de meio período, então pensei: *Por que não?*
Eu me candidatei porque precisava de dinheiro.
Mas não era um estágio; era um trabalho de meio período.
Um emprego pelo qual acabei me apaixonando.
Eu era como uma abelha-operária responsável por fotografar e filmar os atletas — no treino, nos jogos, na academia; esse era meu trabalho. Ficava encarregada de tudo que eles precisavam e levava os equipamentos para todo tipo de evento esportivo.
No início, eu era muito ruim.
Depois fui deixando de ser tão ruim.
Porque o trabalho aguçava minha criatividade. Assim como a música tinha o poder de transformar um momento de um filme,

eu me dei conta de que o modo como eu capturava um atleta com a câmera tinha o poder de criar uma história. Embora eu fosse só mais uma no meio dos outros funcionários, acabei aprendendo muito naquele emprego.

Então, quando anunciaram que Lilith Grossman, cineasta premiada, ia fazer um documentário de esporte na Universidade da Califórnia e precisava de um estagiário, eu me candidatei no mesmo instante.

Ainda mais porque ela trabalhava para a Heft Entertainment.

Lilith Grossman não era apenas uma produtora de vídeos talentosa no mundo dos esportes, mas também uma produtora com inúmeros projetos na empresa dos meus sonhos. A Heft Entertainment era composta pela Heft Motion Pictures e pela Heft Television, além da Heft Music. Era uma empresa de peso, que trabalhava com os maiores nomes da música e do cinema.

Se alguém ganhava um Oscar ou um Grammy, era provável que fosse da Heft.

Então, como eu queria ser supervisora musical de cinema e TV, conseguir um estágio com eles era superimportante. Muitos dos meus ídolos tinham começado lá, e agora eu ia seguir os passos deles.

Ainda não conseguia acreditar.

Em teoria era o primeiro dia do estágio, mas já fazia algumas semanas que Lilith e eu estávamos trabalhando juntas. Ela me procurou para ver se eu tinha interesse em ajudá-la a preparar algumas coisas no campus. O escritório dela durante o projeto seria no Morgan (o prédio J.D. Morgan Center era onde ficavam os escritórios das equipes e do setor administrativo de todos os cursos esportivos) e, como eu fiquei em Los Angeles nas férias quando a maioria dos meus amigos tinha ido para casa, aproveitei a oportunidade.

E foi a *melhor* decisão de todas.

Não fazia ideia do que esperar de uma produtora de sucesso — eu até esperava que ela fosse meio chata, para falar a verdade

—, mas Lilith me surpreendeu. Uma mulher incrivelmente bem-sucedida que parecia querer compartilhar (*comigo!*) tudo o que sabia.

Ela me levou para almoçar em um restaurante japonês no The Grove e quis saber quais eram meus objetivos. E, enquanto eu respondia, Lilith tirou uma caneta da bolsa e começou a mapear em um guardanapo o melhor jeito de alcançá-los.

E a opinião dela foi *muito* importante.

Porque o *meu* plano era pegar o diploma de bacharelado em Indústria Musical, me especializar em Supervisão Musical e... rezar para conseguir um emprego na área.

Mas Lilith me deu a ideia de conseguir um emprego com licenciamento musical como um primeiro passo.

Na área de licenciamento, você vai trabalhar com música, mas também vai trabalhar com cinema e TV. Vai ter um salário, algo muitíssimo importante, não vamos nos esquecer do dinheiro... e ao mesmo tempo vai construir relacionamentos valiosos que vão ser muito importantes para conseguir uma oportunidade na área em que você de fato quer trabalhar.

Então ela listou alguns dos meus ídolos que pelo jeito tinham começado no licenciamento.

E tudo fez sentido.

Supervisores musicais trabalhavam com licenciamento todos os dias, então essa não era mesmo a melhor maneira de começar? Então, além das disciplinas obrigatórias para o bacharelado em Indústria Musical, comecei a pegar todas as matérias que estivessem relacionadas a licenciamento e ia tentar uma certificação na área.

Parecia o roteiro certo para realizar meus sonhos.

Estou sorrindo feito uma psicopata de novo, percebi ao parar na esquina esperando o semáforo abrir.

Eu sorria como uma idiota, correndo no mesmo lugar, mas era impossível não sorrir.

Porque aquele ano ia ser *perfeito*.

Sério, eu ainda estava sorrindo como uma garotinha apaixonada quando cheguei para a primeira aula.

— Está de brincadeira, Buxbaum?

Abri um sorriso ainda mais largo, me dirigindo até a frente da sala.

— O quê? — perguntei.

— O quê? — repetiu Horace Hanks, professor do curso de Música, e meu favorito, gesticulando na minha direção. — É o primeiro dia de aula e você não traz nem um caderno? Uma mochila? Um lápis? Considero uma afronta a sua falta de material.

— Fala sério, Horace — retruquei, sentando na mesma cadeira de todas as outras quatro matérias que já tinha feito com ele. — Nós dois sabemos que você não só ensina... você *performa*. Aprendi que o melhor jeito de captar o seu... hum... brilhantismo... é gravar a aula e assistir de novo antes das provas.

— Até que gostei disso que você falou — respondeu ele, coçando a careca. — Mas ainda acho um desrespeito e estou ofendido.

— Peço desculpas — falei, pegando o celular para verificar se estava no silencioso.

Horace surtava se um celular tocasse.

Comecei a gravar quando a aula (Psicologia e Gestão Musical) começou, e ele não decepcionou. Horace sempre me lembrava daquele professor de teatro da série *Victorious* (talvez era esse o motivo de eu gostar tanto dele), ensinando de uma maneira nada convencional igualmente hilária e constrangedora.

Uma vez ele deu uma aula inteira cantando. Em falsete.

A metodologia era doida, mas de algum jeito funcionava. Eu sempre aprendia muito com ele.

Minha aula seguinte era no mesmo prédio (embora menos divertida e mais entediante) e, depois, fui até o Morgan para a primeira reunião oficial do estágio. Eu estava nervosa... Por mais que Lilith tivesse sido superlegal todas as vezes em que nos encontramos, eu estava ansiosa porque ela era tão incrível que não queria que Lilith percebesse o quanto *eu* não era incrível.

Eu me aproximei da sala dela e vi que Lilith estava concentrada no computador. Bati na porta aberta.

— Com licença.

Ela olhou para mim e sorriu.

— Entre, Liz. Sente.

Nossa, essa mulher era muito descolada. O cabelo chanel loiro, com as pontas tão marcadas que parecia que ela tinha acabado de sair do cabeleireiro. Ela vestia um blazer azul-marinho e uma camisa de botão branca com a gola levantada, calça jeans rasgada e saltos vermelhos. Lilith tinha um visual elegante que exalava Los Angeles, como se estivesse pronta para um ensaio para a *Vogue* chamado *Business casual sofisticado*.

Eu me sentei em uma das cadeiras para visitantes e disse:

— Então, como vão as coisas?

Não conseguia ficar em silêncio quando estava nervosa.

— Ótimas, na verdade — respondeu ela, com um sorriso caloroso. — Hoje de manhã tive uma reunião com o assistente de direção, e temos muitas ideias incríveis para o projeto.

— Que fantástico — falei, animada por fazer parte daquilo tudo. — Alguma ideia que possa me contar?

— Bem, vou contar tudo para você, porque somos um time, mas quero esperar até que a gente receba a aprovação. Não gostaria de alimentar suas esperanças para um plano que eu acho brilhante se ele não for acontecer de verdade.

— Justo.

— Então vamos falar sobre sua primeira tarefa como estagiária — disse ela, cruzando os braços e se recostando na cadeira. — Primeiro, me informe o horário das suas aulas por e-mail, e do estágio também, para que eu saiba quando você vai estar disponível para fazer contatos. Inclua também as disciplinas que está fazendo e quem são seus professores.

— Combinado — falei, bem calma, como se não estivesse surtando por ela estar falando sobre *fazer contatos*.

— Sua prioridade são as aulas, porque você precisa do diploma. Mas acho que precisamos aproveitar ao máximo este estágio, levando em conta sua carreira, não acha?

Não conseguia segurar a empolgação quando ela dizia esse tipo de coisa. Quer dizer... Lilith Grossman, dizendo isso para *mim*? Pois é, não consegui conter o sorriso nerd de mil watts. Porque Lilith tinha todos os contatos com que eu podia sonhar.

Assenti.

— Com certeza — respondi, minha voz saindo um pouco entusiasmada demais.

— Se estiver disposta, acho que também devemos nos esforçar para estabelecer relações profissionais fundamentais para você.

— Estou disposta, com certeza — falei, lamentando o tom estridente em minha voz.

— Perfeito. E a segunda parte da sua tarefa... — continuou ela, olhando para o relógio e levantando de repente, empurrando a cadeira com a parte de trás do joelho. — É assistir a uma temporada de *Hard Knocks*, da HBO. Pode ser qualquer temporada.

Assenti.

— Pode deixar.

Ela pegou um chaveiro que estava no canto da mesa e guardou o celular no bolso do blazer.

— Preciso ir, mas me mande as informações que pedi e assista a uma temporada da série. Entro em contato nos próximos dias, espero que com todas as informações iniciais do projeto.

— Ótimo.

Depois disso, fui quase saltitando até o refeitório Epicuria, no prédio Ackerman, para comprar alguma coisa para comer, ansiosa com tudo que o futuro reservava para mim. O sol parecia mais vibrante naquele dia, os pássaros cantando mais alto, e minha vontade foi fazer o pedido e sair dando estrelinhas pelo campus na volta até o escritório.

Tinha a impressão de que tudo estava finalmente prestes a acontecer, e foi impossível não cantarolar junto com "You Could Start a Cult" (minha música favorita no momento), do Niall Horan, que saía dos meus fones.

Quando cheguei à minha mesa de trabalho, no andar de cima e do outro lado do prédio em relação ao escritório da Lilith, devorei a salada e fiz um Reels com minhas filmagens dos jogadores de futebol americano no dia da mudança para o campus. Eu continuava trabalhando para o departamento esportivo, então aquele cubículo era minha segunda casa.

— E aí? — cumprimentou Clark, largando suas tralhas em cima da mesa dele. — Achei que você ia acompanhar o time de beisebol na academia hoje de manhã.

— Troquei com Cody porque tive minha primeira reunião do estágio — respondi, sem tirar os olhos do computador. — Então vou cobrir o treino deles agora à tarde.

— Eles são muitos calouros — comentou o garoto, e ouvi seu notebook iniciando. — Vou parecer um idoso se disser que eles parecem uns bebezinhos?

— Mas eles são — concordei, pensando no meu primeiro ano de faculdade. Ainda bem que tudo aquilo se tornou uma névoa difusa de estresse e músicas tristes. — É bizarro pensar que éramos tão impressionáveis e fofos há dois anos.

— E dá para perceber de longe quem é calouro — acrescentou ele, já digitando. — Até na maneira como vão até a sala de aula. Alguma coisa no passo deles grita *sou novo aqui*, né? Parece que eles contraem a bunda de nervoso, o que deixa o andar estranho.

— Você sabe se ainda tem molho ranch na geladeira? — perguntei, bebendo um gole de água para ver se me ajudava a engolir um pedaço ressecado de alface.

— Está vencido.

— Droga — resmunguei.

— Precisamos comprar algumas coisas para a geladeira do trabalho, também percebi que estamos sem ketchup e raiz-forte.

Minimizei o arquivo para procurar outra imagem.

— Quem precisa de raiz-forte no trabalho?

— Quem não precisa? — retrucou Clark, bem sério. — Raiz-forte fica bom com tudo.

— Se você diz...

Trabalhamos assim, lado a lado, por algumas horas, quase sem conversar. Era sempre assim. Clark era minha alma gêmea platônica. Eu me sentia tão à vontade com ele quanto sozinha, e às vezes parecia que nós nos completávamos.

Bom, exceto pelo amor à raiz-forte. Isso era só dele.

Por fim, às três da tarde, ele se inclinou sobre o meu cubículo e perguntou:

—Vamos até o Jackie?

O Estádio Jackie Robinson era onde o time de beisebol jogava. Assenti e salvei o que tinha feito.

— E aí, o que eles querem exatamente? — perguntei.

— Um conteúdo mais geral da pré-temporada — respondeu ele, dando de ombros e erguendo a mão para arrumar o cabelo. — Preparo físico, treino... alguns Reels mostrando o time deste ano.

— Beleza — falei, fechando o notebook e guardando-o na mochila. — Deve ser fácil.

— É. Nada de mais.

Ao sair, por pouco não fomos atropelados por uns garotos de patinete elétrico a caminho do estacionamento, onde estava a caminhonete de Clark. Eu sorri, apesar de ter escapado por pouco de um acidente, porque a maior prova de que as aulas tinham voltado era quase ser atropelada por um patinete elétrico.

CAPÍTULO TRÊS

"No instante em que vi você lá embaixo, eu soube..."
— *Minha esposa favorita*

Wes

— Acha que consegue ingressos? — perguntou AJ, baixinho.

Ele estava alongando o cotovelo atrás da cabeça. AJ usava uns óculos escuros idiotas que tinha comprado por cinco dólares no Canadá, mas eu não podia julgar, já que o sol estava atingindo em cheio meus olhos desprotegidos.

Pela primeira vez, invejei o péssimo estilo dele.

— Provavelmente — respondeu Mick, inclinando o tronco para alongar o quadril. — Mas preciso saber de quantos vamos precisar.

— Você vai, né, Bennett?

O time estava no aquecimento, todos se alongando, só que AJ parecia mais preocupado em conseguir ingressos para uma festa "épica" que ia rolar sexta-feira à noite. Como eu ainda não era amigo de ninguém da faculdade além dos garotos que estavam ali no campo comigo, pensei em ir junto e ver no que ia dar.

— Vou, sim — falei, alongando a coxa.

Festas não eram uma prioridade para mim, mas eu não era contra socializar.

Os rebatedores foram para o treino de corrida e nós (os lançadores) começamos o treino com faixas.

— Bennett, sua vez.

Olhei para a área de aquecimento, e Ross estava me encarando. Ele era o treinador dos lançadores, mas nenhum de nós o chamava de treinador.

Ele era só o Ross.

Corri até lá, pronto para fazer meus arremessos, com um frio na barriga.

Caramba, respira e se acalma, disse a mim mesmo. Passei a vida toda jogando beisebol, precisava relaxar.

Era só um treino.

Beleeeeeeza.

Para mim, era muito mais do que isso. Depois de ter ficado sem treinar por duas temporadas inteiras, era muito importante que eu estivesse ali por completo, que aquela oportunidade de repente tivesse surgido mais uma vez depois de ter simplesmente desaparecido.

Vi Woody (ele era o técnico assistente dos recebedores) se preparando. Eu me aproximei do Ross, que se apoiou na cerca e me questionou:

— E aí? Como foi seu primeiro dia?

Não sabia direito o que Ross pretendia ao me perguntar aquilo, porque ele falou como se fôssemos só dois caras de boa, conversando.

Olhei para Woody antes de responder:

— Hum, foi...

— Ah, *por favor*, né? — retrucou Ross, balançando a cabeça com um sorrisinho no rosto.

Para mim ele lembrava o Kevin Costner jovem (da época do filme *Sorte no amor*), já que não era um treinador comum. Nunca gritava e não era enérgico.

Ele nem parecia um atleta, para falar a verdade.

Era... legal. Como se fosse um ser humano decente que sabia muito sobre beisebol.

— Olha — continuou ele —, não me venha com uma resposta inventada só para me tranquilizar porque sou seu treinador. Sabemos muito bem que este primeiro dia de aula significa muito para você, e estou curioso para saber como está sendo. O que achou das aulas?

Quando decidi abandonar a faculdade dois anos atrás, Ross foi a pessoa para quem liguei para informar a situação. E também para quem liguei quando decidi voltar.

E foi ele quem disse "não, valeu" nas primeiras dez vezes em que implorei.

Duas temporadas sem treinar é tempo demais, garoto.

— Achei ótimas — respondi, sincero. — Quer dizer, dá para ver que não vai ser fácil, mas pelo menos são interessantes.

— Bem... — disse ele, virando a cabeça para cuspir. — E o resto, está tudo bem? Deve ser um pouco estranho, depois de tudo o que aconteceu.

Que baita eufemismo.

— É, é bem estranho. Mas também é bom.

— Já fez um lanche no Fat Sal?

— Ainda não.

— Bem, então continue assim — sugeriu ele, com um sorrisinho. — Lanches vão entupir suas artérias e deixar seu traseiro flácido. Melhor seguir o plano alimentar da universidade.

— Estou fazendo isso mesmo. — Eu já tinha ouvido falar bastante dessa lanchonete, mas estava focado demais na minha performance para pensar em comidas gordurosas. — Além disso, tudo aqui é caro demais.

— Pois é! Los Angeles é assim, cara. — Ele balançou a cabeça e endireitou o corpo. — Pronto para começar?

Fui atrás dele e comecei com os arremessos, o que foi incrível. Não havia nada no mundo como lançar uma bola rápida (quando acertamos em cheio), e a ansiedade desapareceu assim que minha primeira tentativa acertou a luva do Woody.

Eu estava acertando todas — *boa!* —, até que percebi um garoto loiro e bem alto me filmando.

Mas o quê...?

— Ignora — disse Ross, que pelo jeito tinha percebido minha confusão. — Esse pessoal fica filmando o tempo todo para as redes sociais, você vai se acostumar.

— Ah — falei, um pouco apreensivo.

Eu estava me esforçando para permanecer calmo e não pensar muito no fato de que meu desempenho na pré-temporada ia basicamente determinar todo o meu futuro no beisebol. Para ser sincero, a última coisa de que eu precisava eram desconhecidos com câmeras aumentando toda aquela pressão.

— É só o Clark! — gritou Woody, sorrindo para o garoto alto. — Ninguém liga para o que esse idiota pensa.

— Ah, sua mãe liga — respondeu ele (Clark, pelo visto), rindo, embora não tivesse baixado a câmera e parado de me filmar. — E ela me disse para te mandar um "oi".

— Manda um "oi" para ela de volta — retrucou Woody, tirando a máscara —, e pergunta se ela consegue me arrumar uns ingressos para a sua festa.

— Ela está cansada, mas pergunto, sim — disse Clark, e até eu dei risada. — Agora cala a boca para o cara poder lançar.

— Obrigado — falei, respirando fundo.

— Imagina. — Clark chegou mais perto e se ajoelhou. — Acredite, não é uma tarefa fácil calar a boca do Woody.

CAPÍTULO QUATRO

"Nunca deixe de jogar por ter medo de perder."

— *A nova Cinderela*

Liz

— Buxxie!

Eu me virei, e Jimmy Rockford estava me chamando no banco de reservas, acenando com seus braços enormes. Ele era um recebedor perto de se formar e estava se recuperando de uma lesão em um ligamento. Parecia um gorila de tão grande.

Um gorila ruivo com a barba trançada. Era um visual e tanto, mas fazia parte do seu charme.

— Oi — falei, pausando minha playlist e apontando para o campo, onde os defensores externos estavam treinando a recepção. — Preciso fotografar, então não posso ficar conversando.

— Algum ingresso sobrando para a festa de sexta-feira? Meu irmão quer ir também.

Até parece. O irmão gêmeo dele, Johnny, jogava rugby com Clark e era o estereótipo do jogador — um garoto grande, bruto, descontrolado que, quando bebia, tendia a brigas e destruição em geral.

Eu gostava do Johnny, mas não ia convidá-lo para uma festa no nosso lindo apartamento fora do campus, ainda mais logo depois da mudança.

— Desculpa — falei, indo na direção contrária, feliz por termos concordado em limitar a lista de convidados. As outras três pessoas que moravam comigo eram muito mais sociáveis do que eu, então optamos por exigir ingressos na entrada para garantir que as festas não ficassem lotadas. — Não tenho mais. Mas vê com o Clark!

Clark estava na área de aquecimento, filmando os lançadores. Dava para eu enxergar a cabeça dele a distância (não era difícil, já que ele era um garoto de dois metros de altura com o cabelo em um coque loiro), então me aproximei já abrindo a bolsa da câmera e pegando tudo de que eu precisava.

— Bem na hora — comentou ele, filmando alguém que estava fazendo um lançamento, de alguma forma sabendo que eu estava ali sem olhar para mim.

— Só um aviso — falei —, Johnny Rockford está atrás de um ingresso.

— Eu já disse para o idiota que *não* — cochichou ele.

— Aposto dez dólares que ele vai aparecer de qualquer jeito.

Larguei a bolsa, ajustei as configurações da câmera e me levantei para fotografar o garoto que Clark estava filmando.

Nós dois tínhamos aprendido a ser invisíveis e, como a maioria dos atletas estava acostumada a ser filmada, ninguém nem percebia nossa presença. Olhei pelas lentes para o lançador alto que mandou uma bola rápida e... nossa, que velocidade impressionante.

À primeira vista, ele não me parecia familiar, então devia ser um calouro.

Se bem que... por eu vê-lo de costas e não conseguir enxergar seu rosto, acho que a *bunda* dele não me parecia familiar.

Não, a bunda dele era como qualquer outra bela bunda de jogador de beisebol.

Que Deus abençoe a mulher que desenhou as calças do uniforme de beisebol.

E, sim, com certeza foi uma mulher.

— Droga... você tem bateria extra? — perguntei, irritada por ter esquecido de carregar a câmera enquanto estava no escritório.

O ícone no canto estava piscando, o que significava que eu só tinha alguns minutos.

— Na minha mochila — respondeu ele, sem parar de filmar.

— No banco de trás da caminhonete.

— Tá — falei, irritada por ter esquecido o óbvio. *Carrega a droga da bateria, idiota.* — Acho que vou dar um pulo na caminhonete, então.

— Se os rebatedores já tiverem começado o treino, pode tirar umas fotos? — perguntou Clark, abaixando a câmera para me olhar. — Acho que vai dar um conteúdo melhor que treinos com faixas e aquecimento.

— Pode deixar.

Fui correndo até a caminhonete e, depois de trocar a bateria, passei uma hora fotografando o treino dos rebatedores. Foi divertido encontrar vários dos jogadores do ano anterior (Mick e Wade eram meus favoritos) e ver os calouros. A UCLA tinha o melhor recrutamento do país, o que não garantia necessariamente uma boa temporada, mas fazia com que a pré-temporada parecesse mais do que um mero treino.

Parecia um... prólogo.

Dei um zoom no Wade, que estava rebatendo, e tirei várias fotos da seriedade em seu rosto, que *nunca* ficava sério.

Ah, como é bom estar de volta. Jamais teria imaginado que ia me apaixonar por esportes, mas... nossa, esse trabalho fez com que isso acontecesse.

Porque, além de me ensinar o básico sobre produção de vídeo e me fazer segurar a parafernália da equipe de filmagem, meu trabalho na produção também teve um efeito imprevisível. Descobri que, além da música, eu adorava o processo de capturar registros dos atletas em seu hábitat natural e transformá-los em uma história cativante sobre a experiência humana.

— Quer ir ao Ministry of Coffee quando terminar?

Abaixei a câmera e lá estava Clark, o equipamento já guardado.

— Vou levar café para, tipo — continuou ele —, metade da minha turma, então seria legal ter uma ajudinha.

Isso era a cara do Clark. Ele já conhecia metade da turma, e era só o primeiro dia.

—Você já terminou? — questionei.

Olhei para o relógio e... *caramba*. Já fazia duas horas que estávamos ali.

— Já, mas posso esperar se você não tiver terminado — respondeu ele, passando a mão no cabelo. — Prometi ingressos para umas dez pessoas desde que chegamos, posso mandar mensagem para elas enquanto espero.

— Aliás, tenho certeza de que você está liberando ingressos demais — falei, em tom acusatório, me abaixando para pegar a bolsa. — Mas acho que já tenho fotos suficientes. Vamos comprar café e ver o tamanho da encrenca em que nos metemos.

— Beleza. — Ele colocou os óculos escuros. — Mas o mundo não vai acabar se a festa for um pouco maior, sabe...

— Isso é você quem está dizendo. — Revirei os olhos e o acompanhei em direção ao estacionamento. — Não é você que não consegue dormir porque ainda tem sessenta pessoas na sala às três da manhã.

— Não eram sessenta — retrucou ele, apoiando o braço no meu ombro. — E, se você tivesse bebido um pouquinho mais, teria dormido feito um anjinho.

Dei risada, porque Clark não se abalava por nada.

Nunca.

Uma bomba podia explodir em seu quarto que ele diria algo como: "Ora, pelo jeito o universo acha que está na hora de renovar a decoração."

— Só me diga que não prometeu um ingresso ao Woody — falei, embora tivesse quase certeza de que ele *tinha* prometido.

Todas as pessoas que eu conhecia adoravam o técnico assistente dos recebedores, que veio do Alabama, o sr. Charme Sulista, mas eu, não. O garoto não era má pessoa, mas eu já tinha saído com ele. Foi meu único encontro na faculdade antes que eu me desse conta de que não acreditava mais no amor porque ele a) falou que odiava gatos, b) me chamou de "ruivinha" como se fosse um apelido universalmente aceitável e c) beijou meu pescoço na fila da pipoca no cinema.

E, desde aquele maldito encontro, *sempre* que a gente se via, eu tinha o desprazer de responder a umas vinte perguntas sobre por que nunca mais quis sair com ele.

— Dei ingressos para uns lançadores do primeiro ano — respondeu Clark, na defensiva. — Então *tive* que dar um para ele. Quer dizer, o cara estava do lado... não tive escolha.

Balancei a cabeça em sinal de repreensão ao meu amigo de coração mole.

— Bem, se eu acabar cometendo um homicídio, vou obrigar você a enterrar o corpo e se livrar das provas.

— Fechado — disse ele. — Eu até providencio a pá.

CAPÍTULO CINCO

"Não importa o que aconteça nos próximos cinco minutos, quero que saiba que, quando eu abri a porta, fiquei tão feliz de ver você que meu coração saltou. Meu coração saltou em meu peito."

— *Por amor*

Wes

A primeira semana passou voando.

No beisebol tivemos a famosa Semana do Inferno, um treinamento de resistência e força, e foi bem intenso. Treino, musculação, treino específico da posição, condicionamento físico... passei mais tempo sofrendo com os colegas de time do que com as aulas.

Isso resultou em idas de patinete até a biblioteca todas as noites, na tentativa de manter os estudos em dia. A biblioteca Powell era a principal do campus, e a que mais fazia sentido para mim, mas eu preferia ir um pouco mais longe e estudar na biblioteca de Música.

Porque era mais tranquila.

Admito, essa é uma mentira descarada.

Eu estudava na biblioteca de Música na esperança de encontrar certa aluna do curso de Indústria Musical que poderia estar estudando lá também. Uma estudante de Música ruiva, com olhos verdes e margaridas tatuadas no quadril.

Uma estudante de Música com quem eu sonhava quase todas as noites.

Cuja voz eu ainda ouvia, cujo perfume eu ainda sentia.
Ainda não tinha encontrado Liz, mas sentia que ela estava por perto. Eu tinha algumas ideias de como encontrá-la "por acaso". Por exemplo, passar o dia inteiro estudando na entrada do Schoenberg Hall, onde aconteciam todas as aulas de música; pedir à namorada do Eli, que trabalhava na reitoria, para tirar uma foto do horário das aulas da Liz; ligar para o sr. Buxbaum e implorar por alguma informação; ligar para Helena e implorar por alguma informação; entre várias outras possibilidades. Mas eu precisava que minha vida desacelerasse para botar meus planos em prática.

Então, sexta-feira à noite, voltando para o dormitório depois de uma primeira semana caótica em que não encontrei Liz nenhuma vez na biblioteca, eu estava ansioso para sair. Não queria ficar bêbado, só sair para curtir com os garotos e passar uma noite inteira sem pensar nas aulas ou em beisebol.

Ou nela.

Digitei o código e abri a porta para nosso dormitório.

— Até que enfim — disse Wade (ele era um primeira base e um dos garotos que moravam comigo) no meio da sala de estar, parecendo idiota de calça jeans justa, camiseta branca, paletó preto (como assim, cara?) e até um chapéu fedora naquela cabeça grande. — Estou pronto.

Ele estava com Mickey (recebedor/também morava comigo) e AJ, que não estavam vestidos como se fossem o Bruno Mars, *ainda bem*, e todos pareciam estar esperando por mim.

— Pra quê? Uma festa à fantasia? — perguntei, largando as chaves e a mochila na mesinha de centro.

— Não fique com inveja só porque sou estiloso, Bennett — retrucou Wade, se fazendo de importante e dando tapinhas para tirar um pó imaginário do paletó.

— Ah, pode apostar que não é o caso.

— Vai se arrumar logo, já chamamos um Uber e ele está a caminho — disse AJ. — Preciso dançar logo. Ou então vou surtar.

O que eu mais gostava no AJ era que ele não se importava com o que os outros pensavam a seu respeito. E não de um jeito insensato, mas de um jeito cem por cento genuíno. Ele adorava dançar (de ficar coberto de suor mesmo), assistia a k-dramas e defendia até a morte a ideia de que destilados docinhos eram melhor do que cerveja.

— Quanto tempo? — indaguei.

Queria muito tomar um banho depois de ter voltado até o dormitório Hitch correndo sob o clima quente da Califórnia.

AJ olhou para o celular.

— Aqui diz que a motorista, Larissa, está a doze minutos.

— Tomo banho em três. — Entrei no quarto para pegar uma roupa limpa e gritei: — Pode ser jeans e camiseta, né?

— Não, seu mané — retrucou Wade.

No mesmo segundo, AJ e Mickey responderam em uníssono:

— Pode!

Entrei no chuveiro e fiquei pronto bem a tempo de pegar o Uber com os caras. AJ logo começou a puxar papo com a motorista, que fazia o tipo dele — bonita, com cabelo castanho e citações de livros tatuadas nos braços —, mas Larissa não deu a menor bola. Saltamos em frente a um prédio superchique, e eu fiquei chocado quando entramos no elevador.

— Uau! — exclamei, olhando para os números iluminados no painel do elevador quando a porta se fechou. — Tem universitários que moram aqui?

Não conseguia nem imaginar quanto era o aluguel de um lugar como aquele. Não era um prédio para gente de vinte e poucos anos, mas para adultos ricos.

E herdeiros.

Quer dizer... o *porteiro* recolheu os ingressos da festa, fala sério!

O que é que estamos fazendo aqui?

Apertei o botão do segundo andar.

— Clark disse que os pais do amigo que mora com ele são ricos — explicou Wade —, e que compraram o apartamento só para que o filho pudesse alugar deles.

— Caramba — falei.

Clark, o garoto alto que estava no treino com a câmera, parecia um cara bem simples e tranquilo, então fiquei surpreso ao saber que ele morava com gente rica.

— Deve ser ótimo — acrescentei.

— Pois é. Por que eu não tenho amigos assim? — retrucou AJ, arrumando o cabelo com os dedos e olhando para o reflexo na parede do elevador.

Quando as portas se abriram, deu para ouvir a música no final do corredor. Eu não sabia como alguém podia fazer um barulho daquele sem que os vizinhos chamassem a polícia. Será que o isolamento acústico do prédio era tão bom que os vizinhos não estavam ouvindo?

Duvido muito.

Seguimos o som até o apartamento 2C. A porta parecia fechada, mas o barulho estava tão alto que seria ridículo bater. AJ virou a maçaneta, empurrou e, simples assim, a festa surgiu à nossa frente.

Entramos e *minha nossa...* fiquei impressionado.

Caramba. As festas em Los Angeles eram todas assim, ou essa era diferente?

Logo na entrada, já dava para ver que a sala de estar estava lotada. Algumas pessoas estavam dançando, outras conversando, mas foi o sistema de som que me fez surtar. Tive a impressão de que estávamos em uma boate. Mesmo com a música alta, a qualidade do som era *incrível*.

Além disso, fazia tempo demais que eu não ouvia "Heaven Angel", do The Driver Era.

À direita dava para ver uma cozinha enorme, onde pelo jeito havia ainda mais pessoas bebendo. No entanto, apesar do tamanho, era um caos controlado. Ao contrário das festas do ensino médio, em que sofás às vezes pegavam fogo e era certo de que ia rolar alguma briga, todo mundo estava comportado.

Como isso é possível?

—Viu por que eu disse que a gente precisava desses ingressos? — falou Wade, com um sorriso. — Loucura, né?

— Inacreditável — gritei, rindo, porque era *mesmo* loucura.

Tão surreal que parecia até um reality show.

— Eu te amo, cara — berrou AJ para Wade, os olhos percorrendo a sala como se fosse uma criança que tinha acordado no meio da oficina do Papai Noel.

Segui seu olhar fascinado e percebi que havia muitas garotas na festa.

Mas eu não estava nem aí, porque não encontrei a única garota que importava.

—Vamos pegar uma cerveja — chamou Mickey, apontando para onde eu imaginava que as bebidas estariam.

Não sabia aonde estávamos indo, só fui.

CAPÍTULO SEIS

"Não sei muito sobre ele, só que o amo."

— *Aconteceu naquela noite*

Liz

—Vem tomar sua dose, Bux!

— Não, valeu — falei, ou melhor, *gritei*, acenando para Campbell do meu cantinho. — Estou de boa.

A festa ficava cada vez mais cheia.

—Você só vai estar "de boa" quando nós dissermos!

Ela pegou os quatro copos de shot da ilha da cozinha, ergueu-os acima da cabeça, e veio na minha direção com nossos dois colegas de apartamento logo atrás.

Era tradição, quando dávamos uma festa, nós quatro tomarmos uma dose juntos antes que a loucura toda começasse.

Meus colegas de apartamento eram: Campbell, jogadora de futebol do segundo ano que era linda e bebia mais que qualquer pessoa (até mais que qualquer garoto festeiro) sem ficar bêbada; Clark, veterano que era tão bom em jogar rugby quanto em fazer tricô; e Leonardo, estudante italiano de biologia, muito charmoso e com pais ricos, razão por trás do apartamento luxuoso *pertinho do campus* que alugávamos deles por um valor irrisório.

Então basicamente éramos eu, alguém que só socializava quando obrigada, e três pessoas extrovertidas que adoravam dar festas.

Nunca fui muito de festa — barulho demais, pessoas demais, bebidas demais —, só que quando contei isso para eles, meus amigos incríveis tiveram uma ideia para me convencer a gostar das festas.

Eu era a DJ. De todas as nossas festas.

Leo montou um espaço elevado no canto da sala, assim eu conseguia ver todo o movimento de cima e ficava quase escondida. As pessoas só me viam com muito esforço.

Eu passava os dias anteriores a uma festa montando a playlist perfeita, cronometrando as músicas para que combinassem com a cronologia da festa: músicas calmas para quando as pessoas estivessem socializando no início, uma mistura de tudo que elas curtem cantar e dançar para quando a festa estivesse ficando animada, e na sequência todas as maiorais (palavra do Clark, não minha) para quando as coisas estivessem a toda.

Não havia nada como a adrenalina de ver essa combinação dar certo, de ver todos gritando e cantando minha seleção de músicas. Eu adorava a sensação, tanto que me tornei uma organizadora de festas só para ver tudo acontecer, festa atrás de festa.

No ano anterior, a cada trimestre fizemos uma festa meio grandinha, sempre temática: *Nem acredito: estamos de volta ao agito* (a desta noite era a versão 2.0), *Um Natal sem igual*, *O dia é dos namorados, mas a noite é dos SOLTEIROS!* e *O verão chegou, na boca beijou*.

Leo sempre convidava todos os vizinhos (a maioria adultos bem-sucedidos) e também dava o número dele para que pudessem entrar em contato caso o barulho incomodasse. Achei uma loucura na primeira vez que ele fez isso, mas os vizinhos gostaram do gesto e nunca tivemos problemas.

Antes da minha função de DJ, sempre que eu era obrigada a ir a uma festa, eu só ficava ao lado de algum amigo e esperava acontecer alguma coisa divertida, o que (*spoiler*) nunca acontecia. Como eu não estava procurando um relacionamento, não bebia muito e não gostava de conversar com desconhecidos, "festa" não era sinônimo de diversão para mim.

Mas isso já não era mais verdade. Porque agora eu podia aproveitar as partes da festa de que eu mais gostava sem temer o restante. Podia aproveitar, por exemplo, me arrumar de um jeito fofo e colocar uma maquiagem legal, que era a melhor parte de ir a uma festa (naquela noite encontrei o vestido de bolinhas preto e branco perfeito para combinar com meu All Star vermelho). E ficava animada com a festa e me divertia com meus amigos, mas também podia observar de longe, ficar invisível e tomar conta da música.

Além disso, ajudava o fato de eles não saírem dando ingressos para qualquer um. Campbell em geral chamava as jogadoras de futebol e seus acompanhantes, Leo convidava principalmente o pessoal dos cursos de biológicas e várias garotas bonitas, os ingressos do Clark iam para seus amigos do beisebol e jogadores de rugby (que pareciam durões, mas, para minha surpresa, eram uns fofos), e os meus iam para alguns atletas que eu conhecia, que pediam ingressos quando eu estava trabalhando.

Para resumir, não havia muitos estranhos nas nossas festas, e isso fazia com que eu me sentisse segura.

— Aqui — disse Campbell, me entregando uma dose de vodca. Clark e Leo pegavam as doses deles.

— A que vamos brindar esta noite? — perguntou Clark, e foi difícil ouvir o vozeirão dele com todo aquele barulho.

Ele estava com o cabelo preso em um rabo de cavalo alto, o que, de alguma forma, ficava ao mesmo tempo ridículo e incrível.

— Ao início das aulas, à diversão e à *pegação* — declarou Leo, erguendo o copo para Clark e suavizando o tom ofensivo do brinde com uma risadinha estridente fofa.

— Ao trabalho — disse Campbell, revirando os olhos e se juntando ao brinde.

— A tudo isso — gritei, então todos brindamos e viramos o copo. Olhei para a porta, que se abriu com mais uma leva de gente entrando. — Agora me deixem em paz. A DJ Lizzie precisa botar para quebrar.

Meus amigos começaram a dispersar. Então reparei que Wade Brooks tinha acabado de chegar à festa, com aquele chapéu fedora ridículo que eu disse mais de dez vezes que o deixava parecendo meio idiota. Eu tinha dado meus últimos ingressos para ele, já que Wade e seus amigos eram sempre divertidos, e por isso fiquei feliz ao ver Mick entrar atrás dele. Tinha conhecido os dois no ano anterior, e eles amavam uma festa, mas nunca ficavam de gracinha ou passavam dos limites quando bebiam, o que me agradava bastante.

Eles ganhavam pontos por serem melhores do que boa parte dos garotos em geral.

Bebi um gole do meu rum com Coca-Cola e vi mais alguns caras entrando com eles: um garoto loiro baixinho, um garoto alto...

Ai, minha nossa.

Ai, minha nossa!

Eu me engasguei, tossindo com a mão no peito. Forcei a vista e fiquei olhando para eles, incapaz de acreditar no que estava vendo. Tudo em meu corpo — minha respiração, meu coração, o sangue bombeando em minhas veias — parou de repente. Fiquei paralisada, petrificada, ao vê-lo rir de alguma coisa que o garoto loiro disse.

Caramba. Era o Wes.

Wesley Bennett estava no meu apartamento.

Fiquei tonta tentando processar a presença dele, o poder do *Wes-em-carne-e-osso* que continuava avassalador mesmo após dois anos de lembranças que se tornavam borradas.

Acho que vou desmaiar.

Era impossível. Como ele podia estar ali? Por quê? Será que estava visitando alguém?

Isto não pode estar acontecendo. Senti um frio enorme na barriga, tão congelante como o polo Norte, ao ver Wes Bennett entrar na sala da minha casa.

Minha nossa, Wes está na minha casa.

Respirei fundo e me esforcei para manter a calma, para não desmaiar nem vomitar, mas meu coração batia rápido demais. Ele estava sorrindo e conversando com Wade e o garoto loiro (o sorriso dele continua igualzinho), e eu não conseguia mais respirar.
Acho que estou tendo um infarto.
Tinha esquecido o quanto ele era alto — ou talvez eu lembrasse muito bem —, mas ele parecia ainda mais alto agora. Os ombros estavam mais largos, assim como o peitoral coberto pela camisa do time de beisebol Cubs, como se ele fosse a versão melhorada do garoto que eu conhecia.
Seu rosto estava diferente, como se tivesse perdido todo o excesso e sido reduzido a ângulos proeminentes e olhos escuros, e o pescoço que sempre me distraiu parecia ainda mais intrigante.
Tinha como um pescoço ser... musculoso?
Nossa, como ele pode continuar tão lindo?
Sua cabeça tombou para trás ao gargalhar e, embora não tivesse dado para ouvir com todo o barulho da festa, eu sabia direitinho o som daquela risada.
Uma risada que eu reconheceria em qualquer lugar.
Caramba, eu odiei Wes por estar tão lindo.
Ele não *tinha o direito* de estar tão lindo.
Os garotos foram em direção à cozinha, provavelmente atrás de cerveja, e tentei respirar fundo e me controlar.
Mas foi impossível porque, espontânea e indesejada, a lembrança da última vez que nos falamos surgiu em minha mente.
No Ano-Novo, dois anos atrás.
Eu apareci na casa dele cheia de perguntas, com a certeza de que as coisas que eu tinha ouvido não poderiam ser verdade.
E ele olhou nos meus olhos e disse que eram, sim.
Por que ele está aqui agora, depois de todo esse tempo?
Ele sabe que eu moro aqui?
Ergui o copo e virei o restante da bebida, ciente de que minhas mãos estavam tremendo. Eu queria fugir e me esconder, mas

ao mesmo tempo queria gritar o nome dele só para ver como Wes reagiria.

    Eu precisava me controlar.
    Eu precisava me acalmar.
    Eu precisava de ar fresco.

CAPÍTULO SETE

"Eu queria que fosse você. Eu queria tanto que fosse você."

— Mens@gem para você

Wes

— Acho que ela foi lá fora.

Saí com Wade para a sacada enorme. Ele estava procurando uma garota, Campbell, que pelo jeito morava no apartamento. Wade estava um pouco fissurado nela, então, como eu não tinha nada melhor para fazer, acompanhei sua busca.

Ver Brooks babando por alguém tinha potencial para ser muito divertido.

— É ela? — perguntei, acenando com a cabeça para uma loira alta de vestido bem curto.

Tinha *mesmo* muitas garotas na festa; não era de se admirar que ele estivesse espumando pela boca para vir logo.

— Não — respondeu Wade. — Mas talvez Liz saiba onde ela está. Vamos.

Eu mal tive tempo para processar o nome "Liz" quando a vi.

Caramba.

É ela.

Libby.

Ela estava sozinha na varanda, e aquela imagem era tudo o que eu sempre quis. As cores e os sons da festa — do mundo inteiro — desapareceram, e meus olhos a absorviam, desesperados depois de tanto tempo privados daquela visão.

Nossa, era estranho eu estar um pouco engasgado? Senti a garganta fechar quando tentei respirar fundo, o que se provou impossível.

Porque ali estava ela.

Finalmente.

Ela está aqui. Caramba. Liz está ao meu alcance.

Como era possível que ela estivesse ainda mais bonita? Anos pareciam ter se passado, e ao mesmo tempo só alguns minutos, desde a última vez que eu tinha tocado sua pele. Contraí meus dedos, meio tonto pela força daquele desejo.

Liz estava com um vestido preto que ficava incrível nela, mas isso não importava. O vestido era apenas um detalhe, e era como se suas roupas não fossem mais importantes, o que era meio estranho, mas era verdade.

Roupas não passavam de mera distração.

Porque sua pele... *seu rosto, seus braços, suas pernas perfeitas...* tinham um *brilho* agora, como se ela se banhasse no sol da Califórnia vinte e quatro horas por dia, sete dias na semana. *O que faz sentido, porque faz dois anos que ela não vai para casa.* Com a trança comprida e soltinha e os lábios com batom levemente rosado, Libby era uma sereia do verão cuja magia não tinha nada a ver com a roupa que ela vestia.

Posso jurar que ela estava brilhando, e a música "Use Me", do Blake Rose, ressoou nos alto-falantes conforme Wade e eu nos aproximamos de Liz. Os pelos da minha nuca se arrepiaram.

Me and you
We're supposed to be together

— E aí, Buxxie, cadê sua amiga? — perguntou Wade, aproximando-se e puxando a trança dela.

— O quê? — perguntou Liz, parecendo confusa, com um sorriso distraído para ele, como se estivesse a milhões de quilômetros de distância.

Então ela me viu.

O sorriso desapareceu, o rosto ficou vermelho, e ela engoliu em seco, parecendo tão chocada quanto eu. Pude jurar que ouvi Liz arquejar, mas talvez tenha sido eu. Porque, depois de ter passado dois anos com essa garota assombrando meus sonhos, de repente ela estava na minha frente, me encarando com aqueles olhos verdes emoldurados por cílios longos.

Vê-la era como ver tudo de que eu precisei a vida inteira.

Será que eu estou tremendo? Dava para sentir o cheiro do Chanel n. 5 em sua pele, e minha vontade era respirar fundo sem parar porque... *caramba*, eu finalmente estava perto o bastante para sentir seu cheiro de novo.

— E aí, Buxbaum? — Dei um jeito de dizer, o que foi ridículo.

Tínhamos passado por tanta coisa juntos, um milhão de declarações de amor e mil beijos roubados, mas as três palavras que consegui reunir na presença dela eram as mesmas que eu usaria para cumprimentar uma pessoa aleatória que tivesse o mesmo sobrenome que ela.

Que idiota brilhante e encantador.

— Wes. Nossa.

Sua voz saiu rouca, e minha vontade era cair de joelhos e implorar que ela dissesse meu nome mais umas dez vezes. *Repita, Libby, mais devagar.*

Ela piscou algumas vezes e, educada, falou:

— Tudo bem?

Fingir indiferença era impossível. Eu sabia o quanto meu sorriso devia estar parecendo ridículo, me dominando daquele jeito. Eu era um palhaço, rindo da cabeça aos pés, mas não consegui me controlar, porque aquilo finalmente estava acontecendo. Desde que botei os pés na Universidade da Califórnia, eu passava o dia todo (todos os dias) imaginando como seria encontrar Liz, e jamais conseguiria disfarçar minha alegria naquele momento.

— Melhor agora — respondi.

Seus olhos percorreram meu rosto, como se ela estivesse tentando processar um milhão de perguntas.

— É, hã...

— Foco, Liz — interveio Wade, estalando os dedos, sem a menor ideia do reencontro que estava acontecendo bem na sua frente. — Cadê a Campbell?

Ela balançou a cabeça, como se achasse Wade um ridículo.

— Se escondendo de você, provavelmente.

— Fala sério! — exclamou ele, em tom de provocação, rindo.

— Aí já é maldade.

Liz estava confusa, com o cenho franzido e piscando depressa, mas devolveu a implicância:

— E necessário. Você pega pesado demais.

— Eu digo que ela é linda — argumentou ele —, e ela age como se isso fosse um insulto. Me explique, então.

— Você diz que ela é linda só quando *lembra que ela existe* — respondeu Liz, corrigindo-o com um sorrisinho que quase me deixou de pernas bambas. — Só pensa nela quando damos uma festa, e aí fica atrás da garota feito um cachorrinho a noite toda.

— Porque estou apaixonado — retrucou ele, sorrindo como se ela o tivesse elogiado. — E vidrado nela.

— Isso não existe — rebateu ela, revirando os olhos.

Fui tomado pelo ciúme. Eu é que queria provocá-la e vê-la me provocando de volta... isso era algo *nosso*. Acho que eu tinha mais saudade disso do que dos beijos.

Beleza, isso é mentira, mas ser amigo da Liz era... tudo para mim.

Wade balançou a cabeça.

— Você é a garota menos romântica que eu já conheci, Bux.

— Obrigada — respondeu ela, no automático, como se mal tivesse processado o comentário.

Fiquei perdido, como se estivesse em uma aula e não tivesse entendido algo direito.

Liz Buxbaum, uma garota nada romântica? Como assim?

— Não foi um elogio — provocou Wade, rindo.

— E você não está apaixonado, está só incomodado porque não está acostumado a ser rejeitado. — Liz sorriu como se ele fosse uma criança travessa, e continuou a humilhar o jogador de beisebol presunçoso: — Acredite, Wade, se ela te tratasse como o deus do beisebol que tanta gente idiota acredita que você é, você ia esquecer rapidi...

— Ah, olha ela lá! — interrompeu ele, e simplesmente saiu correndo, atravessando a sacada e voltando para dentro.

— É... — falei, enquanto nós dois observávamos Wade desaparecer apartamento adentro. — Lá vai ele.

O clima mudou no mesmo instante. Liz cruzou os braços e mordeu a bochecha, parecendo querer estar em qualquer outro lugar. Seu rosto estava vermelho, mas o meu pegou fogo quando ela olhou para um ponto atrás de mim.

Como se não quisesse me olhar.

Pigarreei.

— Então, Liz... Oi.

Oi... Que absurdo. Talvez fosse melhor do que "E aí, Buxbaum?", mas ainda era muito pouco, como se fôssemos parceiros de laboratório que tinham se visto mais cedo naquele mesmo dia, e não duas pessoas que não se viam há...

— Oi, Wes. — Ela colocou as mãos nos bolsos do vestido, o sorriso que abriu para Wade já murcho. Seu rosto estava tenso. — Eu, é... não sabia que você estava em Los Angeles. Veio visitar alguém ou...

Ela parou de falar, e ficou óbvio que não tinha nem considerado a hipótese de eu estar estudando lá.

— Eu voltei, na verdade — expliquei, me perguntando como era possível que a semana que passamos juntos em Los Angeles parecesse tão distante. — Estou recomeçando, mais uma vez sou calouro da UCLA.

Se ela estivesse bebendo alguma coisa, teria cuspido nessa hora. Seus olhos se arregalaram, e as sobrancelhas perfeitamente arqueadas pareceram saltar.

—Voltou a estudar? *Aqui?*

Assenti.

— E voltei para o time — respondi.

Ela baixou e franziu as sobrancelhas, parecendo incrédula.

—Voltou a jogar beisebol? — perguntou ela.

É, eu também não consigo acreditar.

Depois que meu pai faleceu, eu não conseguia nem olhar para uma bola de beisebol, então é *evidente* que aquilo tudo não fazia sentido para ela. Liz esteve comigo (bem, do outro lado da ligação) quando eu surtei só de pensar em voltar a fazer um lançamento.

— É, voltei.

— Ah. É… Que ótimo — disse ela, assentindo, mas suas sobrancelhas continuavam franzidas. — Então está estudando e jogando aqui, na UCLA. Este ano. Agora.

Aquela cena teria sido engraçada, a dificuldade dela de entender tudo aquilo, mas o fato de Liz parecer o oposto de animada tirou qualquer graça que a situação pudesse ter. Sua expressão não deixava qualquer dúvida de que ela não queria estar tendo aquela conversa, ou qualquer conversa, *comigo*.

Eu me lembrei da última coisa que ela me disse, naquele Ano-Novo dois anos atrás… "Nossa, como eu te odeio."

— Isso mesmo — confirmei.

— Bem, isso é fantástico, de verdade — afirmou ela, em voz alta, com um sorrisinho educado, olhando por sobre meu ombro como se estivesse procurando um jeito de sair dali. — E a Sarah? E sua mãe?

— Estão bem.

Odiei que ela recorreu a uma conversa genérica, como se fôssemos dois *estranhos* jogando conversa fora.

Eu sabia que tipo de xampu ela usava, sabia como ela montava todo um esquema de cores para suas anotações de estudo, e sabia qual era o ponto exato em seu pescoço onde um beijo a faria perder o fôlego. Caramba.

Era errado fingir que éramos apenas conhecidos e que aquele momento não fosse superimportante.

— E o Otis?

— É sério que você está perguntando sobre meu cachorro? — rebati, inclinando um pouco a cabeça e me aproximando; eu precisava provocá-la e arrancar dela a Libby que eu conhecia. — Acho que você alcançou o limite da conversa fiada, Buxbaum.

— Acho que sim — concordou ela, os olhos verdes reluzindo, irritados. — Acho que isso quer dizer que a conversa acabou.

— Não foi isso que eu quis dizer — falei, estendendo a mão para também puxar sua trança. — Eu estava falando das suas perguntas genéricas. Que tal tentar apimentar um pouco as coisas, pergunte do meu...

— Eu não quero saber — retrucou ela, dando um tapa na minha mão. — Não quero saber de nada relacionado a você.

— Ai. — Não consegui me conter; meu sorriso largo havia voltado. Nossa, como eu tinha saudade daquilo. Eu me aproximei mais um pouquinho. — Não precisa ficar irritada, Libby.

— E não me chame assim — disse ela, os dentes cerrados.

— Foi mal. — Ergui as duas mãos. Era tão bom provocá-la, então continuei: — Por que a gente não vai para algum lugar colocar a conversa em dia?

— Lizinha! — gritou alguém.

Um garoto alto com um rabo de cavalo, que lembrava um Aquaman loiro oxigenado, surgiu ao lado da Liz, e demorei meio segundo para perceber que era Clark, o cara que filmou o treino de beisebol.

E que morava naquele apartamento.

—Você vai voltar? — perguntou ele.

Clark estava tão perto dela, perto o bastante para deixar evidente que eles eram amigos...

Ou... mais que isso?

Não.

Acho que não.

Por favor, não.

Qual relação eles tinham?

— Eu só precisava de um pouco de ar fresco — respondeu Liz, com um sorriso enorme no rosto ao olhar para o garoto.

Mas era um sorriso falso.

Não era? Ela não tinha ficado feliz *de verdade* ao ver aquele cara, tinha?

— Este é Wesley Bennett, meu antigo vizinho — declarou Liz, apontando para mim como se eu não fosse importante.

Como se eu fosse um garoto qualquer que morava no mesmo bairro que ela, não um cara que tinha uma tatuagem no braço que combinava com a que ela tinha no ombro.

Droga. Será que ela tinha removido a tatuagem?

Liz não teria feito isso, teria? Quer dizer... é caro fazer esse tipo de coisa, né?

Era loucura pensar nisso com tudo o que estava acontecendo, mas eu ficaria arrasado se a tatuagem não estivesse mais lá.

— A gente era amigo de infância — contou ela, os lábios sorrindo na minha direção, mas os olhos, não.

Inclinei a cabeça para o lado.

— É isso mesmo que a gente era? — questionei.

Eu não pensava que fosse possível, mas o rosto dela ficou ainda mais vermelho quando se concentrou nos meus olhos.

— É.

Droga. Eu preciso beijá-la.

— E este — continuou ela, apontando para o cara — é o Clark.

Só *Clark*? Nenhuma explicação, como "meu amigo", "um idiota" ou "meu guarda-costas"? Qual era o relacionamento deles?

— É um prazer, cara — cumprimentou ele, estendendo a mão e apertando a minha. — Jogada impressionante hoje.

—Valeu — agradeci, sem saber ao certo como reagir à gentileza irritante daquele garoto que eu não fazia ideia de quem era.

— As pessoas estão animadas com essa história de melhor recrutamento do país — comentou Clark. — Eu mesmo não vejo a hora de virar um torcedor fanático no amistoso daqui a duas semanas, esteja avisado.

O amistoso. Engoli em seco quando ele disse isso.

— É, não vejo a hora para o amistoso — menti.

— E vi umas filmagens da liga de verão, sua bola rápida é impressionante.

—Valeu.

Eu me virei para Liz, que estava nos observando com os olhos semicerrados, irritada ou confusa. Talvez os dois.

Então perguntei para ela:

— E aí, quer dar uma volta?

— Ah, acho que Clark não vai gostar disso — respondeu ela, voltando a abrir aquele sorriso largo e falso.

Então *eu* semicerrei os olhos, porque ela estava com aquele olhar de Pequena Liz, de quem está tramando alguma coisa.

— Por quê? — questionei.

No mesmo instante, Clark se virou para ela e indagou:

— Por quê?

Liz piscou algumas vezes e abraçou o bíceps enorme do garoto.

— Porque meu namorado é muito ciumento — respondeu ela.

CAPÍTULO OITO

"Eu gosto de um cara.... E ele gosta de outra..."
"Bom, então esse rapaz é um completo idiota."

— *As patricinhas de Beverly Hills*

Liz

Olhei para Clark, e deu para ver a confusão estampada no rosto do meu amigo.

Ele não tinha entendido o que eu estava fazendo.

— Você é muito ciumento — repeti, em uma voz cantarolada e fofa demais, tentando transmitir meus pensamentos com os olhos. — Apesar de você achar que não — brinquei.

Ele franziu as sobrancelhas.

Droga.

— Ah, vocês estão juntos? — quis saber Wes (*pelo menos alguém entendeu*), mas não pareceu se importar muito.

Ele fez essa pergunta como se fosse: "Vocês gostaram do molho de queijo?", o que doeu um pouco.

Embora *eu* não me importasse mais.

Eu já tinha superado.

Droga.

— Isso — respondi, assentindo com um entusiasmo um pouco exagerado. — Estamos juntos, sim.

— É? — perguntou Clark, ainda confuso. Então a cena ficou quase cômica (se não fosse tão assustadora) quando ele arregalou os olhos e disse: — É, estamos. Namorando. Estamos namorando mesmo, eu sou o namorado dela.

Ai, fala sério. Pigarreei.

— É recente — falei, com um sorriso ridículo —, então, é...

— Recente? — questionou Wes, inclinando a cabeça e me encarando como se tivesse algo errado comigo.

Minha nossa, como isso pode estar acontecendo?

Olhei para o idiota do Wes, aquele rosto lindo, medonho, terrível, e não consegui acreditar que ele estava ali.

Que ele estava ali, e eu estava fazendo *aquilo*.

— É que somos amigos há tanto tempo — expliquei, com uma voz estridente que me lembrou Ross Geller ao dizer "Eu estou ótimo!" ao ver Rachel e Joey se beijando. — Você sabe como é, né?

Você não estava fingindo que nem se lembrava de nada, idiota?

Isso fez algo mudar em sua expressão, e meus olhos foram atraídos para sua mandíbula, que se contraiu e relaxou antes de ele responder:

— Sei.

Que maravilha.

— Eu ainda não consigo acreditar — comentou Clark, erguendo a mão e beliscando minha bochecha, com um sorriso tão idiota que eu teria dado risada se, de novo, a situação não fosse tão assustadora. — Num dia éramos amigos, no outro ela estava toda "Clarkie, eu gosto de você", e eu tipo "nossa, Lizinha, eu também gosto de você". E agora estamos juntos. É, tipo, surreal mesmo.

— *Muito* surreal — concordei, com uma risadinha, mas na verdade o que eu queria era dar um chute no insuportável do Clark. — Tudo aconteceu tão rápido, na verdade.

— Rápido *mesmo* — afirmou Clark, alto demais, sorrindo e beliscando minha bochecha mais uma vez, e na sequência dando dois tapinhas de leve.

Tirei sua mão gigantesca do meu rosto (*babaca!*).

— É — falei —, enfim, essa é a fofoca do momento.

Fofoca do momento. *O que você está falando, sua idiota? Está no ensino fundamental, por acaso?*

— Nossa — disse Wes, olhando de mim para Clark. Então ele abriu um sorrisinho e provocou, como sempre fazia: — Bem, vocês são um casal lindo. Quer dizer, a diferença de altura de vocês é um charme. Muito fofos.

— Legal — repliquei, assentindo com exagero, quando na verdade o que eu queria era socar a cara dele.

Muito fofos? O que foi que ele quis dizer com *isso?*

— Obrigado — respondeu Clark, assentindo também.

— Bem... — Wes parecia imperturbável com a situação. Ele coçou a sobrancelha e continuou: — Olha, meus amigos devem estar me procurando, então vou atrás do pe...

— Aham — interrompi, assentindo mais uma vez. — Foi bom ver você.

— Ah, você também, Libby — respondeu ele.

Wes deu uma piscadinha e saiu.

Uma piscadinha... Ai. Droga. Fiquei olhando Wes atravessar a sacada e entrar, como se fosse qualquer outro cara em uma festa, sem entender por que eu estava tão furiosa.

Por algum motivo, eu queria arrastá-lo de volta para fora e obrigá-lo a, sei lá, ficar olhando enquanto eu beijava Clark de língua, qualquer coisa que o deixasse chateado.

Ele não tinha o direito de agir com indiferença em relação a mim, era *eu* que devia fazer isso.

DROGA.

— O que foi isso? — quis saber Clark, se colocando na minha frente, me obrigando a olhar para ele. — Você surtou?

— *Sim* — resmunguei, revirando os olhos e balançando a cabeça. — É óbvio que eu surtei.

— Por favor, me explica o que acabou de acontecer. E aqui — falou ele, me oferecendo seu copo —, beba isso. Parece que você está precisando.

— Estou mesmo. Que bebi... Ah, quem liga, né? — soltei, pegando o copo e entornando a bebida.

Nãoooooo, uísque não! Minha garganta está pegando fogo.

Clark estava rindo quando devolvi o copo, tentando não engasgar.

— Nossa, Liz. Esse bourbon custou cinquenta dólares.

— E é horrível — declarei, com dificuldade, os olhos lacrimejando. — Meu Deus.

Ele foi até o outro lado da sacada, tirou uma garrafa de água de um dos isopores e me entregou.

— E aí? Qual é o rolo entre você e Wes Bennett, tirando o fato de vocês serem "amigos de infância"? E por que você falou que eu sou seu namorado?

Segurei Clark pelo braço e o levei até o parapeito, para ter certeza de que ninguém ia ouvir. Abri a garrafa de água e tomei um golão.

— É complicado — expliquei —, mas basicamente namoramos no colégio e não nos vemos desde que terminamos. E digamos que foi um pouco... *difícil.*

— Um pouco uma ova. Pareceu bem complicado.

— Faz um tempão e eu já superei — falei.

Era a verdade. Sucinta e sem emoção, sem um pingo da raiva que surgiu dentro de mim quando ele perguntou "É isso mesmo que a gente era?".

Sim, eu ainda odiava Wes. Com certeza.

A letra de "Congrats", da LANY, apareceu em um sussurro em minha mente, ressoando no meu coração partido...

You broke my fucking heart
You tore my world apart

— Ele queria dar uma volta para colocar o papo em dia — continuei, balançando a cabeça e cerrando os dentes, ainda surtando. — Mas, para mim, não dá. Quer dizer, por que sugerir uma coisa dessa? Como ele pode achar que eu ia querer con...

— Tudo bem — interrompeu Clark, com um sorriso gentil. — Encontrar um ex-namorado é estranho mesmo, eu entendo.

— Entende? — perguntei, surpresa, porque nem eu entendia.

Eu tinha passado muito tempo fazendo um detox de Wes Bennett e havia superado nosso relacionamento. A presença dele — *caramba, como ele pode estar estudando aqui agora?!* — deveria ser, no máximo, um pequeno inconveniente.

Então por que a sensação de vê-lo era a mesma de levar um choque?

E não no bom sentido, como os filmes fazem parecer quando mostram a *eletricidade* entre os personagens.

Clark soltou o rabo de cavalo e penteou o cabelo loiro com os dedos.

— Mas vou falar uma coisa... — disse ele. — Fingir que está namorando comigo é uma péssima ideia.

— Por quê? — indaguei, dando uma olhada atrás dele, só para verificar se Wes tinha voltado para a sacada. — Se ele achar que tenho um namorado de dois metros de altura muitíssimo forte, vai saber que já superei nosso relacionamento *e* é provável que mantenha distância.

Eu afirmei aquilo já sabendo que, se Wes quisesse mexer comigo, nada o impediria.

Mas é claro que ele não queria aquilo.

— Só que... Você quer mesmo que as pessoas achem que estamos namorando? Pense bem. A gente mora junto, trabalha junto. Se isso se espalhar, vai ser uma baita fofoca — argumentou ele.

Clark não estava errado.

Mas, pesando os prós e os contras, não era tão terrível assim. Eu não namorava nem ficava com ninguém, então não teria problema algum se as pessoas achassem que eu estava com o Clark.

Na verdade, até seria bom que pensassem que um jogador alto e forte de rugby era meu namorado. Eu não teria que inventar desculpas para explicar meu desinteresse absoluto em relacionamentos românticos.

Mas...

— Nossa, eu sou tão egoísta — observei, me dando conta do sacrifício que seria para Clark. — Ia estragar sua vida amorosa se as pessoas pensassem que você tem uma namorada, né?

— Não estou preocupado com *isso* — retrucou ele, dando de ombros. — Quer dizer, imagino que uma hora ou outra vamos terminar de mentirinha, quando você conseguir ficar de boa perto dele.

— É, com certeza — concordei, me perguntando se algum dia eu conseguiria de fato ficar "de boa".

Porque eu jamais imaginei que, àquela altura da minha vida, dois anos depois, eu ficaria tão abalada com a presença do Wes. Eu esperava um reencontro educado, com alguns pensamentos desagradáveis que desapareceriam assim que ele se afastasse.

Era para ser assim.

Mas por queeeeeeee eu ainda não me sinto indiferente em relação a ele?

— Então tudo bem — disse Clark, com um sorrisinho que indicava que ele tinha topado. — Vamos seguir a história que dissemos ao Bennett, que nosso lance é recente. Acabamos de descobrir que gostamos um do outro e estamos explorando nossos sentimentos. Assim, quando as pessoas reagirem, tipo: "Não, eles são só amigos!", vai fazer sentido que ninguém soubesse.

— Viu? É por isso que eu quero namorar você — brinquei, me sentindo um pouco melhor. — Você pensa em todos os detalhes.

— Eu sei, eu sou incrível — respondeu ele, com um sorrisinho, beliscando minha bochecha mais uma vez. — Vai ser divertido, até.

— Sai fora, garoto — falei, batendo em sua mão, rindo apesar daquela situação toda — Deixa essa mão enorme longe do meu rosto. Entendido?

— Ah, Lizinha — disse ele, dando uma risada alta. — Você fica muito fofa bufando assim. Vou mandar uma mensagem para o pessoal da casa, para que eles fiquem por dentro do plano, e aí vamos pegar mais uma bebida para você, *namorada*.

Ele mandou a mensagem para Campbell e Leo, e voltamos para a festa. Fiquei feliz por estar um pouco bêbada quando ele pegou minha mão e me levou até a cozinha. Porque lá estava Wes, sentado na banqueta onde eu tomava iogurte todas as manhãs, sorrindo e jogando cartas com seus amigos.

Que na verdade eram meus amigos.

Que na verdade tinham sido meus amigos primeiro.

E ele estava na minha cozinha, como assim?!

Eu sentia que precisava de um tempinho para me recompor. Aquilo tudo era demais para mim.

— Buxxie vai mesmo curtir aqui com a gente? — provocou Wade, o cabelo bagunçado porque ele enfim tinha tirado aquele chapéu ridículo. Com um punhado de cartas nas mãos e algumas latas de cerveja à sua frente, ele abriu um sorriso largo. — Achava que você só ficava cuidando da música nas festas.

— Eu implorei — explicou Clark, me puxando mais para perto e colocando o braço em volta dos meus ombros —, e Lizzie fez a gentileza de escolher ficar comigo. Pelo menos por uns cinco minutos.

— *Lizzie?* — repetiu Mickey, que estava na outra extremidade da mesa. — Que isso, "Lizzie"? A gente pode chamar você assim agora? Porque eu me lembro que esse apelido era proibido.

Queria muito que a atenção fosse direcionada a outra pessoa, porque dava para sentir Wes observando aquela interação idiota. *Wes, a única pessoa que me chamava de Lizzie.*

Eu me obriguei a sorrir.

— Bem, é que... — comecei.

— Só *eu* posso chamar ela assim — interrompeu Clark, alto demais.

Minha nossa. Eu não conseguia nem olhar para ele.

Wade semicerrou os olhos.

— Eu perdi alguma coisa? Vocês estão juntos?

Eu era uma péssima mentirosa, então só dei de ombros e sorri, dizendo:

— Talvez.

— Gente, a pequena Buxxie está ficando vermelha! — exclamou Mickey. — Que fofo.

No mesmo instante soube que "ficando vermelha" era eufemismo, porque parecia que minha pele estava pegando fogo.

— Fica quieto — reclamei, revirando os olhos. — Vou voltar para a música.

— Ah, poxa, amor — disse Clark, me provocando. — Fica mais um pouco.

Isso fez Mick rir, e eu me desvencilhei do braço de Clark quando o momento passou e o jogo de cartas continuou. Virei para fugir dali, para sair da cozinha e me perder na música da festa, mas não antes de minha atenção encontrar a de Wes.

Wes, cujos olhos escuros estavam fixos em mim, como se ele estivesse procurando alguma coisa.

Aquele rosto era impossível de decifrar, e eu sustentei seu olhar sem reação, sem saber ao certo o que estava se passando entre nós dois. Engoli em seco e coloquei o cabelo atrás das orelhas. *Controle-se, Buxbaum.* Mas, ao sair da cozinha o mais depressa possível, senti que meus joelhos estavam prestes a ceder.

O que foi isso, universo?

CAPÍTULO NOVE

"O que é isso? Eu sei que é constrangedor, mas você não precisa sair."

— *O diário de Bridget Jones*

Wes

Eu queria ir embora.

O pessoal estava se divertindo, mas eu precisava dar no pé. Depois da notícia avassaladora sobre o Clark e a Liz, passei uma hora sentado na cozinha, fingindo estar curtindo o jogo de cartas, mas bombas explodiam no meu cérebro.

Liz tinha um namorado.

Eu sempre soube que existia essa possibilidade, mas acho que nunca aceitei que poderia acontecer de verdade, por isso fiquei *chocado* com a revelação. E, antes mesmo que eu tivesse um tempo para processar aquela situação terrível, Wade me contou que os dois dividiam o apartamento.

Clark era uma das pessoas que *moravam* com ela.

Ela *morava* com o novo namorado.

Fiquei enjoado. Senti o estômago revirar, e era bem possível que eu vomitasse, então precisava sair logo de lá. Procurei Liz depois que ela saiu da cozinha — *só Deus sabe por que fiz isso* —, mas ela parecia ter desaparecido por completo.

Atravessei a sala lotada, desviando das pessoas que pulavam e pareciam estar todas cantando juntas ao som de "DJ Got Us

Fallin' in Love", do Usher. Fui até AJ e dei um tapinha em seu braço.

—Vou voltar a pé — gritei.

— O quê? — perguntou ele, parando de dançar e se aproximando para me ouvir, me olhando como se eu estivesse delirando. —Vai voltar a pé? *Agora?*

— É — respondi, sem interesse algum em dar satisfação.

— Por quê? Você por acaso sabe voltar daqui? — Ele bebeu um gole da cerveja. — Por que vai perder a festa?

— Só quero ir embora. — Eu ia surtar se continuasse ali por mais um minuto sequer. —Vejo você em casa.

— Espera! — exclamou ele quando me afastei, mas eu precisava ir embora.

Fui empurrando as pessoas, sem nem me dar ao trabalho de pedir desculpa, abrindo caminho na multidão com os cotovelos, e já estava na porta quando ele me segurou pelo braço.

— Bennett!

Eu me virei e quase achei engraçado como ele estava todo suado e com uma expressão confusa. Por sorte, a entrada do apartamento não estava tão cheia, então não precisei mais gritar.

— Cara, eu tenho que ir — falei, balançando a cabeça.

— Mas você está bem? Andar pelas ruas de Los Angeles à noite não me parece uma boa ideia — comentou ele, parecendo um pai preocupado. — Eu não sei se você está bêbado, mas, se quiser, eu te faço companhia enquanto espera o Uber.

Ele era muito gente boa. Eu não soube o que dizer nem como me explicar, então só respondi:

— Eu estou totalmente sóbrio, só não quero mais ficar aqui.

— Bem, e se a gente...

— Lembra da minha ex-namorada?

Ele parou de falar e ficou um tempo sem entender.

— Não, acho que não — murmurou. E de repente: — Espera aí... a ruiva da escola?

Enchi a cara uma noite durante a liga de verão e contei *muita coisa* ao AJ, talvez mais do que jamais compartilhei com qualquer outro ser humano. Nunca voltamos a tocar no assunto depois daquela noite, mas de alguma forma eu sabia que ele se lembrava de tudo.

Ele era esse tipo de cara.

— É. Bem, pelo jeito, ela mora aqui.

— Como assim ela mora... Ai, meu Deus! — Ele arregalou os olhos. — É a *Liz*?

— Shhhhhh! — Olhei para trás para me certificar de que ninguém estava ouvindo. — Fala baixo.

—Você está me dizendo — começou ele, num sussurro gritado — que Buxxie é a sua ex?

— É isso mesmo — respondi. — E trate de se controlar.

— Mas Bennett — disse ele, olhando para mim como se eu tivesse acabado de contar a notícia mais chocante do mundo. — Não estou entendendo. Você não sabia...

— Eu sabia que ela estudava na UCLA, mas não que ela morava aqui, e com certeza não sabia que ela tinha namorado.

— *Caraaaa!* — exclamou AJ, inclinando a cabeça e me olhando como se eu fosse um coitado. — Não acredito que as coisas acabaram assim.

— Inacreditável, né?

Eu ainda estava com o estômago meio embrulhado com aquilo tudo, ainda mais porque não conseguia parar de ouvir Clark chamando Liz de "amor".

Nojento. Era nojento, não era?

"Amor" era um apelido carinhoso ofensivo, na minha opinião. *Droga.*

— Melhor você ir mesmo — disse AJ, apontando para a porta. — Porque sua cara está cada vez mais vermelha. Sai, esfria a cabeça e me manda uma mensagem para eu saber que chegou bem em casa.

—Valeu, cara — agradeci, abrindo a porta e saindo do apartamento barulhento.

Não queria ter que falar sobre aquele assunto com AJ depois — ele adorava conversar sobre sentimentos —, mas pelo menos eu sabia que podia confiar que ele não contaria para ninguém.

Saí do prédio e comecei a andar, grato pelo ar fresco e pelo silêncio, mas não demorou muito até que eu me perdesse.

A UCLA era enorme e, durante o dia, eu já conhecia bem a área. Mas, quando estava escuro… era impossível. Meu senso de direção sumiu. Eu tinha dado meu carro para minha irmã, porque teria vários colegas com quem pegar carona, mas entender onde eu estava a pé parecia ser mais difícil do que quando eu estava ao volante.

Mandei mensagem para AJ:

Eu: Acho que estou andando em círculos pelo bairro. Tem algum segredo para sair daqui?

Olhei para a tela e percebi que fazia quarenta minutos que eu estava andando.

Comecei a achar que o GPS estava tirando uma com a minha cara.

Tinha também o fato de que passei o tempo inteiro pensando em Liz e Clark, então o ciúme pode ter prejudicado minhas habilidades de navegação noturna.

É, eu estava enlouquecendo de ciúme.

Morrendo de ciúme.

Era um sentimento tão intenso que estava me sufocando.

O que me deixou irritado, porque isso era idiota, não era?

Mas, embora meu cérebro soubesse que era lógico que ela estivesse namorando outra pessoa, meu corpo queria acabar com Clark. Só porque ele era o cara que estava com ela.

Na verdade, eu devia estar feliz pela Liz, porque ele parecia ser legal. *Aliás, muito, muito legal.* Mas de alguma forma eu sabia que Clark não era o cara ideal para ela. Talvez eu também não fosse (embora eu tivesse quase certeza de que era, sim), mas o Garoto do Rabo de Cavalo com certeza não era.

Ela disse "recente".

Que o relacionamento era "recente".

Mas... qual era a definição de recente?

Estávamos falando de dias? Semanas? O que constitui algo *recente*?

Será que eles já tinham se beijado?

— Não — resmunguei para mim mesmo.

Só de pensar naquilo meu estômago se revirou de novo. Quer dizer, fazia mais de um ano que terminamos. É *óbvio* que ela já tinha beijado outra pessoa. Eu sabia muito bem disso, mas voltar a ver seu rosto, sentir seu perfume e ouvir o som de sua voz fez tudo parecer real demais.

Meu celular vibrou.

AJ: Compartilha sua localização.

Fiz isso, e meu celular vibrou mais uma vez. Eu esperava que fosse AJ, mas era minha irmã.

O que também não era nenhuma surpresa. Sarah vivia se intrometendo na minha vida.

Sarah: E a festa? Épica mesmo? Estão bebendo cerveja direto do barril?

Eu: Na verdade estou voltando a pé para casa.

Sarah: Tão cedo?

Eu: Liz estava lá.

Ela me ligou por videochamada quase na mesma hora.

Droga.

Eu não estava a fim de conversar, mas também tinha certeza de que ela não ia desistir.

— Eu sabia que não devia ter te contado — falei ao atender, embora soubesse que jamais teria deixado de contar.

Sarah havia passado de irmãzinha irritante a única pessoa do mundo de quem eu podia depender depois da morte do meu pai e dos problemas da minha mãe, então nós meio que contávamos tudo um para o outro.

Spoiler: As pessoas ficam bem próximas dos irmãos quando são obrigadas a aprender a sobreviver juntas.

— Ai, meu Deus! — exclamou ela, como se eu não tivesse falado nada. — Você conversou com ela?

Sarah estava de óculos, ou seja, prestes a ir dormir. Ela odiava usar óculos e sempre esperava até o último momento antes de deitar para tirar as lentes de contato.

— Conversei — respondi, sem querer me lembrar daquele papo furado.

— Nossa, Wes, eu tinha razão! — Sarah, a romântica, queria que eu fosse atrás da Liz assim que cheguei a Los Angeles. — É o destino, eu tenho certeza...

— Ela estava com o novo namorado.

Parei de andar e me sentei em um banco, já sabendo que seria uma conversa demorada.

— Ela está *namorando*? — perguntou minha irmã, que não se deixava intimidar. Ela logo iniciou sua missão de descobrir todos os fatos: — E ele estava lá? É sério?

— Tive o privilégio de conhecer o cara e conversar com eles, *juntos*, como um casal.

— Nãoooo... que pesadelo — lamentou, horrorizada, com os olhos arregalados. — Como ele é?

Eu detestei aquele garoto. Muitíssimo. Porque...

— Ele parece ser um cara incrível.

— Nossa, que *péssimo* — reclamou ela, gemendo e balançando a cabeça. — Mas você sabe se faz tempo que os dois estão juntos?

— Essa parte foi estranha — comentei, me recostando no banco e esticando as pernas. — Liz disse que é recente, que eles acabaram de começar a namorar, e aí os dois disseram que ainda estavam se acostumando. O garoto ficou, tipo, "Ah, é, é mesmo... sou seu namorado".

— O quê? — retrucou Sarah. Ela devia ter acendido a luz, porque a imagem estava mais clara. — Eles *ainda estão se acostumando*?

— Eu sei — concordei, ainda um pouco confuso com isso. — Tipo... como assim?

— Dá para ver que não é nada sério, então. O que mais?

— O que mais o quê?

— O que mais aconteceu com a Liz, idiota? Sobre o que vocês conversaram?

— Foi tudo educado demais — expliquei, e meu estômago embrulhou mais só de lembrar o reencontro tão cordial. — Como se fôssemos dois estranhos.

— Aff — disse ela, quase choramingando.

— Pois é! — Soltei um suspiro e tentei afastar a decepção. — Mas mesmo que ela estivesse solteira, Sarah, acho que não ia fazer diferença. Ela ainda me odeia.

— Ela disse isso?

— Não, mas ficou subentendido. Pode acreditar — respondi, porque deu para ver que Liz ainda me odiava quando ela olhou para mim.

Minha irmã se aproximou da câmera e apontou o dedo para mim.

— Wesley, você precisa dizer a verdade para ela.

— Mas como vou fazer isso, se ela nem está solteira? — Eu adoraria que ela soubesse a verdade, mas não havia como simplesmente pronunciar aquelas palavras. — Não é bem um assunto que vem à tona numa conversa.

— Não sei como você vai fazer isso, mas precisa. Só desembucha logo. — Ela deu de ombros. — Mesmo que seja de um jeito estranho no meio do pátio, diga a verdade.

— Acho que não tem *pátio* na UCLA.

— Wesley.

— *Sarah Beth*.

Olhei para a lua cheia e me levantei.

— Para ser sincero — comentei —, acho que a verdade não mudaria nada.

— Pode mudar tudo, seu idiota!

Sarah estava toda agitada, e eu acabei me arrependendo de ter contado sobre Liz, porque estava cansado demais para ter que lidar com aquilo.

—Vou pensar no assunto — declarei, voltando a andar.

— Por que esperar? Por que pensar? Volte para a festa e grite a verdade, Wesley!

—Tenho que desligar.

— Caramba, Wes, você precisa agir agora, enquanto o relacionamento dela é recente... Não percebe que é uma boa oportunidade? Se ficar adiando, vai... *deixar* de ser recente. Aí *sim* não vai importar.

— Eu ligo para você amanhã. Vou desligar agora.

— Mas...

Desliguei. Sabia que ela tinha a melhor das intenções, mas eu não queria falar sobre o assunto. Nem com ela nem com ninguém.

Não, eu preferia ficar encanando e surtando sozinho.

E, aliás, ela estava enganada.

Porque eu conhecia Liz muito bem. Pressioná-la com confissões em alto e bom som depois de ter ficado dois anos sem falar com ela só a afastaria. Foi por isso que não fui atrás dela logo no primeiro dia de aula.

Eu estava sendo paciente.

Era necessário convencê-la a voltar a ser minha amiga primeiro. Deixar que eu me aproximasse de novo. Só assim a gente poderia ter uma segunda chance.

O que parecia muito mais difícil naquele momento, já que ela tinha um novo namorado.

Como se fosse um sinal, meu alarme disparou.

Era 0h13.

Sério, universo, muito engraçadinho.

Droga.

De brincadeira, Liz tinha configurado um despertador no meu celular no verão que passamos juntos, para que todas as noites eu fosse obrigado a parar e lembrar que, naquela exata hora, nós nos beijamos na rua na noite do baile de formatura.

Coitadinha da apaixonada confusa.

Eu não sabia ao certo por que nunca desativei aquele alarme, para ser sincero.

Ouvi um carro parar ao meu lado.

— Bennett, seu escroto.

Semicerrei os olhos e vi Wade, Mickey, AJ e uma garota que eu não conhecia, todos amontoados em um Honda prata com um homem grisalho ao volante. Mickey baixou o vidro do passageiro e disse:

— Entra aí.

— Já cansaram da festa? — perguntei, guardando o celular no bolso, chocado por eles estarem indo embora tão cedo.

— Campbell falou que estava com fome — respondeu AJ de onde estava, pelo jeito espremido contra a porta no banco de trás —, então Brooks chamou um Uber para irmos comer alguma coisa.

A garota, Campbell, pelo que tudo indica, acenou e sorriu para mim.

— Entra no carro — convidou Wade, colocando a cabeça para fora do vidro de trás —, estamos indo para o Fat Sal.

Eu não sabia se eles iam voltar para a festa depois, mas pelo menos eu poderia chamar um Uber do restaurante, caso esse fosse o plano. Entrei no banco de trás, espremido entre Wade e a porta, e o motorista acelerou.

— Que tipo de idiota vai para casa andando sem saber o caminho? — questionou Mickey, sorrindo para mim, bêbado. — Nosso pequeno AJ ficou todo preocupado com você.

— Eu também ficaria preocupado com *você*, se saísse vagando sozinho por Los Angeles à noite — argumentou AJ.

Wade deu uma risada.

— Claro que ficaria — retrucou ele, estendendo a mão para dar um tapinha no joelho de AJ. — Mamãe Superprotetora.

— Por que veio andando? — perguntou Campbell, inclinando o corpo para a frente para ver além de Wade, que estava entre nós dois. — Não conseguiu chamar um Uber?

Hesitei por um instante, porque aquela garota morava com a Liz, né? Eu duvidava que ela soubesse algo a meu respeito, pelo menos por enquanto, já que Liz nem sabia que eu estava estudando na UCLA algumas horas antes, mas eu tinha uma sensação estranha de que devia tentar causar uma boa impressão.

— Algo do tipo — falei, como se eu tivesse agido por impulso, e não por ter surtado com o relacionamento da amiga dela. — Aliás, meu nome é Wes.

— Campbell — disse ela, sorrindo. — E você era namorado da Liz, né?

— *O quê?* — gritou Wade, embora estivesse bem ao meu lado. Ele ficou de queixo caído por um instante. — Você namorava a Buxxie?

Droga. A última coisa que eu queria era falar sobre isso com Wade.

Ou com qualquer outra pessoa.

Quer dizer, a exceção era a própria Liz.

— Ela era minha vizinha — expliquei, tentando minimizar a questão.

— Sua vizinha? — repetiu ele, rindo. — Uau, Bennett, preciso saber mais.

— Faz muito tempo — respondi, sem dar muita bola para ele, porque eu estava louco para ouvir o que Liz tinha dito à amiga sobre mim. Eu me virei para Campbell. — Então, é verdade, a gente namorava.

— Foi o que o Clark disse — comentou ela —, mas não se preocupe... ele está supertranquilo com isso.

— Ah — falei, como um idiota, já que não estava conseguindo formar uma frase inteira porque, tipo... então Liz não tinha falado *nada* a meu respeito? Só o namorado dela que falou de mim? — Que bom.

E por que Clark estava tão tranquilo assim? Ele não devia estar com um pouquinho que fosse de ciúme?

E por que eu estou tão neurótico com isso?

— Pois é — concordou ela. — E Wade me contou tudo o que eu precisava saber sobre *você*.

— Ah, é? — questionei, olhando para o sorrisinho idiota do Brooks, me perguntando o que ele poderia ter dito.

— Ele disse que você é um lançador de Nebraska-Idaho-Oklahoma.

— Os estados no meio do país são uma coisa só, na verdade — explicou Wade, na defensiva, dando de ombros. — Não esperem que eu me lembre de qual deles nosso canhotinho aqui veio, né?

— Brooks é um belo endosso ao sistema de educação do Texas, né? — perguntou AJ para Campbell.

— Bem, dizem que tudo é maior no Texas — brincou ela. — Então po...

— É isso aí — concordou Wade, interrompendo, parecendo muitíssimo bêbado, com um sorriso largo para ela.

— Acho que podemos dizer que a ignorância também — retrucou Campbell, sorrindo para Wade, a cabeça inclinada como se ela estivesse esperando por uma resposta.

Naquele instante, fez sentido ela ser amiga da Liz.

As duas tinham uma doçura envolta em uma camada de sagacidade, como se tivessem um enorme potencial de gentileza, mas, ao mesmo tempo, também de destruir quem de fato merecesse.

A voz do Wade saiu cheia de confiança:

— Querida, se isso fizer você gostar de mim, eu completo até o mapa inteiro dos Estados Unidos, com cada uma das capitais dos estados.

— Consegue fazer isso bêbado? — perguntou ela, tentando não rir. — Em um guardanapo do Fat Sal?

— Hoje? — questionou ele, parecendo um pouco menos presunçoso.

O carro parou em frente ao restaurante.

— Isso mesmo — respondeu ela. E continuou falando enquanto descíamos do Uber: — Desenho o mapa enquanto esperamos na fila, e aí você pode demonstrar seus conhecimentos geográficos enquanto comemos.

— É um plano incrível — observei, entrando logo na fila do restaurante.

— Certo... vocês fazem o pedido — disse Mick para mim e AJ, me entregando um maço de dinheiro —, e a gente pega aquela mesa livre ali e começa.

— É — concordou Campbell, estendendo o cartão. — Eu quero a batata frita que vem com presunto, pepperoni, salame, queijo e molho, por favor.

— Eu quero o sanduíche Fat Bruin — pediu Mick. — E você, Brooks?

— Quero um sanduíche Fat Texas com batata frita — respondeu Wade, ainda com aquele sorriso de bêbado. — E não fique tão animado para me ver fracassando.

— Não consigo conter meu entusiasmo — retrucou Mick, balançando a cabeça. — Eu vivo para isso.

Assim que os três foram para a mesa (aquele restaurante ficava bem movimentado nas noites de sexta-feira), AJ perguntou:

— E aí, como você está?

— Estou bem. — Olhei para a mesa, me certificando de que Campbell não estava perto o suficiente para ouvir. — Está tudo bem.

— Ótimo. — Ele deu um passo para a frente quando a fila andou. — Eu ainda não consigo acreditar que é a Buxxie. *Buxxie* é a sua ex. Que bizarro.

—Vocês são próximos? — perguntei, curioso.

Como eu estava um pouco mais calmo, já que tinha me distraído, queria descobrir o que ele sabia sobre a Liz da Califórnia.

— Nem um pouco. Eu só a conheço de nome pelo que *escutei* do Wade e do Mick.

Os dois estavam no segundo ano.

— Ah, é? — questionei, impressionado com o quanto eu parecia tranquilo, quando na verdade queria pegar um caderno e anotar cada detalhe que ele sabia sobre Liz Buxbaum.

— É. Parece que ela trabalha com produção de vídeo, então está sempre por perto, filmando e fotografando os treinos. É a equipe dela que cria o conteúdo que o departamento esportivo publica nas redes sociais.

— Não acredito.

A Liz trabalha no departamento esportivo?

Por essa eu não esperava.

— É. Acho que é por isso que todo mundo conhece a Liz.

— Todo mundo conhece a Liz?

— É o que parece. — A fila andou, e ele deu mais um passo para a frente. — E eu perguntei sobre o Clark para alguns caras, mas pelo jeito isso aí entre ele e a Liz é bem recente, porque todo mundo parece achar que os dois são só amigos.

— Entendi.

Eu me senti um pouco melhor ao ouvir isso, porque minhas chances eram muito maiores se eles tivessem acabado de começar a namorar do que se já fizesse um tempo que estavam juntos.

— E aí, qual é o plano? — quis saber AJ.

A pergunta fez com que eu me concentrasse cem por cento nele, em seu rosto, que me encarava de um jeito estranho. Eu não tinha contado para ele, nem mesmo bêbado, sobre minha intenção de reconquistar Liz. Então fiquei um pouco surpreso com o comentário.

— Como assim?

—Você está com a mesma cara idiota de quando está tentando eliminar um rebatedor. Parece... determinado, Bennett.

As pessoas que estavam à nossa frente saíram, e eu me aproximei do balcão para fazer o pedido.

É verdade, eu estava *determinado*.

No que dizia respeito a Lizzie, eu tinha toda a determinação do mundo.

CAPÍTULO DEZ

"Eu amo você porque franze a testa sempre que olha para mim como se eu fosse um louco. Eu amo você porque passa um dia comigo e eu fico sentindo seu perfume nas minhas roupas. E eu amo você porque é a última pessoa com quem eu falo antes de dormir todas as noites."

— *Harry e Sally: feitos um para o outro*

Liz

— Alguma dúvida?

Enfiei o notebook na mochila. Elaine Lowell, professora de Legislação e Música, esperava pelas dúvidas dos alunos — mas ninguém falaria nada. Eu já tinha sido aluna dela antes, e Lowell era brilhante, mas muito assustadora.

Mesmo que o prédio estivesse pegando fogo, ninguém ousaria perguntar àquela mulher onde ficavam os extintores de incêndio.

Ela tinha acabado de passar uma quantidade enorme de leituras, textos que certamente me fariam dormir. Eram informações importantes que eu com certeza usaria no mundo real, só que existe um limite de quanto é possível ler sobre copyrights de música antes que as pálpebras comecem a pesar.

Eu provavelmente iria à biblioteca de Música mais tarde ler o texto, porque meus amigos eram barulhentos demais para que fosse possível estudar um texto chato no nosso apartamento.

— Muito bem, então estão liberados.

Fui saindo às pressas, como todos, e estava quase na porta quando ouvi Elaine Lowell me chamar:

— Liz? Você tem um minuto?

— Tenho, sim. — *Droga, droga, droga.* Engoli em seco e fui até o tablado, onde a professora estava organizando suas coisas, me perguntando sobre o que ela queria falar comigo. — Tudo certo?

Ela sorriu, um sorriso caloroso, e eu fui pega de surpresa, porque nunca tinha visto aquela mulher sorrir antes. Era uma advogada influente do ramo do entretenimento e tinha um jeito inacessível, como se nunca tivesse tempo para nada. Então eu achava que ela nem sabia sorrir.

E que nunca tivesse se importado o bastante com isso para aprender um simples sorriso.

— Só queria dizer que estou sempre disponível para perguntas e trocas de ideia depois da aula. Lilith Grossman é uma grande amiga minha e me contou que você é estagiária dela.

Ah. Eu tinha mandado meu horário para Lilith, como solicitado, mas não esperava que ela de fato olharia e faria alguma coisa a respeito disso.

Ou que entrasse em contato com um dos professores para falar de mim.

— Obrigada — falei, assentindo e sorrindo, meio atordoada. — Muito obrigada. Com certeza vou aceitar a oferta.

— Vai ser ótimo — disse ela, ainda sorrindo. — Fico feliz em ajudar sempre que precisar.

Deixei a sala me sentindo revigorada e, ao sair do Schoenberg, o prédio de Música, e colocar os fones de ouvido, me senti atravessada por uma explosão de gratidão. O simples fato de eu estar ali, em Los Angeles, fazendo aula de música em um lugar tão lindo... só isso era motivo mais que suficiente para agradecer.

E eu estava fazendo networking com pessoas importantes para a carreira dos meus sonhos. Antes mesmo de ter chegado ao último ano!

Aquilo era incrível.

"Unwritten", da Natasha Bedingfield, era uma ótima trilha sonora para aquele momento (eu estava sempre procurando por um motivo para roubar essa música, que tocava na abertura do reality show *The Hills*), e aumentei o volume da música ao descer a Bruin Walk em direção ao Morgan para minha reunião com Lilith. Fiquei imaginando uma cena de filme ao passar pela multidão de alunos indo para a aula, a música tocando ao fundo enquanto a protagonista atravessava o campus pitoresco com um sorriso bobo no rosto.

Reaching for something in the distance
So close you can almost taste it

— Olha para a frente!
— Ah! — gritei, saindo do caminho.

Um patinete passou por mim, tão perto de me atropelar que senti um ventinho quando ele passou.

Que babaca.

Não fiquei surpresa ao ver que era um atleta. Eu não sabia por quê, mas eram sempre os atletas que eu via usando os patinetes. Vi o cara costurando o trânsito de pedestres como se fosse um piloto da Nascar, rápido e despreocupado, e cerrei os dentes ao reparar na altura do garoto e na mochila do Bruins Beisebol, o time de beisebol da UCLA.

Está de brincadeira?

Eu não tinha certeza, mas de costas o garoto sem noção parecia muito com Wes Bennett.

Como se tivesse me ouvido, de repente o cara virou o patinete e veio na minha direção.

Por quê, univeeeeeerso?

Com certeza era Wes, e ele estava se aproximando com aquele sorrisinho idiota.

— Não acredito que a pessoa que quase atropelei é Lizzie Buxbaum — provocou, virando-se mais uma vez para andar no patinete ao meu lado.

— Em carne e osso — retruquei, e continuei andando e torcendo para que ele fosse embora.

— Desculpe por quase ter atropelado você.

Olhei para ele. Wes não parecia arrependido, andando devagar no patinete, com aquele sorrisinho arrogante que incitou mil lembranças indesejadas.

Não, ele pareceu achar aquilo divertido, abrindo um sorriso ainda mais largo.

— Agora você diz "Não tem problema, Wes".

— Não. Agora eu digo "Que tal passear com seu patinete em outro lugar, Wes?".

— Poxa, eu preciso ir para a aula — respondeu ele, todo engraçadinho —, então vou deixar essa passar.

— Ah, que ótimo — resmunguei, apertando o passo.

— Mas... Libby? — chamou ele, e sua voz arranhou aquela parte do meu cérebro que ouvia Bazzi sem parar.

— Não me chama assim — rebati, já quase em marcha atlética, embora soubesse que eu não ia conseguir fugir.

Ele soltou um suspiro dramático e falou:

— Foi muito bom ver você.

E saiu, acelerando o patinete.

Quando Wes desapareceu do meu campo de visão, cerrei os dentes com tanta força que parecia que eles iam se estilhaçar.

Por que isto está acontecendo comigo?

Eu tinha passado o sábado inteiro surtando, enlouquecendo por ele estar aqui na minha universidade. Sempre que conseguia me acalmar e me convencer de que isso não era nada de mais — já fazia dois anos e nós somos pessoas diferentes agora —, eu imaginava o rosto dele com um sorrisinho idiota perguntando "É isso mesmo que a gente era?", e a raiva voltava na hora.

Idiota.

Não era justo ele estar lá. Aquele lugar era *meu*, droga.

Na faculdade eu tinha uma vida da qual gostava, uma vida que veio *depois* da ruína do nosso relacionamento. Uma vida que eu construí *porque* minha primeira tentativa tinha fracassado. Então, de alguma forma, a ideia de ter Wes por perto parecia perigosa, como se sua presença metida a besta, "foi muito bom ver você", tivesse o poder de destruir todas as pequenas maravilhas que eu havia criado com tanto cuidado.

E, nossa! Meu trabalho (e agora meu estágio) tinha tudo a ver com o departamento esportivo da UCLA. Aquilo era importante para mim, e eu estava morrendo de medo de que ele estragasse tudo ou acabasse impactando negativamente o amor que eu sentia pela faculdade e pelo meu trabalho. Além disso, como eu ia evitá-lo, se minha principal tarefa era filmar atletas, e ele era um atleta?

Aaaaaaaaah.

De alguma forma, ele tinha acabado bem no centro do meu mundinho a milhões de quilômetros de Omaha, e isso não era justo.

Clark fez pouco-caso da situação e achou que eu estava exagerando.

— Primeiro — começou —, ele acha que você namora, então tenho certeza de que vai manter distância, porque eu sou muito intimidante. Segundo, ainda nem começou a temporada de beisebol, então não vamos fazer nada com o time dele até ano que vem. E, *se* tivermos algum trabalho relacionado ao beisebol, eu foco nos lançadores e você cuida dos outros jogadores. Problema resolvido.

Respirei fundo e disse a mim mesma que Clark tinha razão.

A faculdade era gigantesca, então era bem possível que seriam poucas e raras as vezes em que eu ia esbarrar com Wes. E o plano do Clark para eu conseguir evitar meu ex era muitíssimo executável.

Ia ficar tudo bem.

Não era nada de mais, no máximo um aborrecimento sem importância, e era totalmente viável evitar qualquer interação futura com Wes Bennett.

— Quero colocar você no time de beisebol.

Meu café desceu pelo caminho errado, e eu comecei a tossir sem parar. Lilith esperou que eu me recuperasse.

Quero colocar você no time de beisebol. Minha nossa, isso não era nada bom.

Assim que consegui falar, perguntei, arquejando:

— O quê?

— Imagino que você já ouviu falar que a *Baseball America* classificou a UCLA como o melhor recrutamento do país, certo?

— Certo.

— Bem, aquele seu post do treino de pré-temporada na sexta-feira teve mais curtidas que o conteúdo de futebol americano. E eles tiveram *um jogo* no sábado.

Ela parecia satisfeita, o que me deixou bem feliz.

Para falar a verdade, fiquei surpresa por Lilith prestar tanta atenção nas publicações das redes sociais do departamento esportivo.

Ela não deixava passar nada.

— As pessoas estão animadas com o time de beisebol — continuou ela. — Os torcedores estão empolgados. Todos querem acompanhar mais de perto um grupo tão promissor.

Esfreguei a testa. Uma dor de cabeça estava começando a surgir.

— O que... é... O que "me colocar no time" significa, neste caso? — perguntei, tentando fingir que a resposta não me afetaria tanto assim.

— Você já assistiu a *Hard Knocks*?

Eu tinha maratonado a temporada mais recente no dia anterior, e era uma série documental fantástica que acompanhava o dia a dia de um time da NFL durante a temporada.

— Já. Eu adorei.

— Bem, ótimo, porque é isso que a gente quer fazer com o time de beisebol. *Nós* queremos transformar esse time e o conteúdo em uma marca. Ainda não batemos o martelo, mas estou pensando em chamar de *Bruins Baseball: construindo um time.*

— Ah — falei, assentindo e tentando me concentrar, mas minha mente já estava descontrolada.

— Queremos que os seguidores sejam inundados com conteúdo do tipo "um dia na vida de um jogador dos Bruins", e também com entrevistas curtas para apresentar o time deste ano. Gostaria que você se considerasse uma jogadora honorária dos Bruins e que sua rotina basicamente seja ir para as aulas, depois para o treino e aí para o alojamento dormir. Todos os dias. Eu adoraria ver três ou quatro Reels por semana até o fim da pré-temporada.

O quê??? Nãooooooooo.

Ela estava mesmo me dizendo que queria que eu dedicasse todo o meu tempo ao time de beisebol? O time de beisebol em que *Wesley Bennett* jogava?

E eu teria que entrevistá-lo?

Se minha vida fosse um filme, eu com certeza abriria esta cena com a música "Disaster", do Conan Gray.

This could be a disaster
There's so many factors...

— O que acha, Liz? — questionou ela, animada.

— Parece incrível — menti, com um frio na barriga de tanto pavor. — Hum, então seria para o departamento de produção, ou...

— Não, seria só você. — Ela arqueou uma das sobrancelhas. — É sua próxima tarefa como estagiária.

Socorro, socorro, socorro.

— Mas é um compromisso e tanto — continuou ela, levantando, dando a volta na mesa e se escorando nela. — Já confirmei a programação geral do time, e eles começam na academia às seis e meia da manhã todos os dias, têm aulas pela manhã, treinos específicos com os treinadores e técnicos depois do almoço. Esses são só três vezes por semana, ainda bem. Depois disso, os jogadores têm o treino geral todos os dias, condicionamento três vezes por semana e um tempo reservado para os estudos, assim a vida acadêmica deles não é prejudicada. A vida de um atleta universitário não é para os fracos.

Minha cabeça estava girando. Como eu ia fazer tudo isso sozinha e ainda estudar?

E quanto ao meu emprego?

Parecia impossível, mas eu também não podia recusar aquilo.

Não podia rejeitar a proposta da Lilith.

Porque ela já era mais que uma mentora profissional para mim; ela era minha heroína. Eu não sabia direito quantos anos ela tinha, mas era jovem para ser tão importante dentro da Heft, além do trabalho com a NFL. Eu tinha visto centenas de registros dela fotografando jogos importantes como o Super Bowl, e ela era uma inspiração tão grande que eu preferia qualquer coisa a decepcioná-la.

— Embora seja uma tarefa do seu "estágio", é algo que o departamento esportivo também quer que seja feito, então você vai poder integrá-la ao seu emprego e vai ter acesso a todos os recursos de sempre. Eles autorizaram alocar alguém para trabalhar nesse projeto com você, então, se tiver algum colega com quem você prefira trabalhar e a pessoa tiver interesse, me avise que eu passo o nome para eles.

Então ainda vou poder trabalhar com Clark. Isso era um alívio, embora eu ainda estivesse surpresa com a proposta.

— Vou confirmar com ele, mas tenho quase certeza de que Clark Waters teria interesse, e ele é ótimo.

— Maravilha — disse ela, pegando o celular para anotar o nome do Clark. — Ainda estamos definindo tudo, Liz, mas é bem provável que este material acabe fazendo parte do documentário.

— O quê? — Essa informação calou todos os outros pensamentos, porque até então a única contribuição que eu achava que daria para um documentário de verdade seriam minhas tarefas como assistente. — Sério?

Ela assentiu e tirou os olhos do celular para me encarar.

— É claro que vou acompanhar todo o processo do filme... sou muito detalhista e não gosto de compartilhar essa parte, sendo bem sincera. Mas, se esse conteúdo da pré-temporada fizer o sucesso que eu acho que vai fazer, será ótimo ter alguns trechos no primeiro ato. Ainda mais as apresentações.

— É, hum, sobre as apresentações... — falei, pigarreando, sem saber ao certo o que dizer. — Acho que tem uma coisa que eu preciso comentar.

— Ah, é? — perguntou Lilith, semicerrando os olhos. — O quê?

— Bem, é que um dos jogadores e eu temos, é... um passado complicado. Acho que posso colocar assim — expliquei, sentindo o rosto queimar. — Fazia anos que a gente não se via e, antes de sexta-feira, eu nem sabia que ele estava na UCLA, muito menos no time de beisebol. Mas achei melhor avisar, antes de começarmos, que eu já tive um relacionamento com Wesley Bennett.

Ela inclinou a cabeça para o lado.

— A nova estrela?

Era assim que estavam chamando Wes? A nova estrela?

— Isso.

— Entendi — respondeu ela, cruzando os braços. — Devo me preocupar com a palavra "complicado"? Tem alguma questão mal resolvida entre vocês que eu deva saber?

— Não, não — repliquei, me corrigindo, balançando a cabeça. — Nada de mais... Era um namoro de ensino médio. Só achei que você devesse saber, caso ache que pode ser um conflito de interesse ou algo do tipo.

— Não tenho nenhum problema com isso — garantiu ela, devagar, sua atenção total em mim. — Desde que consiga trabalhar com ele e ser profissional. Acha que consegue?

— Óbvio! — exclamei, assentindo com vontade. — Já faz muito tempo, de verdade.

— Ótimo — respondeu ela, levantando e voltando para trás da mesa. — Então acha que consegue conciliar as aulas e o *Hard Knocks*?

Não, não acho. De jeito algum.

Ou talvez eu consiga?

Não faço a menor ideia!

Ansiosa, meu cérebro estava a toda, mas, quando olhei para Lilith, para aquela mulher inspiradora que dava conta de tudo, eu percebi que também podia ser assim.

Quer dizer, *lógico* que eu podia.

Porque não era mais a Pequena Liz.

Eu amava o momento que estava vivendo. Amava meus amigos, amava a faculdade e estava animadíssima com aquele estágio. Eu dava conta dos estudos, e *daria conta* daquele desafio.

Porque, se Wesley Bennett não tivesse aparecido, eu estaria eufórica por ter recebido aquela oportunidade e comemorando minha sorte grande.

Então eu não podia deixar que alguém que pertencia ao passado, alguém que fazia anos que eu não via, estragasse tudo.

— Consigo conciliar, sim, com certeza, e não vejo a hora de começar — respondi, sorrindo. — Acho que está na hora de eu vestir a camisa dos Bruins.

CAPÍTULO ONZE

"As pessoas se apaixonam. As pessoas pertencem a outras, porque essa é a única chance que alguém tem de ser realmente feliz."

— *Bonequinha de luxo*

Wes

— Vai com calma — disse Woody.

Ele se levantou de onde estava agachado, atrás da base, e jogou de volta as dez bolas que estavam no chão ao seu lado.

— Não troque precisão por velocidade — aconselhou Ross.

Que droga foi essa, Wesley?

Peguei cada uma das bolas e larguei-as aos meus pés, limpando o suor da testa com o braço.

— Certo.

— Você consegue, Bennett. — Woody voltou a se agachar e posicionou a luva. — Vamos.

— Vamos — respondi.

Virei a bola, passando o indicador pela costura, em seguida respirei fundo para me concentrar.

Porque, embora meu pai estivesse morto — já tinham se passado dois anos desde o fatídico infarto na poltrona em frente à TV, quando ele estava assistindo ao jogo entre os Cubs e os Mets —, cada arremesso fazia parecer que ele estava bem ali ao meu lado.

Eu ouvia sua voz a cada lançamento.

Às vezes eu o ouvia quando estava indo bem, mas ele falava comigo ainda mais quando eu estava com dificuldade. Isso acabava confundindo minha capacidade de superação, porque, embora sua voz dissesse incentivos como "vamos, lance a bola!" e estivesse quase rosnando por eu estar mandando tão mal, eu sentia sua falta.

Sentia *muita* saudade.

O que era loucura, não era? Como isso podia fazer com que eu sentisse saudade e ao mesmo tempo lembrasse que ele perdia a linha quando o assunto era beisebol?

— Wes? — chamou Ross, olhando para mim com as sobrancelhas arqueadas.

Droga.

— Deixa comigo — falei, e lancei mais uma bola rápida.

— Melhor — elogiou ele.

Woody largou a bola que tinha recebido e posicionou a luva para pegar a próxima.

Foi melhor, mas você precisa lançar mais forte, garoto. Lança uma bola daqueles de pegar fogo! Deixa de moleza.

— Cala a boca — sussurrei, lançando com mais força e feliz com o estalo alto que a bola fez ao atingir a luva do Woody.

— Muito bem — elogiou Ross, tirando e colocando o boné de volta.

Peguei mais uma bola, me recusando a deixar aquela voz entrar em minha cabeça. Optei por uma bola curva dessa vez, que caiu sobre a base. Foi perfeito. *Isso!* Mas então eu ouvi o que temia.

A voz da Liz, rindo.

Então a voz dela também vai falar comigo, é sério isso?

— Mais uma assim — disse Woody, jogando a bola para a direita.

Peguei mais uma, respirei fundo e fiz um lançamento incrível. *Isso!*

—Vamooos! — gritou Eli atrás de mim, o que queria dizer que os interbases tinham chegado para o treino.

Eu estava prestes a realizar mais um lançamento quando ele perguntou:

— Vocês filmaram essa bola curva?

Eu me virei e... *caramba*. Ali estava Liz.

E o namorado dela.

Clark estava de coque, filmando meus arremessos de novo, o que me deixou irritado. Encarei a câmera e me perguntei se ele conseguia ver a irritação em meus olhos. Eu sabia que ia ter que me acostumar com pessoas aleatórias aparecendo no treino para fazer vídeos para as redes sociais, mas algo naquele garoto parecia desconfortável.

E muito irritante.

Você já está namorando a minha garota... isso não é o suficiente?

Liz estava em pé em cima de um banquinho perto de Eli, vestindo um short, uma camiseta do time de basquete e um All Star de cano alto com uma estampa de carinhas sorridentes. Seu cabelo estava preso em um rabo de cavalo, os olhos cobertos por um Ray-Ban e a cabeça voltada para baixo. Ela mexia em alguma coisa na câmera que tinha nas mãos.

Mãos com unhas azuis e amarelas perfeitas.

Nossa, como ela é linda.

Eu não a via desde que nos esbarramos no campus sem querer (não tão *sem querer* assim, na verdade), na semana anterior, quando eu estava com o patinete. AJ comentou que ela estava sempre por ali, filmando o treino dos rebatedores e dos defensores, mas, não sei como, aquela foi a primeira vez que a vi.

— Bela finta ilegal, Bennett! — gritou Ross. — Presta atenção — resmungou.

Eu me obriguei a voltar a me concentrar.

Droga.

Eu era bom em ignorar o que acontecia à minha volta quando estava treinando, então finalizei bem, mas não gostei daquela sensação. Eu amava quando Liz ia aos jogos do colégio porque, para alguém que não curtia esportes, ela se empolgava. Usava minha camisa reserva em todos os jogos (com uma saia curta florida, claro) e gritava incentivos como "vai, Bennett!", embora não soubesse nada de beisebol.

E ela fazia os comentários mais incríveis. "Eu amo que parece que você quer matar o rebatedor quando arremessa." "Você já percebeu que gira a bola antes de cada lançamento?" "Fiz uma lista de músicas que você devia escutar para se preparar para os arremessos na universidade."

Eu ainda me lembrava da lista, porque não eram músicas que ela ouvia muito, mas que achava que "combinavam" com a situação. Na época levei minha responsabilidade muito a sério e escolhi a quinta música da lista, o que a deixou feliz, porque era sua favorita também (embora ela dissesse que jamais perdoaria o Kanye pelo que ele fez).

"DNA.", do Kendrick Lamar
"Trophies", do Young Money
"Step into a World", do KRS-One
"Welcome to the Jungle", do Guns N' Roses
"Power", do Kanye West

Mas agora a presença dela me deixava inquieto. O que será que Liz observaria quando me assistisse jogando, ainda mais depois desse tempo todo?

O garoto babaca que ela odiava?

Um calouro qualquer que não conseguia manter a consistência nos arremessos?

O vizinho irritante da infância?

Liz já não estava mais na área de aquecimento quando peguei minhas coisas; ela e o namorado alto tinham ido filmar os interbases. *O que é ótimo*, lembrei a mim mesmo quando meus olhos buscaram o cabelo ruivo reluzente. *Não preciso de distração.*

Porque ver os dois trabalhando juntos, ciente de que estavam namorando e de que moravam juntos... era demais para mim. Não havia resistência mental capaz de me manter focado quando eles estavam em meu campo de visão.

Tudo o que eu queria era me aproximar dela, mas eu não queria estar perto *deles* juntos, de jeito nenhum.

Algumas horas depois, fui obrigado a lidar com aquela situação mais uma vez.

— Pelo amor de Deus, o que *eles* estão fazendo aqui? — perguntei, sentando ao lado do Mickey e abrindo a mochila.

Liz estava agachada em frente à mesa onde Wade e AJ estavam estudando, a câmera grudada no rosto dela. O namorado estava do outro lado da sala, gravando Eli e Luke estudando, invadindo meu espaço com sua presença.

— Cara — disse Mick, me olhando como se eu fosse um babaca —, você não gosta da Buxxie e do Clark?

Mick tinha ficado tão bêbado na noite da festa que pelo jeito esqueceu que eu já tinha namorado a Liz, e eu não ia lembrá-lo disso.

Era uma questão de tempo, com o fofoqueiro do Wade por perto, então decidi deixar as coisas se desenrolarem naturalmente. *Mais tarde.*

— Não, quer dizer, eles são maneiros — falei, querendo rir da naturalidade com que usei a palavra "maneiros", como se estivesse falando sobre a iluminação da biblioteca ou alguma coisa sobre a qual eu não tivesse nenhuma opinião formada. — Mas é estranho eles ficarem fazendo vídeos para o TikTok do time na biblioteca. Tipo, quem quer ver isso?

— Ah, é *muito* mais que isso — sussurrou ele, abrindo um sorrisinho. — Eles estão investindo muito no conteúdo sobre a gente. Liz e Clark vão se dedicar só ao time de beisebol agora.

— O quê?

— O departamento esportivo — começou ele, baixinho, mas dava para ver que estava bem animado — quer fazer uma série sobre a pré-temporada do time de beisebol. Então os dois vão ficar nos seguindo, tipo, o tempo todo, até a pré-temporada terminar.

— Isso vai ser uma distração — comentei, pegando meu notebook e falando com tranquilidade, como se não fosse nada de mais, embora meu cérebro estivesse a toda, rodopiando, pulando e gritando.

Porque ter a Liz por perto o tempo todo seria incrível, uma oportunidade de ouro para fazer algum progresso com ela.

Mas não com o namorado dela junto, fala sério.

Quer dizer, já não bastava eu ter aberto mão dela e me afastado? Eu também seria obrigado a encontrá-la todos os dias e vê-la trabalhando bem pertinho do Clark?

— Não vou mentir, não me importo de ter a Liz por perto — retrucou Mick.

É, isso também não ajuda. Engoli em seco e abri o notebook.

— Ah, é? — perguntei, sem olhar para ele.

— Não sei como a Liz era — disse ele, com um sorrisinho — quando você convivia com ela, mas agora é muito interessante.

Como a Liz era... Por algum motivo, minha mente logo voltou para aquela noite na praia, dois verões atrás, a noite que estava gravada para sempre no meu cérebro, como a capacidade de respirar e falar.

Posso jurar que eu ainda sentia aquela noite em cada parte de mim.

Foi dois dias depois de chegarmos a LA, e nós dois estávamos tão bobos com a ideia de morar na Califórnia que pegamos um cobertor, encontramos uma praia onde poderíamos fazer uma fogueira e passamos horas lá, sem fazer nada, só curtindo juntos na areia.

Ainda conseguia ver o brilho do fogo refletido nos olhos dela, e quase conseguia ouvir as ondas e a música suave que tocava na caixinha que levamos. De repente, pensei em "august", da Taylor Swift.

I remember thinking I had you...

— Ela era interessante — falei.
E eu definitivamente não convivi com a Liz só quando ela era criança.
— Não é, Saco Murcho? — gritou Mickey de repente, rindo.
— O que foi? — respondeu Wade, do outro lado da sala.
— Eu estava falando para o Bennett aqui que Liz é minha heroína.

Ah, que maravilha. Eu tinha certeza de que Liz estava olhando para nós, e *Clark* também, mas mantive a cabeça baixa, fingindo que não fazia ideia do que estava acontecendo fora da tela do notebook.

— Só porque ela me deu um apelido horrível — retrucou Wade — não significa que ela seja uma heroína.

— Beleza, então — resmungou Liz, sem parar de filmar.

— É, beleza, então — repetiu Mickey, com um sorriso largo. Então se aproximou de mim e explicou, baixinho: — Ele tentou dar em cima dela ano passado, e Liz disse que ele era a personificação de um saco murcho. Desagradável e frustrante, foi o que ela disse.

— Ele não ficou bravo? — perguntei, quase sussurrando, tentando imaginar Liz dizendo algo tão ousado. Parecia insolente demais para ela.

— Como ele poderia ter ficado bravo, se era *ela* dizendo isso?

— Como assim? Porque geralmente ela é um doce de pessoa? — perguntei, na maior discrição, porque não queria que Liz achasse que eu estava falando dela.

— Não — respondeu ele, olhando para mim como se eu tivesse falado a maior besteira do mundo. — É a cara dela dizer algo assim, para falar a verdade, por isso ele não ficou bravo. É como se ela fosse um dos caras, sabe? Foi como se *você* tivesse falado isso.

Um dos caras? Percebi que ele não estava falando de um jeito machista, tipo "ela não é como as outras garotas", mas como se de fato considerasse Liz um deles.

Mas Liz não era "um dos caras".

Ou era?

— Está me dizendo que uma garota *como ela* — falei, mais baixo ainda — é "um dos caras" para vocês?

Ele deu de ombros.

— Ela não namora, tem respostas na ponta da língua, é muito engraçada e é ótima no que faz.

— Ela está namorando o Clark, lembra?

— Ainda não consigo acreditar nisso — replicou ele, fechando a cara, como se não entendesse. — Então acho que ela não namorava o Clark *até outro dia*.

Nessa hora olhei para ela, e Clark estava em pé ao seu lado, dizendo alguma coisa que a levou a abrir aquele sorriso que fazia tanto tempo que eu não via.

Aquele sorriso que era pura felicidade.

Nossa, aquele sorriso...

Fiquei a observando, imóvel, memorizando cada detalhe dele. Senti mais do que ciúme ao vê-la sorrindo assim para Clark... Era quase como sentir fome. Um desespero. Como se ele estivesse desfrutando de um bufê incrível de algo que eu desejava. Como se ele estivesse rolando em pilhas de dinheiro, mas eu implorasse por esmola.

Como se ele tivesse ganhado na loteria e estivesse me obrigando a vê-lo receber o prêmio.

Ela desviou o olhar. Para mim.

Droga.

Pisquei para Liz — *o que está fazendo, seu idiota?* — e tentei voltar a estudar.

— Waters — chamou Mickey, *bem alto*. — Como conseguiu convencer Buxxie a sair com você?

Todos na biblioteca se viraram na direção deles.

— Está de brincadeira? — Ouvi Eli dizer do outro lado da sala. — Bux e o Sr. Altão?

Liz parecia surpresa, com os olhos verdes cheios de culpa e o rosto vermelho.

Clark, por outro lado, sorriu cheio de orgulho e abraçou Liz.

— Sim, estamos juntos. Então que tal cuidar da sua vida?

Eu odiava aquele garoto. E daí que era um cara legal? *Odiava ele.*

Além disso, por que ele tinha que ficar em cima dela com aqueles braços gigantes e musculosos? Deixa a garota respirar!

Ela não devia gostar daquilo.

Quer dizer, quem ia querer o peso daquele braço nos ombros?

— Faz quanto tempo que isso está rolando? — questionou Eli, sem se deixar intimidar. — Buxxie?

— Faz pouco tempo — respondeu Liz, dando de ombros. — Agora calem a boca para eu poder fotografar vocês, os grandes gênios, estudando, beleza?

Desbloqueei o computador com minha impressão digital e abri meu e-mail, tentando me controlar ao ver aquele babaca rindo como se tudo fosse engraçadíssimo. Eu devia estar estudando, não de olho na Liz sorrindo para outra pessoa.

Foco, idiota.

Eu estava procurando o e-mail de um professor sobre um trabalho em grupo, mas a primeira mensagem que vi era de uma pessoa chamada Lilith Grossman, e o assunto era "Entrevista". Eu não fazia ideia de quem era, mas abri o e-mail, e logo descobri.

A raiva preencheu meu peito ao ler aquela mensagem.

De: Lilith Grossman <lgrossman@heftent.com>
Para: <wbennett@athletics.ucla.net>
Data: 29 de setembro às 16:53
Assunto: Entrevista

> Oi, Wes.
>
> Como você já sabe, o departamento de produção vai criar uma série sobre o time de beisebol.

Acredito que os técnicos já tenham informado que minha equipe terá acesso irrestrito a todas as atividades do time, o que inclui entrevistas para um segmento "conheça o time". Vamos começar a agendá-las na semana que vem.

Quis entrar em contato com você porque, como imagino que deva saber, os torcedores estão muito empolgados por ter você na UCLA. Você não só é um atleta incrível com uma carreira promissora pela frente, mas sua história faz com que as pessoas torçam por você.

Por favor, informe aos treinadores assim que possível sobre sua disponibilidade.

Estamos ansiosos para conversar com você, e não vejo a hora de me debruçar e criar uma linda história sobre sua vida, sua perda e sua superação.

Atenciosamente,
Lil

Lilith Grossman
Produtora de conteúdo criativo

Ao reler o e-mail, senti como se alguém tivesse me dado um soco no estômago.

Sua vida, sua perda e sua superação?

Essa tal de Lilith estava falando sério?

Ela queria *se debruçar* sobre minha *linda história*? Encarei a tela do notebook, com vontade de gritar. Eu podia aceitar a invasão de privacidade por algo a que o time inteiro teria que se sujeitar, mas se essa mulher achava que eu ia incluir a morte do meu pai para aumentar a audiência... ela estava muito enganada.

Que ousadia daquela desconhecida...

— Que se danem — resmunguei, baixinho.

— O quê? — perguntou Mickey, sem tirar os olhos do que quer que estivesse fazendo.

Cerrei os dentes e tentei me acalmar, não me irritar, mas eu estava exausto. Todos queriam romantizar minha vida, agir como se fosse uma história dramática, mais ou menos assim: ele tinha tudo e perdeu tudo, se esforçou e conquistou tudo de volta. Fim.

Mas a realidade estava mais para: ele fez a família perder tudo, destruiu a garota que amava no processo, voltou para casa porque não teve escolha, atingiu o fundo do poço, se esforçou, conseguiu voltar, mas será que vai conseguir ficar?

E essa pergunta era o que estava presente nos meus pesadelos. *E se eu me machucar? E se eu quebrar o braço e perder a bolsa de estudos antes de me formar?* A primeira divisão universitária era implacável; aprendi isso por experiência própria. Se meu rendimento caísse e um lançador melhor estivesse disponível, eles não pensariam duas vezes antes de me cortar. Os técnicos agiam como se fôssemos uma grande família feliz, mas eu levaria um chute na bunda rapidinho se não apresentasse um bom desempenho.

— Nada — respondi, clicando na busca do e-mail e digitando o nome do professor.

O departamento esportivo até podia exigir que Liz e o namorado filmassem tudo, mas jamais iam me obrigar a falar sobre o que aconteceu com meu pai.

CAPÍTULO DOZE

"Não que você não seja atraente, é que você não é...
não é tão atraente para mim."

— *Amor com data marcada*

Liz

A prescrição para crimes de competência federal em relação à violação de direitos autorais de música é de três anos, mas há divergências quanto a levar ou não em consideração a "descoberta" — isto é, o momento em que o requerente tomou conhecimento ou deveria ter tomado conhecimento da infração.

Eu estava tentando ler minhas anotações do famoso caso de acusação de violação de direitos autorais entre Ira B. Arnstein e Cole Porter em uma das mesas da biblioteca, mas meus olhos se recusavam a ficar abertos. Já era noite, estava chovendo e o prédio estava bem vazio, exatamente do que eu precisava para me concentrar, mas isso não ajudava a controlar meu cansaço. Já fazia uma semana que tínhamos "vestido a camisa" do time de beisebol (Clark aceitou trabalhar comigo sem pensar duas vezes), e naquele dia ele estava gravando sozinho a sessão de estudos do time para que eu pudesse me dedicar um pouco ao conteúdo das aulas.

Por ironia, justamente o horário em que os jogadores eram obrigados a estudar para não se atrasarem nas matérias estava tomando todo o meu tempo, e eu é que estava ficando atrasada. Na manhã seguinte, eu teria uma prova sobre um texto que ainda não havia lido, o que nunca era uma boa ideia.

    Peguei meu energético. Eram oito e meia da noite, mas a minha impressão era de que eram duas da manhã. No meio do gole, eu o vi.

    Wes.

Na mesma hora, "Everywhere", do Niall Horan, surgiu na minha mente, porque era a única música que eu poderia atribuir àquele momento.

Feels like every time I turn a corner
You're standing right there

    Porque, fala sério! Wes estava estudando em uma mesa perto da janela. *O que ele está fazendo aqui?* Eu gostava de estudar na biblioteca de Música, não na biblioteca Powell, porque ali era pequeno e tranquilo e nunca tinha ninguém que pudesse me distrair.

    Mas por que *ele* estava ali? Wes não era estudante do curso de Música, e eu tinha certeza de que as aulas dele aconteciam em outra área do campus (se é que ele ainda pretendia se formar em Engenharia). Além disso, ele era calouro, então... como tinha descoberto aquele lugar?

    Ele estava de óculos, que só usava quando seus olhos estavam cansados, e com o boné azul de beisebol virado para trás, o que o deixava tão... *aaaaah!* Tão irritante.

    Qual era a chance de aquilo acontecer? E quanto tempo fazia que ele estava ali?! Eu queria gritar de tão ridícula que era aquela situação. Como Wes podia ter passado dois anos fora da minha vida e de repente estar em todos os lugares que eu frequento?

    E ele não deveria estar estudando com os jogadores de beisebol?

    Wes estava virado mais ou menos na minha direção, mas torci para que não tivesse notado a minha presença.

Porque eu ainda não sabia como agir perto dele. Clark era ótimo e estava cuidando de boa parte das filmagens que envolviam Wes, então eu não tive nenhuma interação sozinha com meu ex desde o dia em que ele tentou me atropelar com o patinete.

Ainda bem.

Mas Lilith queria que eu ajudasse com as apresentações dali a uma semana, então eu precisava começar a entrar em contato com os jogadores para combinar tudo. Jogadores que incluíam (*respira fundo*) o garoto ali de óculos.

Quando não estava perto de Wes, eu conseguia pensar sobre a situação toda de uma maneira bem adulta. Na noite anterior, na cama, pensei que já fazia dois anos, era muito tempo, e ele não tinha mais importância alguma para mim. Nosso relacionamento havia ficado no passado, e Wes era só um conhecido.

Mas, por algum motivo, quando eu o via, esses pensamentos desapareciam. Sumiam por completo, e tudo o que me restava era um ódio confuso que eu ainda sentia por ele.

Eu não me importava mais com aquele garoto, então por que sempre que via seu rosto eu tinha vontade de magoá-lo tanto quanto ele me magoou?

Talvez seja a expressão arrogante dele. Quer dizer, sim, fazia muito tempo e nós dois já tínhamos superado nosso término, mas Wes não deveria demonstrar um pouquinho de culpa quando me encontrava? Um pouquinho que fosse?

Voltei a olhar para o livro, torcendo para que Wes desaparecesse enquanto eu lia. Mas, depois de um parágrafo, ouvi:

— Eu sei que você me viu.

Levantei a cabeça na direção dele e... sim, Wes estava falando comigo. Em qualquer outro lugar, teria sido necessário gritar para falar com alguém àquela distância, mas na biblioteca quase vazia ele nem precisou erguer a voz.

— Por que não está estudando com o time? — perguntei, voltando a atenção para o meu livro.

Não olhe para ele. Aqueles óculos eram como as cobras da Medusa, capazes de fazer meu coração transformado em pedra voltar a bater.

Ou alguma coisa assim.

Droga.

— Precisava de um pouco de espaço — respondeu ele, pigarreando. — Por que *você* não está lá?

Não é da sua conta, era o que eu queria gritar, mas respondi com educação:

— Tenho que estudar. Clark está lá.

— Lógico — respondeu ele, sarcástico. Ouvi seu livro sendo fechado. — Seu namorado *Clark*.

Revirei os olhos e continuei lendo. Não queria ter aquela conversa. Nenhuma conversa. Só queria que ele sumisse da minha frente.

— Você disse que é *recente*, né? Você e Clark?

Soltei um suspiro e continuei olhando para a página.

— Isso.

— Recente quanto? Alguns dias, algumas semanas...

Sua voz foi ficando mais fraca, como se ele esperasse que eu completasse a frase com a resposta.

Mas eu não estava preparada para fazer isso.

Em parte, porque ele não merecia saber nada sobre a minha vida (*afinal, ele foi um babaca*), e, em parte, porque eu não fazia a menor ideia de quanto tempo devia fazer que meu namorado de mentirinha e eu estávamos namorando de mentirinha.

Aff.

— Não estou a fim de conversar — falei, tirando os olhos do livro para encará-lo. — Preciso estudar.

Nossa, esses óculos...

— Entendi — disse ele, assentindo devagar e guardando o livro na mochila. — Então talvez você possa responder rapidinho. Recente quanto?

— *Não* — rebati. Como ele podia pensar que tinha o direito de perguntar qualquer coisa sobre mim? — Minha vida amorosa não é da sua conta.

— Ah, *vida amorosa*? — repetiu ele, semicerrando os olhos e exibindo aquele sorrisinho de provocação tão familiar. Ele colocou a mochila no ombro. — O Clark já faz parte da sua *vida amorosa*?

Fechei o livro e o enfiei na mochila. Levantei, porque precisava sair dali.

— Vou estudar. Boa noite.

Peguei a mochila e dei apenas um passo antes que ele viesse correndo e segurasse meu braço.

— Espera, Liz. Desculpa.

Perdi o fôlego ao vê-lo me encarando tão perto, seus dedos deixando marcas invisíveis na minha pele. Seu cheiro continuava o mesmo (como é possível o cheiro dele continuar o mesmo?), e meu coração acelerou.

Aqueles olhos escuros percorreram meu rosto, e me senti fraca — *fraca, fraca demais, meu Deus*.

— Isso não é da minha conta — disse ele, baixinho, com a voz grave —, e não foi minha intenção ser babaca com você.

Bufei, odiando como meu coração disparou ao sentir o aroma de bala de menta em seu hálito.

— Tá bem.

— Pronta pra ir, Lizinha?

Arquejei, arrancada daquele momento por Clark, que surgiu do nada.

— E-estou — respondi, e odiei minha voz hesitante.

Wes soltou meu braço, e eu me afastei dele, me aproximando de Clark.

— Ross ficou chateado por você ter faltado à sessão de estudos, cara — disse Clark, o cabelo comprido pingando por causa da chuva e sorrindo para Wes como se eles fossem melhores amigos. — Ele ficava perguntando "onde será que o Bennett se meteu?".

— Eu mandei mensagem para ele... Está tudo certo — replicou Wes, franzindo as sobrancelhas.

— Que ótimo! Como agora vamos estar com vocês o tempo todo, não quero que seja suspenso. Não vai ser tão divertido sem você!

Clark parecia um bobo desde que falei que não tinha problema nenhum ele gostar do Wes e que eu não ficaria nem um pouco incomodada por ele ser fã do meu ex (desde que nosso namoro de mentira continuasse de pé), porque eu já tinha superado o término. Ele era obcecado por beisebol e parecia um daqueles adolescentes vendo seus ídolos.

— Você também vai ao In-N-Out? — perguntou Clark, animado.

— O quê? — questionou Wes, confuso, olhando de Clark para mim e de volta para Clark.

Imagino que era meio esquisito meu "namorado" ser fã dele e não ter nem um pouco de ciúme do nosso passado.

Mas então nossos olhos se encontraram por um instante, e eu me perguntei se Wes lembrava que chamávamos o In-N-Out que ficava perto do campus de *nosso* In-N-Out.

Duvido muito, pensei, e me virei para Clark.

— Alguns caras estão indo lá — explicou ele —, então eu vim buscar a Liz para irmos também, já que vim de carro. Pode pegar carona com a gente, se quiser.

Nãooooooo. Não!

— Eu meio que queria ir para casa — falei —, então... talvez...

— Quer que eu te deixe em casa? — perguntou Clark, sem se dar conta de que eu estava tentando dispensar o Wes.

— É, se estiver cansada, é melhor você ir para casa — concordou Wes, assentindo, como quem definitivamente não queria que eu fosse. Com um ar arrogante, continuou: — É só hambúrguer e batata frita, Buxbaum. Você não vai perder *nada*.

Ah, você prefere que eu não vá, então?

Eu não estava muito a fim de ir, mas tinha muito interesse em não deixar que Wes Bennett tivesse qualquer importância nas minhas tomadas de decisões. Ergui o queixo.

— Na verdade, eu até que *estou* com fome — comentei. — Acho que podemos dar uma passadinha, sim.

— Maravilha! — exclamou Clark, com um sorriso largo. — Então vamos, crianças.

Ele não percebeu o sorrisinho do Wes, como se soubesse o que eu estava pensando, e o olhar que eu lancei para ele, como se estivesse tentando fazê-lo entrar em combustão instantânea com o calor do meu ódio.

Clark se virou e foi em direção à porta sem esperar por mim, obviamente esquecendo que a gente namorava de mentira. E eu cometi o erro de olhar para Wes.

Que estava me encarando com um sorrisinho de "uau, que namorado bacana!". Quis dar uma cotovelada nele.

— Não acredito que você vai buscar a caminhonete só para que eu não tenha que pegar chuva, amorzinho — falei, com uma voz melosa, tentando insinuar que Clark fazia esse tipo de coisa por mim o tempo todo. — Obrigada.

Pude jurar ter ouvido Wes resmungando "amorzinho", sarcástico, logo antes de Clark parar e se virar. Meu amigo era um péssimo ator, porque vi a confusão no rosto dele (*aff*). Ele finalmente entendeu e assentiu.

— É óbvio, *bebê*.

Bebê. Ecaaaaa. Que apelido terrível. Eu tinha certeza de que Wes estaria sorrindo se eu olhasse para ele naquele instante.

Não olha para ele.

Respirei fundo e falei, bem calma:

—Você é tão atencioso, eu amo. Vou esperar na porta enquanto você pega a caminhonete.

— É, eu também — disse Wes.

Isso fez com que eu me virasse para ele com tudo, em choque.

— O quê? — indaguei.

Ele deu de ombros, parecendo muito satisfeito consigo mesmo.

— Esqueci meu guarda-chuva.

— Tudo bem, Bennett. Não tem por que mais de uma pessoa ficar encharcada — falou Clark, abrindo a porta. — Já volto, gente.

Agarrei a alça da mochila com força e fiquei com o rosto virado para a frente, observando a chuva e torcendo para que Wes evaporasse. *Inacreditável*. Qual era a chance de ele ficar em silêncio nesse meio-tempo? Por que ele só não ficava mexendo no celular, como um ser humano normal cuja presença não é bem-vinda?

— E aí, ele sabe da gente?

É, eu bem achava que ele não ia ficar quieto.

Soltei um suspiro e inclinei a cabeça, tentando alongar meu pescoço tenso. Não queria encará-lo, então me concentrei na porta.

— O quê?

— O grandalhão, o cara da sua "vida amorosa" — respondeu ele, sarcástico. — Ele sabe da nossa história?

Nessa hora olhei para Wes, e não sei o que exatamente eu esperava encontrar, mas não era sinceridade.

Mas ali estava ele, com aqueles óculos malditos e o boné azul dos Bruins, olhando para mim como se quisesse mesmo saber se eu tinha contado para Clark sobre o nosso relacionamento.

— *É óbvio* que sabe — falei, despreocupada. Então completei, seja lá por quê: — Conto tudo para ele. Ele sabe que a gente namorou alguns meses no ensino médio.

A expressão de Wes perdeu a suavidade, os lábios formando uma linha reta e a mandíbula tensa.

—Você realmente acha que isso é tudo que a gente foi?

Por um instante, todas as lembranças voltaram. Fiquei olhando para ele e me senti meio fraca ao ser atingida por tudo o que tinha acontecido entre a gente. Corações de ketchup e beijos na chuva, Gracie Abrams e despedidas banhadas a lágrimas...

Noah Kahan tocando nos meus fones de ouvido por meses, sem parar.

Minha respiração ficou presa no peito, o passado me atingindo com força, como uma onda.

— Eu não acho *nada* — declarei, dando de ombros e fingindo muito bem que nada daquilo me afetava.

Porque não me afetava mesmo. *Droga.*

— Ficou no passado — completei.

A mandíbula dele se enrijeceu de novo, mas sua expressão mudou, como se ele tivesse acabado de ter uma ideia... Deus me ajude.

— Então são águas passadas? — perguntou ele, com um brilho de provocação nos olhos.

Vi a caminhonete se aproximando e respondi:

— Por que não seriam? Já faz um tempão.

— Bem, que excelente notícia — retrucou Wes, abrindo a porta da biblioteca.

Saí, preparada para ficar encharcada, mas, no instante em que coloquei o pé para fora, a mochila do Wes cobriu minha cabeça. Olhei para ele, que segurava a mochila com uma das mãos, olhando para a frente como se aquilo fosse algo instintivo.

Ele estava agindo sem pensar.

— Não é nada de mais, Buxbaum — disse ele, sem se virar para mim, mas adivinhando meus pensamentos. — Eu faria isso por qualquer pessoa.

Ignorei o comentário e o frio na barriga e abri a porta da velha caminhonete do Clark.

Mas, assim que olhei para dentro, soltei outro suspiro.

A caminhonete tinha cabine simples, ou seja, eu ficaria esmagada entre Wes e Clark. Eu já tinha andado nela várias vezes, mas nunca havia prestado atenção na logística da velha Dodge.

Até aquele momento.

— Precisa de um impulso? — questionou Wes atrás de mim.

— Não, obrigada — falei, com os dentes cerrados, subindo na caminhonete.

Eu me aproximei o máximo possível de Clark sem que ficasse entre ele e o câmbio, mas não foi o bastante. Quando Wes entrou e fechou a porta, a coxa dele encostou na minha.

A coxa esquerda dele colada na minha coxa direita, a calça macia da Nike roçando na minha legging preta.

Pude jurar que dava para sentir o calor da perna dele através do tecido.

Olhei para baixo e procurei o cinto, bem ciente de como meus dedos estavam próximos da cintura dele. E não foi só isso; ele também baixou a cabeça, e seu rosto ficou perto demais do meu (*senti o cheirinho da bala de menta de novo*), e suas mãos por pouco não tocaram minha cintura quando ele afivelou o cinto.

Quase dei uma cabeçada nele na minha tentativa atrapalhada de me afastar.

Wes abriu um sorrisinho, e eu soube que estava parecendo um animal arisco, tipo um daqueles gatinhos que saltam ao ver até um simples pepino.

Vi em seus olhos escuros que ele sabia muito bem que eu estava um caos por dentro.

— Caminhonete legal — elogiou Wes.

Eu me assustei com sua voz grave (eu era *mesmo* um gatinho, caramba) no silêncio da cabine.

— Valeu, cara — agradeceu Clark, engatando a marcha e soltando o freio. — Foi um...

— Falando em *legal* — interrompeu Wes, e desviei a atenção, me concentrando no vaivém dos limpadores de para-brisa. Eu não podia mais olhar para ele. — Acho muito *legal* você ser tão *legal* em relação ao que aconteceu entre mim e Liz. Quer dizer, com o fato de que já namoramos.

Fiquei boquiaberta por um instante. Não conseguia acreditar que Wes estava sendo babaca com o garoto que ele achava ser meu novo namorado, mas fui logo voltando ao normal, antes que ele percebesse que tinha me abalado.

— Você acabou de dizer "legal" três vezes — resmunguei, porque era inevitável.

— *Legal* — repetiu ele, tão baixinho que eu fiquei em dúvida se ele tinha dito aquilo mesmo.

— Por que eu não seria? — retrucou Clark, dando de ombros e inclinando o corpo para a frente para ligar o desembaçador, já que o para-brisa estava embaçado. — Quer dizer, se a Liz diz que é coisa do passado, não tem problema. Nossa, vai demorar até partirmos, está impossível enxergar.

Wes se virou um pouco no banco, para ficar de frente para nós, e disse:

— Tá *legal*. — *Para de dizer "legal"!* — Não estou com pressa — continuou Wes —, então pode ser legal esperar aqui com vocês.

Ouvindo as gotas de chuva no teto da caminhonete, eu me senti presa entre a calça de moletom do Wes, minhas mentiras e o passado.

Estendi a mão e aumentei o volume do rádio no máximo, tão alto que impossibilitava qualquer conversa, e pensei ter ouvido Wes soltar uma risada.

Mas eu não tinha certeza.

As coisas não melhoraram quando chegamos ao restaurante.

Clark filmava os atletas que estavam ocupando uma mesa grande (a maioria do último ano), rindo das palhaçadas deles, e eu tentava tirar fotos boas e manter a compostura, embora a conversa da mesa pequena de repente tivesse se concentrado em mim.

Era onde estavam Wade, AJ, Mickey, Eli e Wes.

— E a ressaca depois da festa, Buxbaum? — perguntou Mick, de boca cheia. — Quando a gente saiu, você já estava bem doidinha.

— Cala a boca, estou trabalhando — falei, me obrigando a sorrir, ainda tirando fotos.

A última coisa que eu queria era Wes pensando que o fato de eu ter bebido demais tinha a ver com sua súbita aparição na minha casa.

— Espera... Buxbaum estava de porrezinho? — perguntou ele, sorrindo. — A Pequena Liz que eu conhecia não bebia.

— Obviamente eu não sou mais a "Pequena Liz" — rebati, mantendo os olhos e a lente em AJ, e aproveitei para tirar fotos dele enchendo a boca de batata frita e sorrindo como uma criança.

— *Obviamente* — concordou Wade.

Mostrei o dedo do meio para ele. Em seguida, acrescentei para Wes, irritada e parecendo uma criança teimosa:

— E ninguém diz "de porrezinho" aqui, Bennett.

Alguma coisa naquela palavra idiota que todo mundo da nossa antiga escola usava para se referir a alguém bêbado me irritava. Fazia anos que eu tinha ido embora, não voltava nem nas férias, então a última coisa que eu queria era ficar me lembrando daqueles detalhes idiotas de Omaha.

Aff, por que ele sempre me faz voltar a ser a Pequena Liz?

— Mas eu vou começar a usar — comentou AJ. — Gostei. Com certeza vou ficar *de porrezinho* no próximo fim de semana.

— Eu estava *de porrezão* na última sexta — declarou Wade, com um sorriso orgulhoso.

Rindo, Mick falou:

— Não sei se eu diria que Liz estava *de porrezinho*, mas estava berrando a letra inteira de "Sabotage", do Beastie Boys. Foi impressionante.

— Eu me nego a participar disso — declarei, me ajoelhando para tirar uma foto de baixo.

Ainda bem que a câmera escondia minhas bochechas vermelhas.

"Sabotage". Não tinha como Wes não pegar aquela referência. Droga.

Eu adorava essa música quando estava no último ano do ensino médio e a ouvia no máximo no carro do Wes o tempo todo. A gente cantava junto a letra inteira, aos berros, com as janelas abertas.

Então, sim, eu estava *de porrezinho* aquela noite, cantando bem alto, tentando exorcizar velhos fantasmas.

— Quero ouvir mais sobre a "Pequena Liz" — disse Eli, tirando a tampa do copo e levando-o à boca. — Como ela era?

Prendi a respiração e esperei. Quis desaparecer. Desejei que o chão se abrisse e me engolisse por inteira. Fiquei esperando Wes Bennett arruinar o que eu havia construído ali, acabar com os relacionamentos e a reputação que eu tinha na Califórnia.

— Liz sempre foi... — começou ele. E hesitou, como se estivesse pensando nas palavras certas.

Como Wes estava ao lado do Mick, eu conseguia ver seu rosto pela câmera sem que ele percebesse que eu estava olhando.

E de repente senti o coração entalado na garganta, porque ele não estava mais com aquela expressão provocadora. Com os lábios relaxados em um sorriso suave, Wes pegou uma batata frita e completou:

— Muito autêntica. Ela era a garota que não se juntava à multidão, a não ser que a galera estivesse indo para onde ela já queria ir. Liz só fazia o que estava a fim.

Pela câmera, Wade olhou para mim e brincou:

— Mas ela usava aparelho e óculos, não usava? Aposto que a Buxbaum arrasou de aparelho na foto do anuário.

Soltei uma risadinha.

— Eu só usava aparelho para dormir, babaca.

Isso fez todos rirem, mas de repente os olhos de Wes encontraram os meus. Nós estávamos sorrindo, nos lembrando da noite em que ele descobriu que eu dormia de aparelho, no meio da nossa viagem, e senti minha garganta se fechar.

— Se ela era tão descolada, por que namorou logo *você*, Bennett? — perguntou Eli.

Wes deu de ombros.

— Não faço ideia — respondeu, parecendo estar falando diretamente comigo.

— Parece que os caras ali terminaram — comentou AJ, interrompendo aquele momento.

Um pouco trêmula, virei a câmera para fotografar os garotos da outra mesa, que estavam se levantando.

Pelo visto, o jantar tinha chegado ao fim.

Ainda bem.

Mas, horas depois, quando enfim estava a quilômetros de distância do Wes, com um pijama confortável, eu continuava exausta. Estava no sofá com o notebook desde a hora que chegamos do In-N-Out, editando um Reel, e tinha quase certeza de que havia terminado.

Apertei o play para assistir uma última vez.

Frank Ocean era a trilha sonora perfeita para o vídeo BRUINS BEISEBOL: SEMANA DOIS (eu nunca ia deixar de me emocionar com "Pink + White"), e eu sabia que o vídeo estava bom.

Lilith ia amar.

Mas era justo eu ter passado horas — *horas* — analisando vídeos cheios de cenas com Wes Bennett? Era tortura. Era imoral ser obrigada a passar horas olhando fotos e vídeos de um ex-namorado tão gato, não era?

Parecia que o universo me odiava e estava pensando: *Sabe o que seria engraçado? Vamos obrigá-la a assistir a vídeos dele treinando de uniforme de beisebol. Ah! E também a ver fotos dele estudando de óculos. Ela vai morrer!*

Mandei o arquivo para Lilith com cópia para Clark, então fechei o notebook e fui para a cama.

Mas não consegui dormir.

Porque... que droga é essa, universo?

Não era justo.

CAPÍTULO TREZE

"Quando você sabe que é a pessoa certa?"

— *O verão que mudou minha vida*

Wes

— Calma, Bennett.

Woody jogou a bola de volta e baixou a máscara. Em seguida, se agachou e esperou que eu parasse de errar.

Respirei fundo, tentando me acalmar.

— Está tudo bem — disparei, desesperado para convencê-lo disso.

A equipe técnica valorizava muito o bem-estar e tudo mais que envolvia os lançadores.

E eu estava arremessando mal, então precisava me concentrar.

Tirei o boné e sequei a testa. Fazia um calor infernal.

Cerrei os dentes, porque Clark estava no meu campo de visão, filmando meu terrível colapso.

Como se meu desempenho já não estivesse ruim o suficiente, o namorado da Liz estava lá para registrar o fracasso em pessoa.

Que maravilha.

Não importavam as instruções da equipe técnica, meus arremessos estavam fora de controle.

Mandei mal durante os lançamentos com um dos joelhos no chão, e naquele momento estava mandando mal de pé.

Íamos jogar em uma semana, então eu precisava dar um jeito naqueles arremessos péssimos.

Tentei lembrar que o jogo seria apenas um amistoso, mas isso não ajudou.

Era só um amistoso, um evento de pré-temporada em que todos iam jogar, mas, para mim, era o jogo mais estressante para o qual eu já tinha me preparado. Era o jogo que me assombrava, que ia definir se eu era capaz de superar todas as inseguranças que passavam pela minha cabeça.

E eu queria muito ser o responsável pelo lançamento inicial, ainda que isso não importasse.

Girei a bola na mão e passei o dedo pela costura.

Ouvi a voz do meu pai, em alto e bom som.

— Droga — resmunguei, e joguei a bola.

Mais um lançamento caótico que Woody teve que ir buscar.

—Você pegou minha mochila? — Era a voz de Liz, na direção do banco de reservas, provavelmente falando com Clark. — Ou está na caminhonete?

Cerrei os dentes, me perguntando se Ross já tinha lido meu e-mail. Ficar vendo os dois juntos em todos os lugares era demais para mim. Depois de presenciar um abraço entre eles a caminho do vestiário no dia anterior, talvez eu tenha mandado uma mensagem questionando se era mesmo uma boa ideia o time ficar o tempo todo sendo distraído pelas câmeras.

Eu tinha plena consciência de que não me importaria tanto assim se fosse qualquer outra pessoa me fotografando e filmando?

Com toda a certeza. Mas as circunstâncias eram aquelas, e eu estava ficando bem incomodado.

Eu ainda estava irritado no lançamento seguinte — que enfim saiu controlado —, e quase surtei quando cravei os demais lances.

No fim do treino, eu estava prestes a ter um ataque de fúria por causa da presença constante dos dois.

Mas também estava aliviado por ter parado de errar.

Por ter voltado a jogar bem.

Por ter *arrasado* depois dos meus inúmeros erros no início do treino. Ainda bem.

— Ótimo desempenho — elogiou Ross ao passar por mim.

— A última série foi muito melhor.

Como ele não diminuiu a velocidade do passo, não consegui perguntar sobre o e-mail que eu tinha mandado.

— Obrigado — respondi, guardando minhas coisas na mochila, um pouco mais tranquilo.

Mas, quando entrei na área do banco de reservas, lá estavam eles de novo. Liz e Clark, conversando baixinho perto da cerca, *bem ao meu lado*, então seria impossível evitá-los.

— Oi, Wes! — cumprimentou Liz, apertando os olhos por causa do sol forte.

Eu não desacelerei, então ela começou a andar ao meu lado, o namorado logo atrás, olhando para o celular.

— Estou começando a marcar as filmagens de apresentação dos jogadores — explicou ela, depois de um pigarreio —, e queria saber quando você estaria disponível.

Fiquei com vontade de rir, porque, pelo que eu sabia, já fazia quase uma semana que ela estava marcando as filmagens. Todos os jogadores de quem eu era mais próximo já tinham agendado seus horários.

Eu estava começando a me perguntar se o plano da Liz era me ignorar.

Estava torcendo para que fosse isso mesmo.

Porque, embora Lilith tivesse me garantido por e-mail que eles não iam perguntar sobre meu pai... eu estava nervoso.

— Com "estar disponível", você quer dizer... — perguntei, incapaz de me conter.

Era ridículo o quanto eu sentia saudade de implicar com ela.

— Você sabe *muito bem* o que eu quero dizer — rebateu ela, irritada, os olhos semicerrados, concentrada mais à frente, como se estivesse se recusando a olhar para mim. — Vai levar meia hora, no máximo.

— Eu estou disponível agora — falei, embriagado com o cheiro do perfume da Liz e com a ideia de passar meia hora sozinho com ela.

— Ah... — Ela franziu o cenho e piscou rápido algumas vezes, surpresa. — Bem, acho que o Clark não pode, porque ele tem aula.

Perfeito.

Eu não sabia que Clark ia participar. Quer dizer, pelo jeito ele não ia mais.

— Acho que é o único horário em que eu consigo encaixar a apresentação esta semana — menti. — Estou cheio de trabalhos e preciso estudar.

Essa parte não era mentira. Eu não sabia ao certo se era a Universidade da Califórnia, as faculdades em geral ou a área que escolhi, mas, em um intervalo de poucos dias, todas as minhas disciplinas passaram a cobrar os alunos ao máximo.

Eu estava cheio de matéria para estudar.

— Não, tudo bem, Liz — disse Clark, tirando a chave do bolso. — Para a apresentação dos jogadores só precisamos de uma câmera e da gravação em plano-sequência, então dá para usar seu celular.

— Pensei que fôssemos fazer com duas — retrucou ela, olhando para ele com uma expressão que implorava por ajuda e que eu devia ter achado divertida, mas não achei.

Na verdade, eu me senti péssimo.

Nunca imaginei que Liz pudesse querer ser resgatada de *mim*.

— Isso era para as entrevistas, não para os vídeos curtinhos de apresentação. — Ele colocou os óculos escuros. — Só com uma câmera vai ficar ótimo. Você vai arrasar. A gente se vê em casa.

A gente se vê em casa.

Uma semana depois, aquilo ainda me abalava. Eu estava tentando entender a dinâmica do relacionamento deles, e apertei a mandíbula com tanta força ao ver Clark indo embora que comecei a sentir dor, de tão tenso que eu estava.

Porque, é verdade, eles moravam juntos.

No mesmo apartamento.

E ficavam juntos todas as noites...

LA-LA-LA-LA-LA... NÃO.

— Beleza — disse Liz, com os olhos ainda semicerrados por causa do sol quente que nos envolvia. Eu tinha saudade até da sua altura, da distância perfeita entre os olhos dela e os meus quando eu abaixava a cabeça para encará-la. — Bem, então acho que vamos fazer o vídeo de apresentação agora. Vamos até o montinho.

— O montinho? — perguntei, estranhando, porque achei que a gravação seria em uma sala de reuniões ou algo do tipo.

— Quero centralizar o "UCLA" atrás de você — respondeu ela, e percebi que sua mente estava focada no trabalho, sua atenção em um ponto à distância. — E a iluminação está ótima. Você se importa de se sentar no chão?

— Nem um pouco.

De repente, fui pego de surpresa pela proximidade do rosto dela. Daqueles cílios longos e lábios reluzentes. Como se tivesse lido meus pensamentos, ela voltou a olhar para mim.

O tempo pareceu congelar por um instante.

Nossa, ela é tão linda.

No começo do treino vi Liz filmando os defensores internos e pensei que ninguém jamais ficou tão linda de legging e um moletom com capuz dos Bruins. A faixa azul em seu cabelo combinava perfeitamente com o "UCLA" do moletom. Sério... O que ela estava pensando, aparecendo tão linda daquele jeito em um treino?

E o que tinha acontecido com os vestidos floridos?

Não era uma reclamação, *nossa, de jeito algum,* mas dava para ver que Liz tinha um novo estilo.

Acho que eu ainda não a tinha visto usando roupas claras desde que nos reencontramos.

Ela engoliu em seco (será que estava nervosa?) e ajeitou o cabelo atrás das orelhas.

— Então... vamos — disse Liz.

Ela se virou e começou a se afastar de mim, pisando firme em direção ao campo. Fiquei muito feliz de ir atrás dela, as travas da chuteira crepitando. Era óbvio que Liz conhecia muito bem o estádio e só diminuiu a velocidade quando chegou aonde queria, parando atrás do montinho.

— Queria que você se sentasse no montinho, de frente para o campo, do jeito mais relaxado possível — instruiu ela, estudando a base principal. — Tipo...

Eu me sentei, apoiando as mãos no chão atrás de mim e cruzando os tornozelos, seguindo as instruções com prazer.

Ela franziu as sobrancelhas ao me observar e *(caramba, isso!)* sorriu. O gesto durou uma fração de segundo, como se ela estivesse com vontade de rir para mim, sentado ali com as pernas estendidas.

— Isso mesmo — disse ela, inclinando a cabeça e se concentrando nas arquibancadas. — Acho que está perfeito assim.

— Uau, obrigado — falei, com um sorrisinho.

Ela balançou a cabeça e revirou os olhos, mas ainda parecia com vontade de rir.

Encarei aquilo como uma espécie de vitória.

— Então, estamos fazendo as mesmas perguntas para todos os jogadores — explicou ela, se ajoelhando e abrindo a mochila. Tirou primeiro um caderno, que abriu em uma página toda preenchida com aquela caligrafia perfeita, então pegou um tripé e ajustou a altura. — Coisas básicas, tipo... de onde você é, em que posição joga... Vou gravar tudo e fazer os cortes depois, então é só me avisar se quiser cortar alguma coisa. E, se não se importar, responda como se a gente não se conhecesse.

— Então eu preciso chamar você de srta. Buxbaum e pedir seu número?

— Muito engraçado — retrucou, sem desviar a atenção do tripé. — O que eu quis dizer é que gostaria que respondesse como se eu não conhecesse a sua história.

— Mas você não *conhece* a minha história — respondi, e logo me perguntei por que falei isso. — Pelo menos não inteira.

Liz não tirou os olhos do equipamento, mas suas mãos ficaram paralisadas por um instante quando eu falei isso. Ela logo voltou a ajustar o equipamento, e tudo o que disse foi:

— Tem razão.

Sempre fui fascinado pelo jeito como o sol parecia brincar com o cabelo dela, e isso não tinha mudado. Podia jurar que ele reluzia, e os fios pareciam de cobre quando ela se ajoelhou na grama.

Liz posicionou o celular no tripé e ergueu um pouco a estrutura de apoio.

— Muito bem, acho que estamos prontos.

Liz começou a gravar e pegou o caderno.

— Então, me diga seu nome, sua posição e de onde você é — pediu ela.

Disso eu dou conta.

— Eu me chamo Wes Bennett, sou um lançador canhoto e sou de Omaha, Nebraska.

— Perfeito — disse ela, baixinho, ainda focada no caderno. — O que fez você escolher os Bruins?

— Agora ou da primeira vez? — perguntei.

Ela olhou para mim, surpresa.

— A resposta é diferente?

A verdade era que, quando eu estava no ensino médio, a Universidade da Califórnia era minha segunda opção, até que Liz me disse que ia estudar lá, o que mudou tudo. Depois disso, eu não iria para nenhuma outra faculdade.

— É — respondi, sem saber ao certo como ia explicar minha decisão. — Eu sempre fui fã dos Bruins, mas na primeira vez que coloquei os pés no campus, me apaixonei por Westwood. Tanto que, quando decidi voltar para a faculdade depois, eu não tinha dúvida de que a Universidade da Califórnia era a única opção. Eu preferia não jogar a jogar em outro lugar.

— Ótimo — replicou ela, mas com o cenho franzido, como se algo naquela resposta a incomodasse.

Mas eu devo ter me enganado, porque ela continuou, com uma pergunta bem básica:

— O que você está estudando e por quê?

— Quero me formar em Engenharia Civil, e pretendo me especializar em Engenharia Ambiental — falei, e percebi que aquela resposta era um tédio. — Não lembro por quê, para falar a verdade, mas eu sempre quis estudar isso.

— Nerd — provocou ela, baixinho, com um sorriso discreto, voltando a atenção para o caderno.

Senti aquele sorrisinho bem no meio do meu peito porque... *nossa, Liz está implicando comigo.*

E ainda era com relação a algo do nosso passado.

Ela sempre achou engraçado eu gostar de Matemática. *Como alguém nada sério pode ser tão bom em Matemática?* Ela era mesmo péssima nessa matéria, e por algum motivo ficava irritada por eu ir bem.

— Para de ser tão invejosa, Libby — retruquei, mas me arrependi na mesma hora, porque seu sorriso desapareceu no instante em que a chamei pelo velho apelido.

Droga.

— Tá... próxima pergunta — disse ela, pigarreando. — Para qual dos seus colegas de time você ligaria se precisasse de uma carona de madrugada?

— Powers — respondi, sem pensar duas vezes.

— Para qual dos seus colegas de time você ligaria se precisasse de ajuda para planejar um assalto a banco?

— Mick, com certeza — falei, rindo.

— Qual dos seus colegas de time você apresentaria à sua irmã mais nova?

— Essa pergunta não está na lista...

— Responda mesmo assim.

— Nenhum — declarei, um tanto enojado. — Sarah é muito nova para sair com o pessoal da faculdade.

— Mas ela *está* na faculdade — rebateu Liz, bufando, e voltou a sorrir.

— Mas é caloura — argumentei. — Ela ainda nem fez dezoito anos.

— AJ Powers é calouro e tem dezoito anos, bobão — rebateu Liz, e eu soube que ela tinha esquecido totalmente a entrevista. — Eles têm quase a mesma idade.

— Por que você está tentando arranjar um pretendente no time de beisebol para minha irmãzinha?

— Por que você está tentando fingir que sua irmã é um bebê? — retrucou ela, com uma risadinha.

— Acho que uma pergunta melhor seria: "Qual dos seus colegas de time você mataria por sair com sua irmã?" — sugeri.

— E a resposta seria...?

— Brooks.

— Que arma você usaria?

— Um taco de beisebol.

— Eu achava que lançadores não fizessem mais treino com taco na faculdade — comentou ela, e a brisa jogou alguns fios de cabelo em seu rosto. — Acha que você ainda conseguiria usar um?

— Com toda a certeza.

— Está confiante demais em suas habilidades de assassino — resmungou, voltando a consultar o caderno. — Então, quais são suas três coisas favoritas na faculdade até agora?

Liz Buxbaum, Liz Buxbaum e Liz Buxbaum.

— A comida, os patinetes e as bibliotecas.

— As *bibliotecas*?

Percebi que ela ficou chocada com a resposta.

— Elas têm um ar tão... universitário, sabe? — Eu estava mesmo um pouco apaixonado pelas bibliotecas. — Tipo, você entra na biblioteca Powell e parece que está em um filme que se passa numa faculdade. A madeira escura, as luminárias de mesa, os entalhes no teto abobadado... como não se inspirar para ler e estudar em um lugar assim?

Liz estava me encarando, os olhos percorrendo meu rosto como se ela estivesse tentando entender alguma coisa. Devia achar que eu estava dando uma de espertinho, mas era tudo verdade. Depois de ter acreditado que nunca mais voltaria para uma faculdade, era espantoso poder entrar na biblioteca Powell e passar horas em uma mesa pensando só nos estudos.

— E qual foi sua maior surpresa até agora? — perguntou ela.

— O simples fato de poder estar aqui.

Ela voltou a franzir a testa, como se não tivesse gostado da resposta, mas eu fui sincero.

Eu acordava todos os dias chocado por não ter sido tudo um sonho, um dos vários que tive por tantas noites durante os dois anos que passei fora da faculdade.

Caramba, eu estava mesmo de volta.

— Acho que é isso — declarou Liz, interrompendo meus pensamentos.

Ela parou de gravar e tirou o celular do tripé.

— Muito obrigada por me encaixar na sua agenda, Wes.

Quando quiser, Libby.

— Sem problema.

Fui quase correndo para a aula, bastante atrasado. Meu professor me olhou feio quando entrei, suado e sem fôlego, interrompendo a aula porque a única cadeira disponível ficava bem no meio da sala.

Morrendo de vergonha, me espremi entre as pessoas, falando:

— Desculpa, desculpa, desculpa.

Então me sentei e abri a mochila.

Eu estava bem envergonhado, mas não arrependido.

Porque, de alguma forma, parecia que eu tinha feito progresso com a Liz. Ela ainda não estava feliz com minha presença, mas fiquei com a impressão de que conseguimos quebrar o gelo, mesmo que só um pouquinho. A ideia de *alguma coisa* ressurgir entre a gente se mostrou possível.

Eu me senti esperançoso.

Passei o resto da semana sem encontrá-la.

Fiquei sabendo que ela continuava fazendo as entrevistas, que sempre aconteciam quando eu não estava por perto. Clark aparecia sozinho para filmar os meus treinos, sem sinal da Liz.

Ela tinha desaparecido de novo, e o mesmo aconteceu com meu talento no campo.

Eu estava me esforçando muito, mas meus resultados nos treinos não eram constantes. Uma hora, eu lançava bolas potentes que arrancavam sorrisos do Woody; de repente, ele tinha que ir atrás de todos os lançamentos e as minhas bolas de efeito saíam sem efeito nenhum.

E o jogo estava se aproximando.

Era um objetivo sem muita utilidade, querer ser o titular em um amistoso que não valia nada, mas, para mim, aquele jogo valia tudo.

Aquele era meu objetivo principal desde que voltei para o time.

Eu precisava exorcizar alguns fantasmas.

E sabia que, por ser calouro, era improvável que eu fosse o titular em muitos dos jogos da temporada — isso se conseguisse ser em algum.

Mas Ross achava que eu tinha chances para o amistoso.

Seus arremessos são precisos o bastante para que você consiga a vaga de titular, mas precisa parar com esses lançamentos ruins, garoto.

Acabei entrando em desespero e liguei para ele sábado de manhã.

— Alô — disse Ross.

— Oi, é o Bennett — falei, achando meio estranho ligar, embora ele sempre dissesse que estava disponível a qualquer hora. — Você tem um tempinho para um treino extra neste fim de semana?

— Caramba — respondeu ele, parecendo ainda estar na cama. — Imaginei mesmo que você tomaria vergonha na cara e me ligaria, mas tinha que ser logo quando estou de ressaca?

— Ah... — falei, rindo, embora ele parecesse irritado de verdade. — Acho que sim...?

— Vai à merda — retrucou ele —, e me encontra daqui a uma hora.

CAPÍTULO CATORZE

"Acho que nós três formamos um belo par."

— *Parece que foi ontem*

Liz

— Bom dia, flor do dia.

Entrei na cozinha e revirei os olhos para Leo, sentado no balcão sorrindo para mim. Ele estava com uma calça de pijama do Bob Esponja e um moletom com capuz, segurando uma tigela de cereal. O fim de semana tinha passado rápido demais, e eu ainda não estava preparada para a segunda-feira.

Nos últimos dois dias eu havia me dedicado a editar os vídeos de apresentação dos jogadores e a fazer alguns Reels, então precisava muito de mais um dia para estudar.

— A que horas você acordou? — perguntei.

Eu gostava de acordar cedo para correr antes da aula todos os dias, mas Leo sempre acordava às quatro da manhã sem nenhum motivo. Ele só gostava de *aproveitar um pouquinho mais da manhã*, como dizia, o que fazia sentido em teoria, mas na prática era incompreensível deixar o conforto das cobertas.

— Umas 4h15 — respondeu ele, dando de ombros. — Dormi até mais tarde hoje.

— Aham. — Liguei a cafeteira e fui até a geladeira. — Recebeu minha parte do aluguel?

Em geral, eu transferia o valor para ele, mas, como minha avó me deu um maço de dinheiro para eu "me divertir na faculdade" quando fui visitá-la no mês passado, dessa vez eu tinha enfiado o dinheiro por debaixo da porta dele.

— Recebi — respondeu Leo, como se não fosse nada.

Eu sempre me surpreendia com o quanto ele não ligava para dinheiro.

Nem um pouco.

Leo, que era um amor de pessoa e muito atencioso, nunca pensava em dinheiro, porque não precisava. Era bizarro pensar que ele havia crescido assim. Minha família sempre teve uma boa condição financeira, mas passei a infância inteira muito ciente de que havia muitas coisas que não podíamos comprar.

Para falar a verdade, eu ainda acordava todo dia e meio que dava um gritinho de alegria por estar morando em um apartamento muito bom pelo mesmo valor dos dormitórios da faculdade.

Para Leo, no entanto, isso era normal.

— Eu estava pensando... A gente devia ter um gato — disse ele, bem sério.

Peguei meu iogurte e fechei a geladeira.

— Não é proibido ter animal de estimação aqui no prédio?

— Ah, por favor, né? Todo mundo vê gente com cachorro no elevador e sabe que essa regra não vale de nada. Eu quero um gato tigrado gordinho.

— Você já não está feliz com os guaxinins? — perguntei, pegando uma colher e me sentando em uma das banquetas.

— Ficar observando os guaxinins pela janela é bem diferente de fazer carinho neles e abraçá-los.

— Verdade — falei, dando de ombros. — E eu topo. Sinto saudade do meu gato.

— Você devia trazê-lo para cá — sugeriu Leo, abrindo um sorriso entusiasmado. — O sr. Fitzherbert pode ser o melhor amigo da Bridget.

—Você vai chamar a sua gata de "Bridget"?
— Se o sr. Fitzherbert vier morar com a gente, vou.
— Nada de gatos — resmungou Campbell, entrando na cozinha se arrastando. Seus cabelos longos e cacheados estavam bagunçados, e ela vestia uma camiseta cropped que dizia F*DA-SE e uma cueca samba-canção. — Eles fazem xixi nas coisas, então o apartamento vai ficar fedendo.
— Sua desmancha-prazeres — reclamou Leo, meio rosnando. — Sai daqui.
— Eu odeio gatos — retrucou ela, indo em direção à cafeteira. — Acho que sou alérgica.
— Mentirosa — falei, tirando a tampa do iogurte.
— Falando em mentirosa... — comentou ela, se virando e apontando para mim. — Você não disse que seu "namorinho" com Wes Bennett durou só alguns meses?
— Falei. E daí? — Enfiei a colher no iogurte. — O que tem?
— Eu faço dupla com o AJ Powers no laboratório, e ele achava que eu já soubesse que você e o colega de quarto dele eram "loucamente apaixonados" no seu primeiro ano aqui na faculdade.
— O quê?
Eu não sabia o que responder nem o que pensar. Campbell me olhava como se eu tivesse escondido essa informação dela de propósito. Como o AJ sabia? Será que Wes tinha mencionado alguma coisa?
— O que ele falou?
— A gente estava conversando sobre a festa e o quanto nos divertimos depois na lanchonete, quando desafiei o Wade a completar o mapa dos Estados Unidos — explicou ela, abrindo a cafeteira e colocando uma cápsula. — E quando eu falei de você, AJ disse: "É bizarro pensar que eles eram loucamente apaixonados quando estavam no primeiro ano aqui e agora são dois estranhos."
Minha respiração ficou presa no peito.
— Por que ele acha que a gente era "loucamente apaixonado"?

— Caramba — interveio Leo, saltando do balcão e se aproximando de mim. — A srta. Odeio-Romance já foi loucamente apaixonada?

— Shhh! O que mais ele disse? — questionei, embora meu cérebro estivesse gritando que aquilo não importava.

Será que Wes tinha dito ao colega de quarto dele que nós éramos loucamente apaixonados?

Será que foi uma conversa recente?

Porque eu ainda estava um pouco... abalada com a entrevista que fiz com ele, com a facilidade com que a gente pareceu voltar ao que era antes. Assim que baixei minha guarda e parei de me concentrar no quanto eu odiava Wes, ali estava ele, sentado na grama me fazendo rir.

Inaceitável. Será que eu de fato não aprendi *nada* com tudo que aconteceu?

— Bem, eu não queria que AJ desconfiasse que ele sabia mais do que eu sobre o rolo entre você e Wes — disse Campbell, virando-se e dando de ombros. — Então eu só disse "é, loucura mesmo" e mudamos de assunto. Mas quero saber de tudo.

— É, eu também — acrescentou Leo, assentindo. — Conta tudo.

— A gente merece saber — concordou alguém atrás de mim. Pelo jeito, Clark também já tinha acordado. — Principalmente eu, seu namorado.

— Ai, não quero falar sobre isso. — Dei um gritinho, e de repente já não queria mais o iogurte. Não queria mais nada. — Para resumir, eu e o Wes namoramos no ensino médio, viemos para a faculdade juntos, mas aí ele voltou para casa logo depois porque o pai dele faleceu. E então nós terminamos. Fim.

— Isso não é um resumo — rebateu Clark, passando por mim a caminho da geladeira para pegar o Red Bull que bebia todas as manhãs. — Isso é uma desculpa esfarrapada e preguiçosa. Você vai deixar cada um fazer três perguntas, ou Leo vai expulsar você.

— O que é isso que você está vestindo? — indaguei, porque parecia que Clark estava com um roupão roxo de uma idosa.

— Um roupão roxo de idosa — respondeu ele. — É vintage, não foi fácil de garimpar e estou apaixonado por ele, então, por favor, não fale mal da minha roupa.

— Por que está apaixonado por esse roupão? — quis saber Campbell. — Sem ofensa... só estou curiosa mesmo.

— Obrigado por explicar suas intenções, e estou apaixonado porque a sensação é de estar andando só de cueca, mas estou coberto o bastante para tomar meu café na sacada.

— Posso experimentar? — perguntou Leo, intrigado com aquela descrição.

— Vai ficar enorme em você — comentou Campbell. — Você é uns trinta centímetros mais baixo que ele.

— É, tire as mãos do meu roupão — retrucou Clark, abrindo a geladeira, pegando o Red Bull e fechando a porta. — Agora, minhas três perguntas.

— Leo não vai me expulsar — falei, revirando os olhos. Eu não tinha a mínima vontade de falar sobre Wes com eles.

— Só responde as perguntas — insistiu Campbell, cruzando os braços. — Número um.

— Eu vou primeiro — interveio Clark, empurrando Campbell com o quadril. — Número um. Por que vocês terminaram?

— É, por quê? — repetiu Campbell, empurrando-o de volta.

Não quero ficar pensando nisso, ainda mais porque tenho um dia inteiro pela frente. Droga.

— Eu achava que estava tudo bem, até que um dia ele disse que não queria mais manter um relacionamento a distância.

— Então foi ele que terminou? — perguntou Leo, se espremendo na frente dos dois, os olhos azuis arregalados, como se não conseguisse acreditar na minha resposta.

— Foi — falei, engolindo em seco e decidindo que não iria dar mais detalhes do término.

— Que idiota — resmungou Campbell.

— Que babaca — disse Clark, ao mesmo tempo.

Mas então Leo, com a pergunta seguinte, acabou com meu objetivo de ser sucinta:

— Ai, meu Deus — disse, parecendo enojado. — Se vocês estavam namorando a distância, por favor, me diga que ele não foi idiota de terminar com você por telefone.

— Foi por telefone — confirmei, respirando fundo, tentando não pensar muito nisso, mas o comentário me mandou direto para o passado.

Porque sim... Wes terminou comigo por telefone.

OUTUBRO
DOIS ANOS ANTES

Wes: Tá no seu quarto?

Eu estava sentada à escrivaninha do meu quarto no dormitório quando ele mandou mensagem, lendo *O papel de parede amarelo* para a disciplina de Literatura Americana. Senti uma alegria repentina quando vi o contato de Wes na tela do celular — Wessy McBennett —, como acontecia todos os dias desde que ele tinha voltado para casa. Larguei o livro e fiquei de pé.

Conversar com Wes era ainda melhor quando eu estava mesmo confortável.

Corri até a cama e me deitei de bruços.

Eu: Sim! E mal vejo a hora de ver o seu rosto! 3, 2, 1...

Desde que ele voltou para casa, tínhamos uma rotina. Eu passava o dia assistindo às aulas e ele no trabalho, e assim que Wes chegava em casa a gente ficava conversando por videochamada a noite inteira até que um de nós pegasse no sono — ou os dois ao mesmo tempo.

Eu sentia tanta saudade, nada era igual sem Wes por perto, e, como eu podia vê-lo e conversar com ele o tempo todo, a gente conseguia dar um jeitinho de fazer dar certo.

Mas, em vez do som familiar da chamada de vídeo, meu celular começou a tocar com uma ligação comum. *Ele estava me ligando?* Aceitei a chamada e apertei o botão do alto-falante.

— Esqueceu como ligar pelo FaceTime? — perguntei.

— Não — respondeu ele, e pigarreou. — Achei que hoje talvez fosse melhor falar só por chamada de voz.

— Mas por quêêêê? — resmunguei, virando de barriga para cima e encarando o teto. — Se a gente falar pelo telefone, como nossos ancestrais faziam, eu saio perdendo, porque fico sem ver essa sua cara de bobo. Por acaso viramos um casal de idosos da geração passada?

— A gente precisa conversar, Liz, e...

—Você sabe que não pode usar a frase "a gente precisa conversar" em uma conversa qualquer? — provoquei.

Ele parecia estressado, o que não era novidade desde a morte do pai, mas eu era boa em ficar implicando até que Wes relaxasse. Fazia tempo que ele parecia distante quando eu ligava, mas eu não levava para o lado pessoal, porque a família dele estava passando por um momento delicado.

— Graças aos filmes, agora essa frase é proibida — brinquei. — É melhor dizer... "adivinha?" ou talvez "que tal ter um papo superlegal, Lizzie?". Qualquer coisa é melhor que "a gente precisa conversar".

Ele soltou um suspiro, e senti uma dor no coração ao pensar que ele estava tendo um dia difícil.

Mas Wes retrucou:

— É que a gente *precisa mesmo* conversar.

Eu me sentei na cama, já sabendo que seria uma conversa diferente. Ele não parecia o Wes, muito menos o meu Wes. Parecia... um pouco desconectado.

Frio.

Um estranho.

Não fica pensando demais, falei para mim mesma, olhando para as flores do meu vestido amarelo. *As coisas estão difíceis para ele.*

Só que, no fundo, eu já sabia. Ele não tinha falado daquele jeito comigo nem no dia em que recebeu a ligação com a notícia sobre o pai. Wes tinha ficado arrasado, triste... mas não *frio*.

— Beleza, então vamos conversar — concordei, calma. Não havia motivo para eu sentir o pânico que estava fazendo meu coração disparar. — E aí?

Ouvi Wes respirar fundo. Então ele disse:

— Isso de relacionamento a distância não está funcionando para mim.

— O quê? — Eu não fazia ideia do que ele queria dizer com aquilo. — Como assim?

— Não posso mais fazer isso, com você aí do outro lado do país e eu aqui — explicou ele, de uma vez, como se tivesse praticado aquela fala mil vezes. Como se tivesse pensado bastante naquilo. — Parece que estamos adiando o inevitável.

— Do que você está falando? O que é inevitável? Você quer que eu volte?

Com as mãos tremendo, tentei entender aquelas palavras que não faziam sentido. Na noite anterior, adormecemos juntos no celular assistindo a uma maratona de *Friends*, e alguns dias antes ele mandou mensagem às três da manhã só para dizer o quanto me amava.

Então Wes não podia estar terminando comigo.

O que ele estava fazendo?

— Ou está dizendo que vai voltar para a faculdade? — prossegui. — Não sei se vo...

— Acho que a gente precisa dar um tempo — falou ele, me interrompendo, parecendo frustrado.

— É sério?

Senti todo o sangue se esvair do meu rosto e tive a impressão de ouvir meu coração batendo nos ouvidos, como se suas palavras estivessem ecoando na minha cabeça. *Acho que a gente precisa dar um tempo.*

— Isso não funciona, essa história de levar vidas separadas — declarou ele. — Acho que é melhor cada um viver sua vida e seguir em frente.

— Seguir em frente? — Eu não conseguia respirar. — Você está terminando comigo, Wes?

Embora fosse óbvio, eu fiquei completamente chocada quando ele respondeu:

— Sim.

Arquejei.

— Ah... — dei um jeito de dizer, incapaz de emitir qualquer outra palavra.

Senti um nó na garganta e contive as lágrimas, tentando entender como aquilo podia estar acontecendo.

Wes está terminando comigo.

— Olha, saiba que não tem nada a ver com você, Libby — disse ele, e sua voz falhou. — Você é incrível e perfeita, mas isso não está mais dando certo.

Eu queria dizer alguma coisa, gritar "Você está errado! O que está fazendo?", mas não consegui falar nada. Havia mil soluços presos dentro de mim, queimando em minha garganta, que ficou apertada demais para que as palavras passassem. Não conseguia mais enxergar as flores do meu vestido, as lágrimas estavam borrando tudo exceto o sol da Califórnia que entrava pela janela, zombando daquele momento com todo o seu brilho.

— Desculpa, Libby — sussurrou ele. — Desculpa mesmo.

Mesmo em meio ao choque e à mágoa, enxerguei um motivo para aquela decisão.

Um motivo que não fazia com que doesse menos, mas eu amava Wes, então teria que aceitar.

Enxuguei o rosto e tentei fazer parecer que estava tudo bem.

— Eu sei que está tudo caótico agora — comecei —, então não tem problema se quiser que a gente dê um tempo enquanto você lida com a situação. Vou continuar ao seu lado, porque sou sua amiga, e podemos conversar sobre o resto depois.

— Não, Liz. — Ele soltou um barulhinho, uma risada triste ou um gemido. — *Não*.

— Não?

— Não. Você não está entendendo? — Agora ele parecia contrariado. — Preciso me afastar de vez. De *nós dois*.

Foi como um tapa na cara, como se algo tivesse sido arrancado de dentro de mim.

— Você não quer nem ser meu amigo? — perguntei.

— Acho que é melhor a gente encerrar esse assunto de vez e se afastar.

— Nossa — sussurrei.

Eu o perdoaria por qualquer coisa depois de tudo que tinha acontecido na vida dele, mas não entendia como Wes podia estar fazendo aquilo. Como ele podia querer aquilo.

Ele era o centro do meu mundo; *nós dois*, juntos, éramos o centro do meu mundo.

Como ele podia aceitar não fazer mais parte da minha vida?

Minha nossa. *Wes não queria mais que eu fizesse parte da vida dele.*

— Foi por isso que você não quis fazer videochamada? — falei, e odiei pensar que ele talvez ouvisse que eu estava chorando, mas precisava perguntar. — Porque você sabia que seria estranho quando eu começasse a chorar?

Wes não disse nada. Eu esperei, mas ele não disse uma palavra sequer.

— *Wes*.

— Eu tenho que desligar — disse ele, a voz rouca e baixa. — Eu... não consigo...

E, com a visão borrada de lágrimas, vi a ligação terminar e seu nome desaparecer da tela.

— O-oi? — chamou Campbell, estalando os dedos na minha frente. — Para onde você foi, Elizabeth?

Pisquei fundo e me senti como se tivesse voltado no tempo. Literalmente.

Balancei a cabeça.

— Aff… Para o inferno — resmunguei.

— E o que aconteceu depois? — insistiu Leo. — Vocês terminaram, e aí…

— E aí eu passei meses chorando horrores e segui em frente com a minha vida — falei, como se tivesse sido fácil. — Fim da história.

— Mas e *ele*? — perguntou Clark. — Wes voltou para a faculdade… Como isso aconteceu?

— Não faço a menor ideia — admiti, curiosa de verdade sobre essa parte. — Desde aquela época tenho passado todos os verões trabalhando em Los Angeles, e meu pai vem para a Califórnia nas datas comemorativas. De certa forma, para mim Omaha parece outra realidade. A única pessoa com quem eu ainda falo é minha amiga Joss, mas ela declarou que Wes está "morto para ela", então nunca fala dele. Não sei de mais nada a respeito da vida dele desde que a gente terminou.

— Acho que podemos parar com as perguntas por enquanto — interrompeu Clark, empurrando Campbell e dando um passo para se escorar no balcão à minha frente. — Não gosto da cara que você está fazendo. Está tudo bem?

— Aham. Tudo bem — falei, grata pelos meus amigos ao ver Clark sorrir para mim com preocupação.

Eu também estava grata por não estar mentindo — eu de fato *estava* bem. Já tinham se passado anos. Agora Wes e eu éramos pessoas diferentes, e eu estava bem.

Mas, enquanto corria, não consegui parar de pensar no fato de que passei um bom tempo muito mal depois do término. Chorei copiosamente no moletom do time de beisebol da nossa escola do ensino médio, que nunca devolvi para ele, sofrendo por uma perda que eu não entendia.

Era impossível aceitar, passar de *loucamente apaixonada* para *terrivelmente sozinha* de uma hora para outra.

Nossa, eu gastei tanto tempo pensando naquela ligação, como uma boba.

Wes parecia triste. Será que a voz dele tinha falhado no fim, logo antes de desligar? E se isso tudo tiver a ver com o luto pela morte do pai e ele na verdade ainda for apaixonado por mim?

Talvez eu devesse ligar para ele.

Eu me forcei a acreditar em coisas envolvendo aquela conversa, mas então fui visitar meu pai nas festas de fim de ano. No Ano-Novo, eu descobri por que ele havia terminado comigo.

Não tinha nada a ver com o pai dele, nem com ele continuar me amando de alguma forma, e tudo a ver com uma linda garota chamada Ashley.

Eu era uma criancinha boba apaixonada naquela época.

Mas não sou mais.

Por sorte, meu cérebro pareceu se esquecer desse assunto depois do banho, e passei o resto do dia concentrada nas aulas. Tive duas provas (fui muito bem em uma delas e tive dificuldade na outra) antes do almoço e uma palestra de um convidado no último período que me deixou com cãibra na mão de tanto fazer anotações.

Quando Clark foi me buscar para irmos ao estádio, eu estava exausta.

Meu celular vibrou.

Lilith: Pode postar mais um Reel hoje?

Entrei na caminhonete.

Eu: Depois do treino, que tal?

Lilith: Perfeito. Já faz uns dois dias, e com o amistoso chegando precisamos produzir muito mais.
Eu: Pode deixar.

Estava animada por Lilith confiar em mim a ponto de me deixar publicar materiais nas redes sem que passassem pela aprovação dela. Fiquei animada com isso durante todo o caminho até o campo, e quando "Supermassive Black Hole", do Muse, começou a tocar na playlist do Clark, eu soube exatamente o que ia fazer.

Eu amava Muse, em especial o álbum *Resistance*, mas era impossível não imaginar a cena de beisebol de *Crepúsculo* quando aquela música tocava.

Isso me deu uma ideia quando chegamos ao estádio e o time já estava em campo, treinando.

Troquei de equipamento com Clark porque precisava de muitos vídeos de rebatidas e corridas, que seriam perfeitos para combinar com a música em uma referência icônica (na minha opinião) à cena dos vampiros jogando beisebol.

Então ele ia fotografar, e eu ia filmar.

E, para falar a verdade, estava dando tão certo, e eu estava tão absorta naquilo, que nem reparei em Wes.

Mergulhei de cabeça no instante em que chegamos, vibrando com aquela nova onda de criatividade. Eu me concentrei em filmar primeiro os rebatedores, registrando o máximo possível de bolas longas de cada um deles. Depois, comecei a filmar as corridas, aproximando bastante para pegar o estalo da bola atingindo a luva.

Só quando decidi filmar os lançamentos, para pegar as extensões que acompanhavam a bola sendo arremessada, é que percebi a presença do Wes.

Mas ele estava no montinho, então nem notou minha presença.

Wes sempre foi muito focado quando estava em ação. Seu jeito mudava completamente quando ele saía correndo do banco de reservas, a descontração de sempre substituída por uma intensidade que fazia seus olhos castanhos arderem. Como um fósforo, lançado naquele combustível que era a sua paixão por beisebol.

Presenciar aquela enorme contradição, a corrente elétrica crepitante ao lado da serenidade de riso fácil, era poderoso.

Ele era assim — intensidade de zero a cem — com algumas outras coisas, mas eu é que não ia deixar meus pensamentos irem nessa direção.

Foco, Liz.

Você precisa filmar.

E eu fiz isso.

Quanto mais eu registrava os movimentos dele, mais eu percebia cada detalhezinho.

O jeito como Wes girava a bola e traçava a costura com dois dedos antes de fazer o lançamento. O jeito como ele ainda apertava a bola e respirava bem fundo antes de cada jogada.

Havia algo de romântico naquilo tudo, no ritual e no modo como suas mãos seguravam a bola. Era quase como se as pontas dos dedos e a costura fossem um casal de muitos anos, intimamente familiarizado com cada centímetro do corpo um do outro após uma vida inteira de carícias.

Preciso de um close das mãos dele na bola.

Continuei filmando.

E, minha nossa... ele era um artista com a bola.

Era *mesmo*.

Sua expressão inescrutável e intensa ao mesmo tempo, logo antes de um lançamento de alta velocidade, a força bruta combinada a uma precisão inacreditável.

O braço longo e definido, estendido por completo ao soltar a bola.

A perna se dobrando ao lançar.

O ar saindo ligeiro pelo nariz quando a bola era lançada.

Fiquei de joelhos, de bruços, na ponta dos pés e até numa escadinha; ele estava me dando todas as cenas que eu queria e me deixando ansiosa para conseguir ângulos melhores. Eu me movi ao redor dele como um planeta em órbita, querendo mais, mais, mais. Mesmo quando ele já não estava mais no montinho, filmei Wes lançando a bola de brincadeira com Mick e Wade, minha câmera obcecada por sua mão esquerda e seu relacionamento com a bola.

— Será que já é o bastante?

— O quê?

Abaixei a câmera e fiquei chocada ao ver Clark ao meu lado, mas poderia ser qualquer outra pessoa, porque eu não estava prestando atenção. Estava tão concentrada no balé que era a mecânica da bola e sua jornada da mão do Wes até seu destino, no ponto certinho do taco, que todo o restante tinha deixado de existir.

— Você está em outro planeta, Buxbaum — disse ele, balançando a cabeça. — Só me olha assim quando está mexendo com música.

— Eu, é... — falei, e por algum motivo eu estava sem fôlego, alheia a tudo. — Estava fazendo umas filmagens dos vampiros jogando beisebol.

Como era Clark, ele soube na hora do que eu estava falando e soltou um gritinho.

— Isso! Família Cullen, isso aí! Esse Reel vai ficar incrível.

Ele tinha razão. Ia ficar incrível mesmo. E, ouvindo Clark dizer aquilo, fiquei ainda mais animada. Porque eu tinha conseguido esquecer (num nível emocional) meu passado com Wes enquanto ele arremessava. O flashback daquela manhã tinha sumido, desapareceu enquanto eu fazia meu trabalho.

Eu, Elizabeth Buxbaum, podia me concentrar em Wesley Bennett, a estrela dos lançadores, e focar na parte criativa do meu trabalho sem que isso me arruinasse.

Ele era só mais um atleta da universidade.

Aquilo não era *nada de mais*.

CAPÍTULO QUINZE

"Caramba, olha a sua cara. Está apaixonado!"

— *Um pacto de amizade*

Wes

Entrei embaixo do chuveiro, inclinei a cabeça para trás e deixei a água quente fluir. Estava praticamente sozinho no vestiário porque tinha ficado até mais tarde para conversar com Ross depois do treino, então era tudo silêncio.

Meus músculos latejavam, eu estava cansado, mas não conseguia me lembrar da última vez que me senti tão vivo.

Porque, *finalmente*, depois de me esforçar muito durante o fim de semana, eu tinha voltado ao normal. Havia acabado de sair de um treino em que demonstrei muita consistência, como nunca antes. Voltei a me *divertir* ao fazer lançamentos, ainda mais porque a voz do meu pai não sussurrou uma única sílaba enquanto eu lançava um strike depois do outro.

Eu não quis que aquele treino acabasse.

Ainda mais porque Liz ficou o tempo inteiro lá, me filmando.

É, Clark estava por lá também, mas ficou só tirando fotos aleatórias do time.

Liz, por sua vez, focou em mim.

Eu sabia que ela estava só fazendo seu trabalho, mas sempre que a via por perto ficava mais feliz.

Eu me vesti e estava quase pronto para sair do vestiário quando vi.

A escalação.

A escalação inicial para o amistoso de sábado estava colada ao lado da porta.

Na mesma hora, meu bom humor foi substituído por estresse, e fui andando devagar até lá. Metade dos caras nem devia ter parado para consultar aquela folha, porque não era um jogo importante; ninguém ligava para quem ia começar como titular, já que a equipe técnica ia botar todos em campo. Não fazia diferença.

Mas importava para mim.

Respirei fundo e me aproximei. Meus olhos percorreram a lista, procurando pela posição de lançador.

— Você está preparado? — perguntou alguém às minhas costas.

— O quê?

Eu me virei e vi Ross escorado na parede, focado no celular.

— Ele colocou você para começar — comentou, sem tirar os olhos da tela. — Só quero garantir que está preparado.

— *Sério?* — Em geral, eu tentaria parecer mais indiferente, mas eu estava falando com Ross. Comecei a rir como uma criança e não consegui conter um gritinho. — Não é brincadeira, né?

— Nossa, Bennett, que vergonha — disse ele, mas o sorriso em seu rosto estava quase tão largo quanto o meu. — É só um amistoso... Se controla, cara.

— Não consigo — retruquei, me perguntando por que senti a garganta arranhar.

— Eu sei — respondeu ele, assentindo, como se reconhecesse o que aquele amistoso *de fato* significava para mim. — Só não vá fazer algo idiota como torcer o tornozelo ou dar um jeito no braço antes de sábado.

— Não vou fazer nada disso — falei, rindo, um pouco constrangido por estar quase chorando de felicidade.

Saí do vestiário quase correndo (depois de arrancar o papel da parede e colocar dentro da mochila, porque sabia que minha mãe ia querer guardar), cheio de uma energia e com vontade de dar estrelinhas pelo campus, juro por Deus.

Liguei para a Sarah por videochamada na mesma hora.

— O que foi? — disse ela ao atender. Parecia estar indo para a aula. Ou saindo da aula. Com certeza devia estar andando pela faculdade. — Por que resolveu me incomodar justamente quando estou atrasada para a aula?

— Porque quero contar que vou ser o lançador titular no jogo de sábado, caso você queira vir para cá assistir ao amistoso.

— Não acredito! — gritou Sarah, o rosto engolido por aquele sorrisão de pirralha. Ela parou de andar. — Você vai ser o titular! Que notícia incrível!

— Pois é! — exclamei, ainda em choque.

— Já contou para a mamãe? — indagou ela, ainda gritando.
— Acho que ela não vai conseguir ir, mas *com certeza* vai querer saber! Caramba!

— Não, você foi a primeira pessoa para quem liguei — expliquei, me perguntando se algum dia ia conseguir parar de sorrir.

— Fez bem, Wesley — provocou ela, rindo e enxugando o canto do olho. — Aaaaah, estou tão feliz por você!

Sarah era uma das únicas pessoas que entendiam por que aquilo era tão importante para mim, o que fazia com que também fosse importante para ela.

Era algo importante para a família Bennett, afinal.

Era uma segunda chance.

— Obrigado — falei, engolindo em seco. — Vou deixar você ir para a aula, e preciso desligar para poder ficar saltitando de felicidade. Não é lá muito seguro fazer isso com o celular na mão.

— Isso, vai lá. Segurança em primeiro lugar. Depois a gente se fala — disse ela, e desligou, rindo.

Passei o restante da semana nas nuvens, como se tivesse passado em uma espécie de teste. Minha mãe chorou como um bebê na chamada de vídeo, o que me deixou um pouco emocionado. Também me fez lembrar de quando não quis falar com Liz pelo FaceTime, porque não queria que ela *me* visse chorando, mas era melhor não pensar no passado naquele momento.

Não quando eu tinha tanta esperança para o futuro.

E graças a esse pensamento focado no que estava por vir que mandei um belo "de jeito nenhum" para Lilith Grossman quando ela me escreveu de novo, perguntando se eu topava fazer uma segunda entrevista com Liz.

Ela mencionou que adoraria aprofundar meu talento incrível para "superar as adversidades".

Não, obrigado. De jeito nenhum.

Fui solícito e respondi às perguntas da Liz de bom grado, mas ia me recusar a revelar qualquer outra coisa.

Ainda mais se Liz não estivesse envolvida.

Fui o último a sair de todos os treinos até o dia do jogo, e quando a noite de sexta-feira chegou, quase não consegui dormir de tanto entusiasmo.

O dia do amistoso enfim tinha chegado.

Assim que acordei na manhã de sábado, no entanto, senti que o estresse havia voltado. Cada gota de entusiasmo foi substituída por medo. *E se eu fracassar?* Dei risada com os garotos quando fomos tomar café da manhã no refeitório Bruin Plate, tentando adotar uma filosofia de fingir que estou bem até de fato estar, e eles agiam como se aquele fosse um dia qualquer. Mas, no fundo, eu estava sentindo o estômago embrulhar ao me obrigar a engolir os ovos mexidos e o mingau de aveia.

No carro do Mick, indo para o estádio, contribuí com o papo que estava rolando e tentei abafar meus pensamentos, que ecoavam algo como "não estrague tudo, não estrague tudo, não estrague tudo".

Eu precisava me controlar, mas era como se meu cérebro estivesse se concentrando em todas as possibilidades de dar tudo errado. Ser nomeado titular afastou um dos meus fantasmas, mas... e se eu estragasse tudo? E se aquela oportunidade só servisse para mostrar que, na verdade, eu travava na hora do jogo? E se tudo o que eu conseguisse fazer fosse provar para os técnicos que eles erraram ao me dar uma segunda chance?

— Por que está tão quieto, Bennett? — perguntou Brooks.

Estávamos nos alongando no campo. Ele sorria, relaxado, o joelho na grama, e eu senti inveja daquela expressão tão descontraída.

— Acho que nem ouvi sua voz chata hoje — continuou ele.

— Idiota — resmunguei, com um sorriso forçado, rotacionando os ombros e tentando respirar fundo.

Olhei para as arquibancadas e inspirei devagar. Era uma tarde quente típica da Califórnia, sem brisa, e um número recorde de torcedores tinha comparecido para o amistoso. A vibração do Estádio Jackie Robinson lotado era eletrizante, com música nos alto-falantes e o estalo das bolas acertando as luvas aumentando aquele clima de festa.

Era um dia perfeito para jogar beisebol.

Soltei o ar pela boca e olhei para onde minha irmã estava sentada, com os pés em cima da cadeira à sua frente e um B azul desenhado no rosto.

Nossa, ela é um clichê ambulante, pensei, e olhar para aquela carinha boba dela de alguma forma me ajudou.

Foi para isso que treinei todo esse tempo, e preciso aproveitar o jogo, falei para mim mesmo enquanto terminava o alongamento, mas assim que peguei a luva e comecei a fazer lançamentos para me aquecer, eu só conseguia ouvir a voz do meu pai.

O que foi isso, Wesley? Que arremesso horrível, ouvi ao lançar uma bola alta, tão nítido quanto se ele estivesse em pé na arquibancada como em todos os meus jogos no colégio.

Para.

Mickey jogou a bola de volta, e eu enxuguei o suor da testa. Era só um aquecimento. *Calma.*

Mas então fiz mais um lance descontrolado, e Mick teve que ir atrás da bola. Foi aí que comecei a surtar um pouco.

Porque eu ia estragar tudo.

Era por isso que você não queria que eu viesse nesse último jogo, ouvi meu pai gritar da arquibancada. *Para de brincar e faz um bom lançamento.*

Nossa. Ele me disse aquela frase exata — *para de brincar e faz um bom lançamento* — milhões de vezes ao longo da minha vida. Já era muito irritante quando ele estava vivo, mas agora parecia o som de alguém arranhando uma lousa junto com um grito horripilante.

Era óbvio que eu estava enlouquecendo se não parava de ouvir a voz do meu pai, não era?

Respirei fundo, me concentrando em esfriar a cabeça. Fechei os olhos e tentei me acalmar.

Mas eu só conseguia imaginar o rosto dele.

E estava ficando difícil respirar.

Lancei mais uma vez.

Mickey devia socar sua cara por ter que ir atrás desse lixo de lançamento. Olhei para a arquibancada, para o lugar onde ele sempre ficava, mas não havia ninguém lá.

É óbvio que não.

Porque ele está morto, seu maluco.

Droga. Eu ia estragar tudo.

CAPÍTULO DEZESSEIS

"Eu amo você. Eu percebi assim que eu te conheci. Desculpe levar tanto tempo para corresponder."

— *O lado bom da vida*

Liz

— Por que Wes está com aquela cara?

— Que cara? — perguntou Clark, à minha esquerda, filmando.

Eu estava agachada com a câmera ao lado do banco de reservas do time visitante.

— Parece que ele não vai arremessar — expliquei, dando zoom no rosto dele. — Wes sempre fica com um olhar de sangue-frio quando vai fazer um lançamento, mas agora parece que ele está querendo tirar um cochilo.

Clark deu uma risadinha.

— Não sei o que isso quer dizer.

Vi Wes lançar mais uma bola que Mickey precisou correr para pegar, e percebi no banco do outro lado que os técnicos fingiam estar à toa, mas estavam assistindo à cena com atenção.

Acompanhei pela câmera, e deu quase para *ver* o questionamento deles a respeito do calouro canhoto. Parecia que estavam vendo algo desmoronar e não sabiam o que fazer.

Droga.

Independentemente dos meus sentimentos por ele, eu não queria que Wes fracassasse.

— Quer dizer que ele precisa encontrar seja lá o que sempre dá aquele gás para ele nos jogos — falei, entrando em pânico ao ver que Wes não parecia em nada o garoto dos jogos a que eu já tinha assistido. — Ou algo assim.

Não sabia dizer por quê, mas fiquei aflita. Aflita a ponto de querer conversar com ele, de querer encontrar algo que pudesse dizer para lembrá-lo de se acalmar e apenas fazer o que ele sabia fazer.

É só arremessar, Wes.

Eu já não o conhecia mais e não fazia ideia do que estava se passando na cabeça dele, mas parecia óbvio que havia algum problema. Wes ainda tinha o talento e a técnica, mas dava para ver que estava se sabotando.

O que, para falar a verdade, não era surpresa alguma.

Logo após a morte do pai, quando os técnicos perguntaram quando ele voltaria para a faculdade, Wes meio que surtou. Eu me lembro muito bem do pânico em seus olhos quando ele me contou (em uma videochamada) que achava que não conseguiria nem olhar para uma bola de beisebol depois da morte do pai, muito menos arremessar uma.

Disse que só de pensar naquilo ficava mal.

Então devia ser isso que estava prejudicando os lances, não o ato de arremessar em si.

Wes devia saber disso, né?

Quer dizer, lógico que sim.

Mas e se ele não soubesse naquele momento? Larguei a câmera, abri a mochila e arranquei uma página de caderno.

— Pode me fazer um favor? — perguntei a Clark, pegando uma caneta.

Eu sabia que provavelmente minhas palavras não ajudariam, porque ele tinha uma equipe técnica completa com todo o conhecimento do mundo para compartilhar com ele.

Mas me senti obrigada a fazer *alguma coisa*.

Vai que ajudava, né?

Escrevi uma frase e dobrei o papel ao meio.

— O que quer que eu faça? — perguntou Clark, abaixando a câmera e me encarando.

— Preciso que leve isso até o banco de reservas e entregue ao Wes quando ele sair do campo.

Era loucura, tanto eu achar que o que eu tinha a dizer sobre beisebol poderia ajudar quanto eu estar tentando ajudar o idiota que tinha partido meu coração, mas não consegui me conter.

Aquilo não tinha nada a ver com a gente, afinal. A questão era, óbvio, a imagem do departamento esportivo da Universidade da Califórnia.

— Eu ia até lá para o primeiro arremesso mesmo — disse ele, os olhos semicerrados, intrigado. — Mas tem certeza? Quer que seu namorado entregue um bilhete para o seu ex?

— Não é uma declaração de amor — falei, e de repente fiquei muito nervosa com o que estava prestes a fazer. Era uma péssima ideia, tomar a iniciativa de entrar em contato com Wes Bennett, mas eu sentia que *precisava* fazer aquilo. — Então acho que tudo bem.

— Beleza, pode deixar — respondeu ele, pegando o papel e indo até lá.

Quando o time começou a deixar o campo, fingi tirar algumas fotos, mas estava observando Wes pela lente da câmera. Ele deixou a luva no banco e pegou uma garrafa de água, tenso.

Onde foi que o Clark se meteu?

Continuei olhando pela câmera feito uma stalker, e Wes apertou a garrafa, jogando água na boca, seu pomo de adão se mexendo e me distraindo por completo. *Por que isso tem esse efeito em mim?* Senti meu coração acelerar (*ai, meu Deus*) quando Clark apareceu ao lado dele. Não consegui ler seus lábios, mas vendo Clark falar com Wes, eu me arrependi.

Talvez eu não devesse ter pedido para ele ir até lá.

Wes abaixou a garrafa e se concentrou em Clark com as sobrancelhas franzidas, como se não estivesse entendendo muito bem, mas Clark continuou falando.

Então ele estendeu o papel (*ai, meu Deeeeeeeus*), o papel que eu mandei.

Ai, meu Deus.

Fiquei trêmula vendo os dedos compridos do Wes abrindo o bilhete.

O que é que eu estava pensando?

Seus olhos escuros percorreram o papel por um instante, e eu me senti uma boba.

Uma idiota, ridícula e infantil, que achou que algumas palavras inúteis sobre beisebol pudessem ajudar um lançador da primeira divisão a sair de uma crise.

Meu rosto estava pegando fogo de tanta vergonha por aquela impulsividade.

Wes levantou a cabeça.

—Valeu, cara — disse, assentindo.

Clark se virou e saiu.

E, assim que Clark se afastou, vi Wes abrir um sorrisinho devagar.

Aquele sorrisinho, minha nossa.

Então ele olhou para mim.

Mesmo de longe, mesmo com a câmera entre nós dois, seu olhar era intenso. Ele mexeu os lábios:

— Obrigado.

Para mim.

Depressa, fiquei de costas para ele. Não queria reconhecer o que tinha acabado de acontecer. Com o rosto queimando, comecei a tirar fotos do campo, dos torcedores nas arquibancadas, de qualquer coisa que não fosse Wesley Bennett.

Eu era a maior idiota do mundo, porque aquilo era a cara da Pequena Liz, mandar um bilhete para o lançador que estava no banco de reservas. Aquela esquisitinha amava coisas do tipo, e eu estava irritada comigo mesma por, sem querer, ter feito algo que ela aprovaria.

Assim que o jogo começou, no entanto, deixei de me importar com isso.

O estádio estava com aquela energia típica de primeiro jogo da temporada, e parecia que todos estavam prendendo a respiração, ansiosos para ver o que ia acontecer. O dia estava quente e ensolarado, o céu estava limpo, e a cena toda era o sonho de qualquer criador de conteúdo: o cenário perfeito com a ação perfeita.

Fiquei impressionada com a riqueza de imagens à minha frente, minhas mãos agitadas, tentando registrar tudo que era possível. Minha câmera e eu parecíamos estar em todos os lugares, mas parei quando "Power", do Kanye West, começou a tocar nos alto-falantes.

Eu me virei a tempo de acompanhar Wes subir no montinho.

Ele andava com aquelas pernas compridas e peito largo, grande e imponente com seu uniforme listrado. Estava com um ar de que ia conseguir três strikes com facilidade ou arrasar qualquer rebatedor que ousasse rebater e, nossa, *minha nossa*, aquela era uma cena e tanto.

Embaixo do boné azul dos Bruins, seu rosto era concentração pura, rígido.

Eu estava segurando a câmera, mas fiquei tão impactada com aquela caminhada até o montinho que não consegui fazer nada além de observá-lo.

Wes Bennett, senhoras e senhores.

Não tinha nenhum interesse nele, é óbvio, mas, analisando com imparcialidade, ele parecia um deus do beisebol.

Fui para um lugar onde a vista era melhor para fotografar os arremessos de aquecimento, relaxados e precisos. *Até aqui tudo bem*, pensei, mas fiquei nervosa quando o primeiro rebatedor do outro time se posicionou.

Mais uma vez: eu não tinha interesse nenhum no Wes, mas era torcedora dos Bruins. Por isso, queria que o time se saísse bem na primeira partida oficial.

Wes respirou fundo e traçou a costura da bola, então ergueu a perna da frente e arremessou. Lançou uma bola rápida no meio, e mais uma, e eliminou o primeiro rebatedor com uma bola curva inacreditável.

Os torcedores comemoraram, e fiquei aliviada ao ver Wes ajeitar o boné e o próximo rebatedor se aproximar.

E, fotografando os dois rebatedores seguintes que ele eliminou sem dificuldade, me dei conta de que minha preocupação na verdade era um ótimo sinal. Era a prova irrefutável de que eu estava a anos-luz de ser a garota que um dia ele destruiu.

Nossa história estava tão no passado que eu conseguia até torcer pelo sucesso dele.

CAPÍTULO DEZESSETE

"Está apaixonado por mim. Por quê?"
"Eu não faço a menor ideia."

— *A verdade nua e crua*

Wes

— Foi incrível.

— Concordo — falei para Mickey quando corremos para o banco de reservas.

Parecia que eu estava flutuando. Eu até preferia me fazer de difícil e não sorrir ao ouvir a multidão comemorar, mas era impossível.

Porque eu tinha eliminado todos os rebatedores.

Tudo bem, era só um amistoso e foi só uma entrada, o que não significava nada, mas para mim pareciam doze entradas da série mundial. Arremessar tão bem me deixou muito leve, uma sensação ainda inédita nessa minha volta para Los Angeles.

— Mandou muito bem, Bennett — elogiou Ross sem olhar para mim quando cheguei ao banco de reservas.

O elogio dele significava muito para mim.

Eu não era um garotinho que precisava de uma figura paterna agora que não tinha mais o pai, só que as opiniões — e o respeito — do Ross eram muito importantes para mim.

— Valeu — falei, tirando a luva e pegando uma água.

A impressão que eu tinha era de que conseguiria fazer qualquer coisa.

Porque eu não só ignorei as vozes e fiz meus lançamentos, como Liz tentou me ajudar.

Liz. Tentou. Me. Ajudar.

Me. Ajudar.

Eu ainda não sabia como reagir a isso, ainda mais porque foi o namorado dela que me entregou o bilhete, mas tudo bem.

Porque saber que ela se importava com meu sofrimento parecia importante. Não para nós dois, nosso passado ou nosso futuro, mas era importante para *mim*. Tive que enfrentar muitas coisas sozinho desde a morte do meu pai, e era bom saber que ela continuava ao meu lado.

Liz podia estar mais distante, e talvez não me amasse mais, mas ainda estava ali para me apoiar.

E isso fez com que eu me sentisse *completo*, algo que não acontecia havia muito tempo.

Depois daquela entrada, o resto do jogo foi uma festa.

Fiquei em pé na área do banco de reservas, escorado na grade no meio dos colegas de time, e pela primeira vez desde o dia em que me matriculei na universidade (pela segunda vez), senti um tipo de pertencimento. Que era ali que eu deveria estar. Eu me dei conta, no final da nona entrada, enquanto batíamos na cerca e o último lançador saía de campo, que enfim não me sentia mais o garoto que tinha dado um jeito de voltar e ainda não sabia como ia se manter ali.

Aquele era o *meu* time. E eu não iria a lugar nenhum.

Depois do jogo, fui comer algo com Sarah antes que ela voltasse para Palo Alto. Foi o fim descontraído perfeito para aquele dia, e Sarah não seria minha irmã se não tentasse tomar conta da minha vida, comentando:

—Vi Liz no banco de reservas.

— Ah, é? — falei, revirando os olhos ao comer a última garfada de arroz. Eu amava o Boiling Crab, restaurante de frutos do mar a que fomos com meus pais na primeira visita à faculdade, e só faltava eu lamber o prato toda vez que ia lá. — Uau! Que ótima visão, hein?

— Valeu — respondeu ela, sorrindo e pegando a última pata de caranguejo. — Mas o que você está esperando, Wes? Por que vo...

— Shhh! — interrompi, batendo na sua pata de caranguejo, que caiu no prato. — Deixa seu lado "irmã mandona" para amanhã. Melhor não pesar o clima.

— Aff, Wes — disse ela, rindo e voltando a pegar a pata de caranguejo.

A verdade era que eu duvidava que qualquer coisa pudesse estragar a empolgação que eu estava sentindo com a combinação de um bom jogo de beisebol e o que tinha acontecido envolvendo Liz Buxbaum. Eu estava muito feliz por ter recebido aquele bilhete, mas, embora soubesse que minha irmã ficaria entusiasmada, não consegui contar isso para ela.

Porque... e se Sarah achasse um jeito perfeitamente racional de explicar o que tinha acontecido?

O bilhete era um pedaço de papel do caderno da Liz (ela *amava* cadernos e sempre tinha uns seis por perto), dobrado pelos dedos da Liz (os mesmos que dançavam pelas teclas do piano quando eu implorava que ela continuasse tocando) e enviado por suas mãos (que eu ainda sentia em meus ombros) para ser entregue para mim.

Para *mim*.

Não queria que aquilo tivesse um sentido racional, para falar a verdade, porque, no fundo, eu sentia como se aquilo fosse um começo.

— Beleza. Mas acho que você é um idiota por não dizer nada com ela tão pertinho — comentou, dando uma mordida. —Você é um bobo. É como se estivesse com o nariz grudado na vitrine de uma loja de donut, só olhando, sendo que podia estar de fato comendo um.

— Eu me *recuso* a acreditar que você chamou a Liz de donut.

— Só porque tem outro cliente dentro da loja com seu donut no carrinho, não significa que você não possa pegá-lo. Se não estiver no caixa, ainda está valendo.

— Eu... — Parei de falar e larguei o garfo, balançando a cabeça. Era difícil não rir o tempo todo com a Sarah, porque ela era tão... *Sarah*. — Não sei se fico preocupado com essa obsessão por doces, horrorizado com essa analogia terrível ou se preciso te dar algumas lições.

— Todas as alternativas, imagino — retrucou ela, dando de ombros. — Eu também estou arrependida por essa metáfora, porque essa ideia toda de donut pode ser um eufemismo para algo meio safado, mas não tenho certeza.

— Você é muito idiota — falei, rindo e pegando uma das batatas fritas dela.

Quando ela me deixou em casa, decidi não sair com os garotos. Queria curtir as últimas horas daquele dia memorável, então, em vez de ir a uma festa, fiquei na escadaria do prédio. Eu me sentei apoiado nos cotovelos e observei o céu noturno, sentindo o calor daquela noite em Westwood, os sons da noite de sábado ressoando ao meu redor.

Peguei o celular e rolei os contatos até chegar ao dela.

Libby.

Eu tinha apagado todas as mensagens, porque sabia que ia ficar lendo e relendo, como se fosse meu livro favorito. Dava até para me imaginar velhinho, com oitenta e cinco anos, usando apenas a língua Buxbaum para me comunicar, que consistiria apenas em palavras que retirei das nossas mensagens.

Fiquei concentrado no nome dela, me perguntando se deveria mesmo ir em frente.

— Por que não? — resmunguei baixinho, e escrevi uma mensagem.

Eu: Este número ainda é seu, Buxbaum?

Não sei o que eu esperava, mas definitivamente não achei que ela ia começar a responder na mesma hora.

— Droga.

Eu me endireitei, encarando a tela do celular acesa na escuridão, mas Liz parou de escrever.

Será que é ela? Tem que ser, né?

As pessoas não trocavam de número, certo?

Fiquei ali sentado com o celular na mão por um bom tempo, esperando, mas nada.

Eu sabia que as chances de Liz responder eram pequenas, mas, depois do bilhete, de repente parecia que tudo era possível.

Isso explica por quê, na segunda-feira, o cheiro do perfume da Liz me fez procurá-la pelo corredor quando saí da aula de Química. Milhares de pessoas ao redor do mundo deviam usar aquele perfume, mas sempre que eu sentia aquele aroma, meus olhos saíam em busca do cabelo ruivo da Liz.

E um verso da música "Chanel No. 5", da VOILÀ, surgia na minha cabeça:

You got anesthesia in your Chanel No. 5...

Eu me espremi para contornar a garota que estava à minha frente, que estava olhando o celular e andando muito devagar, e de repente...

Minha nossa.

Ali estava ela.

Liz.

Quase não acreditei.

Ela estava mesmo ali.

Apoiada na parede do outro lado da porta, na ponta dos pés, vendo as pessoas saírem do auditório.

Como se estivesse procurando alguém.

Tive que me segurar para não sorrir quando fui até ela.

— Está procurando alguém, Buxbaum?

Ela não viu quando me aproximei, então se virou, surpresa.

— Ah. É... Oi, Wes.

— Não acredito que já está atrás de mim por aí — provoquei, estendendo a mão para mexer no cabelo dela. — A gente *acabou* de se reencontrar.

— Muito engraçado — retrucou ela, mas não revirou os olhos. E não bateu na minha mão. Não, Liz colocou o cabelo atrás das orelhas. — Na verdade, eu estava esperando você.

Ah, é mesmo?

Algo disparou dentro de mim *(felicidade, talvez)* quando me lembrei do dia em que Liz Buxbaum apareceu no meu prédio, esperando por mim.

Cabelo cacheado, lábios com batom rosa, cardigã branco e calça jeans branca.

—Você tem cinco minutinhos? — perguntou ela, se aproximando um pouco, como se não quisesse que as pessoas ouvissem. — Preciso ver uma coisa com você rapidinho.

Se eu tinha cinco minutos? Para Liz? A vida inteira, minha resposta a essa pergunta foi sempre algo como "mas é óbvio que sim". A eletricidade ainda percorria meu corpo quando ela falava comigo, e eu tinha certeza de que isso nunca ia mudar. Fosse isso bom ou ruim.

— É sobre trabalho — acrescentou ela, ofegante, como se fizesse questão de reforçar que não era algo pessoal.

Um sentimento parecido com decepção se instalou dentro de mim. *Idiota. O que você esperava? Que ela dissesse que sentiu sua falta?*

Quer dizer, é lógico que era sobre trabalho.

— Eu tenho que ir para a aula — falei, tentando parecer entediado para que ela não percebesse o quanto eu era patético, o quanto tinha me iludido quando a vi ali. — Seu namorado grandalhão não pode te ajudar?

— Não — respondeu ela, e vi a breve irritação em seus olhos antes que ela abrisse mais um sorriso forçado, falando com uma animação estranha. — Mas são cinco minutos, Wes. Você com certeza tem cinco minutinhos.

— Minha próxima aula é no prédio Kaplan Hall — expliquei, curioso para saber o que ela queria. — Se quiser ir andando comigo...

— Pode ser — concordou ela, ajeitando a mochila, mas percebi que seus pensamentos estavam a mil por hora.

Atravessamos o corredor lotado sem conversar, mas, quando saímos, ela pigarreou e disse:

— Então...

Olhei para ela (para baixo, já que de repente ela parecia mais baixa) ao andarmos pelo caminho de tijolos vermelhos do pátio, e algo naquele momento me atingiu como um soco, uma saudade tão forte que quase tropecei.

Como era possível que meu desejo por Liz fosse tão forte e avassalador?

Quer dizer, o cenário com certeza estava mexendo comigo. As árvores altas na calçada, os prédios de pedra, o tempinho perfeito de outono com os alunos indo para a aula sob o sol quente da tarde; era tudo que tínhamos vivido naquele primeiro ano, antes de eu abandonar a faculdade.

Aqueles dias perfeitos da nossa primeira semana na Universidade da Califórnia.

Eu a levei nas costas por aquele exato caminho quando seus sapatos lhe deram bolhas, e ela brincou que a gente parecia Jess e Rory em Yale, se Jess tivesse ido para Yale e em Yale fizesse calor e as folhas ficassem apenas um pouco amarelas.

Ela escolheu "In Between", da Gracie Abrams, como trilha sonora para aquele momento, que ela chamou de "uma das cenas românticas WesLiz".

Para de pensar nisso.

— Obrigada por aceitar conversar comigo — disse ela, educada, como se estivesse prestes a começar uma apresentação. — Prometo que vai levar menos que cinco minutos.

— Fico agradecido — falei, desviando o olhar para o espaço à nossa frente, aquela mesma música idiota se espalhando pelas árvores do campus.

He hates it when she's crying, he hates when she's away
Even at their worst, they know they'll still be okay...

— Bem... — disse ela, em um tom ainda mais educado. — É o seguinte... Sei que Lilith procurou você pedindo por mais uma entrevista, e entendo por que você recusou.

— Entende mesmo — falei, com calma, mais como uma afirmação do que como uma pergunta, tentando processar o que ela tinha acabado de dizer.

Liz estava mesmo ali para tentar me convencer a fazer a entrevista? Foi *isso* que a levou a me procurar? Ela queria que eu contasse minha história de "superação" para que o departamento esportivo conseguisse mais cliques e curtidas?

— Quer dizer, entendo perfeitamente que queira manter sua vida pessoal em particular — começou ela. — Mas Lilith só quer conversar sobre como você acabou voltando para a faculdade e para o time de beisebol. Não é tão particular assim, é?

Continuei andando. Sabia que aquele argumento dela fazia algum sentido, mas ainda estava muito apreensivo.

Eu não queria revisitar aquele momento da minha vida. Além disso, havia muitas coisas que envolviam minha família e que eu não queria compartilhar com o mundo.

No passado, quando um silêncio constrangedor se impunha, Liz começava a tagarelar.

Pelo visto, o fato de eu não ter respondido incitou aquela reação, porque ela começou um discurso digno de uma pessoa que trabalha com vendas, falando sem parar sobre como seria bom se eu pudesse dividir minha história com o mundo.

Quando chegamos ao Kaplan Hall, ela concluiu:

— Tudo aconteceu de um jeito muito incrível, e acho que seria muito bacana se você compartilhasse essa jornada.

— O que exatamente ela tem de incrível? — questionei.

— Como assim?

Ela pareceu surpresa com a pergunta, as sobrancelhas franzidas.

— Só queria saber o que você sabe sobre minha "história inspiradora" — respondi, me dando conta de que não tinha a menor ideia do que ela sabia sobre meu retorno à universidade. — E por que você acha que ela é inspiradora.

Liz contraiu os lábios e me encarou, apreensiva, o vento suave fazendo as pontas de seu cabelo ruivo esvoaçarem. *Nossa, como eu amo essas sardas.* Ela soltou um suspiro e afastou o cabelo.

— Para falar a verdade, eu não sei nada — admitiu. — Mas se Lilith acha que é uma boa história, então imagino que seja.

Então ela nem teve a curiosidade de procurar saber. *Entendi.*

— Quem é essa Lilith, afinal? — perguntei, sem conseguir esconder a irritação. — Acho que nunca nem vi essa mulher, mas ela está sempre me mandando e-mail.

— Ela é minha chefe. Sou estagiária dela.

— Ah, bem, isso explica as coisas.

Pelo jeito como ela ergueu o queixo, percebi que Liz não estava a fim de dar mais detalhes.

— Olha — continuei —, obrigado por atravessar o campus para fazer o trabalho sujo dela, mas, por favor, diga a ela que minha resposta é "não, obrigado".

— "Não, obrigado" — repetiu ela, devagar, surpresa por eu não ceder. Liz piscou depressa. — Então você vai recusar? Sem nem pensar no assunto?

— Isso mesmo — falei, me permitindo olhar nos olhos dela por um instante sob o disfarce de um contato visual educado.

A verdade é que minha felicidade morava naqueles olhos.

— Por que não? — questionou Liz, mais firme. — Prometo que você vai ter controle absoluto da entrevista e que vai poder contar sua história como quiser.

Dei de ombros, sabendo que minha história nunca seria como eu queria, porque ela estava centrada na morte do meu pai.

— Porque eu não quero.

— O que eu posso fazer para você aceitar? — indagou ela, parecendo um pouco desesperada. — A gente deixa você revisar o vídeo, podemos cortar o que quiser, filmar de no...

— Eu não quero — repeti, interrompendo-a, na esperança de que ela aceitasse a realidade.

— Por que não *pensa* na proposta, então? — insistiu ela, o tom estridente de frustração. — É só uma entrevista curta, Wes.

— Mesmo assim, prefiro recusar. Mas obrigado.

— Aff — disse ela, com os dentes cerrados. — Por que você está sendo tão teimoso?

— Por que você está tão determinada a garantir essa entrevista? — Assim que as palavras deixaram minha boca, a ficha caiu. Era a peça que estava faltando no quebra-cabeça. — Eu duvido muito que esteja interessada na história de como eu voltei para Los Angeles. Então por que a insistência?

Liz ficou desconcertada.

— Só acho que sua experiên...

— Mentira — interrompi.

Ela parecia ainda mais frustrada.

—Você não quer contar sua his...

— Não — rebati, passando a mão na cabeça. — O que você vai ganhar com isso, Liz? Por que está se esforçando tanto para que eu aceite?

— Porque não quero decepcionar Lilith, beleza? — revelou ela, erguendo o tom de voz e semicerrando os olhos por causa do sol. — Não que isso faça alguma diferença para você, mas ela é, tipo, muito importante na minha área. Ela tem milhares de contatos que podem fazer diferença na minha carreira no futuro. Então, se eu tiver a oportunidade de fazer um favor para ela, eu vou fazer *de tudo* para isso acontecer.

Seu rosto ficou vermelho, o olhar intenso, e meu peito queimou ao vê-la tão determinada.

— Por favor, pelo menos pensa na proposta — insistiu ela, colocando a mão em meu braço. Apertou bem de leve, uma manifestação física da necessidade de me convencer.

Será que ela percebeu que estava me tocando?

— Se achar invasivo demais, a gente para de filmar — garantiu. — Mas pelo menos tenta.

Eu ainda não queria concordar com a entrevista, mas não podia negar um pedido da Liz.

Eu era um garoto fraco, muito fraco.

Olhei para os olhos que eu imaginava todas as noites ao fechar os meus.

— Beleza, eu topo.

CAPÍTULO DEZOITO

"Como desejar."

— *A princesa prometida*

Liz

— O quê? Você topa mesmo? — perguntei.

Eu não sabia se tinha ouvido direito. Era inacreditável.

Quando Lilith perguntou naquela manhã se eu estaria disposta a conversar com Wes por ela, a convencer meu *velho amigo* a aceitar a entrevista que ele se recusou a dar (várias vezes, ao que parecia), eu sabia que era uma péssima ideia.

Wes ia ficar me provocando por diversão ou ia só recusar sem dar muita bola para o assunto.

De qualquer forma, eu sabia que não voltaria com boas notícias para Lilith.

Mas ali estava ele, com o olhar sério fixo no meu, quase como se não houvesse mais ninguém por perto. Como se não enxergasse as pessoas ao nosso redor, entrando no Kaplan Hall, e estivesse concentrado só em mim e na nossa conversa.

— Eu topo — repetiu Wes. — Com uma condição.

Inspirei fundo, tentando reunir um pouco de paciência. Conhecendo Wes, a condição dele ia fazer da minha vida um inferno.

— Que condição? — perguntei, olhando para ele.

— Aceito dar a entrevista, mas só se *você* fizer as perguntas.

— Mas esse é o trabalho da Lilith — argumentei, ignorando a agitação no meu peito, porque Wes estava falando comigo com o olhar intenso que teria derrubado uma versão mais fraca da Liz. Soltei seu braço (quando foi que eu peguei nele mesmo?). — Não posso fazer isso.

— Então não vai rolar — retrucou ele, dando de ombros com indiferença e então se virando e se afastando.

— Fala sério! Não posso dizer à minha chefe, uma cineasta premiada, que vou conduzir a entrevista do documentário dela! — gritei para as costas dele. — E por que você ia querer isso? Ela é muito melhor do que eu jamais vou ser.

— Mas eu confio em *você* — explicou ele, dando meia-volta e me encarando. — Não quero falar sobre isso com ninguém, nunca. Mas, se eu tiver que falar, prefiro que seja com você do que com qualquer outra pessoa.

Eu confio em você.

Doeu perceber o quanto aquela frase me atingia, porque isso não deveria acontecer. Ele não merecia confiar em mim.

Prefiro que seja com você do que com qualquer outra pessoa.

Na verdade, ele não me preferiu, não no passado.

Não quando de fato importava.

Por algum motivo, aquelas palavras calmas que deviam ter sido... agradáveis, talvez, me tiraram um pouco o chão, deixando minhas pernas bambas.

Isso tudo ficou para trás, lembrei a mim mesma.

Éramos só duas pessoas que, um dia, tinham sido próximas.

Respirei fundo.

— Posso pedir para ela, acho — falei.

— É. Acho que você devia fazer isso.

— Beleza. É... — falei, meio abalada. — Quando você tem disponibilidade?

Ele parou no primeiro degrau da escada e cruzou os braços, olhando para mim com uma expressão indecifrável.

— Vou ver e te aviso. Seu número continua o mesmo?

Ai, droga.

Nós dois sabíamos por que ele estava perguntando aquilo. Wes queria saber se eu tinha recebido a mensagem que ele mandou.

— Aham — respondi, baixinho.

Porque as emoções que surgiram quando vi o nome dele na tela do meu celular foram demais para mim. *Wessy McBennett*. Era como receber uma mensagem de uma pessoa que tinha morrido, e passei o resto daquele fim de semana abalada.

Afinal, o que ele queria?

Talvez me agradecer por ter ajudado durante o jogo.

Foi o que eu disse a mim mesma, mas a parte de mim que ficou pensando coisas como "e se for por outro motivo?" continuava exausta, mesmo depois de dias.

Respirei fundo, e meus olhos encontraram os dele.

Nossa… O jeito como ele me encarava me deu um frio na barriga. Era como se Wes me conhecesse melhor que qualquer outra pessoa no mundo, como se conseguisse ler meus pensamentos e se lembrasse de todos os momentos que passamos juntos.

Seu olhar não só parecia me ler por inteiro, mas também me envolvia como um abraço forte.

Seu olhar era mais do que familiar.

Era meu verdadeiro *lar*.

Eram fogueiras no quintal, ligações tarde da noite e viagens pelo país que levavam a hotéis com lençóis macios e edredons pesados.

Cerrei os punhos, e "Sad Songs in a Hotel Room", do Joshua Bassett, começou a tocar na minha cabeça.

Ele não tinha mais o direito de me olhar daquele jeito.

— Então… — falei, um pouco mais alto, me obrigando a continuar, a deixar para lá algo que ele tinha destruído havia muito tempo. Escolhi me concentrar nas minhas unhas. — Acho que você pode me mandar os horários que tem disponíveis. Assim consigo avisar quando e onde vai ser.

— Seu namorado vai também?

— O Clark? — perguntei, na mesma hora me odiando, porque... de quem mais ele poderia estar falando, sua idiota?

—Você tem outros namorados, Buxbaum? — Ele semicerrou os olhos. — Um harém de cinegrafistas loiros e grandalhões?

Pelo visto, meu constrangimento era muito divertido para ele.

— Muito engraçado — resmunguei, revirando os olhos.

Ele continuou me olhando daquele jeito.

— Fiquei surpreso por ele aceitar dar uma de garoto de recados sábado — comentou Wes. — Que dinâmica interessante desse seu relacionamento, você pedir a ele para entregar um bilhetinho para o seu ex.

— Não tem nada a ver — retruquei, me arrependendo na mesma hora do quanto eu parecia na defensiva, porque o Wes Bennett da minha infância teria amado essa reação. Coloquei o cabelo atrás da orelha. — Quer dizer, acho que ele nem considera você um ex-namorado de verdade. Ele sabe que foram só alguns meses bem insignificantes na minha adolescência.

— Você sabia que sempre engole em seco quando mente, Libby? — Ele inclinou a cabeça para o lado e foi abrindo um sorrisinho devagar, de um jeito tão familiar que fiquei desconcertada. —Você mente e no mesmo instante engole em seco e coloca o cabelo atrás da orelha. Igualzinho a quando tinha oito anos.

Revirei os olhos mais uma vez, me segurando para não mexer no cabelo.

Eu queria dar uma resposta sarcástica, algo que o atingisse, mas eu precisava da ajuda dele no documentário.

— Que ótimo — falei.

Era tão injusto... Eu odiei aquela resposta.

Também odiei o fato de ele ver que eu estava ficando vermelha.

— Que ótimo — repetiu ele. Seu sorriso desapareceu, mas o brilho em seus olhos continuou ali. — E pode deixar, eu te mando meus horários.

— Obrigada — falei, sem saber ao certo como me comportar com ele me dando o que eu queria e ao mesmo tempo sendo meio babaca. — De verdade.

— Imagina — respondeu ele, olhando nos meus olhos. — Desde que seja você, não Lilith.

— Então temos um acordo? — perguntei, porque precisava de confirmação.

— Sim, senhora — disse ele, aquele sorrisinho travesso voltando. — Quer um aperto de mão para tornar as coisas oficiais? Ou... alguma outra coisa?

Fiquei boquiaberta por um segundo, sentindo o rosto pegar fogo, incapaz de pensar em uma palavra que fosse.

O que fez com que ele dissesse, bem baixinho:

— Aí está ela.

— Quem?

— A Pequena Liz.

Antes que eu pudesse responder, Wes se virou e subiu a escada correndo, mas não sem que eu visse aquele sorrisinho.

Não era justo que ele ainda fosse a pessoa que dava a palavra final. Aquilo era muito irritante, e fiquei incomodada durante todo o percurso de volta ao Morgan Center. Não vi as árvores verdes nem as flores amarelas ao atravessar o campus, irritada, porque fiquei imaginando aquele sorrisinho cínico e ouvindo a voz grave dele dizendo "Aí está ela... a Pequena Liz".

Mas a raiva se dissolveu assim que entrei na sala da Lilith e contei a novidade.

— Que maravilha! — exclamou ela, a própria imagem da perfeição com uma camisa branca de botão, gravata, calça cigarette preta e blazer de alfaiataria rosa. Ela estava em frente ao quadro branco onde anotava ideias, rabiscando anotações confusas que só ela conseguia ler. — Não importa quem vai fazer as perguntas, desde que sejam as perguntas em que pensei e que eu possa editar o vídeo. Obrigada, Liz.

— De nada — falei, aliviada por saber que a proposta de Wes não seria um empecilho para ela.

— Já elaborei a entrevista, então vou te mandar as perguntas. Tenho uma abordagem em mente — disse Lilith, colocando os óculos de armação escura no topo da cabeça —, então, mesmo que algumas das perguntas pareçam irrelevantes, confia em mim, elas estão ali por um motivo.

— Está bem — respondi, assentindo, confiante de que ela sabia o que estava fazendo.

— Também acho interessante que o sr. Bennett exija ser entrevistado por você — comentou ela, com um sorrisinho. — Mas não vou dizer nada.

— A-ah, não, não é nada disso — gaguejei. — Ele só...

— Liz, eu sei. Tudo bem — garantiu ela, virando-se para mim com um sorriso que era quase uma risada. — Não tem problema. Eu quero a história dele, e você vai fazer com que ele conte. Relaxa.

— Só quero me certificar de que você saiba que...

— Eu sei, eu juro — replicou ela, erguendo uma das mãos. — E então, quando vai ser a entrevista?

— Ele ficou de me avisar mais tarde quando vai estar disponível.

— Tá bem. — Ela voltou para o quadro, onde anotou algo ilegível, imersa nos próprios pensamentos. — Pode usar minha sala para a entrevista, eu deixo livre no dia marcado.

— Perfeito.

Pela primeira vez desde a conversa com Wes, eu me dei conta de que ia fazer aquela entrevista. Estava tão ocupada tentando convencê-lo a concordar, e depois garantindo que Lilith aceitasse a condição que ele impôs, que nem tinha processado a situação.

Eu ia ter que *conversar* com Wes.

Aquele pensamento me acompanhou pelo restante do dia, me enchendo de pavor quando fui para a aula e depois para a biblioteca. Fazer perguntas aleatórias sobre beisebol não era nada de mais, mas eu estava preocupada com as perguntas *dele*.

Ele ia me perguntar sobre o bilhete? Sobre Clark? Eu não queria lidar com *tudo* que envolvia ter uma conversa com Wes Bennett.

Às dez e meia da noite, quando eu estava saindo da biblioteca, exausta, meu celular vibrou.

Tirei o aparelho do bolso, e meu coração parou (mais uma vez) ao ver aquele nome idiota.

Wessy McBennett.

Eu precisava mudar o contato dele.

Pressionei "editar" e mudei para "Wes".

Wes: Tenho tempo livre amanhã de manhã depois da musculação. Pode ser?

Eu daria um jeito.

Eu: Pode. Sabe onde fica o Morgan Center? Podemos fazer a entrevista na sala MC491.

Wes: Beleza.

Eu: Ótimo. Nos vemos amanhã.

Meu celular vibrou mais uma vez.

Wes: ESPERA, ESPERA, ESPERA.

Olhei para a mensagem. Nossa, o que ele estava fazendo? Revirei os olhos.

Eu: O que foi?

Wes: O que está fazendo agora?

Eu: Além de lamentar o fato de você ainda ter meu número?

Wes: É. Além disso.

Não sei por que me dei ao trabalho de responder, mas mandei:

Eu: Estou saindo da biblioteca.

Wes: Aff... A essa hora no campus. Qual biblioteca?

Fiquei olhando para o celular, sem saber ao certo o que fazer. Eu podia ignorá-lo, mas como teria que encontrá-lo na manhã seguinte para a entrevista, essa opção parecia idiota.

Mas também não queria ficar trocando mensagens com ele.

Nós não éramos amigos.

Eu: Powell.

Eu tinha ido até lá justamente porque estava com medo de encontrar Wes se usasse a biblioteca de Música.

Wes: Sério? O AJ está na Powell agora. Estou sentado em um banco em frente ao Royce Hall, esperando por ele.

A biblioteca Powell e o Royce Hall ficavam um de frente para o outro, então Wes estava nas redondezas.

Andei rápido até a escadaria. Queria sair dali antes que desse de cara com ele.

Eu: Você não precisava estudar hoje?

Wes: Sim, mas estudei na biblioteca de Música. Acabei agorinha.

Rá... eu sabia! Eu *sabia* que ele ia estar na biblioteca de Música.

Comecei a descer a escada, orgulhosa da minha habilidade de ler mentes, digitando a próxima mensagem.

Eu: Legal. Até amanhã, Wes.

Wes: Boa noite, Buxbaum. Ah... Liz?

Eu: O quê?

Wes: Você está descendo a escada a uma velocidade assustadora. Vai com calma para não tropeçar.

Soltei um gritinho ao ler aquelas palavras (aff, ele estava me observando de algum lugar na escuridão) e me contive para não olhar para trás.

Eu: Boa noite, stalker.

CAPÍTULO DEZENOVE

"Eu tenho medo de sair deste quarto e nunca mais sentir em toda a minha vida o que sinto quando estou com você."

— *Dirty Dancing: Ritmo quente*

Wes

— Não sei por que você está tão nervoso.

— Para ser sincero, também não sei.

Devia parecer que eu estava falando sozinho, correndo colina abaixo, conversando com Sarah pelo fone sem fio. Ela fazia o mesmo, lá na Universidade Stanford. Nos últimos anos, tínhamos começado a correr juntos e, embora estivéssemos em faculdades diferentes, continuávamos fazendo isso algumas vezes por semana.

— Acho que deve ser porque, fora a dra. Allison, você nunca conversou com ninguém sobre os detalhes daquela época em que não tinha mais ninguém além de mim — disse ela.

— Tem razão.

Nem o Noah sabia o que estava acontecendo de verdade, e eu conversava com ele o tempo todo na época. E Michael acabou descobrindo, mas também não a história completa.

Semicerrei os olhos para o nascer do sol.

— Acho que me sinto... *despreparado* para falar sobre isso — admiti.

— Pensa assim... Foi bom falar na terapia, não foi?

Corri até o sopé da colina.

— Foi, mas desta vez não vai ser uma conversa particular e... Ah, é... vai ser a *Liz* quem vai fazer as perguntas.

— Porque você pediu, idiota — rebateu ela, e eu sabia que, se estivesse ali, minha irmã estaria fazendo seu melhor olhar de reprovação. — Mas, falando sério, não tem por que ter medo. Eles querem saber como você voltou para o beisebol, então conta o que aconteceu.

— Mas a ma...

— A mamãe está bem — interrompeu ela. — A mamãe fica contando a versão dela para qualquer um que queira ouvir. Fala do que aconteceu até para desconhecidos no supermercado. E vai ficar decepcionada se você *não* falar dos problemas dela. Você sabe que eu tenho razão.

Ela estava certa.

Minha mãe começou a fazer terapia quando estava num momento fragilizado e saiu... hã, *menos* fragilizada e com uma necessidade incontrolável de contar sobre suas experiências para qualquer um que encontrasse.

Até as experiências ruins.

— Encara essa entrevista como se fosse terapia de graça, para de pensar tanto. Conversa com a Liz como se estivesse contando o que aconteceu para *ela*. Se livra logo disso.

Se livra logo disso.

Era uma boa maneira de encarar a situação... Eu ia simplesmente me livrar logo daquilo.

— Por falar na nossa querida mãe — comentou Sarah —, ela confirmou se vai nos buscar no aeroporto?

— Confirmou. Ela finalmente me respondeu ontem — falei.

Até que enfim a nossa casa tinha sido vendida, então Sarah e eu iríamos até Nebraska dali a algumas semanas para ajudar minha mãe. Não estávamos muito entusiasmados com isso, mas não podíamos deixar que ela cuidasse de tudo sozinha.

E eu também queria me despedir da casa.

Ao mesmo tempo que não queria de jeito *nenhum* ter que me despedir.

Voltei para o dormitório e tomei um banho. Quando cheguei ao Acosta para a musculação, a hesitação a respeito da entrevista tinha desaparecido. Ou diminuído, pelo menos. Eu ia me livrar logo daquilo, riscar um item da minha lista e, com sorte, nunca mais ter que falar sobre o assunto.

Depois da plataforma de força e dos aquecimentos dinâmicos, fui até a área de levantamento de peso.

— Cadê seu namorado, Lizzie? — perguntou Eli.

Fiquei imóvel quando a vi, embora não devesse ser nenhuma surpresa encontrar Liz ali.

Ela filmava Eli fazendo dribles com a bola para treinamento funcional.

— Ele tem nome — respondeu ela, focada no trabalho. — E Clark queria filmar os caras fortes hoje. Por isso estou aqui com vocês.

— Ei! Também não precisa acabar com a gente assim — retrucou ele, sorrindo.

—Você me chamou de "Lizzie". Estava pedindo, né?

Eles não perceberam minha presença, então aproveitei para observá-la um pouco.

Liz estava de calça jeans e uma camiseta preta simples, mas o coturno e o laço preto no cabelo faziam com que aquela combinação fosse ousada.

Era a cara dela, mesmo sem as flores e as cores claras.

Fiquei observando Liz trabalhar, fascinado. Era evidente que ela sabia o que estava fazendo, e dava para ver que estava se divertindo. Seu corpo — e a câmera — se mantinham em movimento constante, e ela capturava tudo. Essa concentração me lembrou de como ela ficava focada na música quando estava montando uma playlist.

A Terra continuava a girar, mas Liz não se interessava por nada que não fizesse parte daquilo que ela estava fazendo.

Nossa, eu amo isso nela.

— Que bom que chegou bem em casa ontem, Buxbaum — falei.

Eu precisava daqueles olhos verdes.

Como eu esperava, ela se virou de repente, como se tivesse se assustado, mas na mesma hora disfarçou a reação.

— Cheguei, sim — respondeu, engolindo em seco. — Imagino que também não tenha tido nenhum problema para voltar ao dormitório, certo?

— Adoro quando você se preocupa comigo, Libby — brinquei, e adorei vê-la piscar várias vezes, incomodada. *Isso!*

Ela revirou os olhos e ergueu o queixo. Irresistível.

— Só preciso de você vivo para a entrevista dessa manhã — retrucou, inclinando a cabeça para o lado. — Depois disso, você está livre para cair de um penhasco.

Eli começou a rir, e eu também. A expressão da Liz ficou mais suave, como se ela quisesse rir, mas não se permitisse esse luxo, e tomei isso como uma vitória.

— *Agora* vocês parecem ex-namorados — comentou Eli. — E, Liz, eu também posso te chamar de "Libby"?

— Não espere que eu responda — disse ela, citando uma fala de *Uma linda mulher*. Qualquer sinal de um sorriso desapareceu de seus lábios. — Odeio esse apelido.

— Ah, não odeia, não — falei, baixinho, em tom de provocação. Minha vontade era chegar bem pertinho e baixar o rosto até a parte do pescoço dela que sempre tinha um cheiro tão gostoso. — *Libby.*

Eu me afastei porque precisava treinar, mas o encontro inesperado com Liz me deixou ansioso pela nossa conversa. Não pela entrevista em si, mas porque eu e ela ficaríamos juntos em uma sala, ainda que com uma câmera e um namorado. Mesmo assim, isso era melhor que não estar com ela.

E eu estava começando a desconfiar de que ela não gostava do Clark *tanto* assim.

Quer dizer, eles pareciam felizes quando estavam juntos, mas eu tinha passado uma vida inteira testemunhando quando a Liz estava a fim de um garoto. Olhos arregalados, rosto corado, sorrisos... eram os sintomas de quando ela estava apaixonada. Eu vi tudo isso muitas vezes, e odiava, ao mesmo tempo que ficava encantado.

Só minha Libby ficava tão apaixonada assim.

Eu podia até estar me iludindo, mas nunca vi Liz daquele jeito com Clark.

Tomei um banho depois da musculação e vesti uma camisa e uma calça jeans decentes, em vez da combinação bermuda e camiseta de sempre. Não sabia o que esperavam que eu vestisse, mas não queria decepcionar Liz, então achei melhor garantir.

O sol estava forte quando saí do complexo esportivo e fui em direção ao Morgan Center. Pela primeira vez, eu me perguntei o que meu pai ia achar daquilo tudo. Eu estava evitando pensar nele porque não queria que afetasse negativamente meu desempenho em campo, mas não pude evitar naquele momento, ao me preparar para falar sobre a morte dele em frente a uma câmera.

Parte de mim achava que ele não ia gostar que as pessoas soubessem sobre nossa vida privada, mas eu também sabia que ele adoraria qualquer oportunidade de colocar meu talento sob os holofotes.

Nossa, se ele ainda estivesse vivo, era provável que ligasse para Lilith para perguntar por que eles não estavam dando um destaque maior aos meus lançamentos. Ele diria algo como: *Por que estão perdendo tempo com jogadores medíocres, que nunca vão nem chegar a ver o campo, sendo que poderiam mostrar uma futura estrela?* Fiquei com vontade de rir e de ligar para a Sarah, porque aquilo era mesmo a cara dele.

A constatação fez com que eu me sentisse melhor com aquilo tudo.

Quando cheguei ao Morgan, fui direto para a sala MC491, embora estivesse um pouco adiantado. Ergui a mão para bater à porta, que estava um pouco aberta, mas me contive quando vi Liz sentada atrás da mesa.

E, para falar a verdade, eu confesso que parei de respirar por um instante.

Porque eu nunca tinha visto aquela versão da Liz.

Ela já não estava mais com a mesma roupa. Tinha trocado a camiseta simples por um blazer preto, uma camisa branca impecável e colares de pérolas emaranhados. Os olhos estavam delineados, os lábios, vermelhos, e o cabelo, preso por uma presilha com estampa de casco de tartaruga.

Ela parecia uma força da natureza, alguém que poderia chefiar uma sala de reuniões sem pestanejar, e eu estava louco para conhecer aquela pessoa.

— E aí? — cumprimentei, a voz falhando como se eu fosse um adolescente falando pela primeira vez com a garota por quem era apaixonado.

Liz desviou a atenção para mim, e o poder daquele olhar quase me derrubou.

Nossa, como eu amo essa garota.

— E aí? — respondeu, os lábios vermelhos formando um sorriso educado. — Chegou cedo.

— Tem problema?

Ela arqueou as sobrancelhas.

— Por acaso Wes Bennett está pedindo permissão para fazer alguma coisa? Acho que é até melhor eu ver se você não está com febre ou algo assim.

— Também acho que você devia fazer isso — retruquei, abrindo a porta e entrando. Eu precisava ficar mais perto dela, que houvesse menos espaço entre nós dois. — Onde quer que eu fique?

— Vamos fazer a entrevista ali. É perfeito — respondeu ela, apontando para uma pequena mesa de reuniões à direta de onde ela estava. — Mas Clark não chegou ainda.

— Então já começamos bem — provoquei, seu perfume de repente me enlouquecendo. Não conseguia me concentrar em mais nada que não fosse aquele cheiro. — Em qual cadeira?

Ela se levantou e deu a volta na mesa e, *meu Deus, me ajuda*, Liz estava usando um sapato de salto preto.

— Nessa que tem uma foto atrás — disse ela, e me senti um pouco intimidado.

— Certo — falei, puxando a cadeira e me sentando.

Até aquele momento, eu não tinha pensado nos dois anos que passamos separados do ponto de vista acadêmico. Mas, vendo Liz agir com tanta naturalidade com equipamentos caros de cinema, com aquele salto alto, ela parecia uma veterana que sabia muito mais do que o calouro nervoso que eu era.

E aquele salto... Era impossível parar de olhar para seus sapatos. Ela andava como se tivesse nascido para usar aquele salto, a um milhão de anos-luz da Pequena Liz que cambaleava com os tamanquinhos fofos de princesa.

— Por favor, não fique irritada comigo, Liz — falei, baixinho, ciente de que aquele era o novo mundo dela. — Mas estou meio intimidado. Você é muito descolada.

CAPÍTULO VINTE

"Eu te amo, amo muito. Talvez até mais do que alguém consiga amar outra pessoa."

— *Como se fosse a primeira vez*

Liz

— Sério?

Fiquei impressionada com o quanto a minha reação soou indiferente. Acho que consegui parecer *um pouco curiosa*, mas a verdade era que eu estava meio que surtando por dentro.

Porque, ao longo daqueles dois anos, sempre que me imaginava reencontrando Wes, eu queria que ele me achasse descolada.

Confiante, bem-sucedida e neeeem aí para *o nosso passado*.

Areia demais para o caminhãozinho dele.

Nossa, para falar a verdade, a Pequena Liz se esforçou a *vida inteira* para que o vizinho idiota achasse que ela era descolada.

Então foi chocante ouvir Wes usar exatamente aquela palavra para me descrever.

— Aham — respondeu ele, me examinando de cima a baixo. Senti seus olhos percorrendo meu corpo, e ele abriu um sorrisinho travesso. — Até coloquei duas camisas diferentes hoje, pelo amor de Deus.

Ai, minha nossa. Olhei para a cadeira vazia em frente à dele, então sentei.

— Que engraçado — soltei, com o rosto quente.

— Essas bochechas... — murmurou ele, a voz grave e baixinha.

— E aí, pessoal? — cumprimentou Clark, entrando na sala e deixando as coisas ao lado da mesa da Lilith. — Estou atrasado?

— Não — respondi, a voz um pouco rouca. — Wes chegou cedo.

— Muito bem! — exclamou Clark, assentindo e sorrindo.

Então ele se aproximou e deu um beijinho no topo da minha cabeça.

Aff.

Arrisquei dar uma olhada para Wes, esperando um sorrisinho irônico, mas o sorrisinho foi substituído pela mandíbula cerrada e por um olhar tenso.

Por que ele está com essa cara?

— Lili enfim mandou as perguntas? — quis saber Clark, conferindo a câmera que eu já tinha colocado no tripé, a que gravaria toda a entrevista.

— Mandou, e não a chame assim — retruquei, com um frio na barriga que estava me dilacerando desde o momento em que abri o e-mail que ela mandou.

Não havia nada de mais nas perguntas, mas eu ficava aflita só de pensar em entrevistar Wes.

Por algum motivo, não tinha passado pela minha cabeça que seria muito constrangedor perguntar a ele sobre a pior época de sua vida. Li as perguntas e tive vontade de vomitar, então procurei aliviar essa tensão procurando a roupa mais profissional do meu armário.

Eu ia me concentrar na minha tarefa, em conseguir um material que Lilith teria orgulho de incluir no documentário, e ao mesmo tempo tentaria fingir que nunca tinha ouvido aquela história antes.

Minhas mãos estavam trêmulas quando peguei o papel com as perguntas que havia tirado da impressora logo antes de Wes chegar.

— Só um lembrete, Wes... as perguntas são da Lilith. Eu só estou perguntando por ela.

— Entendido — respondeu ele, sentado à minha frente, tenso.

Ele estava com uma camisa e calça jeans, e por algum motivo essa roupa caía muito bem nele. Como alguém que ia entrevistá-lo, e somente isso, eu reconhecia que ele estava bonito diante da câmera.

Quer dizer... Enfim.

— E me ignora, cara — disse Clark, concentrado na câmera. — Só vou ficar andando pela sala tirando algumas fotos. Finja que eu não existo.

— Estou tentando — sussurrou Wes —, mas não é fácil.

Ele me encarou ao dizer isso. Eu não saberia dizer por quê, mas senti algo pairando entre nós dois.

— Muito bem — falei, de repente, respirando fundo e dando uma olhada nas anotações da Lilith. — Estamos prontos?

Clark começou a gravar com as duas câmeras.

— Prontos.

Pigarreei e fui em frente:

— Comece contando algumas coisas que fizeram você se apaixonar pelo beisebol quando era criança.

Wes franziu o cenho, como se não tivesse entendido meu pedido, e por um instante me perguntei se tinha pisado na bola.

Minha nossa, não quero estragar tudo. Estava com muito medo de que Lilith assistisse à entrevista e se arrependesse de ter aceitado que eu a conduzisse. Meus olhos estavam fixos nele, meu cérebro implorando para que Wes me oferecesse mais que uma resposta de duas palavras.

— Ah... acho que foi fácil para mim — respondeu, parecendo mais tranquilo porque a primeira pergunta não era difícil. E respondeu para a câmera, não para mim. — Bater na bola era legal, pegar a bola era divertido, e era como se eu já tivesse nascido fazendo isso. Era rebatedor nos jogos da Liga Infantil sem nem me esforçar tanto assim, e as pessoas na arquibancada enlouqueciam, porque eu acertava todas as bolas. Mas era isso, sabe? Eu me apaixonei porque estava fazendo o mesmo que todo mundo, me divertindo tentando acertar a bola, mas, para mim, era tão natural quanto respirar.

Obrigada por dar uma boa resposta, pensei, o alívio tomando conta de mim. Eu ainda me lembrava do Wes correndo pela vizinhança como se fosse o dono da rua, sempre rindo. Parecia que tudo era fácil para ele naquela época.

— E como essas coisas te levaram até onde você chegou? — perguntei, lendo a pergunta da Lilith. — Com praticamente todas as faculdades do país de olho em você quando terminou o ensino médio...

Eu ainda me lembrava da primeira vez que descobri que ele era tão talentoso. Estávamos na Área Secreta, antes de começarmos a namorar, e ele disse que não sabia qual oferta ia aceitar, como se não fosse nada de mais.

Foi nessa noite que fumamos charuto juntos?

Ele fez um barulhinho, quase como uma risada sarcástica.

— Foi tudo meu pai — explicou Wes. — Ele me incentivava a não ficar satisfeito com o que era fácil, a sempre ir atrás do que era mais complicado.

— E o que era mais complicado? — perguntei, mais porque Lilith disse várias vezes que eu deveria fazer com que Wes elaborasse as respostas, e não ficar presa às perguntas dela.

— Fazer lançamentos — respondeu Wes, sem hesitar. — Ele me incentivou a arremessar, a aprender novos arremessos, a arremessar mais, a frequentar todos os centros de treinamento para lançadores da cidade... Ele foi a força que impulsionou tudo.

Se eu não conhecesse o pai do Wes, essa teria parecido uma história bonita entre pai e filho. Mas eu me lembrava do quanto ele era exigente e sabia a enorme pressão que Wes suportava quando entrou na Universidade da Califórnia.

— Então deve ter sido incrível quando você recebeu a oferta para vir estudar aqui — comentei. — Para jogar em um dos melhores times de beisebol universitário do país.

— Minha família ficou muito animada, ainda mais depois de eu ter rompido o ligamento do ombro.

Ele assentiu e começou a falar sobre o último ano do ensino médio, mas me distraí um pouco com seus lábios. Com seu rosto inteiro, para falar a verdade. Era interessante estar diante do meu ex-namorado e poder analisar cada detalhe dele.

Wes tinha mudado, mas era impossível dizer exatamente em quê.

Ele era a versão adulta do menino que havia sido. Era como se tudo nele tivesse sido editado em um programa de imagens para parecer um pouco maior, um pouco mais robusto.

— Então com certeza ficamos animados com a oferta — concluiu ele, ainda compenetrado na câmera.

— Aposto que sim.

Voltei a examinar as perguntas da Lilith e desejei mais do que tudo não ter que fazer a seguinte. Eu estava me esforçando para ouvir a história dele como se Wes fosse um estranho de quem eu não sabia nada, mas aquela pergunta — e a resposta — iam estragar tudo.

Não tinha a menor possibilidade de isso não acontecer.

Mantive a atenção no papel, meus batimentos ressoando nos ouvidos, e questionei:

— Fale um pouco sobre seus sentimentos lá no início, quando chegou à Universidade da Califórnia pela primeira vez... em especial nos primeiros dias.

Conforme as palavras saíam da minha boca, meu cérebro foi exibindo, contra a minha vontade, uma recapitulação da nossa viagem de carro até Los Angeles. O mundo parecia ser nosso na época, e nós dirigíamos rindo pelas montanhas, trocando beijos no deserto, e não imaginávamos que o fim do nosso relacionamento estava tão próximo.

Wes fez aquele barulhinho mais uma vez, o que dava a impressão de que a pergunta era ridícula. Ele encarou as mãos.

— Ah, foi tudo que um jogador de beisebol de dezoito anos poderia desejar. Eu estava em um lugar importante, e as pessoas me tratavam como se eu fosse alguém especial. Era impressionante, e eu me sentia andando nas nuvens com minha nova vida. Cada pedacinho daquilo tudo era perfeito.

Era mesmo, pensei, me lembrando do dia em que Wes se mudou para o dormitório. Havia jogadores de beisebol por toda parte, rindo e falando besteira, e acho que ninguém parou de rir por um segundo naquela tarde. Fomos ao In-N-Out almoçar e ficamos enlouquecidos com o quanto Los Angeles era incrível, com o quanto era surreal estarmos ali, juntos.

Foi *mesmo* perfeito. Durante duas semanas.

— Quer dizer, teve a semana intensiva do beisebol, e eu me perdia no campus toda hora — contou ele, com um sorrisinho.

Tive dificuldade de respirar ao lembrar que eu ficava provocando Wes por causa do seu senso de direção terrível.

Parecia ter sido ontem.

— Mas eu estava muitíssimo apaixonado por tudo que estava acontecendo na minha vida — completou.

Wes estava atento à câmera, mas eu não conseguia desviar dos olhos castanhos pelos quais um dia fui perdidamente apaixonada.

Clark pigarreou (*ainda bem*) e me arrancou daqueles pensamentos. Voltei às perguntas, e senti um enjoo quando li a próxima.

— A-aí você recebeu a notícia da morte do seu pai — gaguejei, a voz quase sumindo porque eu não queria dizer aquelas palavras. — Como você ficou sabendo?

A dor tomou seu rosto como uma tempestade. A mandíbula dele tensionou, suas narinas inflaram, e Wes engoliu em seco, fazendo seu pomo de adão se mover. Quis pedir que não respondesse, falar que não precisava, mas estávamos apenas na terceira ou quarta pergunta. Eu não podia interromper a entrevista.

Precisava seguir adiante, pela Lilith.

— Minha mãe ligou — começou ele, a voz meio rouca. — Estávamos treinando *pickoff* no Estádio Jackie Robinson, um dia antes do primeiro amistoso do ano. O treinador Ross me disse que eu precisava atender a uma ligação, que era uma emergência.

Por mais que eu já conhecesse a história, não consegui tirar os olhos do rosto de Wes.

— E ela me disse que meu pai tinha morrido — completou ele.

Wes deu de ombros, virando-se para a janela como se a cena estivesse acontecendo lá fora. Sua voz parecia oca, pragmática, como se ele tivesse esquecido que estávamos ali: Clark, a câmera, eu.

— Simples assim. "Wes, seu pai se foi." Eu, idiota, perguntei para onde, porque não conseguia entender o que ela estava dizendo. Quer dizer, eu tinha falado com meu pai naquela manhã.

Eu não sabia daquela parte.

A lembrança que eu tinha era Wes entrando no meu quarto no horário em que deveria estar treinando. Eu perguntei o que ele estava fazendo lá, e Wes só respondeu "Meu pai morreu" e então desabou um pouco.

Para falar a verdade, talvez eu nem soubesse exatamente como ele tinha sido avisado da morte do pai.

— Próxima pergunta.

— O quê? — questionei, piscando depressa, sem perceber que tinha divagado.

— Qual é a próxima pergunta? — insistiu Wes, o rosto sombrio, ainda sem olhar para mim.

— Ah, é... Desculpa. — Respirei fundo e consultei as perguntas, com ódio de mim mesma por ter pedido a ele que fizesse aquela entrevista. — Hum, como foi processar essa notícia na época?

— Ah, *por favor, né?* — resmungou ele, soltando o ar e se recostando na cadeira.

Eu não sabia o que dizer, e achei que Wes não fosse responder (e eu não o culparia por isso), mas então ele continuou:

— Hum, foi horrível, mas dizer que processei a notícia enquanto ainda estava aqui na Califórnia seria... bem, incorreto, acho. Foi como qualquer filho processa a perda de um pai, arrasado por ele ter morrido, mas ainda sem me dar conta da gravidade da situação. Não imaginei que iria para casa para o velório e nunca mais colocaria os pés no dormitório da faculdade, sabe?

Não queria continuar a entrevista. Conhecia a história — eu estava lá, ao lado dele, naquela parte —, mas achava melhor não a revisitarmos juntos. Abri a boca para fazer um comentário, porque aqueles vídeos deveriam parecer quase uma conversa, mas não consegui me obrigar a dizer nada.

Ou passar para a pergunta seguinte.

Aquilo parecia uma mentira. Parecia que estávamos atuando na peça mais deprimente do mundo, porque eu conhecia as respostas antes de fazer as perguntas.

— Eu... eu acho que não consigo continuar com isso — declarei, me esforçando para pensar em uma explicação racional que fizesse algum sentido para Clark ou para Lilith.

Wes olhou para mim, confuso, e senti que Clark também me observava. Eu me levantei e dei um jeito de dizer:

— Acho que alguém que não conhece sua família ou conheceu seu pai pode ser melhor...

— Deixa comigo — interveio Clark, abaixando a câmera e se aproximando de mim. — Por que não vai dar uma volta, Liz? Eu termino. A gente pode conversar depois.

Olhei para Wes. Eu não fazia ideia do que ele estava pensando, ou do que Clark estava fazendo. Eu só sabia que não conseguiria entrevistá-lo.

— Hum, tá bem... — concordei, porque era tudo que conseguia falar.

— É, pode ir — garantiu Clark, sorrindo como se aquilo fosse normal. — Depois nós três conversamos sobre o que ficar faltando.

— Hum, beleza. Obrigada.

Eu me virei e fui até a porta. Quando a abri, Clark já estava fazendo a pergunta seguinte, como se aquele não tivesse sido o maior tropeço do mundo.

— O que fez você entender que não era o momento para continuar a jogar na Universidade da Califórnia? Como foi o processo de decidir fazer as malas e voltar para casa de vez?

Eu não sabia se Wes ia responder, mas então olhei para trás, e ele engoliu em seco, focado em Clark.

Pela primeira vez desde o início da entrevista, ele parecia estar falando com alguém ao responder:

— Quando minha mãe foi embora e não voltou mais para casa.

CAPÍTULO VINTE E UM

"Não importa o que aconteça com a gente, cada dia com você é o melhor dia da minha vida."

— *Diário de uma paixão*

Wes

Clark se sentou na cadeira vazia e largou a câmera fotográfica.

— Para onde ela foi?

Por uma fração de segundo, achei que ele estivesse perguntando da Liz, mas então me dei conta de que era sobre minha mãe.

Olhei para ele e, caramba... eu queria continuar contando o que aconteceu. Não fazia sentido, mas talvez Sarah tivesse razão. Talvez já fizesse *muito tempo* desde a última vez que eu tinha falado sobre aquilo, ou quem sabe tivesse passado tempo suficiente para que tudo virasse só uma história, e não mais algo que me dilacerou.

Mais estranho ainda era eu estar aliviado por Liz ter ido embora. Contar aquela história para *ela* parecia errado, talvez porque ela tinha acompanhado tudo. Percebi em seu rosto, conforme eu respondia, o instante em que ela começou a se lembrar daquela época, e não quis que ela ficasse sentada ali na minha frente revivendo um momento que lhe trouxe dor.

— Espera... eu estou apressando as coisas — disse o grandalhão.

Por mais que eu quisesse detestar aquele garoto, ele era tão gente boa que eu não conseguia deixar de gostar dele. E *essa parte* eu detestava.

— Por que não fala sobre o que aconteceu quando você chegou em casa? — indagou Clark.

Soltei o ar e fechei os olhos por um instante, me lembrando de tudo.

Do que aconteceu quando voltei para casa.

— Todo mundo estava de luto, é óbvio, mas não demorei muito para perceber que minha mãe não estava lidando muito bem com a perda. Que ela precisava de ajuda.

Eufemismo do século. Ela não conseguia parar de chorar, não conseguia comer direito, dirigir, sair para trabalhar... estava completamente arrasada.

— Mas você só tinha dezoito anos. O que você podia fazer?

— Tudo que precisava ser feito, acho — respondi, dando de ombros. — Minha mãe tentou ficar bem, mas foi ela quem encontrou meu pai morto. E acho que nunca superou isso.

— Foi por isso que largou a faculdade na época? — perguntou Clark. Dava para ver que ele não estava mais lendo as perguntas que tinham sido preparadas. — Porque sua mãe não conseguiu dar conta de tudo?

Como eu ia responder a essa pergunta?

Minha mãe tentou encontrar uma maneira de lidar com o luto, mas, para isso, ela precisava sair do lugar onde meu pai tinha morrido. Era compreensível, mas Sarah ainda estava no ensino médio e precisava de um lugar para morar. De alguém que cuidasse dela. Sarah queria que minha mãe voltasse para casa, mas minha mãe não conseguia reunir forças para sair da casa da minha tia.

Minha resposta foi apenas:

— Ela fez tudo o que podia, e eu fiquei lá para ajudar.

A realidade foi pior, digna de um pesadelo. Meu pai não tinha seguro de vida, e minha mãe não estava em condições de voltar a trabalhar, o que não me deixou escolha: tive que arranjar dois empregos para que não perdêssemos a casa.

Abençoada seja a terapeuta que acabou trazendo minha mãe de volta para nós.

— Em que momento você percebeu que não voltaria mais para a faculdade? — indagou Clark.

— Não sei ao certo, para falar a verdade.

Mas era mentira. Eu me lembrava do momento *exato* em que eu soube que não voltaria mais.

Liz voltou para Omaha para o velório, assim como todos os meus amigos, e, um dia antes de retornar à faculdade, o pessoal se reuniu na casa da Liz. Eu estava me arrumando para dar uma passada lá para encontrá-los, mas minha mãe me ligou e perguntou que horas eu voltaria.

Fiquei um pouco surpreso por ela ter ligado em vez de apenas ter ido para casa, o que ela *teria* que fazer uma hora ou outra, mas a surpresa virou incredulidade. Porque, em seguida, minha mãe me questionou quem ia levar Sarah para a escola e preparar o jantar para minha irmã quando eu fosse para a Califórnia.

Isso significava que minha mãe não tinha planos de voltar para casa.

Ela começou a chorar, dizendo que não ia suportar ficar no lugar em que encontrou meu pai e que não conseguia nem *olhar* para minha irmã sem lembrar daquela cena terrível. Tentei de tudo para conversar com ela e fazê-la mudar de ideia, argumentei que a Sarah precisava dela, mas acabei desistindo quando tudo que ouvi do outro lado da linha foi o choro dela.

Não fui até a casa da Liz naquela noite. Fiquei sentado na cozinha, bebendo as cervejas do meu pai, e vasculhei a escrivaninha dele, analisando contas e extratos bancários, tentando descobrir um jeito de ser o responsável da casa enquanto minha mãe estivesse fora.

Porque não tínhamos uma família grande que pudesse ajudar. Minha tia Claire era a única irmã da minha mãe, e já estava lutando para pagar as contas como mãe solo com um ex inútil.

Minha mãe não se dava bem com os pais, e o fato de eles não terem ido ao velório já mostrava o quanto estariam dispostos a ajudar. E meus avós por parte de pai faleceram antes de eu nascer.

Então... por mais que eu quisesse voltar para minha vida e para Los Angeles, como eu poderia fazer isso?

Quando me despedi de Liz no aeroporto na manhã seguinte, mal consegui abrir um sorriso. Eu sentia o peso de tudo aquilo pairando sobre mim.

— Beleza — disse Clark, olhando para o papel. — Como a equipe técnica reagiu quando você avisou que ia largar a faculdade?

— Ah, foi tranquilo — respondi. E me dei conta de que, na minha cabeça, eu já tinha desistido do beisebol, então mal conseguia lembrar como eles de fato reagiram. — Disseram que entendiam que eu precisava fazer o que fosse melhor para a minha família.

— Eles tentaram te convencer a ficar ou disseram que você podia voltar?

— Não — respondi, e me lembrei das muitas ligações que ignorei. — Mas eu deixei bem evidente que não queria mais saber de beisebol.

Clark pareceu surpreso ao ouvir aquilo.

— Você não conseguia enxergar uma maneira de voltar por causa das suas responsabilidades?

— Eu não *queria* voltar — corrigi, coçando o queixo. — Eu não queria nem encostar em uma bola de beisebol depois da morte do meu pai.

— Você poderia falar mais sobre isso? — pediu Clark.

Eu sabia que isso não estava entre as perguntas do papel. Engoli em seco.

— Ele sempre foi o centro da minha vida no beisebol — respondi —, então eu não conseguia me imaginar jogando sem ele.

— Hum — disse Clark, então pigarreou e leu a pergunta seguinte. — Você manteve contato com seus amigos da faculdade quando foi embora?

— Sim, durante um mês, mais ou menos — falei, me lembrando do quanto me sentia sozinho, como se estivesse em uma ilha deserta onde não existia mais ninguém. — Mas nossas vidas eram tão diferentes que, depois de um tempo, não consegui mais. Eles estavam tendo novas experiências, indo a festas e se adaptando aos dormitórios da faculdade, mas eu estava aprendendo a contratar plano de saúde e tentando desvendar documentos de hipoteca. Eles estavam estudando para não reprovar, eu estava aprendendo a trocar o fio do termostato do forno porque a gente não tinha dinheiro para pagar um profissional.

Eu me lembrava de me esforçar muito, quando a Liz ligava, para fingir que a minha vida estava normal. Não queria que ela se sentisse culpada por não estar lá.

— O que mudou? — perguntou Clark. — O que te fez voltar a jogar?

Enfim chegamos à parte da história de que eu gostava.

— Um amigo dos mais cruéis. Ele passou lá em casa para me dar um oi e me encontrou bêbado e sozinho.

—Você bebia muito? — indagou Clark.

Eu me questionei se de fato devia ter mencionado aquilo.

Mas... *que se dane*. Era a verdade. Até Michael se meter na história, beber cerveja ouvindo músicas do Noah Kahan era o que eu mais fazia.

— Eu enchia a cara sempre que possível, contanto que Sarah estivesse dormindo — respondi —, porque ela era menor de idade, sabe, e eu não queria ser má influência.

Clark sorriu.

— Aham.

— Para falar a verdade, eu estava completamente perdido — admiti. — Então Michael gritou comigo e me empurrou contra a parede. Perguntou o que eu estava fazendo com a minha vida.

—Você bateu nele? — indagou Clark, com um sorrisinho.

— Não — respondi, balançando a cabeça. — Eu desabei e chorei que nem criança.

— Não... — disse Clark, cheio de empatia.

— Juro! — exclamei, rindo daquela lembrança. — Pode perguntar para o Michael... Foi patético. Mas, em vez de ficar com pena de mim, Michael me enfiou no carro dele e me levou até o campo de beisebol. Acendeu as luzes e me obrigou a jogar.

— Te *obrigou*?

— Bem, primeiro me *convidou* para jogar com ele, mas eu me recusei a colocar a luva. Então o idiota começou a atirar bolas em mim.

— Sério? — perguntou Clark, rindo.

— Sério. E com força. Ele quase me nocauteou com as bolas, então fui obrigado a colocar a luva para apanhá-las, porque estava doendo muito. E, quando fiz isso, ele me arrastou até o montinho, *arrastou mesmo*, e me fez lançar uma bola.

— E foi bom?

— Não — repliquei, soltando um suspiro longo. — Vomitei no montinho e tive vontade de morrer. Mas ele me fez arremessar dez vezes antes de me levar para casa. No fim, percebi que, ao fazer os lançamentos, senti algo que fazia muito tempo que eu não sentia.

— O quê?

— Controle. Desde a morte do meu pai, eu não tinha controle de nada na minha vida. Mas as bolas estavam sob meu controle, e isso era bom.

— Foi aí que você voltou a jogar? — questionou ele. — Foi quando a chave virou *de verdade*?

— Quando minha mãe melhorou e minha irmã, que é inteligentíssima, começou a receber ofertas de bolsa integral de faculdades ótimas, Michael me convenceu a procurar a equipe técnica de beisebol da Universidade da Califórnia.

— E então...

— Então telefonei para algumas pessoas e mandei alguns e-mails. Todos foram simpáticos e responderam, mas quando falei sobre a possibilidade de voltar a jogar ou fazer um teste, passaram a me ignorar. Fiquei sem resposta. E eu entendo, sabe? Um lançador que fez uma pausa de dois anos? Ninguém apostaria nessa pessoa. Eu também não.

— E o que você fez? Como convenceu os técnicos a responderem alguma coisa?

— Mandei e-mail para todos os membros da equipe, todos mesmo, com vídeos com data e hora dos meus treinos de lançamento — confessei, rindo daquela lembrança. — Todos os dias. O treinador da escola em que estudei me emprestava um radar, então eu mandava vídeos dos meus arremessos certeiros de cento e sessenta quilômetros por hora para todos eles.

Clark deu uma risada.

— Então, depois de todos esses e-mails, eles chamaram você para um teste? — indagou ele.

— Ah, não. Eles disseram que, se um dia eu estivesse em Los Angeles, podia entrar em contato, e eles dariam uma olhada nos meus lançamentos.

Eu jamais diria aquilo diante das câmeras, mas Ross foi o único que agiu de modo sincero comigo. Ele me ligou uma tarde e foi direto, daquele seu jeito de caubói:

Eu gosto de você, garoto, então vou dizer o que você precisa ouvir. Foi uma pausa muito longa, e você precisa seguir em frente. Para com isso antes que acabe destruindo sua vida por ficar insistindo.

— Então você pegou o primeiro voo, certo?

— Não, fala sério! Eu não tinha dinheiro para isso — retruquei, rindo. A essa altura, eu conseguia rir da minha impulsividade. — Não, na mesma noite eu peguei meu carro, que estava caindo aos pedaços, e vim direto para cá, com a minha irmã dormindo no banco de trás quando não estava revezando comigo no volante.

— Quanto tempo de viagem?

—Vinte e duas horas.
— Uaaaau! — exclamou Clark. — Eles ficaram felizes quando viram você?
— Cá entre nós, acho que ficaram assustados. Tipo... *ah, não! Ele veio mesmo.*
Clark jogou a cabeça para trás e deu risada.
— E como foi o teste? — perguntou ele, quase gritando.
— Melhor do que eu podia imaginar.
Dois técnicos, a contragosto, me deixaram arremessar, embora fosse óbvio que não estavam nem cogitando me aceitar. Muitos sussurros e uma tensão constrangedora.
Ross, que parecia contrariado ao me ver ali.
Minha irmã irritante, gritando e torcendo por mim nas arquibancadas vazias.
Uma leve crise de ansiedade quando fui até o montinho e me preparei para o primeiro arremesso.
E aí... a *perfeição*.
Strike atrás de strike. Várias vezes.
Mais gente assistindo, um deles com um radar.
Ross sorrindo.
Mais strikes, arremessos cada vez mais rápidos. Lançamentos com um movimento vertical absurdo. Bolas curvas impressionantes.
Pude jurar que foi melhor do que nos filmes.
Quando terminamos a entrevista, Clark se aproximou para um abraço, dizendo:
—Vem cá, cara.
E fiquei muito irritado.
Porque aquilo fazia com que eu me sentisse culpado.
Quer dizer... estar apaixonado pela namorada de outro garoto era algo ruim, não era? Ainda mais quando eu estava começando a ficar com a impressão de que ele poderia ser meu amigo. Como Clark fez isso? Como me fez achar que estávamos virando amigos?

Droga. Não queria gostar dele, porque era injusto eu me sentir culpado por querer a Liz.

Ela já era minha.

Assim que saí de lá, peguei o celular e vi que tinha uma mensagem da minha irmã.

Sarah: E aí? Como foi?

Eu: Incrivelmente bom. Contei tudo e ainda não me arrependi.

Sarah: Que orgulho!

Eu: Caramba! Valeu, mãe.

Sarah: E como a Liz reagiu?

Não sabia muito bem como explicar, então só mandei um:

Eu: Estou atrasado para a aula, ligo para vc depois.

Isso não era mentira, então peguei um patinete elétrico e fui depressa até o Kaplan Hall, porque eu tinha uma prova que não podia perder.

Mas, ao acelerar pelo campus, senti várias coisas.

Coisas inesperadas.

Senti vontade de chorar (de verdade), porque tinha acabado de falar, pela primeira vez, sobre aquele pesadelo sem surtar. Também queria chorar de alívio por não ter sentido vontade de chorar na hora. Falar sobre aquilo não me destruiu, o que era uma vitória.

Parecia que eu enfim tinha virado a página.

Mas pensar nisso, em virar a página, me deixou muito emotivo.

CAPÍTULO VINTE E DOIS

"Você é o meu sonho."

— *Enrolados*

Liz

Eu estava andando de um lado para o outro no escritório de produção.

Por fim, ouvi alguém abrir a porta.

— É uma história e *tanto* — comentou Clark, indo até sua mesa, onde deixou os equipamentos.

— Até que enfim! — exclamei, feliz por vê-lo.

Eu tinha faltado à aula para esperar por ele, e a ansiedade estava me matando. Fiquei marchando pelo escritório como um animal enjaulado, me questionando se Clark estava fazendo direito as perguntas da Lilith, se Wes estava respondendo, e se Lilith ia me matar pela falta de profissionalismo.

— Minha nossa. Me conta tudo. E desculpa por não ter dado conta.

— Não precisa pedir desculpa... Agora eu entendo — comentou ele, tirando um elástico do pulso e prendendo o cabelo. —Vim o caminho todo até aqui pensando no quanto a coitadinha da Liz caloura deve ter ficado arrasada.

— Espera... ele falou de mim? — quis saber, com medo da resposta.

— Ah, não, Wes foi bem cuidadoso com isso — respondeu Clark, cruzando os braços. — Nem disse que namorava quando o pai morreu.

— Ah. Ótimo — falei, aliviada. — Agora me conta tudo o que ele falou.

— Não dá — replicou ele, olhando para o relógio. — Já estou atrasado, mas você vai morrer quando ouvir a história. Pega o cartão de memória e assiste.

— Beleza. E... obrigada — falei, me levantando para abraçá-lo. — Muito obrigada por ter me salvado nessa.

— Para que servem os namorados? — provocou ele, retribuindo meu abraço. — Acho que Lilith vai amar o material do seu garoto.

— Wes não é o *meu* garoto — rebati, na defensiva, irritada por ele ter dito aquilo.

— O fato de você ter se concentrado nisso e não no que falei sobre a Lilith revela muita coisa — retrucou Clark, se afastando e pegando a mochila embaixo da mesa. — Me manda mensagem dizendo o que achou.

— Acho que vou mostrar para Lilith e *depois* mandar mensagem para você — falei, receosa de ter que mostrar para ela o quanto não consegui ser profissional.

Lilith ia ter a prova em vídeo de que menti quando disse que podia ser profissional com Wes.

— Beleza, beleza — disse ele, e saiu.

Respirei fundo. Estava muito nervosa. Quando soube que ia entrevistar Wes, evitei pesquisar na internet para preencher as lacunas do que eu não sabia, então ainda não entendia como ele tinha conseguido voltar. Estava morrendo de curiosidade, mas, por algum motivo, pensar em ver Wes contando a história me deixava apavorada.

Cruzei os braços e abri o vídeo. Eu tinha certeza absoluta de que ia odiar assistir àquilo.

Mas não foi só ruim. Foi *horrível*.

A pior coisa que eu já vi.

Porque, ainda que fossem menos de trinta minutos de conteúdo, com poucas perguntas que eu não tinha visto na lista da Lilith, tantas daquelas respostas pareciam *erradas*. Será mesmo? Elas não podiam estar certas, porque eu fiz parte de tudo aquilo na época e não sabia de nada do que foi dito.

Segundo o que eu lembrava, Wes ficou sabendo que o pai morreu e depois do velório decidiu se afastar por um semestre porque a saudade do pai o impedia de jogar. Ele ficou arrasado quando se deu conta de que não conseguia nem encostar em uma bola de beisebol sem se sentir mal, mas eu disse para ele que tudo bem.

Porque estava *mesmo* tudo bem.

Eu não me importava se Wes nunca mais jogasse.

Ele conseguiu um emprego em um supermercado em Omaha para juntar dinheiro para voltar a estudar no semestre seguinte, e eu conversava com ele todas as noites quando ele saía do trabalho.

Então onde, nisso tudo, aquelas coisas que ele contou ao Clark se encaixavam?

A mãe dele de fato ficou mal a ponto de Wes precisar cuidar da família? E se a resposta era sim... por que ele não me contou? Fiquei com um nó na garganta quando ele respondeu à pergunta sobre os amigos da faculdade, porque não pude deixar de me questionar:

Será que ele estava falando de mim?

A impressão que eu tinha era de que estava, sim.

Nossa... ele passou por tudo aquilo?

Eu adorava trocar mensagens e conversar por videochamada todos os dias, e achava que ele também gostava. A gente brincava que era meio divertido, apesar de ser ruim, e dizia, rindo, que quando ele voltasse para a faculdade no semestre seguinte, nós iríamos sentir falta das pequenas coisas que fazíamos naquelas conversas.

Como o fato de que ele sempre tirava um print da tela antes de desligarmos.

Eu me sentia mal por ele não estar na faculdade e ter que trabalhar, mas nunca imaginei que era ele quem estava cuidando da família.

Documentos de hipoteca e trocar o fio do termostato?

Ele achava que não podia confiar em mim... Será que era isso? Wes achava que não podia me contar que seu mundo tinha desmoronado? Eu me lembrava dele comemorando minhas pequenas vitórias nas videochamadas, entusiasmado quando eu contava sobre as aulas de Música. Será que isso foi um fator decisivo? Será que eu deixava Wes constrangido? Será que fui muito sem-noção?

Será que... eu devia ter percebido os sinais?

Quando o vídeo acabou, peguei o cartão de memória e levei até a sala da Lilith. Clark tinha razão, ela ia amar a entrevista do Wes. A história sobre implorar por um teste e depois atravessar o país dirigindo com a irmã? Até *eu* amei essa parte, porque (uau!) ele apostou alto.

Que final perfeito.

Fiquei com saudade da Sarah, e olha que fazia muito tempo que eu não pensava nela.

A porta da Lilith estava fechada quando cheguei. Fiquei nervosa. Eu não tinha dúvida de que ela ia amar a entrevista, mas aquilo não garantia que ela não ia perder o respeito por mim, por eu ter travado.

Respirei fundo e bati à porta, e me senti uma criança prestes a receber uma bronca.

— Entra — disse ela.

Abri a porta, nervosa.

— Você tem um tempinho?

— Claro, entra... Tudo bem?

Respirei fundo mais uma vez e entrei já falando:

— Terminamos a entrevista com Wes Bennett, e eu queria que você desse uma conferida. Então, eu...

— Ah, que ótimo — respondeu ela, estendendo a mão para pegar o cartão de memória. — Muito obrigada por priorizar essa entrevista.

Entreguei o cartão, ainda sem saber ao certo como explicar o que tinha acontecido

— É, hum, é o seguinte... Eu comecei a entrevista, mas não fui muito longe porque tive que sair. Então Clark terminou as perguntas por mim.

— Ele passou dos limites? — perguntou Lilith.

— Não — respondi. — Não foi nada disso. Ele estava me ajudando.

— Ah, bem, vamos assistir. Não se preocupa.

Lilith logo abriu o arquivo e começou a reproduzir a gravação no monitor na parede.

Ela apoiou o queixo nos dedos entrelaçados e assistiu sem dizer uma palavra, com uma expressão indecifrável.

Eu me contorci na cadeira quando chegamos à parte em que me levantei e pareci uma adolescente nada profissional ao soltar "Acho que não consigo continuar com isso", mas a expressão de Lilith não mudou.

E *dessa* vez vi a reação do Wes quando surtei, o que fez meu estômago revirar. Ele franziu a testa e, da sua cadeira na sala de reuniões, observou minha reação com mil questionamentos no olhar, quase como se estivesse se perguntando como *eu* não conseguia continuar com a entrevista se aquilo tudo tinha acontecido com *ele*.

É, parece justo.

Lilith ficou um bom tempo em silêncio quando a entrevista acabou.

Minhas axilas suavam bastante, e eu sabia que meu rosto estava vermelho.

— Uau — disse ela, por fim, se virando para mim do outro lado da mesa. — Eu já sabia mais ou menos a história, mas estou impressionada. Ótima entrevista.

— Obrigada — falei, já esperando o restante.

— E quero falar com você sobre a aparição inesperada do Clark.

E lá vamos nós...

— Dá para perceber que você estava com dificuldade, então sua intuição, de pedir ajuda para o Clark, foi certeira. Fica muito melhor quando eles começam a conversar — comentou ela, assentindo. — Não sei se Wes tem mais facilidade de se abrir com outro garoto, ou se o fato de vocês terem namorado o deixou um pouco desconfortável, mas há uma diferença nítida entre os dois momentos da entrevista. Não acha?

— Acho — concordei, o alívio tomando conta quando percebi que ela não estava brava.

— Certo, então ótimo — falou Lilith, pegando uma caneta e anotando alguma coisa na agenda. — Estou com milhares de ideias na cabeça agora, então preciso organizar tudo antes que elas sumam. Mas, antes de você ir, eu queria dizer que vi o Reel que mandou, e adorei. Pode postar.

— Já?

Minha voz saiu aguda demais, mas a verdade era que uma aprovação daquela, vinda da Lilith, era incrível demais para que minha voz saísse em uma faixa normal de decibéis.

— Ficou perfeito, não muda nada.

— Obrigada — falei, sorrindo como uma criança que tinha acabado de entregar um trabalho da aula de Artes para a mãe.

Entusiasmada com o elogio, me apressei para chegar à aula seguinte a tempo. *Ficou perfeito, não muda nada.* Eu estava quase correndo em direção ao Schoenberg Hall, mas lembrei que tinha dito ao Clark que mandaria mensagem.

Peguei o celular sem desacelerar o passo, mas, ao desbloquear a tela, vi que tinha uma mensagem não lida.

Do Wes.

Parei de repente, obrigando as pessoas a me contornarem. Congelei no lugar. Por que ele mandou mensagem?

Wes: Está tudo bem?

Pisquei, confusa. Eu não estava nada bem. Não *agora*.

Por que ele mandaria uma mensagem como aquela? Dei uma olhada na hora do envio, e ele com certeza tinha mandado quando estava com o Clark.

Eu surtei e saí da entrevista, o que fez com que Wes me mandasse uma mensagem.

Perguntando se estava tudo bem.

Eu sabia que devia responder algo como "Tudo, sim, mas e VOCÊ, como está?" ou talvez "Tudo bem, obrigada por perguntar!", porque ele estava sendo gentil.

Atencioso.

Mas, ao ler de novo aquelas palavras, ouvindo-as com a voz dele, detestei todos os sentimentos que elas provocavam.

Eu não sentia mais *nada* por ele, caramba!

Guardei o celular e fui para a aula, irritada por estar irritada depois de Lilith ter elogiado meu trabalho. Eu devia estar saltitando pelo campus, mas, ao me sentar na sala e procurar um lápis, percebi que a gentileza do Wes tinha arruinado meu bom humor.

Então, naquela noite, sentada no sofá comendo miojo e assistindo a *Gilmore Girls*, eu quis gritar quando Clark ousou se jogar ao meu lado e perguntar:

— O que acha de eu virar amigo do seu ex-namorado?

Suguei uma garfada de macarrão, olhando bem para ele.

— Como assim? — perguntei. — Por acaso ele te ofereceu um lugar no grupinho dele?

Clark soltou um suspiro, muito paciente, olhando o macarrão enroladinho no garfo desaparecer na minha boca enquanto Kirk Gleason apresentava *The Journey of Man* na TV.

— É que eu gosto dele e não quero que você fique irritada com isso.

— É, bem, as pessoas sempre gostam do Wes. — Será que algum dia *alguém* não gostou do Wes? Eu não era uma criança, não tinha o direito de dizer ao Clark de quem ele podia ou não ser amigo, mas fiquei, sim, irritada naquele momento específico. — Tem gente que é assim, agradável. Nada especial. Quer dizer, você pode fazer o que quiser, desde que eu continue sendo sua melhor amiga.

— Deixa de drama. É óbvio que você é minha melhor amiga — garantiu ele, colocando os pés na mesinha de centro. — Mas escuta só: talvez você devesse perdoar Wes por ter partido seu coração. Já faz muito tempo, e ele estava passando por muita coisa.

— O *quê?* — Eu meio que gritei. — Você está falando sério?

— Eu só... acho que ele quer ser seu amigo.

— Ah, você só pode estar *chapado* — rebati, indignada por ele estar se intrometendo em uma história sobre a qual não sabia nada.

— Fala sério, Liz, foi só a impressão que eu tive hoje de manhã, beleza? Dava para ver isso nos olhos do Wes quando ele olhava para você.

— É, bom, ele me *traiu*, então... não — retruquei, com os dentes cerrados, me preparando para a raiva que, a essa altura, já deveria ter passado. — Não guardo nenhum rancor do Wes, e desejo tudo de melhor para ele, mas prefiro ficar bem longe desse garoto, obrigada.

— Ele *traiu* você? — Dessa vez foi Clark quem meio que gritou. — Ele traiu você? Eu não sabia disso.

— É, bem, não é algo que eu goste de ficar falando.

— Eu não *acredito* — disse ele, balançando a cabeça devagar, incrédulo, como se eu tivesse acabado de contar que Wes na verdade era um vampiro.

— Pois é.

— É muito difícil de acreditar — insistiu Clark, chocado. — Ele não parece ser do tipo que trai.

— Acredite, eu sei disso muito bem.

Queria muito que Clark parasse de falar sobre aquilo.

— Tem *certeza*? — perguntou ele, os olhos semicerrados. — Quer dizer, é impossível de acreditar...

— Ai, meu Deus. Eu não quero conversar sobre isso, beleza? — Larguei o prato na mesinha e me levantei. — Sejam amigos, eu não ligo para isso, mas, por favor, para de falar sobre ele.

Fui para o quarto e bati a porta, tão frustrada que minha vontade era jogar alguma coisa na parede. Depois de um dia longo evitando emoções indesejadas a respeito de Wes, tudo o que eu queria era voltar para casa e fugir desse assunto. Ver uma das minhas séries preferidas, sem pensar em nada.

Mas tive que ouvir meu melhor amigo perguntando se eu tinha *certeza* de que Wes tinha me traído.

Se eu tinha certeza?

Que tipo de pergunta era essa?

Wesley Bennett olhou nos meus olhos, na véspera de Ano-Novo, e disse que tinha me traído.

CAPÍTULO VINTE E TRÊS

"Eu não entendi direito o que aconteceu...
a única coisa que eu sei é que eu amo você."

— *O amor não tira férias*

Wes

— Toc, toc.

Eu estava à porta da sala do Ross, sem saber por que ele tinha pedido que eu passasse lá depois do treino. Meus lançamentos foram bons e mandei muito bem no treino em campo, então, a menos que Ross quisesse me elogiar por ser tão incrível (o que não era do feitio dele), devia haver algum problema.

— Bennett — disse ele, sentado atrás da mesa. Parecia irritado. — Pode entrar.

Obedeci. E então vi uma mulher loira.

Devia ter uns trinta anos, uma beleza típica de Los Angeles, com óculos de grau e saltos pretos brilhantes e envernizados em que daria até para enxergar meu reflexo. Ela estava sentada em uma das cadeiras em frente à mesa, sorrindo como se me conhecesse... Já o olhar de Ross dizia que ele preferiria não conhecer a mulher.

Interessante.

— E aí? — falei.

— Esta é Lilith Grossman — apresentou ele, parecendo furioso com a situação. — Ela é diretora de...

— Já nos conhecemos, só não pessoalmente — interrompeu ela, se levantando e se aproximando com a mão estendida. — Você foi muito educado em *não* me xingar por e-mail, ainda que eu tenha tido a impressão de que era isso que queria fazer.

— Prazer — respondi, apertando sua mão e cedendo a uma risada, porque gostei da sinceridade. — E... pois é... disponha, eu acho?

Isso a fez rir.

— Eu queria conversar com você rapidinho...

— O que ela quer dizer é que gostaria de *lançar* uma ideia — disse Ross, a contragosto.

Lilith deu de ombros.

— Ele até que tem razão, pela primeira vez na vida. Posso roubar cinco minutinhos do seu tempo?

Antes da entrevista, eu teria recusado. Teria tratado aquela mulher com a mesma rispidez de Ross. Mas a entrevista não foi de todo ruim, e ela mandou um e-mail bem simpático me agradecendo. Pelo visto, Lilith tinha perdido o pai quando estava no ensino médio, então se identificou comigo.

E ainda havia o fato de que Liz idolatrava aquela mulher e Ross parecia odiá-la, o que a tornava a pessoa mais interessante, de longe, daquele lugar.

— Tenho, sim — respondi, acompanhando-a até as cadeiras.

— Antes que ela pressione você — interveio Ross —, sinta-se à vontade para rejeitar a proposta. Você tem todo o meu apoio.

— Você é muito gentil, Ross — falou ela, com um sorriso.

— Imagina, *Lili* — retrucou ele, a fala arrastada.

Nossa, como eu queria saber o que tinha acontecido entre aqueles dois.

— Sabe, se quiser ir lançar algumas bolas ou beber um *whey protein*, pode deixar que eu aviso quando a gente liberar a sua sala — disse ela, com um sorriso arrasador. — Não precisa ficar.

— Não, não. Fico aqui com o maior prazer — rebateu ele.

— Certo. Wes. — Ela virou a cadeira para mim e se aproximou um pouco. — Sua entrevista foi incrível, deu um gostinho do que foi sua jornada inspiradora para conseguir voltar à faculdade. Fiquei impressionada com o relato da sua vida familiar, porque cria um contraste interessante com sua vida universitária e esportiva aqui. É uma imagem poderosa. Então, quando eu soube que você vai para casa para ajudar sua mãe, tive uma ideia.

— Se prepara, Bennett — falou Ross, quase um rosnado.

Lilith revirou os olhos.

— Prometo que a intenção não é explorar ou simplesmente enfiar uma câmera na tragédia que você enfrentou. Mas, como cineasta, sei que mostrar a casa onde você cresceu, e o campo do colégio onde eliminou todos os rebatedores em um mesmo jogo, pode ajudar a deixar sua história mais... humana. Você repetindo o que já nos contou, andando pela casa vazia, acrescentaria muito à sua história.

Senti meu estômago embrulhar. Não por causa da proposta de Lilith, mas porque aquilo me lembrou que estava quase chegando o dia de ver a casa em que cresci pela última vez.

— Olha — continuou ela, erguendo a mão como se estivesse esperando uma recusa imediata —, entendo se não quiser a gente lá. Para falar a verdade, imagino que vá dizer não. Mas eu precisava fazer essa proposta, caso você não se importe que Liz filme um pouco quando você estiver na sua cidade natal.

Liz.

— Você quer mandar a Liz? — perguntei. — Para Omaha?

Ela assentiu, e me perguntei como aquilo funcionaria na prática.

Porque, embora eu não conseguisse imaginar Liz (e provavelmente Clark) me acompanhando ao esvaziar a casa, pensar em ter Liz por perto quando eu for me despedir de onde cresci parecia a coisa certa.

— Hum. Posso pensar e responder depois? — perguntei.

Queria conversar com Sarah e tentar entender por que eu não odiei aquela proposta.

Eu deveria ser contra aquilo tudo, não deveria?

— É óbvio que sim — respondeu Lilith. E vi quando ela olhou para Ross com um sorrisinho presunçoso. — Caso você concorde, me avise assim que possível para que eu possa comprar as passagens.

— Combinado.

Saí do prédio me sentindo um pouco incomodado por estar tão calmo. Era surreal que aquilo estivesse acontecendo, que Liz (e o namorado) talvez fossem comigo a Omaha, mas eu não parecia rejeitar a ideia. Por outro lado, para ser sincero, era como se eu fosse viciado na Liz, sempre querendo mais um pouco dela, e aquela oferta me garantia um tempinho com ela.

Eu me obriguei a ir direto para a biblioteca, porque precisava fazer um trabalho e não confiava mais em mim mesmo quando estava no dormitório. Nos últimos dias, sempre que eu voltava para o quarto, acabava indo jogar basquete com os garotos em vez de estudar. Era ótimo morar tão perto das quadras, mas não ajudava em nada nos estudos.

Eu me acomodei em uma das mesas vazias e acendi a luminária antes de pegar o notebook. Coloquei os fones de ouvido e comecei a escrever, só que duas coisas estavam atrapalhando minha concentração.

A primeira era o garoto na mesa à minha frente, que parecia estar tentando roer todas as unhas até o sabugo. Não sei por que isso chamou minha atenção, mas eu ficava olhando para ele de tempos em tempos para ver se continuava com aquilo.

Lia um parágrafo, levantava o olhar... *Ele continuava roendo.*

Escrevia umas frases, levantava o olhar... *Ele continuava roendo.*

Foco, Bennett.

A outra coisa era... Liz. *Óbvio.* Ela não saía da minha cabeça, e eu me lembrava dela em vários cenários e lugares. Era impossível me livrar daqueles pensamentos. Ou eu pensava em como ela ficou a ponto de chorar durante a entrevista, em como desceu os degraus da biblioteca correndo (no escuro) para não me encontrar, ou na possibilidade de ela estar comigo na despedida da casa onde cresci.

De volta ao dormitório, já estava decidido a aceitar a proposta da Lilith. E, quando conversei com Sarah, ela topou na hora. Imaginei que minha irmã ainda estivesse tentando fazer com que Liz e eu voltássemos, mas ela usou alguns argumentos bem convincentes.

— *Já que você concordou com a entrevista, qual é o problema de deixar que eles gravem um pouco da casa?*

Digitei a senha e abri a porta.

— Ei, vamos comer pizza — disse AJ.

Wade e AJ estavam em frente ao videogame, jogando *MBL: The Show*.

— Pede aí — respondeu Wade.

— E se eu não quiser pizza? — falei.

Eu queria (afinal, quem não ia querer pizza?), mas meus amigos tinham muito mais dinheiro que eu. Os pais deles lhes mandavam mais grana o tempo todo. Por outro lado, eu precisava economizar o que juntei ralando muito.

Quando aquele meu dinheiro acabasse, eu não teria mais nada.

— Mas é de graça — retrucou AJ. — Da última vez, Brooks reclamou por ter achado um fio de cabelo no queijo, então eles disseram que a próxima seria por conta da casa. O panfleto está ali no frigobar.

— Vocês querem pedir pizza de um lugar que vem com *cabelo*? — questionei.

— Talvez o fio de cabelo fosse meu — respondeu Wade —, mas não tenho certeza.

— Você é um idiota — disse AJ, rindo.

— Eu sei — concordou Wade. — E é por isso que estou disposto a dar mais uma chance a eles.

— Muito generoso, hein? — falei, largando a mochila no sofá e pegando o panfleto que estava no frigobar. *Pizza gigante grátis, um sabor.* — Vamos pedir de pepperoni?

— Nããão... só muçarela — respondeu Wade. — O pepperoni deles tem gosto de fungo.

— Então você deve ser o especialista em fungo, né? — resmungou AJ.

— Vocês têm certeza de que querem comer a pizza de um lugar que a comida vem com cabelo e fungo? — perguntei, rindo, já pegando o celular.

Afinal, era de graça.

Era *óbvio* que a gente ia pedir.

Eles ficaram vidrados no jogo até o entregador chegar, mas assim que a caixa de pizza foi aberta eles foram para a mesa e voltaram a prestar atenção nos arredores.

— Por que Ross pediu para você ficar depois do treino? — questionou Wade, se servindo de três pedaços de pizza em um guardanapo.

Eu não sabia o que dizer, então contei a verdade:

— O pessoal do documentário quer mandar alguém comigo para Omaha no fim de semana. Querem filmar minha casa e o campo da minha escola do ensino médio.

— Como assim? — perguntou Wade, parecendo ofendido. — Por que ninguém quer ir me filmar na minha cidade? Eu jogo melhor que você, e *não* sou de Nebraska-Oklahoma.

— Você não joga *melhor* — argumentou AJ, enfiando a pizza na boca.

— Sou, sim — rebateu Wade, fazendo uma careta. — Bem, pelo menos jogo *tão bem quanto* ele.

Wade fazia alguns comentários desagradáveis e arrogantes, mas ele não era assim de verdade. Eu o odiaria se esse fosse o caso. No fundo, ele era um cara muito legal que achava engraçadíssimo agir de um jeito meio babaca.

— Independentemente de eu ser melhor que você ou não, eles só vão me filmar lá porque, durante a minha entrevista, contei que precisei ir para casa quando meu pai morreu, e só depois acabei voltando para a faculdade. Eles gostaram da história, só isso. Não tem nada a ver com o jogo.

O time inteiro sabia pelo que eu tinha passado, mas ninguém tocava no assunto, pelo menos não comigo. Eles agiam como se eu fosse um calouro como qualquer outro, e eu preferia que fosse assim mesmo. Eu meio que suspectiva que um dos técnicos tivesse dado alguma orientação quando consegui a vaga pela segunda vez, porque era estranho que ninguém falasse a respeito disso, mas nunca questionei.

— Quem eles vão mandar? — perguntou AJ, se levantando para pegar uma cerveja na geladeira. Ele bebia durante a semana sem nenhum problema, mas eu preferia evitar a ressaca nos dias em que precisava estudar. — Vai ser a Liz?

— Acho que sim. Não tenho certeza.

— *Óbvio* que vai ser a Liz — retrucou Wade, tirando a borda da fatia e fazendo uma bolinha com ela. — Ela é de lá, então já conhece tudo. Será que ela vai levar o Waters?

— Ainda não consigo acreditar que eles estão juntos — comentou AJ, olhando para mim e balançando a cabeça. — Clark é legal, eu gosto dele, mas os dois parecem irmãos, não um casal.

— É... é estranho — concordou Wade, mordendo a bolinha que tinha feito com a borda da pizza como se fosse uma maçã. — Tipo, eles estão sempre juntos, mas sempre estavam *sempre juntos*.

— Que frase inteligente — resmunguei, irônico.

— Vai se ferrar! Você entendeu o que eu quis dizer — rebateu ele. — Eles não agem de um jeito diferente de antes. Ano passado, Liz me falou que eles eram "almas gêmeas platônicas", e agora são mais que isso? Tipo, o abraço deles é igualzinho ao meu pai abraçando minha irmã.

— Podemos mudar de assunto? — perguntei, mais ríspido do que gostaria. — Não estou nem aí para o relacionamento deles.

— Ah, parece que você se importa, sim — provocou Wade, tirando a borda do seu segundo pedaço e começando a enrolá-la. — E eu entendo.

— Eu também — concordou AJ, assentindo. — Tipo, ela é bonita, mas não é só isso. É o fato de Liz levar tudo tão numa boa, né? Namorar alguém assim faria qualquer outra pessoa parecer... exagerada.

Mordi um pedaço da pizza, impressionado com o modo como eles a viam. Como uma garota muito descolada e tranquila.

E os garotos não estavam errados. Liz era essa nova pessoa agora, mas isso era uma loucura, porque ela não era *nem um pouco* assim no passado.

E eu adorava a facilidade com que ela ficava irritada.

Mas, mesmo assim, minha nova obsessão era a produtora de conteúdo confiante, com suas frases curtas e calmas.

Não via a hora de conhecê-la melhor.

— Imagino que, depois de namorar Liz, é natural se importar para sempre com os relacionamentos dela — comentou Wade, mordendo a nova bolinha de borda de pizza. — Afinal, como superar alguém como ela?

É, essa era uma excelente pergunta. Peguei um Gatorade da geladeira, já com a resposta na ponta da língua.

Não dava para superar, era a resposta.

Não dava para superar.

CAPÍTULO VINTE E QUATRO

"Ela me deu uma caneta. Eu dei meu coração,
e ela me deu uma caneta."

— *Digam o que quiserem*

Liz

— Oi, gente.

Tirei os olhos da tela, e ali estava Lilith, entre nossas mesas, com um sorriso largo.

— Oi — falei, surpresa ao vê-la.

— Oi, Lili! — cumprimentou Clark.

Fiquei esperando para ver se Lilith ia matá-lo por ter usado aquele apelido, mas ela parecia nem ter notado.

—Vim pedir um favor, mas estou um pouco nervosa.

Ela dava a impressão de estar perfeitamente tranquila, com sua jaqueta preta de couro, calça jeans e sapatos com fivelas e salto de sete centímetros.

— Somos seus humildes servos — brincou Clark. — Manda ver.

Ela cruzou os braços.

— Querem ir para Omaha amanhã? — questionou.

— *O quê?* — Olhei de Lilith para Clark, me perguntando se tinha ouvido direito. — Para Omaha?

— Já estou fazendo as malas — respondeu Clark, dando uma risadinha.

— Quer dizer, *óbvio* que eu topo — falei, tentando acompanhar o entusiasmo do Clark. — Mas por quê? Quer dizer, Omaha não é um lugar muito turístico.

Eu adoraria uma viagem de graça para casa, ainda mais sabendo que Wes não estaria na casa ao lado, mas por que Lilith queria nos mandar para lá? Só podia ser por causa dele, certo? Era a única coisa que fazia sentido, quem sabe...

— É o seguinte... — começou ela. — Wes Bennett está indo para lá porque a mãe vendeu a casa e ele vai ajudar na mudança. Eu gostaria que a gente conseguisse algumas gravações da casa e do campo da escola em que ele estudou para acrescentar ao vídeo da entrevista.

— Ah — disse, tentando manter o rosto calmo, mas meu corpo inteiro se encolheu.

Quer dizer, eu não conseguia nem identificar o que me assustava mais: Lilith querer que eu voltasse para casa e acompanhasse Wes em todos os lugares que passei anos evitando, ou saber que a família Bennett não ia mais morar na casa ao lado.

— Será que é uma boa ideia? — indagou Clark, passando a mão no queixo, hesitante. — Imagino que não vai ser fácil para ele, então parece um pouco macabro a gente brotar lá com câmeras. Sem querer ofender, óbvio.

Ótimo argumento, Clark.

Dê razão a ele, Lilith.

— Ele não se ofendeu, na verdade — garantiu ela. — Wes disse que tudo bem.

— Ele disse isso? — perguntou Clark.

— Ele disse *isso*? — perguntei, ao mesmo tempo.

— Aham — respondeu ela, parecendo achar nossa reação engraçada. — Eu esperava ouvir um não, mas ele aceitou.

Fiquei olhando para Lilith, em choque.

— Eu também gostaria de ver se a irmã ou a mãe dele aceitariam dar uma entrevista — acrescentou ela. — Sei que é uma questão delicada, mas já faz quase dois anos, então talvez elas estejam dispostas a falar.

— Acho que a Sarah pode aceitar — comentou Clark, assentindo. — Pelo que Wes falou, os dois são próximos e ela não tem papas na língua. A mãe... eu já não tenho tanta certeza.

A mãe. Era muito estranho estarmos falando sobre a sra. Bennett, da casa ao lado.

— É, eu também não — concordou Lilith. — Mas podemos tentar. Olha, eles saem da casa sexta-feira à tarde. Então pensei que, se formos amanhã depois das aulas, todos podemos ter uma boa noite de sono e acompanhar Wes pela casa na manhã seguinte, antes de a família entregar as chaves. Depois, com sorte, Wes talvez nos deixe gravar algumas cenas pela cidade e no campo de beisebol.

— Eu não tenho aula sexta-feira, então é perfeito — comentou Clark.

Era impressão minha ou ele estava dando uma de puxa-saco? Eu já tinha pedido desculpa por ter surtado com ele naquela noite, e Clark também se desculpou por ter tentado fazer com que eu perdoasse Wes, mas preciso admitir que aquele *amor todo* pelo meu ex-namorado ainda me incomodava.

— E você, Liz? Acha que consegue? — questionou Lilith, colocando as mãos no bolso. — Só vamos se você for.

— Olha, minha família vai amar — comentei, tentando imaginar como seria o fim de semana. — E posso falar com meus professores sobre faltar às aulas.

— Mas e *você*? — perguntou ela, parecendo preocupada. — Quero ter certeza de que você não vai ficar sem graça. Ainda podemos descartar a ideia.

Dava para ver, pela expressão de Lilith, que sua preocupação era genuína, e senti uma onda de gratidão por ela estar disposta a abandonar a ideia se eu não me sentisse à vontade. Acho que foi essa preocupação que permitiu que eu me distanciasse um pouco e reconhecesse que, se Wes tinha topado, o material que gravaríamos faria mesmo toda a diferença para a história.

— Acho que é uma ótima ideia.

Depois disso, fizemos uma reunião e conversamos sobre o conteúdo e as expectativas de Lilith. Seria um belo acréscimo mostrar a casa onde Wes cresceu e registrá-lo fechando a porta pela última vez.

Minha nossa.

Também seria incrível conseguir gravar o campo da nossa escola ao nascer do sol, o lugar onde ele tinha virado uma estrela do beisebol.

Isso estava mesmo acontecendo?

Era surreal pensar que o projeto em que estávamos trabalhando e os planos que estávamos traçando nos levariam até a rua Teal e a meu antigo colégio, Emerson. Eu amava aquele lugar, mas tinha feito questão de me matricular nos cursos de verão da universidade, que aconteciam durante as férias, e sugeri que minha família viesse me visitar nas festas de fim de ano, porque não sabia ao certo qual seria minha reação ao voltar lá, na casa ao lado da *dele*.

Não tinha sido minha *intenção* passar quase dois anos longe de Omaha, mas meio que sempre encontrei *outra coisa* para fazer em todas as férias e feriados.

E agora eu ia voltar para casa.

Para a casa do Wes.

Com ele.

Isso estava mesmo acontecendo?

Pelo jeito estava acontecendo, sim. Vinte e quatro horas depois eu desembarquei de um avião no aeroporto de Omaha.

— Este é o aeroporto? — perguntou Clark, olhando em volta como se não conseguisse acreditar no que estava vendo. — Cadê as lojas? Onde fica a Starbucks?

— Você pode comprar uma pizza brotinho do Godfather's Pizza ali — respondi, indo em direção ao corredor que levava à esteira de bagagens e apontando para a direita.

Gostei da sensação de estar de volta, de chegar ao lugar onde passei minha vida inteira e onde eu sabia exatamente que direção seguir.

— E tem um Scooter's bem ali — acrescentei.

— O que é Scooter's, pelo amor de Deus? — questionou Clark, decepcionado, puxando a mala de rodinhas ao meu lado.

— É uma cafeteria — falei, surpresa por ele não saber.

Será que só tem Scooter's Coffee no Meio-Oeste dos Estados Unidos? Eu amava as bebidas de lá.

— Apenas aceite tudo numa boa, Clark — retrucou Lilith, sorrindo. — Tenho certeza de que vamos encontrar um café decente perto do hotel. Quer dizer... vocês têm café decente aqui, né, Liz?

— *Óbvio* que temos café decente — falei, na defensiva. — Acho que Omaha tem quase meio milhão de habitantes, não estamos no fim do mundo, fala sério.

— Isso eu ainda vou checar — rebateu Clark.

Andei mais rápido, conduzindo-os pelo aeroporto, ansiosa para encontrar meus pais.

— Mandei mensagem quando chegamos, então meu pai deve estar esperando a gente.

Meu pai e Helena (minha madrasta) surtaram quando liguei na noite anterior. Por mais que eles gostassem de me visitar na Califórnia nas férias, pelo jeito eu voltar para casa era muito melhor. Helena gritou no telefone quando contei a novidade, e meu pai ficou emocionado. Acho até que chorou.

Eu *não via a hora* de reencontrá-los.

Ao descer a escada rolante e vê-los lá em baixo, ao lado da esteira de bagagens, a emoção daquele momento me atingiu. Por mais que eu piscasse depressa, não consegui conter as lágrimas. Tinha algo de diferente em estar ali, de frente para eles.

Eu estava voltando para casa depois do que pareceu muito tempo longe.

Tentei me controlar, mas, quando saí da escada rolante e meu pai veio correndo e me envolveu em um abraço, desmoronei. Sentir seu cheiro, do sabão em pó em sua camisa, do hidratante para pele seca que ele usava e do perfume dos anos 1980 de que ele ainda gostava embora fosse forte demais, me levou de volta a cada abraço amoroso da minha infância.

— Até que enfim, filhote de cruz-credo! — exclamou Helena, sorrindo para nós com os olhos cheios de lágrimas.

Embora eu estivesse chorando, isso me fez rir, e me afastei do meu pai para me recompor. Fiz as apresentações, e Lilith e Clark pareceram se apaixonar por eles ali mesmo (e com razão).

— Se estiverem muito cansados e quiserem ir direto para o hotel, nós entendemos — disse Helena quando estávamos saindo do aeroporto, já no carro. — Mas nós adoraríamos receber vocês para um jantar lá em casa. Esse ano, outubro está mais quente que o normal, então pensamos em fazer um churrasco.

— Vocês acham que está *calor*? — perguntou Clark, rindo e balançando a cabeça.

Meu amigo era mesmo um garoto da Califórnia, e para ele uma temperatura de dez graus com ventos fortes era o mesmo que ser largado nu na Antártida.

— O outono é minha estação favorita para fazer churrasco — comentou meu pai, sorrindo para nós pelo retrovisor. — Eu te emprestaria um casaco, Clark, mas acho que vai ficar curtinho em você.

— É uma ótima ideia — concordou Lilith, parecendo encantada com meu pai. — O jantar, eu quis dizer... Não o casaco curtinho.

Os quatro conversaram sem parar durante todo o percurso, mas eu não consegui parar de olhar pela janela. Queria ver tudo, observar cada lugarzinho que eu não via fazia quase dois anos.

Estava sorrindo como se aquela fosse minha primeira vez em um carro quando passamos pelo estádio Charles Schwab, pelo centro da cidade, pela hamburgueria Dinker's, pelo Denny's na rua 84 onde Joss e eu comíamos panquecas nas noites de sexta-feira, e pelo letreiro do Sapp Brothers (o desenho era de um bule de café, mas até os dez anos eu achava que era um foguete).

E as folhas secas... Eu não tinha me dado conta do quanto sentia falta daquelas cores.

Os choupos eram de um amarelo-vivo; os bordos, de um tom perfeito de laranja-rosado; e os carvalhos, de todos os tons possíveis, daquele jeito para sempre mutável até que a última folha caísse.

Caramba, como é bom estar de volta.

Evitei olhar para a casa ao lado quando chegamos, embora eu soubesse que teria que entrar lá no dia seguinte. Naquele momento, eu só queria relaxar e aproveitar o fato de que estava em casa com meu pai e Helena antes que todo o restante tivesse que acontecer.

— Me dê sua mala, querida — disse meu pai.

Subindo os degraus com ele à minha esquerda e Helena à minha direita, eu queria desfrutar de cada segundo daquela volta para casa.

E me arrependi de não ter feito aquilo antes.

Clark fez companhia para o meu pai na churrasqueira, e eu fiquei com Lilith e Helena, sufocando com carinho o coitado do sr. Fitzherbert, que com certeza não queria aquilo.

Helena tinha colocado nele uma gravata-borboleta com as cores da Universidade da Califórnia, o que me lembrou o quanto ela era uma madrasta incrível. E, sentada entre meu pai e Lilith durante o jantar, percebi que meu rosto estava cansado de tanto sorrir de felicidade.

— A macarronese está incrível — elogiou Clark, engolindo uma garfada atrás da outra como se participasse de uma competição de quem comia mais rápido. — Acho que estou apaixonado por você, Helena — declarou, ainda mastigando.

— Na verdade, você está apaixonado por Bert Langenfarker — corrigiu ela, pegando a taça de vinho. — É o moço da mercearia que prepara os acompanhamentos.

— Ele é solteiro? — perguntou Clark, sem pausar a ingestão de comida.

— Não — respondeu Helena, com um sorrisinho. — Mas fiquei sabendo que o status de relacionamento da esposa dele no Facebook diz "é complicado", então... quem sabe você tem uma chance?

— Que reviravolta — retrucou Lilith, e terminou de beber sua taça de vinho rosé.

— É isso aí! — exclamou Clark, assentindo e mastigando uma garfada enorme. — Eu aceito "complicado" desde que eu coma esta delícia todo dia.

Helena e Clark eram farinha do mesmo saco, formavam uma dupla cômica que nos arrancava risadas o tempo todo. Lilith parecia estar curtindo aquilo tudo, à vontade na minha casa com sua meia-calça fina, e eu senti que aquela era a noite perfeita.

Então fiquei um pouco decepcionada quando chegou a hora de eles se despedirem. Clark queria aproveitar a piscina do hotel e Lilith ainda precisava treinar na academia, então eles se despediram e decidimos nos encontrar às nove da manhã do dia seguinte.

— Adorei os dois — disse Helena, fechando a porta após eles saírem. — Fico feliz por você ter pessoas legais ao seu redor por lá.

— Pois é — falei, me abaixando para pegar o sr. Fitzherbert no colo. Ele soltou um miado, uma reclamação, mas eu sabia que ele estava esperando por mim. — Eles são muito legais.

Fomos para a cozinha e limpamos tudo com a TV ligada, devagarzinho, curtindo um episódio antigo de *Monk: um detetive diferente* que já tínhamos visto diversas vezes. Era como nos velhos tempos, quando Helena pedia comida e nós ficávamos sentados, curvados em cima do prato, na ilha da cozinha, assistindo a reprises de série sem prestar muita atenção, e embora estivesse lá, senti saudade de casa (será que esse sentimento é muito absurdo?).

O que é *óbvio* que me fez querer visitar minha mãe.

— Acho que vou sair para correr — falei, limpando o balcão.

— Sei que está escurecendo, mas vou levar meu spray de pimenta e conheço o caminho de cor.

— Então deixe a música dos fones de ouvido baixinha — disse meu pai, com uma das sobrancelhas arqueada, ligando a lava-louças —, para que fique atenta ao que acontece à sua volta.

— Eu sei. Pode deixar.

E, pela primeira vez, corri sem ouvir música.

Em geral, eu odiava fazer isso, mas não queria deixar de ouvir os sons da vizinhança. Não tinha me dado conta de que sentia falta disso, ou que esses sons existiam, mas fiquei com um quentinho no coração ao absorver cada barulhinho do bairro.

O soprador de folhas, o jogo de futebol americano na garagem do senhor que morava no fim da rua, o latido de um cachorro em um quintal; aquela era a trilha sonora que cresci ouvindo, os sons confortáveis que me ninaram em inúmeras noites quentes.

E, quando cheguei à lapide da minha mãe, onde crisântemos de um amarelo-brilhante estavam no pico de sua beleza outonal (sim, usei a lanterna do celular para observá-los no escuro), eu me perguntei como pude ficar longe por tanto tempo.

CAPÍTULO VINTE E CINCO

"Porque desde a primeira vez que eu vi essas mãos,
eu não consigo ficar sem segurá-las."

— *Três vezes amor*

Wes

Eu queria acreditar em fantasmas.

Estava sentado na última cadeira que restava na Área Secreta, desejando sentir a presença do meu pai. Seria a última vez que eu estaria ali no escuro em frente à fogueira, a última noite em que eu veria o interior daquela casa, e eu sabia que, se estivesse em um filme, encontraria as velhas botas com bicos de metal do meu pai e de alguma forma saberia que ele estava orgulhoso de mim.

Que ele me perdoou pelo que eu fiz.

Mas não... Eu me despedia daquele lugar, e ali só havia eu e o silêncio.

A Área Secreta estava tomada por grama alta — e pelas toupeiras, pelo visto, pensei, observando alguns buracos na terra ao lado de um arbusto. Pisei ali com meus tênis, refletindo sobre como aquilo parecia uma analogia deprimente da minha vida naquela casa.

Mas escolhi não pensar demais no assunto e joguei mais alguns gravetos no fogo.

Meu plano de passar a noite na casa era um tanto infantil, mas não pude resistir. Eu era um idiota sentimental que queria dormir uma última vez no meu quarto de infância antes que outra pessoa morasse ali. Noah se ofereceu para dormir lá comigo, porque ele era esse tipo de amigo, mas preferi ficar sozinho. Se fosse a Sarah, eu teria aceitado, porque ela fez parte daquela vida na rua Teal, mas qualquer outra pessoa ia ser uma intrusa.

E minha mãe não tinha nenhum interesse em botar os pés ali. Encontrar meu pai na sala destruiu aquela casa para as duas.

Abri o Spotify e escolhi uma música de que meu pai fosse gostar, mas nada triste a ponto de me fazer chorar.

Eu já estava no meu limite.

Bingo. Foo Fighters, a banda que ele amava, mas tinha vergonha de admitir. Escolhi "The Deepest Blues Are Black", me perguntando quando a noite havia ficado tão fria. Fazia poucas semanas desde que eu tinha me mudado para Los Angeles, mas a brisa estava carregada daquele frio do outono.

O que parecia adequado.

Afinal, dizer adeus a uma vida de lembranças *é mesmo* uma atividade que combina com um frio congelante. Meus dedos estavam de fato congelando quando deixei minha chave com meu pai, uma hora antes. Os novos donos iam trocar as fechaduras, então só precisavam de uma cópia para entrar no dia seguinte, e parecia errado jogar fora a chave que eu tinha desde os sete ou oito anos de idade, então decidi que ela ficaria com o Stuart.

Meu chaveiro ia deixá-lo feliz.

Quer dizer, tão feliz quanto um morto pode ficar.

Era idiota... o que eu sentia quando visitava o túmulo dele. Isso tinha se tornado um hábito que, de certa forma, era reconfortante, ainda que fosse o oposto de como Liz uma vez explicou suas visitas ao túmulo da mãe.

Ela se sentava ao lado da lápide e conversava com a mãe como se estivesse conversando com a melhor amiga. Contava o que estava acontecendo em sua vida, e eu me lembro de Liz dizendo que assim sentia que a mãe ainda fazia parte do seu mundo, embora tivesse morrido.

Minhas idas ao cemitério eram um pouco diferentes.

Eu ficava sentado na grama ao lado da lápide que dizia STUART HAROLD BENNETT e encarava o nada, perdido em pensamentos e imaginando que de alguma forma o fantasma do meu pai poderia penetrar na minha mente. Eu sabia que era absurdo, mas também sabia que sempre me sentia um pouco melhor ao ir embora dali.

No início, logo após o terrível infarto que abalou a minha família, eu passava várias horas lá em pânico, buscando desesperadamente uma orientação do além-túmulo, porque sua lápide era o único lugar ao qual eu podia recorrer. Não havia mais ninguém que pudesse me dizer como ganhar dinheiro suficiente para pagar a hipoteca, o que fazer quando minha mãe se recusou a voltar para casa, ou como instalar um novo motor de arranque para que eu não tivesse que levar o carro a uma oficina que não podíamos pagar, então eu descarregava tudo em meu pai.

Às vezes, como fiz mais cedo, eu procurava um jogo dos Cubs no celular e deixava no alto-falante. Eu não acreditava na ideia romântica de que meu pai morto estaria ali comigo, mas alguma coisa no ato de ouvir um jogo naquele lugar fazia com que eu me sentisse mais próximo dele.

Porém, sempre que eu me permitia isso, que eu me permitia ser inundado pelas lembranças, a voz na minha mente sussurrava um lembrete que fazia com que eu quisesse fugir e me esconder:

Você é o culpado.

Porque eu de fato era. Essa era a verdade.

Joguei a cabeça para trás e me lembrei daquela ligação como se fosse ontem. Faltavam dois dias para o amistoso da faculdade, o do meu *primeiro* ano como calouro.

— *Acho melhor você não vir* — *falei.*

— *Me poupa, Wesley* — retrucou meu pai, fazendo pouco-caso do meu pedido. — *Sua mãe e eu vamos sair daqui a algumas horas. Já até abasteci o carro.*

Eu me lembro de ter respirado fundo e me obrigado a falar o que queria. Não era meu objetivo ouvir meu pai surtando, mas precisava fazer aquilo, pela minha saúde mental.

— *Por favor, não venham* — insisti. — *É só um amistoso, pai... Não quero que gastem tanto dinheiro com um jogo sem importância.*

— *Um jogo sem importância?* — repetiu ele, e sua voz soou agitada. — *Sabe o que parece? Que você é um lançador que vai colocar tudo a perder no primeiro amistoso. Este jogo é o mais importante, porque é sua primeira vez na liga universitária.*

Eu estava tão estressado naquela época, tão nervoso e com medo de decepcionar todo mundo, que perdi a cabeça.

— *Você acha que eu não sei disso?* — rebati.

Meu pai nem tinha chegado e já estava me deixando ainda mais estressado em relação a um jogo que vinha me consumindo. Tudo estava sendo demais para mim.

— *Só estou dizendo que vocês não precisam viajar vinte horas por causa deste jogo* — continuei.

— *Se eu não for, garoto* — respondeu ele —, *quem vai garantir que você vai estar pronto? Aposto que seus treinadores não vão fazer isso. Eles te colocaram para fazer ioga e escrever uma droga de um diário, sendo que você deveria estar treinando.*

— *Pai...*

— *E você também não ajuda muito. Não, em vez de treinar fica se agarrando com aquela ruiva em vez de se concentrar...*

— *Eu não quero que você venha!* — gritei ao celular, deixando essa verdade escapar, embora nunca tivesse gritado com ele. — *Não quero, beleza? Já estou tenso com este jogo, então não preciso de você buzinando na minha cabeça. Fica em casa desta vez.* Por favor.

— *Escuta aqui, garoto, você precisa superar essa idiotice e parar de ser um covarde. Você acha que...*

— *Fica aí, pai. Tá bem?*

Massageei a nuca e olhei para a fogueira, aquela discussão ainda ressoando em minha cabeça, como se ela tivesse acabado de acontecer.

Soei exatamente como meu pai ao berrar:

— *Você é a pior parte de jogar beisebol para mim, e eu não quero ver você na arquibancada... É isso que quer que eu diga? Porque é a verdade. Não quero você lá.*

Um silêncio terrível se impôs depois que vomitei aquelas palavras, meu coração acelerado. Eu sabia que ele ia ficar uma fera por eu ter falado aquilo.

Mas... isso não aconteceu.

Meu pai ficou em *silêncio*. Eu ouvia a TV no fundo, então sabia que ele continuava na linha, embora não dissesse uma palavra.

E de repente a ligação foi encerrada.

— Que se dane — falei, me levantando e jogando água na fogueira, sentindo o estômago embrulhar e o suor formar gotas em minha testa apesar da brisa fria.

Eu não bebia mais, mas aquela noite era uma emergência.

CAPÍTULO VINTE E SEIS

"Que eu sou a exceção..."
"Você é a *minha* exceção."

— *Ele não está tão a fim de você*

Liz

— Prometo não demorar tanto para voltar.

Eu estava sentada ao lado dos crisântemos, enxugando as lágrimas, que não paravam de cair.

Não foi minha intenção ficar longe por tanto tempo.

Quando voltei para o Natal no primeiro ano da faculdade e aquela interação terrível aconteceu entre mim e Wes, no recesso de primavera decidi aproveitar a oportunidade de viajar com minha colega de quarto. A ideia de encontrar Wes era insuportável, e por sorte meu pai e Helena aceitaram que eu fizesse a viagem.

Depois decidi fazer o curso de verão.

No ano seguinte, achei uma casa bacana para alugarmos no Colorado, então passei o Natal lá com meus pais.

E depois implorei para que eles me deixassem passar o recesso de primavera com Leo e Campbell.

E mais um curso de verão.

Meu objetivo não era ficar longe de casa para sempre, mas a ansiedade que eu sentia só de pensar em voltar para Omaha fez com que eu agarrasse com unhas e dentes qualquer desculpa para evitar esse momento.

A naturalidade com que aceitei não poder visitar o túmulo da minha mãe foi surpreendente. Eu me sentia mais madura, porque conseguia conversar com ela (quase todos os dias) sem estar perto fisicamente de sua lápide.

Então não fez sentido eu ter desmoronado assim que toquei as letras que formavam seu nome no mármore frio.

Fiquei desolada.

Estava sentada no chão, em cima de uma pilha de folhas secas, chorando de soluçar, contando para minha mãe cada detalhe de tudo que tinha acontecido desde que fui embora para a faculdade, dois anos antes.

Eram quase só coisas boas, o relato feliz dos acontecimentos da minha vida, mas contar tudo aquilo para ela estava me deixando com tanta saudade que doía.

Qual é o meu problema?

Além disso, a ideia de deixá-la para trás de novo era tão terrível quanto da primeira vez.

Talvez eu nunca superasse aquela sensação. Jamais.

Eu me levantei e sacudi a sujeira das pernas. Já estava bem escuro, e eu precisava voltar para casa. Subi a rua, aquela que já corri tantas vezes ao longo dos anos, algo que naquele momento parecia ter acontecido em outra vida. Quem era a garota que corria até o cemitério todos os dias? Eu já não lembrava mais.

A maior ironia era que a última vez que fui ao cemitério não foi para visitar o túmulo da minha mãe.

Foi para o enterro do sr. Bennett.

Um dia terrível.

Não estava frio, não para Nebraska, mas choveu muito o dia todo.

Eu estava com Wes no carro do serviço funerário, segurando sua mão. A mãe dele chorava sem parar e Sarah parecia um passarinho perdido, olhando para o nada o dia todo. Wes estava impassível, *nada a ver com o garoto que eu conhecia*, se comportando como alguém muito mais velho, levando a mãe até a cadeira dela sob a tenda improvisada, respondendo às perguntas do pastor, vendo o caixão do pai ser baixado ao túmulo.

— Não — resmunguei, passando a andar mais rápido.

O vento frio ficou mais forte, soprando meu cabelo em meu rosto.

A última coisa que eu queria era pensar em Wes ou no quanto aquele dia foi horrível, então não fazia sentido que eu estivesse indo até o túmulo do sr. Bennett.

Mas, por alguma razão, eu precisava vê-lo.

Era loucura, mas eu sentia que precisava visitá-lo, já que estava ali, pelo menos para dizer um oi. Eu sabia que era meio maluca quando o assunto era cemitério, mas não gostava de pensar que ninguém visitava o pai de Wes, ainda que ele tivesse sido um babaca boa parte do tempo.

Fui direto até o choupo sob o qual ele tinha sido enterrado, a maior árvore do cemitério e minha favorita. As folhas já deviam estar bem amareladas, mas era impossível confirmar no escuro. Eu me agachei sob o galho mais baixo, me ajoelhando ao lado da lápide que mal conseguia enxergar.

STUART HAROLD BENNETT

Enfiei o queixo na gola do casaco, ouvindo o nome *Wesley Harold Bennett* ecoando baixinho em meus ouvidos e, antes mesmo que pudesse processar aquilo tudo, vi bolas de beisebol.

Peguei o celular e liguei a lanterna, porque talvez fosse fruto da minha imaginação.

Mas... não. Eram mesmo bolas de beisebol.

Na parte debaixo da lápide, vi umas quinze bolas de beisebol enterradas na lama e na terra só o bastante para que não saíssem do lugar. Toquei uma delas, me perguntando se tinha sido Wes quem as deixara ali, embora soubesse que só podia ter sido ele.

Eu me abaixei para tirar as folhas de cima do mármore e vi um chaveiro no chão, o metal reluzindo à luz da minha lanterna. Peguei-o e vi que era do Bruins Beisebol, com algumas chaves.

Só podia ser do Wes, né?

Coloquei no bolso. Ele devia estar louco atrás das chaves, ainda mais porque a família dele ia entregá-las ao novo proprietário no dia seguinte. Assim que chegasse em casa, eu daria um jeito de dar as chaves para ele. Eu podia mandar uma mensagem, mas talvez as deixasse com o Clark.

Eu não queria estar pensando no Wes naquele momento. Mesmo estando ajoelhada no túmulo do pai dele.

Olhei para as bolas de beisebol e pisquei para conter as lágrimas (*o que é que tem de errado comigo hoje?*).

— Oi, sr. Bennett — falei. — Me desculpa por nunca ter vindo antes.

Imaginei seu rosto, lindo como o do Wes, mas não tão gentil, e comecei a tagarelar sobre o quanto Wes arrasou no amistoso.

Era o que ele ia querer ouvir se estivesse vivo, então imaginei que suas preferências continuassem as mesmas. Contei que o filho dele arremessou com uma força incrível e que ninguém conseguiu rebater as bolas. Disse até que ele fez "um bom lançamento", algo que o sr. Bennett sempre dizia.

Quando terminei de conversar com os fantasmas no cemitério, eu estava congelando.

Corri para casa, tomei um banho quente e demorado e, depois de ficar mais uma hora com Helena e meu pai, fui dormir.

Mas antes eu precisava falar com Wes sobre as chaves.

Acho que encontrei suas chaves.

Não. Apaguei tudo, não queria que ele soubesse que eu tinha visitado o túmulo do seu pai.

Suas chaves estavam no chão do cemitério.

Aaaff... Apaguei mais uma vez. Será que eu estava complicando algo simples? Eu só precisava dizer que tinha encontrado as chaves dele. Nada de mais.

Eu: Encontrei um molho de chaves e acho que pode ser seu. Vou deixar na sua caixa de correio.

Mandei.

Até que enfim.

Desde que cheguei da corrida, eu olhava pela janela de vez em quando (*é, o carro dele continua ali*), mas não tinha visto nenhuma luz acesa dentro da casa. Parecia vazia, então talvez ele só tivesse estacionado o carro e saído.

Meu celular começou a tocar, e me assustei.

Droga.

Olhei para a tela, Wes estava me ligando.

Por quêêêê?

Respirei fundo e atendi.

— Alô?

— Chaves? — A voz do Wes parecia estranha, como se ele estivesse perto demais do celular ou algo do tipo. — Que chaves?

— Hum, um molho de chaves com um chaveiro dos Bruins — respondi, um pouco confusa com o tom de voz dele. — Imaginei que fosse seu.

— Foi meu pai que entregou pra você? — perguntou ele, atropelando as palavras. — Onde foi que você encontrou?

O pai dele?

— O quê? Não, eu achei no chão.

— No chão — repetiu ele, a fala arrastada. — Onde? No cemitério? Você está em casa?

Mas ele disse "xemitério".

— Aham. Você está bêbado?

— Um pouquinho — respondeu ele, as palavras mais lentas do que o ritmo sarcástico de sempre. — Mas isso não muda o fato de que, tipo... você visitou o túmulo do meu pai. Ou um daqueles esquilos idiotas saiu correndo com a chave? Eles sempre levavam as coisas que eu deixava lá. Aqueles idiotas.

Ele *com certeza* estava bêbado.

— Eu estava passando pelo túmulo dele — menti, chocada com aquela embriaguez. — E vi as chaves por lá.

— Eu deixei lá para ele porque era a casa dele, sabe? — contou Wes, meio que balbuciando. — Ele devia ficar com as chaves.

Eu não sabia o que dizer, não conseguia processar aquilo tudo.

— Michael está aí com você?

— Não tem ninguém aqui comigo — respondeu ele, distraído. — Eu não podia chamar ninguém para passar a última noite na casa da família Bennett... Está maluca? Ele ia odiar isso.

O *pai* dele ia odiar isso?

— Acho que você não devia ficar sozinho, Wes.

Olhei para a casa dele pela janela, e não tinha nenhuma luz acesa lá.

Por que ele estava sozinho? Por que estava sozinho *e bêbado*? Será que estava sentado no chão no escuro, sozinho, com uma garrafa de bebida? Eu não sabia ao certo por quê, mas senti que talvez devesse ligar para alguém. Parecia perigoso que ele estivesse nessas condições em uma casa vazia.

Senti um aperto no peito.

—Você não pode ligar para alguém, então? — sugeri.

— Não, porque vou dormir agora, Libby — replicou ele, e aquele uso inconsciente do meu antigo apelido fez meu peito se apertar ainda mais. — Estou muito cansado.

Estou muito cansado. Algo nessa frase me deixou preocupada, e pensei em tentar conseguir o número da Sarah.

— Tudo bem — falei, hesitante. Eu sabia que ele devia estar sofrendo, mas eu já não era mais a pessoa ideal para ajudá-lo, né? Engoli em seco. — Bem, boa noite, Wes.

— Que saudade desse "boa noite" — resmungou ele, acho que para si mesmo, e a ligação foi encerrada.

Fiquei ali sentada com o celular na mão, imóvel, sem saber o que fazer. Senti o estômago revirar ao imaginá-lo bêbado e sozinho na casa vazia, mas não cabia mais a mim me preocupar com ele. Wes era só meu antigo vizinho, um garoto que namorei por alguns meses, e nossas vidas tinham seguido em frente. Certo?

Ele estava triste, mas isso não era da minha conta.

No entanto, quando apaguei a luz para dormir, não consegui parar de pensar em Wes. Ficava imaginando seus olhos escuros cheios de lágrimas no velório.

E sua voz arrastada quando ele perguntou: *Foi meu pai que entregou pra você?*

Fiquei me revirando na cama, e Wes não saía da minha cabeça, estivesse eu acordada ou dormindo. Então comecei a me preocupar com o álcool e o fato de ele estar sozinho. E se ele tivesse passado a noite toda bebendo direto do gargalo?

Às 2h15, peguei o celular.

Eu: Você está bem?

Vinte minutos depois, ele ainda não tinha respondido.

— Droga.

Eu me sentei e acendi o abajur ao me dar conta de que não teria escolha.

Só bata à porta, se certifique de que ele está vivo e se despeça.

Bati à porta da frente, nervosa, porque era madrugada e eu estava rondando a casa dele. *Que ideia idiota.* Como antes, não havia nenhuma luz acesa lá dentro. Nada. Escuridão vindo de todas as janelas. Nenhuma luz à vista, mas o carro do Wes continuava na entrada da garagem. Parte de mim queria simplesmente voltar correndo para casa, mas eu tinha que me certificar de que ele estava bem.

Olhei para trás, em direção à rua, que estava tranquila, exceto pela brisa fria e pelos sons das folhas secas soprando ao vento. Bastante assustador.

Bati mais uma vez.

Foi quando ouvi.

Foo Fighters. Vindo de dentro da casa.

The deeper the blues, the more I see black

Alto.

—Wes?

Bati mais forte, um pouco irritada. Eu nem tinha certeza de que ele estava lá dentro, mas não queria ficar sozinha na rua por muito mais tempo. Ainda mais porque meu pai e Helena estavam dormindo. Se eu desaparecesse, ninguém nem saberia que eu tinha saído de casa até que amanhecesse.

Após mais dez segundos, falei:

— Que se dane.

Coloquei a chave que dava para reconhecer como a da porta da frente, virei a maçaneta e empurrei a porta.

—Wes? É a Liz.

Entrei, deixando a porta de tela bater atrás de mim. Fechei a porta com cuidado, sem acreditar que estava fazendo aquilo.

Pelo jeito, a música vinha da sala de estar, então subi os cinco degraus que levavam do hall até o andar principal da casa. Fui andando devagar, porque estava muito escuro lá dentro.

De repente, aquela pareceu a pior ideia de todas.

—Wes?

Olhei para a esquerda, e ficou um pouco mais fácil de enxergar. As cortinas da janela da frente estavam abertas, então o luar e os postes da rua iluminavam a sala vazia. Não havia um porta-retrato, um móvel, um objeto do antigo lar da família Bennett.

Enxerguei a luzinha vermelha da caixinha de som que tocava Foo Fighters, mas não havia ninguém naquele cômodo.

Droga. Apertei o interruptor, e a lâmpada acima da lareira se acendeu, confirmando o vazio da sala.

Segui pelo corredor, indo em direção aos quartos, o coração batendo forte no peito.

Eu não sabia o que estava fazendo, mas parecia bem idiota.

—Wes? — chamei, baixinho, porque não queria assustá-lo.

Passei pelo quarto dele e então pelo da Sarah, ambos escuros e silenciosos.

Ouvi um barulho vindo do quarto dos pais deles, no fim do corredor, como se alguém estivesse falando.

Ainda bem. Eu estava imaginando Wes inconsciente em uma poça do próprio vômito.

— Não... — Ouvi Wes murmurar.

Então ele fez um barulho estranho.

Como um choramingo. Um gemido.

Ah, não. Será que ele está com alguém?

Acendi a luz do corredor, o coração disparado, e me aproximei do quarto.

— Wes? — sussurrei.

Cheguei à porta do quarto e vi Wes deitado sem camisa no chão do cômodo vazio.

Ele estava com um moletom que servia como um travesseiro embaixo da cabeça, virado para o outro lado, com o sono agitado.

Estava se debatendo, a cabeça indo de um lado para o outro, e fazendo um barulho que pareciam soluços.

Caramba, ele está chorando?

Dormindo e chorando?

— Wes — chamei, um pouco mais alto, querendo acordá-lo, mas sem assustá-lo.

— Me ajuda — resmungou ele, a voz sonolenta cheia de pânico. — Faça alguma coisa!

— Acorda, Wes — falei, apavorada, me ajoelhando ao lado dele e tocando seu braço. Eu não queria assustá-lo, mas ele *precisava* acordar. — Wes.

— Desculpa, desculpa — balbuciou ele, a voz falhando.

Meu coração se partiu um pouco.

— Wes!

Nervosa, dei algumas batidinhas leves em seu rosto, querendo mais do que tudo acordá-lo. Não sabia o que se passava por sua cabeça, mas eu sabia que ele precisava fugir dali.

— Acorda!

De repente, Wes inspirou com força, como se tivesse sido resgatado de dentro da água. Ele abriu e arregalou os olhos, parecendo muito confuso.

— Me ajuda — pediu, arquejando, e se sentou, virando a cabeça para olhar pelo corredor. — Temos que reanimar ele.

— Wes — falei, colocando as mãos em seus ombros, tentando acalmá-lo, a compaixão queimando em meu peito diante da angústia que vi no rosto dele. — Está tudo bem. Você estava sonhando.

— Não, mas... — disse ele, a voz tomada pelo pânico, os olhos cheios de lágrimas brilhando na penumbra. — Ele está ao lado da cadeira e precisa de...

— Foi um sonho — interrompi, querendo muito que ele voltasse de qualquer que fosse o lugar *terrível* que o prendia. — Wes, shhhh, está tudo bem.

— Não está nada bem. A culpa é minha — rebateu ele, seu peito subindo e descendo, como se estivesse com dificuldade de respirar. Ele deu de ombros, se desvencilhando das minhas mãos, e se levantou. — Preciso ajudar meu pai.

Minha nossa, minha nossa, minha nossa, pensei. Eu não fazia ideia do que fazer. *Será que digo a verdade, que o pai dele está morto?* Não parecia uma boa ideia, mas Wes precisava sair daquele estado, certo?

O que eu faço?

— Seu pai se foi — falei, quase num sussurro.

Eu o encarei, um pouco assustada, mas sem saber ao certo por quê, e odiando ter que dizer aquilo.

— Wes. Ele se foi.

— Não — respondeu ele, balançando a cabeça, a luz que vinha do corredor revelando as lágrimas em seu rosto. Wes se virou e foi cambaleando em direção à sala. — Preciso ajudar meu pai.

— Wes!

Minha nossa, ele está tão bêbado assim?

Queria muito que aquilo fosse efeito da bebida, porque, se não fosse, o que seria aquela dor? Eu sofria pela minha mãe todos os dias, mas aquilo era muito diferente. Eu me levantei e fui atrás dele. Quando cheguei à sala, ele estava no lugar onde a poltrona do pai costumava ficar, no canto.

Olhando para o nada enquanto o Foo Fighters gritava:

Shaking like the thunder

Wes caiu de joelhos, como se a realidade daquele momento fosse demais para que ele suportasse ficar de pé, e eu pisquei para conter as lágrimas.

— *Wes*.

Eu me ajoelhei ao seu lado e coloquei a mão em suas costas. Precisava muito encontrar um jeito de ajudá-lo, de aliviar aquele sofrimento. Ainda que fosse efeito da bebida, eu nunca tinha visto Wes... ou qualquer outra pessoa... sofrer tanto.

Seus olhos perdidos e repletos de lágrimas se concentraram em mim, e Wes balançou a cabeça.

— Eu não consigo ajudá-lo — declarou ele.

— Eu sei — respondi, tirando o cabelo de sua testa suada, com dificuldade de vê-lo por causa das *minhas* lágrimas. — Mas está tudo bem.

— Não está, não — retrucou Wes.

Dava para *sentir* a angústia na voz trêmula dele. Também senti o cheiro de álcool em seu hálito, mas imaginei que isso tivesse muito pouco a ver com aquela cena.

— A culpa é minha — continuou Wes.

— Calma — sussurrei, porque o peito dele subia e descia rápido demais, como se Wes não estivesse conseguindo respirar.

— Não, você não entende — disse ele, balançando a cabeça.

Ele *com certeza* estava com dificuldade de respirar.

Como alguém que já havia tido ataques de pânico, reconheci o que ele estava enfrentando.

—Wesley Bennett, olha para mim. *Agora*.

CAPÍTULO VINTE E SETE

"Eu proponho não fazermos planos. Eu proponho darmos uma chance para nós e deixar todo o resto acontecer. O que você acha? Quer não fazer planos comigo?"

— *Casa comigo?*

Wes

Mais uma vez, eu não conseguia respirar. Senti meu coração acelerado e minha respiração curta demais, as lembranças me assombrando. Isso acontecia às vezes depois dos pesadelos, mas aquela foi a primeira vez que aconteceu na frente de outra pessoa.

Droga. Que maravilha.

— Wes.

Liz se aproximou, e de repente tudo que eu via era seu rosto.

— Olha para mim — pediu.

Assenti e tentei recuperar o fôlego.

— Respira fundo pelo nariz — disse ela, colocando as mãos em meu peito. —Vamos.

Os olhos dela tomaram conta do meu mundo. Inspirei com força, sentindo as pontas de seus dedos em minha pele, e Liz assentiu.

— Isso. Agora se concentra na minha voz.

Ela levou as mãos ao meu queixo, segurando meu rosto e puxando-o mais para perto do dela. Estava escuro, mas vi o brilho das lágrimas em seus olhos.

— Não foi culpa sua — disse ela, devagar.

Mergulhei em seus olhos, desesperado para acreditar em Liz. Queria muito deixar que as palavras dela manipulassem a realidade e fizessem aquilo tudo desaparecer.

Senti seus dedos firmes em minha pele, apertando como se ela estivesse exigindo minha atenção.

— Não sei como você pode pensar isso, Wes, mas não é verdade.

— Mas eu disse aque...

— Wes — interrompeu Liz, encostando a testa na minha, o tom suave e o toque gentil de seus dedos aquecendo minha pele. Com a voz doce e ofegante, uma nuvem de melatonina, ela insistiu: — O que quer que seja, você precisa se perdoar, tudo bem?

Fechei os olhos, meio tonto.

Eu jamais ia me perdoar.

Abri os olhos e fiquei ali, aproveitando a sensação das mãos da Liz em meu rosto, sua testa na minha. Ela estava ali, comigo, minha Libby.

Ergui as mãos e afastei o cabelo dela, deslizando meus dedos nos cachos sedosos e espessos que sempre cheiravam a flores. Ela me observava com os olhos cheios de lágrimas, os lindos lábios macios, e então a magnitude dos meus sentimentos me atingiu como um soco na barriga.

— Libby — sussurrei, abaixando a cabeça e beijando uma de suas lágrimas.

Virei a cabeça dela para o lado e beijei a lágrima que escorria na outra bochecha. Liz respirou fundo.

Fui abaixando as mãos, trêmulas, até seu pescoço, meus dedos enterrados nos cabelos da nuca. Ela ficou imóvel, não disse nada; estávamos afundando em uma areia movediça, em câmera lenta, e a única coisa que eu sabia era que estávamos prestes a nos beijar. Os olhos da Liz desceram até meus lábios, e eu não consegui me conter.

Meu desejo queimava feito óleo fervente lançado sobre uma chama em movimento.

Aproximei meus lábios dos dela, as pontas de seus dedos tocando meu queixo.

Mas, assim que nossos lábios se tocaram, eu lembrei.

Ela tinha um namorado.

Por que Liz tem que ter namorado?

Queria tanto ignorar isso, apagar essa informação da minha cabeça e me entregar à única coisa de que eu precisava. Queria esquecer que existia qualquer pessoa e qualquer coisa que não fossem os meus lábios e Liz Buxbaum.

Ainda mais quando aqueles olhos verdes se fecharam.

Cada molécula do meu corpo zumbia, e cada célula despertou quando senti a suavidade de seu suspiro e seus lábios junto dos meus.

Todo o meu corpo rugiu, alerta, e eu desejei *tanto* aquilo...

Caramba, eu a desejava tanto que chegava a doer.

Meu coração martelava dentro do peito, e eu me obriguei a não agir feito um idiota.

— Obrigado, Libby — sussurrei, sem afastar os lábios dos dela, roçando os dentes em seu lábio inferior, um gesto egoísta, antes de me afastar.

Eu não podia beijá-la, não naquele momento, mas estava desesperado demais para me conter.

Os olhos dela se abriram, e a expectativa em seu olhar era uma tortura, a ponto de eu ter que fechar os olhos por um instante para poder ser forte e resistir à tentação de ser um completo babaca.

Um, dois, três.

Dei um selinho quase imperceptível em sua boca, um toque suave que era mais um sopro que um beijo. Mesmo assim, senti um aperto na garganta e no peito, a ponto de queimar. Essa reação não fazia sentido.

Não foi nem um beijo.

— De nada — sussurrou ela, e uma ruguinha se formou em sua testa quando ela me encarou.

Caramba, eu ainda sentia os lábios dela nos meus. Sentir falta da Liz era normal, isso sempre acontecia, mas o que me atravessou naquele momento — ao afastar o cabelo de seu rosto e olhar em seus olhos — foi uma saudade elevada à enésima potência.

— Eu não mereço você, e o que você fez por mim — falei, meus dedos deslizando por aqueles cachos macios como seda. — Depois de tudo...

— Eu não fiz nada...

— Fez, sim — respondi, observando minhas mãos deslizarem por seu cabelo.

— Eu só acordei você de um pesadelo — explicou ela, quase sussurrando, fechando os olhos e se entregando ao meu toque. — Só isso.

— Libby... foi muito mais que isso.

— Foi?

Ela abriu os olhos, e senti um frio do Polo Norte na barriga, porque o jeito com que ela me olhou... Nossa.

Minha nossa, aquilo era tudo que eu podia querer.

Mas logo aquele olhar desapareceu, porque deu para reparar que ela lembrou.

Eu *vi* quando ela se lembrou do mal que lhe causei.

Liz se afastou e endireitou a postura, pigarreando e colocando o cabelo atrás da orelha.

— Hum.

Toda aquela vulnerabilidade desapareceu de seu rosto, substituída pelo queixo erguido. Ela engoliu em seco. Cerrei os punhos, ainda sentindo a maciez de seu cabelo em meus dedos, e também me aprumei.

— Desculpa pelo susto do pesadelo, aliás — falei.

— Não precisa pedir desculpa — respondeu ela, balançando a cabeça e *evitando* meu olhar. — Eu é que fui entrando aqui...

Eu estava tão desorientado que nem pensei em como Liz tinha ido parar ali. Minha atenção se voltou para o corpo dela, e só então percebi que Liz estava com uma calça de pijama cor-de-rosa, como se estivesse pronta para ir dormir.

— É... ah... *por que* você está aqui? Quer dizer, eu agradeço por você ter me arrancado de um pesadelo infernal, mas você precisa de alguma coisa?

— Bem — falou ela, dando de ombros, como se estivesse envergonhada. — Acho que eu queria me certificar de que você não estava entrando em coma alcoólico, já que estava bebendo sozinho.

Então ela acha que sou patético.

— Ah... — Assenti. — Você me imaginou afogado no meu próprio vômito, né?

— Pois é — concordou ela, também assentindo.

Droga, droga, droga. Agora sou um idiota, patético e bêbado.
Perfeito.

— Bem, obrigado por ter vindo checar como eu estava — agradeci, os dentes cerrados, morrendo de vergonha por ela ter testemunhado aquele show de horrores. — Foi muito gentil da sua parte.

— Sem problema — disse ela, se levantando. — Você vai ficar bem?

— Estou um pouco decepcionado com o quanto já estou sóbrio — respondi, me esforçando para soar despreocupado. — Mas vou ficar bem, sim.

— Beleza, então vou voltar para casa.

Liz assentiu, ainda sem olhar para mim.

Eu fiquei de pé para acompanhá-la até a porta, mas ela ergueu a mão.

— Não precisa — declarou ela. — A gente se vê amanhã.

De onde eu estava, no chão, fiquei observando Liz ir embora, descendo os degraus o mais rápido possível, e senti um soco no estômago quando a porta da frente se fechou.

— Mas que *droga*... — resmunguei, as palavras ecoando nas paredes da sala vazia.

Se não fosse pelo cheiro do perfume dela e pela sensação do seu lábio inferior entre meus dentes, eu poderia jurar que tinha sido tudo um sonho.

Mas *não*, não foi um sonho.

Fui até a janela, a que tinha a vista perfeita para a casa dos Buxbaum. Estava tudo escuro por lá, como se todos estivessem dormindo, mas eu sabia que *ela* não estava.

Liz devia estar entrando na ponta dos pés e acariciando o gato, se arrependendo daquela decisão impulsiva de ver como eu estava.

Será que ela está pensando no quase beijo?

Ela *tinha* que estar, porque aquele *quase beijo* significou muito mais do que muitos *beijos intensos* entre outras pessoas.

Eu mal estava acordado, mas poderia estar em coma e não teria feito diferença. Não precisava estar consciente para saber que os lábios da Liz estavam próximos dos meus, a um suspiro de distância, e seus olhos focados na minha boca, como se ela *quisesse* que eu a beijasse.

Querer. Que palavra ridícula.

Porque o que eu senti quando ela aproximou os lábios dos meus, como uma oferta, foi tão maior que essa palavra patética. Afinal, as pessoas *querem* coisas como café e um carro novo, não é? Como era possível que a mesma palavra pudesse ser usada para o que eu senti quando ela olhou para minha boca?

Não faz sentido.

Vai ser preciso criar uma palavra que possa capturar meu nível de desejo avassalador e urgente.

A sensação do lábio de Liz entre meus dentes foi como... como segurar uma carne de churrasco diante de um homem faminto. *Nossa, que analogia péssima,* mas eu podia jurar que meus dedos se contraíram, todos os músculos do meu corpo estremeceram, e meus instintos entraram em ação e quiseram se refestelar.

Caramba, eu queria tudo com ela.

A luz do quarto de Liz se acendeu enquanto eu olhava pela janela, e a imaginei se deitando e se cobrindo.

— Boa noite, Libby — sussurrei, arrependido da decisão de ser uma pessoa decente, porque eu *era* um homem faminto no que dizia respeito à Liz.

Não aproveitei quando tive a oportunidade, e isso fazia de mim um idiota, certo?

Fiquei ali sentado, perdido entre o desejo e o arrependimento, até enfim ver a luz do quarto dela se apagar.

Então fiquei enlouquecido.

Andei de um lado para o outro, me torturando ao relembrar o quase beijo e o jeito como ela me olhou naquele momento. *Minha nossa, o jeito como ela me olhou...*

Fiz flexões e repassei (sem parar) a lembrança quase sóbria do meu surto, e depois me deitei no chão da cozinha tentando lembrar o que *exatamente* eu tinha dito para Liz sobre a culpa que eu sentia em relação ao meu pai.

Porque o álcool e a exaustão estavam afetando totalmente a minha memória.

Eu tinha quase certeza de que havia apenas feito uma *alusão* a esse assunto, não chegando a confessar os detalhes. Ainda bem, porque se ela já havia me olhado como se eu fosse alguém deplorável por causa da bebida, imagine como ela teria me olhado se descobrisse que, além de tudo, eu tinha sido um monstro com meu pai.

Não sabia ao certo como ia fazer Liz esquecer o quanto eu estava perdido, mas assim que voltássemos a Los Angeles eu ia dar um jeito nisso.

Eu *precisava* dar um jeito nisso, porque ia morrer se não conseguisse reconquistá-la logo.

★ ★ ★

Fiquei feliz ao ver o sol nascer algumas horas mais tarde e, depois de tomar banho, arrumar minhas coisas e preparar a casa para os novos donos, mandei mensagem para Sarah.

Eu: Que horas você vem?
Sarah: Estou a caminho com a mamãe.

Por essa eu não esperava. Olhei pela janela para a casa ao lado.

Eu: Ela quer vir aqui?

Embora a terapia tivesse ajudado minha mãe a ficar bem o bastante para voltar para casa (pelo bem da minha irmã), ela ainda *odiava* aquele lugar.

Sarah: Ela quer tirar FOTOS da casa.

Apesar de tudo, isso me fez sorrir, porque eu tinha aprendido a valorizar aquela versão nova e esquisitinha da minha mãe.

Era bizarro o quanto ela tinha mudado.

Durante meus primeiros dezoito anos de vida, ela foi apenas a *minha mãe*, a pessoa que preparava o jantar, cuidava dos meus machucados e me dava um beijo de boa-noite depois que o sol se punha.

Mas, depois que meu pai morreu, ela desapareceu.

Tornou-se alguém inacessível, a sombra da mãe com quem eu tinha crescido. Quando não estava chorando, não estava fazendo mais nada. Naquela época, havia uma parte minha que a detestava — embora eu ficasse culpado por sentir isso —, porque o estresse pós-traumático dela me *obrigou* a assumir um papel que eu nunca quis.

Mas agora ela era uma versão completamente diferente de si mesma.

Era engraçada, fazia piadas com os próprios problemas, e a mulher que antes era reservada se tornou um livro aberto com qualquer pessoa que vinha a conhecer. Para ser sincero, na maior parte do tempo, isso era irritante, porque ela contava *tudo* para todo mundo, mas eu decidi parar de me importar com esse novo jeito dela, já que enfim minha mãe tinha voltado a viver.

Eu nunca ia me cansar de ouvir a risada dela.

Entretanto, uma hora depois, comecei a duvidar disso, porque, enquanto Lilith, Clark e Liz faziam o que tinham ido lá fazer, carregando equipamentos pela casa e me fazendo perguntas aleatórias sobre beisebol (que não envolviam a morte do meu pai, ainda bem), minha mãe oferecia informações que ninguém precisava saber.

— Então quer dizer que foi aqui que começou? — perguntou Clark, jogando a bola de beisebol para mim.

Lilith filmava tudo.

— Uau, Clark, você faz perguntas tão difíceis! — exclamou Sarah, em tom de provocação, sentada no parapeito da varanda, observando.

É, com certeza minha irmã é do Time Wes e está dando uma de espertinha, pensei, apertando a bola com a luva.

— Olha só, Pequena Bennett — retrucou ele —, quando eu quiser sua opinião, eu peço, tudo bem?

Clark sorriu como se tivesse passado a manhã inteira esperando que Sarah implicasse com ele.

Estávamos lançando a bola um para o outro no quintal, o que era uma cena bem clichê, mas eu sempre me sentia mais à vontade com uma bola nas mãos, então aceitei sem hesitar.

Joguei a bola para Clark, que perguntou:

— Foi aqui que seu pai te ensinou a arremessar?

— Mais uma pergunta bem original — resmungou Sarah.

— Acho que sim — respondi, sem desviar a atenção de Liz, que registrava tudo com uma câmera menor. — A gente passava horas aqui quando eu estava na Liga Infantil.

— Sua irmã buscava a bola para ajudar? — perguntou Clark, lançando a bola. — Ou ficava só fazendo comentários sarcásticos, como se fosse uma personagem secundária de uma série da Disney?

— Ei! — gritou Sarah, rindo. — Você disse que eu sou uma personagem da Disney?

— Uma Zuri, não uma Jessie — retrucou ele, uma referência que não entendi.

Pelo jeito minha irmã entendeu, porque respondeu:

— Zuri era tudo de bom, muito obrigada.

Clark olhou para ela e balançou a cabeça.

— Será que pode fechar a matraca? Preciso fazer algumas perguntas.

— Posso. Mas não sei se *você* consegue fazer alguma pergunta decente.

— Sarah não é muito boa nessa coisa de ficar em silêncio — interrompeu minha mãe. — A professora do ensino fundamental uma vez teve que colocar a carteira dela no corredor, porque Sarah não calava a boca.

— Isso é a cara da nossa Zuri — comentou Clark, sorrindo. E se voltou para mim: — Então a Liz morava na casa ao lado quando você jogava beisebol aqui com seu pai? Acho isso tão engraçado.

— Os dois se odiavam — interveio minha mãe, parecendo feliz ao se escorar no parapeito e explicar. — Liz era uma garotinha quietinha que se irritava com muita facilidade, e o que Wessy mais gostava de fazer na vida era irritar todo mundo.

Olhei para Liz, que também me olhou por um instante antes de voltar a se concentrar na câmera. Desde que o pessoal chegou, ela estava fingindo que eu não existia, prestando atenção em tudo, *menos* em mim. Havia uma tensão no ar, a cor rosada de suas bochechas me dizendo que ela se lembrava de cada detalhe do que tinha acontecido horas antes, e eu não conseguia parar de encarar sua boca.

Que estava tão pertinho...

— Liz ficava *tão* irritada quando meus arremessos errados interrompiam as brincadeiras dela — falei, tranquilo, como se não estivesse me esforçando muito para me concentrar na conversa embora continuasse vidrado em cada movimento da Liz.

— Não, eu ficava irritada porque meu vizinho insuportável pulava a cerca para me incomodar — rebateu ela, filmando, focada na câmera, mas aquele sorrisinho era para *mim*. — Ele pode parecer um garoto legal agora, mas Bennett era um *pé no saco*.

Isso, Buxbaum, me provoca.

— Pronto, acho que já registrei tudo que eu queria da casa — disse Lilith para Liz, abaixando a câmera. — A sala, o quarto do Wes e o quintal onde ele aprendeu a fazer os lançamentos. Você acha que precisamos registrar mais alguma coisa por aqui?

Era óbvio que Lilith valorizava a opinião de sua assistente, e eu percebi pelo brilho nos olhos de Liz que ela ficava muito feliz com isso.

— Hum, acho que já está bom — respondeu ela, também abaixando a câmera.

— Excelente — declarou Lilith, parecendo satisfeita.

Então a mulher voltou para dentro, seguida por Sarah e pela minha mãe, e eu aproveitei a oportunidade antes que fosse tarde demais.

— Podemos conversar rapidinho, Liz? — Eu não sabia ao certo o que ia dizer, para falar a verdade, mas precisava melhorar o clima entre nós dois. — É sobre uma pessoa que estudou com a gente.

Ela franziu a testa.

— Quem?

Quem?

— Ah... — falei, olhando para Clark, que não parecia estar prestando atenção. — Dean Forester.

Mencionar o personagem de *Girlmore Girls* só fez com que Liz franzisse ainda mais a testa.

— Dean Forester?

Não sei se Clark ouviu, mas ele voltou para a varanda e começou a guardar os equipamentos, de costas para nós.

— Beleza, é, talvez não seja sobre o Dean — sussurrei, me aproximando um pouco.

— É mesmo? — murmurou ela, sarcástica, me encarando como quem diz *dã*.

— Só queria pedir desculpa por ontem. Bebi demais e perdi a cabeça — admiti, baixinho, esfregando o lugar acima do olho direito onde sentia minha cabeça latejar. —Você foi muito legal comigo.

— Tudo bem. — Os olhos dela percorreram meu rosto. Liz engoliu em seco e mordeu o lábio inferior. — Que bom que você não estava sozinho.

Meus olhos se fixaram em sua boca e meu cérebro deu uma resposta imediata, trazendo de volta a imagem daquele quase beijo.

Tão pertinho...

Ao que parecia, a conversa já tinha acabado, e ela voltou a se concentrar na câmera.

Nossa, ela é tão linda.

Eu sabia que Liz devia estar exausta depois de ter cuidado de mim no meio da noite, mas aqueles olhos verdes estavam atentos, o rosto rosado sob alguns fios soltos do rabo de cavalo, e ela começou a desmontar o equipamento. Estava de suéter, saia marrom, coturnos e uma meia grossa que deixava suas pernas incríveis.

Nossa, aquelas pernas.

— Cara.

— O quê?

Olhei para Clark, que estava me encarando.

Droga.

Percebi pela sua expressão que ele tinha visto que eu estava perto demais da Liz. Que ele sabia que eu queria a namorada dele. Mas Clark não parecia irritado. Na verdade, apenas semicerrou os olhos, como se estivesse processando aquilo tudo.

— Obrigado mais uma vez por aceitar que a gente viesse — disse ele, parecendo calmo.

Eu sou um grande babaca.

— Beleza — respondi, me esforçando para não seguir Liz com os olhos. — Sem problema.

— Agora vamos deixar vocês irem entregar as chaves. Nosso encontro na escola daqui a algumas horas continua de pé?

— Com certeza — repliquei, me sentindo culpado por pensar na namorada dele 24,95 horas por dia.

— Ótimo — respondeu ele, o rosto tomado por um sorriso largo. — Valeu, cara.

Todos foram embora (minha mãe e Sarah iam me encontrar no banco) e, assim que fechei a porta, tudo aquilo pareceu real demais. Não foi uma sensação agradável. Percorri os cômodos da casa, meus passos ecoando no piso laminado oco e um milhão de lembranças da infância inundando meu cérebro.

Era uma combinação estranha, uma mistura de nostalgia da infância e luto traumático.

Eu fechava os olhos e sentia o cheiro do molho de espaguete da minha mãe, que ficava seis horas cozinhando aos domingos, mas também olhava para o mesmo fogão e me lembrava do dia em que sem querer acionei o alarme de incêndio ao tentar fazer costeletas de porco para a Sarah alguns dias depois do velório.

Endireitei a postura e peguei a mochila. Não havia mais motivo para ficar ali. Sarah tinha razão. As lembranças ruins eram ruins demais e só arruinavam o que restava de bom. Eu precisava ir embora da rua Teal sem olhar para trás.

Mas, ao abrir o carro, eu olhei.

Olhei para a casa uma última vez, e então me lembrei do bilhete que no passado Liz deixou na varanda para mim, depois do baile. Eu ainda conseguia visualizá-lo, e mais uma vez senti aquela esperança que tinha me invadido quando percebi que naquele dia Liz estava esperando por *mim* na Área Secreta.

Que ela tinha gravado aquele CD *para mim*.

Ainda bem que essa lembrança não está arruinada, pensei, então entrei no carro e deixei minha infância para trás.

Mas não sem estacionar na Vaga uma última vez.

CAPÍTULO VINTE E OITO

"Eu teria ficado por dois mil."
"Eu teria pago quatro."

— *Uma linda mulher*

Liz

— Beleza, o plano é o seguinte — disse Sarah, com as mãos nos quadris, assim que saímos da escola. — Clark vai comigo e com a mamãe, Wes vai com Michael, e Liz leva Lilith e os equipamentos de volta para o hotel e volta para nos encontrar no restaurante Nicola's.

Michael apareceu na escola quando estávamos filmando, o que deixou Lilith bem entusiasmada. Com aquela viagem no tempo entre ele e Wes, Lilith teria mais material. Quando terminamos, Michael já tinha marcado um jantar meio em cima da hora com alguns dos amigos do Wes (os que estavam fazendo faculdade em Nebraska).

Fiquei animadíssima com a possibilidade de encontrar todo mundo, porque fazia *muito* tempo.

— Mandona, hein? — comentou Clark, olhando para Sarah como se nunca tivesse conhecido alguém como ela.

E provavelmente não tinha mesmo.

— *Chefona*, você quis dizer — retrucou ela, e riu quando Clark resmungou por causa da resposta ridícula. — Vá deixar seus equipamentos na minivan antes que a gente saia sem você.

— Não! Não vamos sair sem você — disse a mãe do Wes. — Ela só está sendo malcriada.

— Ela é boa nisso, não é? — provocou Clark.

— Desde pequenininha.

— Por que você está decidindo as caronas mesmo? — perguntou Wes.

Não olhei para ele. Não conseguia nem olhar na sua direção. Encará-lo era ainda *mais* difícil depois da noite anterior.

Ainda sinto os beijos dele secando minhas lágrimas.

Eu tinha perdido a cabeça, me deixado levar pelo momento ao tentar ajudar um amigo e quase o beijei.

Eu sabia que era apenas o resultado da mistura de exaustão e emoção, mas eu não queria encontrar o olhar dele e ver que Wes acreditava ter significado mais do que isso.

Que ele tinha *visto* o quanto eu queria... *naquele momento de vulnerabilidade...* que ele me beijasse.

— Porque é óbvio que ela nasceu para ser uma líder — respondeu Lilith, sorrindo, concentrada no celular.

— Dá para ver que ela nasceu para ser *alguma coisa* — retrucou Clark. — Mas estou com muita fome para ficar batendo papo. Vamos.

Clark, Lilith e eu estávamos atravessando o estacionamento da minha antiga escola e, quando Lilith atendeu uma ligação, Clark falou para mim:

— Ele não superou você.

— *O quê?* — perguntei, me virando para Clark com um sobressalto, e em seguida dei uma checada para garantir que Lilith não tinha ouvido.

Não ouviu, graças a Deus.

— Quem? — questionei, embora soubesse a resposta.

— Você sabe muito bem quem — declarou ele, baixinho, com um semblante acusatório ao nos aproximarmos da minivan. — Não me esqueci do que você me contou, mas dá para ver que tem alguma coisa mal resolvida entre vocês dois. O garoto olha para você como se nunca mais fosse te ver e estivesse tentando decorar cada detalhe do seu rosto.

Meu estômago se revirou, e eu me lembrei de como Wes me encarou de madrugada, na antiga casa dele.

Não. Eu não ia ficar remoendo aquela cena, porque nada além de *mágoa* resultaria disso. Nada além disso. *Nada.*

— Não olha, não.

— Olha, *sim*, e eu me sinto um lixo.

Dei uma espiada em Lilith, que estava virada para o outro lado, com o celular na orelha, assentindo.

— Fica um clima estranho quando vocês estão juntos — insistiu ele, parecendo um pouco irritado comigo, as sobrancelhas loiras quase translúcidas franzidas. — E não gosto de como esse namoro de mentirinha me faz sentir.

— Como você se sente? — perguntei, apertando o botão que abria o porta-malas da minivan.

Ele olhou para trás, como se quisesse garantir que ninguém estava ouvindo a nossa conversa.

— Como se eu estivesse magoando Bennett — respondeu ele. Então apontou para mim. — E não venha me falar que estou sendo sensível demais. Acho que ele gosta de você, então nossa mentira deve estar fazendo Wes sofrer.

— Mas a gente nem está agindo como namorados — falei, tentando me defender, porque era verdade. — Duvido que ele lembre que eu disse aquilo.

— Ah, ele lembra, com certeza.

Lilith estava encerrando a ligação. Clark resmungou, com um ar de culpa.

— Dá para ver nos olhos do Wes quando ele fala comigo — completou ele.

— Ei, grandão! — chamou Sarah, parando o carro ao nosso lado com a mãe e buzinando. — Chega de conversa e entra aqui.

— Ah, veja só... é minha carona — respondeu ele, com um sorriso largo, deixando os equipamentos no porta-malas da minivan. — Se divirta no hotel, Lilith! E Liz... vejo você no restaurante.

Fiquei dividida entre revirar os olhos e rir alto quando ele entrou no carro e Sarah arrancou. Clark mal tinha fechado a porta quando ela pisou no acelerador, e ele soltou um uivo.

— Aquele *com certeza* é o carro da diversão — comentou Lilith, guardando o restante dos equipamentos e fechando a porta da minivan.

— Né?

Durante o caminho até o hotel, Lilith e eu conversamos sobre o que tínhamos gravado, e ficou evidente que ela estava muito animada com o material. Eu também estava... Todos foram muito generosos. Mesmo assim, por mais que eu estivesse entusiasmada, foi um alívio deixá-la no hotel e *não* pensar mais naquele assunto.

Porque eu queria me concentrar em encontrar velhos amigos e aproveitar a última noite na minha cidade natal antes de voltar para a Universidade da Califórnia.

Wes também ia estar lá, mas eu não permitiria que aquela noite se resumisse a ele.

Estacionei o carro no Old Market e fui andando até o restaurante italiano.

Ouvi a voz alta do Noah antes mesmo de chegar à esquina.

Ele estava gritando alguma coisa sobre o Louisville Cardinals, o time de futebol americano, *para variar*.

Foi impossível não sorrir caminhando pela rua Jackson. A noite fresca de outono era o cenário perfeito para um reencontro tão esperado. O restaurante Nicola's tinha uma área ao ar livre incrível, com luzes penduradas iluminando a varanda. Quando me aproximei da rua 13, lá estavam eles.

Meus amigos, reunidos ao redor da maior mesa da varanda, uma cena que pertenceria a uma foto do passado. Meu cérebro escolheu o refrão de "Old Days", da New Rules, como trilha sonora daquele momento.

Wes estava recostado em uma cadeira, rindo com Noah de algo que Gigi (filha do dono do restaurante) estava dizendo, e fiquei feliz ao ver que eles continuavam próximos. Noah era a definição de "sabe-tudo", o tipo de pessoa que discutiria sobre *qualquer coisa* até ter a última palavra, e eu sentia falta do seu sorrisinho sarcástico.

Independentemente dos sentimentos que *eu* tinha em relação a Wes, fiquei feliz ao ver que os dois continuavam amigos.

Michael (o garoto que tinha sido minha antiga paixão) estava com a mão estendida, segurando o celular, e Joss (minha melhor amiga da escola) estava atrás dele, olhando por sobre seu ombro. Charlie, primo do Wes, desenhava alguma coisa em um guardanapo, fazendo a namorada, Bailey, dar risada.

I miss the us from the old days...

— Lizinha! — chamou Clark, que estava em uma mesa menor com Sarah, erguendo a mão para que eu o visse.

Sua voz estrondosa fez com que todos olhassem na minha direção.

— Caramba, até que enfim você voltou! — gritou Joss, e correu para me abraçar.

Eu estava morrendo de saudade da minha amiga, e nós duas estávamos com os olhos marejados quando enfim nos largamos. Ela enxugou as lágrimas:

— Odeio Los Angeles por ter roubado você da gente — declarou ela. — Vem sentar comigo.

Fui com ela até a mesa.

— Mas agora você pode dedicar mais tempo ao Noah — argumentei.

— É, valeu por isso, hein, Buxbaum? — provocou ele, sem desviar a atenção da Joss.

Juro por Deus, eles eram daqueles casais que substituíam declarações de amor por comentários sarcásticos.

— Por que vocês estão *aí tão longe*? — perguntei a Sarah e a Clark, embora bastasse eu esticar o braço para tocar neles.

— Porque eu não queria sentar com os amigos idiotas do meu irmão, então peguei seu namoradinho emprestado para me fazer companhia.

Clark ficou focado em Sarah enquanto ela falava e... pareceu um pouco interessado.

Interessante.

— Entendi — falei.

Eu me sentei entre Joss e Michael, e, mesmo sem ter olhado para ele, senti Wes me observando.

— Este é o melhor restaurante italiano da cidade — comentei para Clark, me esforçando para parecer indiferente, embora soubesse que aqueles olhos castanhos de cílios absurdamente longos estavam fixos em mim. — Então escolha o que vai pedir com sabedoria.

— Eu sempre escolho com sabedoria — retrucou ele, estudando o cardápio.

Passei os primeiros minutos meio constrangida, fazendo perguntas do tipo "o que você anda fazendo?" aos meus antigos amigos, mas depois foi como se nunca tivéssemos nos afastado. Quer dizer, era diferente estar com eles agora que eu não estava namorando o Wes (que era o motivo pelo qual fiz amizade com a maioria deles), mas o tempo e a comida boa eram capazes de consertar tudo.

O jantar foi ótimo. Embora Clark tivesse ligado a sua câmera e registrado aquela saída, a sensação era a mesma de vestir um casaquinho velho, confortável e quentinho, e fazia tempo que eu precisava disso.

Clark fez algumas perguntas ao devorarmos o ravióli de cogumelos, mas elas pareceram tão naturais naquele encontro que mal percebemos. Mesmo quando ele mencionou a morte do sr. Bennett, foi como se velhos amigos estivessem compartilhando lembranças, não uma entrevista formal.

— Lembra que seu pai nunca acertava meu nome? — perguntou Noah, sorrindo para Wes, enfiando uma almôndega na boca.

— O cara passou metade da minha vida me chamando de "Isaac".

— Ah, os dois nomes são bíblicos — comentou Wes, rindo. — Quase iguais, não acha? Ele não tinha culpa.

— *Tinha, sim* — insistiu Noah, em voz alta. — A gente é amigo desde o *quarto* ano do ensino fundamental. Tenho quase certeza de que Stuart fazia isso só para implicar comigo.

— Ah, é, com certeza — concordou Wes. — Ele achava você sabidinho demais.

— E ele não estava errado, Isaac — brincou Joss.

Estava tudo perfeito até o bolo de limão siciliano.

Que, só para registrar, era sempre uma delícia.

Eu tinha acabado de enfiar uma garfada enorme daquele bolo delicioso na boca quando Clark perguntou à Joss e ao Noah:

— E aí, vocês davam uma checada para ver como o Wes estava, depois que ele largou a faculdade, já que estudam tão perto daqui?

Eles frequentavam a Universidade de Nebraska, em Lincoln, a uma hora da cidade.

— *Eu,* sim — respondeu Noah. — Mas Joss ficou tão irritada com Wes por causa do Ano-Novo que não queria nem ouvir o nome dele.

Ai, que droga. O bolo virou cimento na minha boca quando ouvi aquilo, como se as palavras tivessem sido ditas em câmera lenta.

— É verdade — concordou Joss, dando uma piscadinha para mim. — Ele estava *morto* para mim.

Calem a boca, calem a boca, calem a boca, pensei. De repente, quis desaparecer.

Queria que todo mundo parasse de falar.

Fiquei enjoada, e o pânico me dominou... eu temia cada palavra prestes a ser dita. A gente estava se divertindo tanto... então por que retomar aquela história?

Por que todo mundo sempre retoma essa história?

Wes estava do outro lado da mesa, e meu rosto queimou só de pensar em olhar para ele. Tomei minha água, porque não sabia o que fazer.

— O que aconteceu no Ano-Novo? — perguntou Clark, curioso e inocente, como se estivesse esperando uma história engraçada.

— Todo mundo dormiu tarde. Fim — declarou Sarah.

Nós duas trocamos um olhar de cumplicidade, nos lembrando daquela manhã, e eu me senti um pouco tonta.

E *mais* enjoada.

— Ah, *por favor!* — insistiu Clark, sem se dar conta da tensão. — Eu preciso ouvir essa história.

— Não aconteceu nada — disse Wes, um tom de alerta na voz. — Eu fiquei bêbado e fui um babaca.

— Traição mudou de nome agora? — questionou Joss, e ficou evidente que ela também não tinha perdoado Wes. — Parece que...

— *Joss!* — chamei, interrompendo-a.

Cala a boca, cala a boca, cala a boca.

Eu queria desesperadamente mudar de assunto.

— Não vamos... Vamos só es... — falei.

— Vamos fingir que não foi por causa dele que você ficou anos sem voltar para casa?

— Ai, meu Deus! — exclamei, o coração acelerado.

Eu me recusava a olhar para Clark. Ou Wes. Estava constrangida e irritada, tudo ao mesmo tempo. Mesmo assim, abri um sorriso falso e falei:

— Na verdade, acho que a gente devia falar sobre o Michael, que fez o Wes suar a camisa para voltar a jogar.

— O quê? — indagou Michael, olhando para Wes. — Como ela sabe disso?

Olhei para Wes, e ele estava me observando com atenção, como se estivesse tentando ler minha mente. Sem desviar a atenção de mim, respondeu:

— Eu contei para todo mundo que você jogou bolas de beisebol em mim e me fez vomitar no montinho.

Baixei a cabeça. A intensidade do olhar de Wes era demais para mim.

— Sério? — perguntou Michael, caindo na gargalhada. — Eu achei que isso fosse ficar só entre a gente.

Michael começou a contar seu lado da história, e a tensão passou (só um pouco), mas Wes ficou quieto depois disso.

Clark também, e ficou me observando, pensativo.

Ele continuava em silêncio quando pagamos a conta e saímos do restaurante.

E permaneceu assim quando começamos a caminhar.

— Onde você estacionou? — perguntei para Joss quando descemos a rua Jackson.

— No estacionamento do lado do bar Upstream. Vamos com a gente, Liz. A gente pode tomar um sorvete no caminho.

— Tá bom — falei, e me virei para Clark, que estava do meu outro lado. — A sorveteria Ted and Wally's fica no caminho.

— Eu sempre aceito um sorvetinho — disse ele, ainda me encarando de um jeito estranho.

Parecia estar pensando... processando... planejando alguma coisa.

Eu não sabia o que pensar, porque Clark era a pessoa mais fácil de decifrar do planeta. Talvez, de tanta exaustão, eu estivesse inventando coisa.

Fomos todos em direção à sorveteria e, em meio às conversas e risadas, desejei não ter que ir embora de volta para a Califórnia tão cedo.

Mesmo depois daquele momento constrangedor, eu queria ficar ali.

— Você vem? — perguntou Charlie para Bailey, que estava andando atrás dele.

— Este sapato é muito desconfortável — resmungou ela, apontando para as botas lindas amarradas na parte de trás. — Ainda não amaciou.

— Mas é lindo — disse Sarah. — Qual o tamanho?

—Você não vai pegar emprestada, porque mora na Califórnia — retrucou Bailey, de um jeito que dizia com todas as letras que Sarah sempre pedia suas coisas emprestadas. — E essa bota vai destruir seus pés.

— Vem, Oclinhos — chamou Charlie, olhando para Bailey. —Você sabe que sempre estou disposto a me oferecer para carregar você nas costas. Anda, sobe.

Ela sorriu e correu para pular nas costas dele.

— Sua *mentirosa* — declarou ele, quando Bailey o abraçou por trás. — Se consegue correr assim, consegue andar também.

— Mas por que eu iria andar se posso enfiar meu nariz na sua gola quentinha?

Desviei o olhar, porque o jeito deles pareceu familiar demais.

— Precisamos conversar, Liz — disse Clark quando nos aproximamos da sorveteria.

— O que foi?

Ele me segurou pelo cotovelo, me afastando da Joss e do restante do grupo. Então deu uma piscadinha e anunciou, em voz alta:

— Não posso mais continuar com isso.

— Isso o quê? — perguntei.

Não fazia ideia do que ele estava falando.

— *Isso* — repetiu Clark, frustrado. — Nós dois. Não está dando certo.

— Nós dois? — questionei, pensativa.

Ele está terminando de mentirinha comigo?

— Clark — falei, olhando para meus amigos, que tinham parado à porta da sorveteria e pareciam estar nos observando. — Será que a gente pode conversar sobre isso no carro?

— Não — respondeu ele, passando as mãos no cabelo, todo dramático. — Porque eu não vou aguentar mais um segundo disso. Não vou, Lizinha.

Nossa, ele está *mesmo* terminando de mentirinha.

Mas por quê? Por que ele faria aquilo sem combinar comigo, e na frente dos meus amigos?

— Disso... hum... o quê? — indaguei, sem saber ao certo se deveria embarcar na farsa.

Nunca tinham terminado de mentirinha comigo antes, então aquilo era algo novo para mim.

— De não sentir *nada* vindo de você — explicou ele, colocando as mãos no peito, na altura do coração. — Você olhou para sua *pizza* com mais emoção do que olha para mim.

— Relaxa aí, cara — disse Noah, parecendo irritado.

— Ai, meu Deus! — exclamou Sarah.

Com o canto do olho, vi quando ela levou a mão à boca.

E fiquei irritada. *Por que* Clark não falou comigo primeiro? Senti o rosto pegando fogo e disse a única coisa que me veio à cabeça:

— Na verdade, eu comi o ragu de penne com almôndegas.

Charlie soltou uma risada abafada.

— Quando foi a última vez que você sentiu alguma coisa, Liz? — perguntou Clark, dramático, com os olhos marejados.

Era o Clark agindo de acordo com sua natureza, comprometido com o papel, e eu não sabia se dava risada ou um soco na cara dele.

Segurei o braço dele, que mais parecia um tronco de árvore, e tentei afastá-lo dali.

— Podemos pelo menos conversar mais para lá, em uma rua menos movimentada?

— Não — respondeu ele, com um floreio, tirando minha mão do seu braço como uma criança fazendo birra. — Para mim já deu...

— Ei — interveio Wes, dando um passo em direção ao Clark. O rosto dele estava rígido, e sua voz saiu tensa. — Não precisa partir para a agressividade com ela, Waters.

— Ele não está sendo agressivo — retruquei, olhando para Wes, que encarava Clark com uma expressão muito intensa.

Eu me perguntei o que estava se passando na cabeça dele.

— É, não estou — concordou Clark. — Só prefiro terminar enquanto ainda somos amigos.

— Ah, é isso que você está fazendo? — perguntei, irônica.

— Cara, você já ouviu falar em privacidade? — resmungou Charlie para Clark.

— Joss... hum... você pode pedir um milk-shake de chocolate para mim? — pedi, porque precisava acabar com aquela cena. — A gente já entra.

— Pode deixar. Vamos lá, gente.

Todos foram atrás dela (*ainda bem*), e, assim que a porta se fechou, me virei para ele.

— O que foi isso, Clark? Por que não me contou que ia terminar de mentirinha comigo?

— Desculpa. Só *aconteceu*, Liz. Eu já estava me sentindo culpado pelo Wes, você sabe disso, aí eu vim até o restaurante com a irmã e a mãe dele no carro, e depois de ouvir o que elas disseram... eu não posso mais continuar com isso.

— Bem, você podia ter me avisa...

— Liz. — Clark apertou meu braço, mais intenso do que *nunca*. Não costumava agir assim. — Existem coisas que você precisa saber. Coisas das quais *tenho certeza* que você não faz ideia.

— Sobre o Wes?

Era óbvio que Clark achava aquilo importante, mas a noite anterior com Wes tinha sido demais para mim. Eu não ia *suportar* ouvir mais informações sobre ele.

— *Isso.* A Sarah falou...

— Eu não me importo — declarei. — Não tem nada que eu queira saber...

Ele colocou a mão na minha boca, me impedindo de continuar. Em seguida, lançou um olhar firme para mim, típico de um pai.

— Tem, sim. Pode, por favor, calar a boca por dez minutos para que eu consiga falar?

Suspirei e assenti.

—Você confia em mim? — questionou ele.

Assenti outra vez.

Ele baixou a mão e continuou:

— É o seguinte: comecei a entrevistar a Sarah e a mãe dela no carro, mas acabei desistindo, porque a mãe deles desatou a falar, perdeu a linha até, e contou coisas que eu acho que Wes não vai querer que estejam no documentário.

— Beleza...

Fiquei me perguntando o que ela teria compartilhado, mas também sabia que era melhor não saber.

— Mas, tipo, ela falou de umas coisas loucas.Você precisa ver. — Ele desbloqueou o celular e me entregou. — Assiste. Tem só, tipo, uns quatro minutos.

Quero muito assistir, mas não posso.

— Clark, eu não quero assis...

— Eu vou entrar e acalmar as coisas para que seus amigos não me matem — disse ele, colocando o celular nas minhas mãos e me interrompendo mais uma vez. — Para resumir, a gente concordou que é melhor seguir apenas como amigos e que está tudo bem entre a gente.Você teve que atender a uma ligação e daqui a pouco vai para a sorveteria. Entendeu?

Olhei para o celular dele e me perguntei o que eu estava prestes a ver.

— Beleza.

— O pior que pode acontecer é tudo continuar igual — disse ele, baixinho, estendendo a mão enorme para segurar meu ombro e me levar até um banco na calçada. Então me deu um empurrãozinho para que eu sentasse e bagunçou meu cabelo. — Mas acho que é importante que você veja isso.

Fiquei observando Clark se afastar e, quando ele entrou na sorveteria, tudo pareceu *congelar* do lado de fora, como se o universo inteiro estivesse em pausa.

Olhei para o celular na minha mão sem saber o que fazer. O melhor seria *não* assistir à gravação. Elas estavam falando com Clark, não comigo, então não era da minha conta ouvir ao que foi dito. A coisa *certa* seria apagar o vídeo e esquecer que Clark mencionou aquilo.

Quer dizer, o que a sra. Bennett podia ter dito que seria *tão* importante que eu visse? Wes e eu não éramos mais próximos. Tirando o momento de fraqueza na sala da antiga casa dele (que meu cérebro *se recusava* a esquecer), éramos meros conhecidos.

Então por que vou assistir a esse vídeo?

Trêmula, respirei fundo e apertei o play.

Clark estava no banco da frente, filmando a mãe do Wes, que estava no banco traseiro, atrás da Sarah.

Ela encarava a câmera quando Clark perguntou:

— O que você acha que faz com que a história do Wes seja tão especial?

— Ele tem uma irmã muito legal — respondeu Sarah, sem aparecer no vídeo.

— Ah, essa eu ainda não conheci — retrucou Clark, baixinho, mas a câmera continuou focada na mãe de Wes.

A sra. Bennett cruzou os braços e replicou:

— O fato de ele ter sobrevivido a tudo que aconteceu. O fato de ele não estar na sarjeta é uma vitória, não é?

O talento dela para contar a história de um jeito dramático me fez sorrir.

— Sabe... — continuou ela. — Todo mundo acha que o pai dele morreu, e por isso Wes voltou para casa para ajudar, e depois deu um jeito de voltar para o mundo do beisebol. As pessoas acham que essa é a história completa. Mas não é, garoto.

— Mãe... — interveio Sarah. — Talvez seja melhor não...

— Qual é a história completa, na sua opinião? — perguntou Clark.

A mãe de Wes inclinou a cabeça e semicerrou os olhos, como se estivesse vendo tudo acontecer.

— Para começo de conversa, ele acha que é culpado pela morte do meu marido, então, desde o início, Wes teve que lidar com muita culpa.

Nessa hora, comecei a ter dificuldade de respirar, e minha atenção ficou fixa na tela. Eu queria muito saber mais, já que tinha visto com meus próprios olhos que *alguma coisa* assombrava Wes. Um luto profundo o consumia.

— Por que ele acharia isso? — perguntou Clark, parecendo chocado.

Ela estava com um olhar triste.

— Ele ligou para casa, e os dois discutiram. Stuart era cabeça-dura e muito mandão quando se tratava de beisebol. Então Wes ficou irritado e disse coisas terríveis sem pensar, incluindo que não queria que o pai fosse ao amistoso, sendo que já estávamos com as malas prontas para atravessar o país de carro para vê-lo jogar.

Continuei assistindo, paralisada, temendo o que viria na sequência.

Porque o pai dele morreu *antes* do amistoso.

— Então Stuart desligou, sentou para assistir a um jogo, e teve um infarto uma hora depois.

Ai, minha nossa. Cobri a boca com a mão e engoli em seco, contendo as lágrimas e tentando imaginar como alguém seria capaz de lidar com aquela culpa.

— Caramba! — exclamou Clark. — Ele acha que causou a morte do pai?

— Sim — respondeu ela, balançando a cabeça, com lágrimas nos olhos. — E, quando Wessy voltou para casa para o velório, eu estava lidando com um estresse pós-traumático, embora não soubesse disso na época. Eu me desliguei de tudo, por completo, então, em vez de voltar para a faculdade, ele arrumou dois empregos, porque eu não conseguia trabalhar. Pagou a hipoteca e as contas todos os meses, além de garantir que Sarah fosse à escola todos os dias e tivesse tudo de que precisava.

Ai, meu Deus. Ai, meu Deus. Ai, meu Deus. Parei e enxuguei o rosto, focada no celular em meio à escuridão. Comecei a andar pelo estacionamento do Ted and Wally's ao me dar conta de que a sra. Bennett não tinha sido nada dramática.

Era *mesmo* uma vitória Wes ter sobrevivido a tudo aquilo.

— Chega, mãe — pediu Sarah, parecendo irritada.

Nossa, como isso pode ser verdade? Como eu não sabia disso?
Por que Wes não me contou?

— Foi Wes quem insistiu que eu começasse a fazer terapia, então ele salvou minha vida por ser tão teimoso — contou a mãe dele, rindo e enxugando as lágrimas. — Que adolescente faz tudo isso? Ele desistiu de seus sonhos, da faculdade, do beisebol, do namoro... Tudo para cuidar de nós.

— Não usa essa gravação. Entendido, Clark?

Clark virou a câmera para Sarah, que parecia chateada. Seus olhos castanhos, tão parecidos com os de Wes, brilhavam, cheios de lágrimas que ela não derramou.

— Acho que Wes morreria se as pessoas ouvissem isso — admitiu Sarah, balançando a cabeça.

— Não vou usar — garantiu Clark. — Vou apagar tudo. Mas por que Wes não quer que as pessoas saibam o quanto ele foi generoso?

A garota deu de ombros.

— Se ele acha que é o culpado por tudo que aconteceu, ele não deve se achar generoso, não é?

—Você está bem? — perguntou Clark para Sarah, e o vídeo acabou.

Fiquei ali parada, concentrada no celular, a tela silenciosa depois do que vi. Olhei em volta, para a noite escura no centro da cidade, e tive a impressão de que de repente tudo *havia mudado*. As pessoas continuavam andando por ali, cheiros de comidas deliciosas rodopiavam no ar, mas o lugar estava completamente diferente.

Tinha se tornado o cenário de uma reviravolta desoladora.

Como assim? Minha mente desencavou várias lembranças, comparando o que eu sabia antes com o que tinha acabado de descobrir. O Wes bobinho e despreocupado que me ligava por chamada de vídeo todas as noites estava passando por *aquilo*?

Era difícil decidir qual era a pior parte daquela situação. Será que era Wes acreditar que foi *de fato* responsável pela morte do pai, que suas palavras *literalmente* o mataram? Ou Wes ter que lidar com um peso tão grande tendo apenas dezoito anos?

— Liz.

Arquejei e virei a tempo de ver a porta da sorveteria fechando atrás de Wes. Ele fechou o casaco e veio na minha direção. Enxuguei as lágrimas, mas não adiantou, porque ele estava me olhando como se tivesse notado as marcas de rímel.

— Está tudo bem? — perguntou, o cenho franzido. — Clark foi um babaca com vo...

— Por que não me contou, Wes? — disparei, a voz falhando.

— O quê? — questionou ele, semicerrando os olhos. — Não contei o quê?

— Por que não me contou tudo que você teve que enfrentar quando seu pai morreu? — perguntei, desistindo de me controlar. Era impossível conter as lágrimas ao imaginar o que ele devia ter sentido, e desejei poder voltar no tempo e saber a verdade para poder ajudá-lo. — Por que não me deixou ajudar você?

Ele abriu a boca, como se fosse falar alguma coisa. Então a fechou e semicerrou os olhos, como se estivesse tentando pensar no que dizer.

— A gente conversava *todos os dias*, Wes — continuei, sofrendo por ele com dois anos de atraso, a voz embargada. — E você nunca me falou nada. Só dizia que estava trabalhando para economizar para a universidade. Você estava mesmo com dois empregos para conseguir pagar as contas da sua família?

— Alguém tinha que ser responsável por isso. Não foi nada de mais — respondeu ele, parecendo desconfortável.

— *Não foi nada de mais?* — Minha voz saiu quase um grito agudo. — Caramba, Wes, por que você não disse nada? Eu podia ter ajudado.

— Como? — indagou ele, dando de ombros como se estivesse constrangido. — Como você poderia ter ajudado? Você ainda era adolescente, estava na faculdade... O que poderia ter feito?

— Eu poderia ter ficado ao seu lado — respondi, soltando um soluço que deveria ter me deixado envergonhada, mas estava abalada demais para me importar com isso. — Eu poderia ter te apoiado enquanto você lidava com tudo aquilo. Nossa, eu era tão egoísta a ponto de você não conseguir me contar a verdade?

Essa última parte eu falei mais para mim que para ele, na verdade.

— Eu estava tão absorta na minha vida na faculdade que você achou que não podia me contar?

— *Não* — disse ele, se aproximando de mim, balançando a cabeça. — Não foi nada disso. Eu estava lidando com tanta coisa horrível, surtando e odiando quem eu era *todos os dias*, e não queria estragar as coisas para você também.

— Mas isso não teria acontecido — argumentei, balançando a cabeça, a tristeza me dilacerando. Tristeza pelo garoto que ele foi e pelas pessoas que fomos juntos. — Você mesmo disse, eu estava na faculdade. Você *não* teria "estragado" nada para mim.

— Eu já estava estragando, Liz.

— O quê? Não, não estava — rebati, irritada com o que ele estava tentando dizer.

Não havia nenhum motivo para Wes esconder de mim como as coisas estavam em casa. Talvez fosse minha consciência pesada, mas por algum motivo eu estava na defensiva.

— Ah, é mesmo? — perguntou ele, arqueando as sobrancelhas. — Você se lembra do que aconteceu com o Jack Antonoff?

— O quê?

Olhei para ele como se Wes fosse louco. O que ele queria dizer com aquilo?

— Você foi convidada para um evento na casa dele — explicou ele, parecendo irritado. — Lembra?

— Lembro. Mais ou menos…

Eu me lembrava de ter sido convidada, mas não por que não fui.

Por que eu não fui?

— Você e a Bushra, sua colega de quarto, foram convidadas. Ela foi, mas você ficou em casa porque disse que preferia ficar conversando comigo.

— Aham… — falei, sem saber aonde ele queria chegar com aquilo.

Também fiquei surpresa com essa minha decisão, para falar a verdade.

Ele pareceu irritado por eu não lembrar e começou a falar um pouco mais alto:

—Você teve uma oportunidade incrível que ia ser ótima para a sua carreira, mas escolheu ficar em casa conversando com seu namorado, que trabalhava num supermercado em Nebraska.

— *E daí?* — questionei, sem entender por que estávamos gritando um com o outro.

Não entendia o motivo por trás dessa briga, mas senti que ela era necessária. Eu estava furiosa, triste e angustiada por tudo que tinha acontecido entre a gente, e meus sentimentos ficaram ainda mais intensos quando ele falou como eu fosse uma idiota apaixonada quando era caloura.

— A questão é que eu já estava estragando as coisas para você... não entende? — perguntou ele, a voz alta e cheia de frustração. — Liz, você deixou de conhecer o Jack Antonoff por minha causa!

— Ah, *fala sério*, Wes...

— Mas é sério! — insistiu ele, seus olhos escuros brilhando. — Quem faz isso? Quem tem a oportunidade de encontrar o *ídolo* e escolhe ficar numa ligação que não vale de *nada*?

— Você está *bravo* comigo porque eu não fui à festa do Jack Antonoff? — perguntei, confusa, sem entender por que aquilo o irritava tanto.

— Estou!

Olhei para um Wes furioso e não soube o que dizer.

— Você entende, Liz? Foi *esse* o motivo — continuou ele, frustrado, balançando a cabeça, com o olhar em chamas. — Foi aí que eu soube que tinha que termi...

De repente, Wes ficou em silêncio. Parou de falar e coçou a sobrancelha.

— Tinha que fazer o quê? — indaguei.

— Nada — respondeu ele, engolindo em seco. — Eu só...

— Não, Wes, o que você ia dizer? — Meu coração acelerou quando fiz a pergunta para a qual talvez eu já soubesse a resposta. — Foi quando você soube o quê?

O maxilar dele se contraiu e voltou a relaxar, e, com os olhos fixos em mim, Wes respondeu:

— Foi aí que eu soube que tinha que terminar com você.

CAPÍTULO VINTE E NOVE

"A noite passada devia ter sido a melhor noite da minha vida, e não foi. Não foi porque você não estava lá. Então eu queria te dizer, não para que você mude de ideia ou para impedir você de ir, mas só para que você saiba, que eu sei, que eu preciso de você."

— *Por amor*

Wes

— Espera... — Com os olhos verdes arregalados, Liz me encarou como se tivesse acabado de completar o quebra-cabeça. — A festa do Jack Antonoff foi *logo depois* que você voltou para casa.

— Foi — respondi, sem saber ao certo aonde ela queria chegar.

— Mas a gente só terminou semanas depois — disse ela, a testa franzida.

Porque eu não era forte o bastante para abrir mão de você, Libby.

Eu sabia que terminar era o melhor para ela, e estava decidido a fazer isso.

Mas, dia após dia, eu era fraco demais.

Assim que ela me ligava, eu dizia a mim mesmo que seria só mais aquela vez, só mais aquela conversa, mas não resistia a Liz.

— Era por isso que você estava tão distante? Queria se livrar de mim?

— Eu não tinha alternativa — falei, me sentindo zonzo com aquela lembrança. — Eu *amava* você.

Mas alguma coisa mudou em Liz ao ouvir isso. Assim que falei que a amava, a expressão dela foi de triste e confusa a furiosa.

— Não, você estava me *traindo* — rebateu ela, com os dentes cerrados. — Não ouse agir como se me amasse, Wes.

— Mas eu *amava* — gritei, porque era a única verdade da qual eu tinha certeza. — Eu *sempre* amei você.

— Cala a boca — retrucou Liz, mas suas lágrimas suavizaram a agressividade quando ela balançou a cabeça e soltou um leve soluço. A frase seguinte me atingiu em cheio no peito: — Eu odeio que você tenha sofrido tanto, e odeio tudo pelo que você passou, mas isso não apaga o que você fez.

— Mas eu não fiz nada — falei, pronto para enfim admitir. — Eu não traí você, Libby.

Ela deu um passo para trás, colocando as mãos na cabeça e me encarando como se eu tivesse enlouquecido.

— Não pode mentir sobre isso agora, Wes — disse ela, com os olhos arregalados. — Foi você mesmo que me *contou* que tinha me traído, lembra?

É, como eu poderia esquecer?

ANO-NOVO
DOIS ANOS ANTES

Eu estava deitado na cama, de ressaca e deprimido, e de repente a campainha tocou. Na primeira vez, foi só um toque.

Como Sarah e eu só atendíamos a porta se estivéssemos esperando alguém, ignoramos.

Então, quando tocou de novo, nossa reação foi a mesma.

Mas então a pessoa que estava à porta perdeu a cabeça e colou o dedo na campainha, tocando sem parar.

— Vai embora — resmunguei, cobrindo a cabeça com o travesseiro.

Estar acordado já era péssimo o bastante. Eu não tinha o menor interesse em interagir com outro ser humano.

Mas então ouvi Sarah descer a escada correndo para abrir a porta.

Idiota. Devia ser uma daquelas pessoas que vendiam coisas de porta em porta.

Um instante mais tarde, porém, tudo dentro de mim despertou com um rugido, e meu coração *disparou*, porque eu ouvi a voz *dela*.

Ouvi Liz dizer:

— Preciso conversar com seu irmão.

Quis gritar "NÃO!", trancar a porta do quarto e me esconder embaixo da cama, porque não era forte o bastante para ficar sozinho com ela sem implorar para que me amasse para sempre.

Eu sabia que Sarah gostava da Liz, então não era lá muito provável que minha irmã batesse a porta na cara dela.

— Acho que ele ainda está dormindo — respondeu Sarah.

— No quarto dele? — perguntou Liz.

Por favor, não venha até aqui, por favor, não venha até aqui. Olhei em volta como um idiota, tentando encontrar uma maneira de fugir, mas não teve jeito.

Ouvi os passos dela subindo a escada.

Avançando pelo corredor em direção ao meu quarto.

Fechei os olhos e fingi estar dormindo, como um covarde, sem saber o que fazer.

Liz bateu à porta (*por favor, vá embora, Libby*), e ouvi quando ela entrou no quarto.

— Wes — chamou, e meu peito ficou apertado ao ouvir sua voz tão pertinho. — Acorda.

Abri os olhos e me arrependi na mesma hora. Porque Liz parecia até *mais* magoada do que na noite anterior, quando eu a magoei de propósito. Seu rosto estava rosado e seus olhos, vermelhos, e eu quis puxá-la e beijá-la até que ela me perdoasse.

Em vez disso, apenas cocei a cabeça e disse:

— Liz?

Eu me sentei, fingindo estar meio sonolento e confuso, mas na verdade eu só estava agindo como uma babaca.

— Queria que você me contasse o que aconteceu entre você e a Ashley — pediu ela, a voz falhando.

Droga. Eu estava todo emburrado na varanda na festa da noite anterior, e Ash me deu um selinho à meia-noite. Não foi nada de mais... foi só porque era Ano-Novo, e fiquei surpreso por Liz ter ficado sabendo.

Queria poder fazer com que ela se sentisse melhor, mas dei de ombros.

— Era Ano-Novo, Buxbaum — falei.

— Não estou falando de ontem.

Liz parecia querer me bater. Ou se acabar de chorar. *Eu odiei as duas possibilidades.* Ela respirou fundo e continuou:

— As pessoas estão dizendo que você e a Ashley "andaram juntos" em outubro, quando a gente ainda estava namorando.

É óbvio que não.

Para mim só existe você, Libby.

Em outubro eu estava ocupado demais sentindo sua falta para perceber a existência de outras pessoas.

É lógico que os boatos não eram verdadeiros. Eu trabalhava com a Ashley, só isso, mas o pessoal adorava fazer fofoca.

Ela ficou me encarando, apreensiva, e eu não soube o que dizer. Queria tranquilizá-la mais do que eu queria respirar, mas talvez aquele boato idiota fosse exatamente do que eu precisava.

— É mesmo? — perguntei.

Ela assentiu.

— É verdade?

Não, não é verdade! Minha nossa, Libby, você acha mesmo que eu seria capaz de fazer uma coisa dessas?

Respirei fundo, concentrado nos olhos dela.

— Isso importa agora? — retruquei, tentando parecer entediado.

— *Sim*, importa — respondeu ela, piscando para conter as lágrimas que eu queria afastar com um beijo. — É *óbvio* que importa. Você me traiu, Wes?

Passei a mão no rosto, na barba que parecia pertencer a um desconhecido.

— Não sei... É tudo um borrão. Não lembro de fato quando um relacionamento acabou e o outro começou, sabe?

Senti um nó na garganta, que queimava após eu cuspir aquelas mentiras ridículas.

— Mentira — falou ela, soluçando. — Confessa.

— Está falando sério? — perguntei, e ela me olhou de um jeito que me deixou enjoado. Eu me obriguei a soltar um gemido, como se ela fosse um pé no saco. — Beleza, eu admito, então.

Desviei a atenção, incapaz de olhar para ela ou para qualquer outro lugar, porque eu estava prestes a desmoronar. Estendi a mão e peguei o celular que estava na mesinha de cabeceira, como se estivesse tão desinteressado naquela conversa que precisava olhar para alguma coisa.

Mas ela partiu meu coração ao perguntar bem baixinho:
— Por quê?

Nessa hora, eu me virei para ela, porque percebi que talvez nunca mais fôssemos estar tão perto um do outro.

Olhei nos olhos dela e disse, engolindo a vontade de chorar:
— Porque ela estava aqui. E você, não.

— Meu Deus, eu odeio você — sussurrou ela, e saiu correndo do quarto.

E eu soube que nunca mais as coisas ficariam bem entre a gente.

Eu me obriguei a sair de meus pensamentos.
— Mas é verdade — falei. — Eu só disse que traí você para que você conseguisse seguir em frente, Liz.

O rosto dela foi tomado por uma expressão indecifrável.
— É melhor você explicar essa história direito.

Não pensei duas vezes antes de responder:

— Quando você apareceu na festa de Ano-Novo, achei que me detestasse por causa do término. Eu tinha certeza de que você tinha seguido em frente, superado o nosso relacionamento. Mas então você sorriu para mim.

Liz semicerrou os olhos, e eu não saberia dizer se era porque ela estava me fuzilando com ódio mortal ou prestando muita atenção.

— Você sorriu para mim e até topou a aposta do beijo — acrescentei. — E eu percebi que, apesar de não estarmos mais juntos, você ainda não tinha superado a gente.

Ela soltou um barulhinho, quase um rosnado, mas eu continuei:

— E você precisava seguir em frente, Liz, era melhor assim. Então agi feito um babaca na festa, de propósito, e, na manhã seguinte, quando me acusou de trair você, achei que mentir seria a solução mais simples.

— Mas todo mundo disse que você e a Ashley estavam...

— Eu trabalhava com ela quando voltei, e passávamos muito tempo conversando e reclamando, porque tínhamos uma vida chata. Então as pessoas nos viam juntos e achavam que tinha alguma coisa rolando. — Eu me aproximei da Liz, precisava que ela acreditasse em mim. — Mas eu e Ashley sempre fomos apenas amigos, porque para mim só existe você.

Ela rosnou mais uma vez, então disse:

— Então você terminou comigo porque me amava demais e depois disse que me traiu porque queria que eu seguisse em frente, mas sabia que isso não ia acontecer a não ser que você fizesse algo terrível?

Eu sabia que tinha alguma coisa errada no jeito como ela falou aquilo, mas assenti.

— É...

— E essa é toda a verdade? — perguntou ela, os olhos estudando o meu rosto.

— Prometo que sim — falei, me sentindo aliviado, porque ela parecia acreditar em mim.

— Sério, que egoísmo inacreditável! — exclamou Liz, balançando a cabeça, os olhos arregalados. — Como você pode ser tão arrogante?

— Arrogante?

Fiquei confuso. Eu era muitas coisas, mas arrogante não era uma delas.

— *É!* Por acaso você é Deus? É meu pai? Era seu papel decidir o que é melhor *para mim* sem saber *minha* opinião?

— Não foi assim... por favor — falei, esfregando a nuca, querendo fazê-la entender. — Eu conheço você, Libby. Sabia que você continuaria comigo por mais que eu não tivesse nada para oferecer, e não podia deixar você fazer isso.

— Para começo de conversa, você percebe que está me insultando? Você achou que eu era tão infantil e *apaixonadinha* por você que imaginou que eu ficaria ao seu lado, como um cachorrinho fiel, independentemente do que acontecesse. — Ela estava berrando, lançando fogo pelos olhos: — Você me subestimou ao achar que sabia melhor do que eu o que era melhor para mim. Deus me livre desse seu egoísmo.

— Não foi egoísmo — argumentei, um pouco irritado, porque eu podia até ter estragado tudo, mas minha vida inteira estava de ponta-cabeça naquela época. — Por favor, Libby, você não faz ideia de como foi passar por aquilo. Se coloca no meu lugar.

— Não sei *como* ser tão prepotente assim, Wes.

— Mas será que pode reconhecer o fato de que eu nunca traí você? Será que posso ser perdoado pelo menos por isso?

— Não!

— Gente?

— *O que foi?* — gritamos eu e Liz em uníssono.

Olhei para a direita, e Sarah estava ali, nos encarando com as sobrancelhas arqueadas.

— Precisamos ir para o aeroporto — disse ela, tímida, segurando as chaves do carro da minha mãe, sua atenção indo de mim para Liz.

—Você pode me dar cinco minutos? — pedi a Sarah, porque eu não estava nem perto de terminar o que tinha a dizer.

— Não... para mim já chega — declarou Liz, colocando o cabelo atrás das orelhas. — Boa viagem, Sarah.

Liz partiu em direção à sorveteria batendo o pé, e o ódio que sentia parecia açoitar o ar como um chicote em seu rastro. Fiquei a observando entrar, e vi pela janela quando foi até Joss e começou a falar.

Nossa, eu amo o jeito como ela gesticula quando está irritada.
— Desculpa.
— Como assim? — perguntei.

Sarah estava me olhando como uma mãe preocupada, como se estivesse com medo de que eu desmoronasse.

—Tenho a impressão de que isso é culpa minha — respondeu ela.

— Não é culpa sua. — Coloquei as mãos nos bolsos, ainda observando Liz pela janela. —Você não me obrigou a mentir.

— Mas faz um tempão que estou dizendo que você precisa ser sincero com a Liz. Agora você finalmente seguiu meu conselho, e o tiro saiu pela culatra.

— Por que você acha isso?

Vi Joss balançar a cabeça e colocar as mãos na cintura.

— Hum, por causa dessa gritaria toda... — respondeu Sarah, sarcástica. — Não imaginei que as coisas fossem desandar assim.

— Acho que foi bom — falei, e me virei para minha irmã, de repente me sentindo relaxado. — As coisas enfim foram explicadas.

— Hum — resmungou ela, desconfiada. — Não achei que *você* fosse reagir com essa calma toda.

— Bem, você não sabe tudo, né, srta. Estudante da Universidade Stanford? — rebati, provocando-a.

Olhei para o céu. A noite estava clara, tão clara que dava para ver as estrelas apesar das luzes do centro da cidade, e eu tinha a impressão de que isso já era *alguma coisa*.

"Rewrite the Stars", do musical *O rei do show*, começou a tocar na minha mente. Sarah tinha razão: *não* fazia sentido eu não estar mais chateado.

Mas dois pensamentos tinham acabado de me ocorrer, tão nítidos quanto as estrelinhas no céu noturno, e ambos me deixaram muito feliz.

O primeiro: Liz estava solteira. Enfim estava disponível, e não parecia nem um pouco triste por ter perdido Clark.

Ela gritou só por minha causa.

Por *nossa* causa.

O que levava ao segundo pensamento: Liz estava furiosa. Eu nunca a vi com tanta raiva, e isso era... bem, meio que fantástico.

Porque queria dizer que ela não tinha superado.

Ela não tinha superado nós dois.

Algo que parecia ser esperança se agitou dentro de mim quando olhei para as estrelas e me lembrei do rosto de Liz quando ela gritou: "Não sei como ser tão prepotente assim, Wes."

Porque em vez da indiferença que eu estava acostumado a receber dela, quando parecia que seus sentimentos estavam trancados, indisponíveis, ela me encarou com o rosto vermelho e aqueles olhos verdes reluzentes, como se estivesse envolta por chamas de uma raiva ardente.

Raiva de *mim*.

A linha entre o amor e o ódio era *mesmo* tênue, e a raiva da Libby me instigou a colocar fogo nessa linha.

What if we rewrite the stars?
Say you were made to be mine...

CAPÍTULO TRINTA

"Eu não consigo ver nada que eu não goste em você."

— *Brilho eterno de uma mente sem lembranças*

Liz

Bebi um milk-shake e fiquei um tempo com meus amigos, mas o clima não era mais o mesmo. Eu estava me sentindo esgotada e não sabia o que fazer com os pensamentos que invadiam minha mente. Percebi que as pessoas queriam saber o que tinha acontecido, mas eu não queria falar sobre isso.

Quer dizer, como eu poderia explicar se nem *eu* tinha entendido aquilo tudo?

Quando levei Clark de volta ao hotel, ele tentou falar do que havia gravado com a mãe e a irmã do Wes, mas eu não deixei. O que foi irônico porque, quando tentei dormir, o vídeo ficou passando sem parar na minha cabeça. Deitada no meu quarto de infância, o mesmo quarto onde vivi tantas emoções relacionadas ao Wes ao longo dos anos, eu fiquei ouvindo as palavras dele sem parar.

Eu não traí você, Libby.

Não sei por quê, mas por volta da meia-noite algo me levou à Área Secreta, na companhia dos meus pensamentos, que se recusavam a se calar. Eu sabia que a casa não era mais dos Bennett, mas também sabia que os novos moradores ainda não tinham se mudado, então não ia ser presa por estar ali.

Entrei de fininho pela porta dos fundos e atravessei o quintal correndo, como tinha feito tantas vezes para encontrar Wes naquelas férias de verão, antes de entramos para a faculdade, e pulei a cerca.

Mas eu não estava pronta para o que encontrei.

Ai, meu Deus. "Matagal" seria um eufemismo. Para falar a verdade, era impossível acreditar que aquela era mesmo a Área Secreta. Parecia que o espaço tinha voltado no tempo, era outra vez aquele lugar selvagem onde aconteceram partidas épicas de esconde-esconde. Tinha tanto mato que demorei um pouco para encontrar o ponto específico onde fazíamos a fogueira.

Onde antes havia um oásis, agora restava apenas uma fogueira torta e uma cadeira de jardim. A fonte, as flores... foram esquecidas havia muito tempo. Eu não sabia se tinham sido removidas ou apenas engolidas pela natureza. Eu me agachei e peguei uma garrafa vazia de cerveja do chão, me perguntando se era a que Wes tinha bebido na noite anterior.

Nossa, aquilo tinha acontecido mesmo ontem à noite? O universo tinha virado do avesso desde então.

Havia um pedaço grande de madeira na fogueira, então tirei do bolso os fósforos e o fluido de isqueiro que tinha roubado da cozinha. Acendi uma pequena fogueira. Por algum motivo, senti necessidade daquele antigo ritual enquanto absorvia a noite escura.

Como eu estava triste, abri o Spotify e procurei a playlist do último ano. Fazia muito tempo que eu não me permitia ter sentimentos pelo Wes, mas naquela noite não tive como evitar. Coloquei Adele para tocar e inclinei a cabeça para trás, observando o céu.

A noite estava clara, as estrelas brilhavam, e eu estava completamente perdida.

— Oi, querida.

Olhei para cima e vi meu pai pulando a cerca com aquela calça de pijama idiota com estampa de bananas e a camiseta do

Luke's, de *Gilmore Girls*. Não sei por quê, mas vê-lo e ouvir sua voz encheu meus olhos de lágrimas.

— Me conta o que aconteceu — pediu ele, se aproximando e se sentando no chão ao meu lado. — Eu e Helena reparamos que você estava chateada quando chegou em casa, mas decidimos te deixar em paz.

— E por que você mudou de ideia? — perguntei, maravilhada com o fato de meu pai continuar sendo o mesmo de sempre.

— Ouvi você saindo de fininho pela porta dos fundos, então imaginei que precisasse conversar com alguém. E pensei em me oferecer. E aí, o que aconteceu com Wes?

— Como você sabe que foi com o Wes? — questionei, fungando, tentando não desabar.

Ele respondeu, simplesmente:

— É sempre o Wes, querida.

— Nem sei por onde começar — falei, balançando a cabeça.

— Comece do início — disse ele, apoiando os cotovelos no chão. — Não estou com pressa.

— Beleza — falei, e despejei tudo.

Contei *tudo*, e depois tagarelei sobre como era impossível conciliar o que eu estava sentindo. Descobri duas grandes coisas naquela noite, e cada uma delas suscitou sentimentos diferentes, opostos.

Sempre que eu pensava no coitado do Wes e em tudo pelo que ele tinha passado, meu coração ficava apertado. Eu estava arrasada por tudo que ele havia perdido, e também por ele não ter conseguido conversar comigo. De alguma forma, senti que tinha falhado com ele, que obviamente devia haver um motivo para ele não ter conseguido se abrir comigo.

— Mas assim que penso nisso, me sinto tão frustrada pelo que a gente perdeu... Porque isso não *precisava* ter acontecido, não é? Acho que é injusto eu estar brava com ele por uma atitude que ele considerou altruísta, que Wes achava que estava fazendo para o *meu* bem, mas foi um desperdício tão grande. Nosso namoro não precisava acabar. Só que, em vez de confiar em *mim*, ele decidiu que não podia fazer isso, e se afastou.

E a mentira sobre a Ashley me deixou com muita raiva. Eu não me sentia culpada por estar com raiva dele por isso. Era tão infantil, tão *arrogante* da parte dele achar que eu nunca ia superá-lo a não ser que acreditasse que ele tinha me traído.

— E ele pediu desculpa? — perguntou meu pai, erguendo as mãos para aquecê-las no fogo.

— Não. Ou talvez tenha pedido no meio da briga, mas não foi um pedido de desculpas de verdade.

Será que ele pediu desculpas? Eu achava que não.

— Você disse que conversariam sobre o assunto em outro momento ou algo assim? — questionou ele.

— Não. Eu gritei com ele e fui embora.

Isso o fez dar um sorrisinho.

— Então qual é o problema? — retrucou meu pai. — Qual é o problema de ter sentimentos conflitantes? Tudo bem que eles não façam sentido. E tudo bem estar triste pelo Wes e com raiva dele ao mesmo tempo.

Ele pegou um galho e jogou na fogueira.

—Tudo bem não saber o que pensar de tudo isso... Entende, Liz? Você pode só dizer para si mesma "não sei o que sinto por ele" e deixar isso pra lá. Se não precisa dar uma resposta para ele, se Wes não te chamou para sair nem pediu sua mão em casamento, pode continuar confusa. Não é algo que você precisa resolver agora.

— Ai, meu Deus, será que você tem razão? — perguntei, chocada com o quanto aquele conselho fazia sentido.

— Tenho meus momentos — respondeu ele, em tom de provocação.

Será que eu podia mesmo apenas dar de ombros e não chegar a *nenhuma* conclusão a respeito dos meus sentimentos por Wesley Bennett?

Meu pai ficou ali comigo mais alguns minutos, mas acho que logo percebeu que eu precisava ficar sozinha e voltou para casa.

Fiquei olhando para o fogo, imaginando o rosto do Wes quando ele disse: *Para mim só existe você.*

DJ, solta "Anyone Else", do Joshua Bassett.

Naquele momento, ele pareceu... o Wes de antigamente.

O Wes de antes, o que era tudo para mim.

Ainda estava chocada por ele nunca ter deixado de me amar e não ter me traído. Era... inacreditável.

Descobri o que ele estava enfrentando na época, então, na teoria, eu entendia por que tinha agido daquela maneira. E, se isso fosse um filme da Netflix, eu provavelmente estaria gritando para a TV: *Ele fez isso porque ama você!*

Mas não era um filme, e eu não conseguia parar de pensar que ele não tinha compartilhado nada daquilo comigo. Em nenhuma ocasião, durante nossas conversas intermináveis por mensagens nem nas várias ligações diárias, ele mencionou os problemas pelos quais estava passando.

Ele me contava do trabalho, da irmã e do cachorro, dizia que me amava, mas nunca comentou que estava preocupado, com *nada*. Nada. Eu achava que estava tudo bem, mas ele terminou tudo, de repente. *Isso não está mais dando certo.*

Mas, mesmo naquela época, mesmo me acabando de chorar, eu não estava com raiva do Wes.

Ele havia perdido o pai e a vida inteira dele tinha mudado... era *óbvio* que nosso relacionamento não era mais uma prioridade. Era óbvio que fiquei arrasada, e surpresa com a frieza dele, mas no fundo eu sabia que não seria algo permanente.

Que a gente acabaria voltando um para o outro.

Eu tinha certeza disso.

Coitadinha da apaixonada.

Então descobri que ele tinha me traído com a Ashley. Odiei Wes por tanto tempo que o ódio já parecia fazer parte de mim.

Meu nome é Liz, sou uma garota ruiva e odeio o Wesley Bennett.

E, depois de tudo, eu teria não só que parar de odiá-lo, mas também aceitar o fato de que ele fez aquilo porque se *importava comigo*? Em teoria, parecia possível, mas eu não tinha tanta certeza.

Porque, para ser sincera, fiquei magoada por ele não ter conversado comigo sobre o que estava acontecendo na sua vida. Por ter enfrentado tudo aquilo em segredo. Quer dizer que todas as conversas quando ele estava em Omaha foram uma farsa? Quando nós dois ríamos juntos por videochamada e falávamos que não víamos a hora de eu voltar para casa no Natal, foi tudo encenação da parte dele? Uma coisa meio pais vivendo uma crise no casamento, fingindo que nada está acontecendo para que os filhos não percebam?

Também doía pensar que era óbvio que ele me via como alguém que abandonaria todos os próprios objetivos e aspirações em nome do amor. Sempre achei que ele me visse como alguém forte, com certa ambição, mas pelo jeito Wes achava que eu era uma garotinha apaixonada, inocente, que o seguiria pelo resto da vida a não ser que ele me fizesse parar.

E, caramba, ele realmente me fez parar.

Eu ainda estava pensando demais sobre o assunto quando por fim consegui adormecer, mas me senti melhor pela manhã, ainda bem.

Aquele conselho simples do meu pai mudou por completo minha perspectiva. Ele tinha razão.

Eu não *precisava* entender meus sentimentos pelo Wes.

Em teoria, esses sentimentos nem importavam.

Nós não estávamos namorando, não éramos nem amigos, então tudo bem eu ficar confusa. Ninguém estava esperando uma decisão minha, que eu desse um parecer a respeito dos pecados de Wes Bennett. Eu podia ficar triste pelo que ele passou, e podia querer socá-lo por ter desistido de nós dois.

Para ser sincera, meu pai tinha razão.

Ninguém se importa.

Enquanto eu tomava banho, Helena foi comprar donuts, então pude devorar alguns antes que fôssemos para o aeroporto. Buscamos Clark e Lilith no caminho, e quando abracei meu pai na área de embarque, ele me confortou ao repetir o que tinha dito, mas de um jeito diferente.

— Quero que você se lembre de uma coisa: não precisa ficar analisando o passado. Viva o agora.

— Eu te amo — falei, abraçando-o forte e querendo ficar com eles mais tempo.

— Eu também te amo, querida.

—Você vai vir para casa no Natal, sua pestinha — disse Helena, com um sorriso (e chorando ao mesmo tempo). — Nem tente escapar dessa vez.

— Não vou nem tentar — retruquei, envolvendo-a em um abraço e sabendo que nunca mais ia querer ficar longe.

Clark tentou falar sobre Wes no avião, mas aceitou quando eu disse que não queria conversar sobre esse assunto.

Todos os meus amigos que moravam comigo respeitaram minha privacidade quando eu voltei, o que foi uma surpresa, porque eles viviam se intrometendo na minha vida. Passei o restante do fim de semana estudando, e foi maravilhoso.

Mas no domingo, sentada em uma mesa do pátio da cafeteria Kerckhoff, me preparando para a prova de Legislação e Música, Wes voltou a ocupar meus pensamentos. O tempo estava ótimo, as árvores proporcionavam a quantidade de sombra ideal no pátio cheio de estudantes, e aquele deveria estar entre os meus dez melhores dias estudando no campus.

Parecia um cartão-postal perfeito do outono.

Mas eu não estava prestando atenção em nada disso, porque não parava de pensar em Wes.

Para mim só existe você.

— Achei que você estivesse estudando — disse Campbell, sentando-se com uma bebida. — Mas parece que está olhando para o nada com a boca aberta.

— O quê? — perguntei, piscando devagar, demorando para entender. — Ah, não. Eu só estava pensando.

— Ei, o Wade já te pediu o meu número? — questionou ela.

Campbell de fato estava interessada naquele garoto levemente desagradável, mas ela se recusava a tomar uma atitude enquanto ele não pedisse o número dela e a chamasse para um encontro. Dizia: "Não tenho tempo para garotos que só me procuram nas festas, quando acham que pode rolar alguma coisa." Até então estava tomando a decisão certa.

Porque ele nunca perguntava sobre ela quando estava sóbrio.

— Não. Nos encontramos no treino, mas ele estava ocupado. Sinto muito.

— Tudo bem — respondeu ela, pegando o notebook e parecendo indiferente.

Mas eu sabia que estava decepcionada. Para alguém que era tão linda, inteligente e com um talento invejável no campo de futebol, ela era tímida no que dizia respeito aos garotos.

— Tenho quase certeza de que ele é só um idiota mesmo — comentou Campbell.

Meu celular vibrou e, ao pegá-lo na mesa, não acreditei no que estava vendo.

Era Wes.

Wes: Oi.

Fiquei olhando para a mensagem, meu cérebro se recusando a processar e soltando fogos de artifícios. Tentei decidir o que digitar. Como ele esperava que eu respondesse àquele "oi" ridículo?

Quer dizer, o que era aquilo? *Oi???* Como se fôssemos amigos e ele pudesse me mandar um "oi" sempre que quisesse?

Oi????

Meu celular vibrou de novo.

Wes: Você não deve saber o que responder, mas não tem problema.

Wes: Só queria dizer oi porque estou pensando em você.

Wes: Tenha um ótimo dia. Ah, acabei de ouvir "You Could Start a Cult", da Lizzy McAlpine e do Niall Horan, e, caso ainda não tenha ouvido, achei a sua cara.

Ele mandou o link da música.

Maldito Wes. Como ele poderia saber?

Cerrei os dentes.

Eu: Um pouco romântica demais para o meu gosto, mas obrigada.

Mas, como era Wes, minha mensagem não o impediu de continuar a conversa.

Wes: É uma música incrível, fala sério!

Eu: Não falei que é ruim, só que não é para mim.

Wes: Mentirosa.

Eu estava *mesmo* mentindo. Mas o jeito como ele agiu, como se conhecesse meus gostos, quando isso era impossível, me irritou um pouco.

Alexa, toca "Hate That You Know Me", dos Bleachers.

Eu: Estou meio ocupada agora. Você precisa de alguma coisa?

Meu celular vibrou quase na mesma hora e, quando olhei, senti um frio na barriga.

Wes: Ah, querida, você não faz ideia.

Com a cabeça prestes a explodir, eu li e reli a mensagem, me perguntando por que estava tão quente ali dentro, e então me dei conta de que eu estava ao ar livre.

Felizmente, não tive que responder.

Porque ele acrescentou:

Wes: Mas por enquanto vou te deixar em paz. Até mais, Libby.

CAPÍTULO TRINTA E UM

"Eu nasci para beijar você."

— *Só você*

Wes

— Para de rir.

— Não consigo — retrucou Mickey, levantando-se da base e lançando de volta as dez bolas que estavam ao seu lado, balançando a cabeça com um sorriso idiota no rosto. — Ela vai *acabar* com você.

— Não vai, não — respondi.

Era bem provável que sim, mas não pelos motivos que ele estava pensando. Peguei todas as bolas e as coloquei aos meus pés no montinho, enxugando a testa com o antebraço. O dia já estava quente, e ainda nem eram nove da manhã. Por mais que fosse domingo, eu tinha convencido Mick a invadir o campo do colégio no fim da rua comigo, porque queria me colocar à prova.

E, por enquanto, tudo estava indo bem.

— Eu tenho uma estratégia planejada que com certeza vai funcionar — declarei, preparado para apostar tudo. — Um plano brilhante e infalível, bolado com o maior cuidado para reconquistá-la.

Ele voltou a se agachar e estendeu a luva.

— É meio idiota — disse ele.

— *Você* é meio idiota.

Girei a bola, passei o indicador pela costura e respirei fundo.

— É sério, isso parece exagerado.

— É o seguinte: eu conheço a Liz, a gente cresceu junto — falei, lançando uma bola rápida. — Sei do que ela gosta e como ela pensa, porque a gente se conhece desde o jardim de infância. E sei que se eu investir em gestos românticos, vai ser só questão de tempo até ela aceitar sair comigo.

— Cara... — Ele largou a bola e estendeu a luva para pegar a próxima. — Ela deve ter mudado desde essa época, porque não imagino Buxxie curtindo essa baboseira romântica.

Fiz um lançamento com força, adorando o som do impacto da bola ao atingir a luva do Mick. Embora ele pudesse ter razão (dava para ver que tínhamos mudado naqueles dois anos), eu tinha certeza de que o lado romântico da Liz continuava vivo, estava apenas escondido.

— Sem ofensa — falei, pegando mais uma bola —, mas eu sei o que estou fazendo.

— Foi mal aí! — respondeu ele, embora não parecesse nada arrependido. — Então me conta sobre seu plano brilhante, Einstein.

Lancei uma bola curva, que caiu sobre a base.

— Para começar, vou precisar do seu carro emprestado amanhã à noite.

— De jeito nenhum — rebateu ele, pegando a bola. — Eu posso dar carona para onde você quiser, mas não empresto a Alice para ninguém.

— Queria saber por que seu carro tem nome de senhorinha.

— Não fala mal do meu carro, idiota — resmungou ele, erguendo a máscara de beisebol. — Aonde você precisa ir?

Contei meu plano, o plano romântico perfeito para reconquistar Liz, e ele voltou a rir. *Muito.* Tanto que não conseguiu se levantar e acabou sentado no chão, gargalhando.

— Você é um idiota — comentei, embora também estivesse rindo.

— Um idiota que não vê a hora de te dar uma carona até o apartamento da Liz — retrucou ele, enxugando as lágrimas. — Vai ser o espetáculo mais divertido de todos.

Mostrei o dedo do meio para ele, sem me abalar, porque eu estava confiante.

Eu podia não conhecer muitas coisas, mas conhecia Liz.

Sabia que, se queria ter alguma chance de reconquistá-la, precisava pedir desculpa e mostrar que ainda podia ser o garoto por quem ela tinha se apaixonado.

E que jeito melhor de pedir desculpa a Elizabeth Buxbaum do que com *centenas* de flores?

Quer dizer, eu descobri no dia seguinte que duzentas margaridas custavam muito mais do que eu imaginava? *Sim.* Pareci um idiota, empurrando um carrinho transbordando flores pela rua? *Sim também.*

Mas não me importei, porque sabia que ia funcionar.

As flores não iam reconquistá-la, mas iam amolecer o coração dela.

Tinha que funcionar.

— Como é que você acha que a gente vai fazer isso caber aí dentro? — gritou Mick, saindo e dando a volta no carro.

— Abre o porta-malas. Vamos dar uma apertada.

— Não vai amassar as flores?

— Só preciso das pétalas — respondi, gesticulando para que ele abrisse o porta-malas. — Tudo bem se as flores forem esmagadas.

— Você com certeza enlouqueceu — disse ele, rindo, pegando um monte de margaridas do carrinho.

Depois de enfiar as flores na mala, tivemos que parar em duas lojinhas diferentes para comprar uma tonelada de velas (a primeira loja não tinha velas suficientes). E, quando voltamos ao dormitório, ele já tinha avisado a Wade, Eli e AJ, que estavam esperando em meu quarto com os celulares filmando tudo e se divertindo às minhas custas.

— Olha só o pequeno Wessy! — berrou Wade quando entrei e joguei várias flores em cima da mesa. — Ele não é o cara mais fofo do mundo?

—Vai se ferrar — retruquei, saindo de novo para buscar mais flores.

— Não acredito que isso é para a Buxxie — falou Eli, balançando a cabeça.

— Onde você vai colocar tudo isso?

— Vira de costas que eu mostro — falei, citando uma frase icônica de *Férias frustradas de Natal* e carregando o restante das margaridas.

— Parece até que ele vai fazer um convite-surpresa para o baile. — Ouvi Wade brincar com AJ. — Não acredito no que estou vendo.

Era mesmo inacreditável, para falar a verdade, mas eu é que ia rir por último.

Então eu não estava nem aí.

Ia dar tudo de mim em campo. Ou na sacada, nesse caso.

Depois de transportar todas as margaridas, peguei os fones de ouvido e coloquei no último volume a playlist que Liz fez para mim depois do baile. Fiquei sentado no chão arrancando as pétalas. "Feel You Now", do The Driver Era, de repente virou a música perfeita para embalar minha sessão de artesanato, e também me ajudou a ignorar meus amigos, que ficaram tirando fotos e me chamando de "fofo".

Eles prometeram não postar nada até que eu fizesse a surpresa, então não me importei.

Quando terminei, eu tinha algumas sacolas cheias de pétalas brancas, outras cheias de pétalas amarelas, estava com os dedos sujos de tinta de canetinha e sentia um frio na barriga.

Então, sim… eu estava pronto.

Quando escureceu lá fora, coloquei tudo (menos o buquê de gérberas rosa-choque) na maior mochila que eu tinha, e Mick me levou até onde Liz morava. Eu sabia direitinho qual sacada era a dela (parei lá com o Mick a caminho da floricultura para confirmar) e também sabia que seria fácil escalar até o segundo andar.

Ainda bem que o prédio chique tinha apartamentos no nível térreo e o segundo andar não era alto a ponto de significar um risco à minha vida.

Só alguns ossos quebrados, talvez.

AJ estudava com a Campbell e me ajudou mandando uma mensagem para ela.

AJ: Preciso de um favor, sem perguntas.
Campbell: É só falar.

Ela concordou em garantir que as cortinas da Liz estivessem fechadas enquanto eu montava tudo e, assim que eu terminasse, ela pediria para que Liz fosse até a sacada, onde ela veria a surpresa.

Olharia para baixo e eu estaria lá, com cartazes estilo *Simplesmente amor*. O que eu escrevi não era tão digno de uma comédia romântica, mas era a nossa cara, e eu queria reconquistar Liz mais do que gostava de respirar.

Mick estacionou o carro. Pendurei a mochila nas costas e peguei o buquê.

— Tem certeza disso, Bennett? — perguntou ele, com um sorrisinho, como se ainda não conseguisse acreditar no que eu estava fazendo.

— Tenho. Pode ir. Aliás, obrigado.

— Não quer que eu fique? — ofereceu, me olhando como se eu estivesse cometendo um grande erro. — Só para garantir, caso... hum... caso alguma coisa dê errado?

— Não, tudo certo — falei, torcendo para que ficasse tudo bem.

Que ela me deixasse entrar depois do grande momento, que pudéssemos conversar e que eu pudesse pedir desculpa.

— Beleza, então — respondeu ele. — Boa sorte, cara.

Fiquei vendo o carro se afastar e de repente percebi que estava nervoso. A parte dos fundos do prédio estava escura e silenciosa, como se todos já tivessem ido dormir, e eu fiquei torcendo para não morrer, levar uma surra ou ser atacado por um cachorro raivoso.

Com o canto do olho, notei um homem no primeiro andar do outro prédio, fazendo alguma coisa na varanda de casa. *Vai dormir, cara!* Será que estava molhando as plantas? Ao que tudo indicava, estava concentrado nos seus afazeres, sem notar minha presença, então torci para que ele continuasse assim e não notasse o idiota escalando o prédio ao lado.

Olhei para a sacada da Liz.

Puxa.

Com certeza parecia mais alta agora que eu estava prestes a escalá-la.

Respirei fundo, rezei um pouco e comecei.

Fui até o apartamento que ficava embaixo do da Liz e pisei no parapeito. Meu sapato fez um barulho quando chutei o corrimão oco de metal, e logo me agarrei à calha e subi na estrutura de pedra que se projetava da fachada do prédio.

Eu com certeza não queria ficar na frente da sacada de um desconhecido e ser acusado de voyeur.

Ou pior.

— Mas o quê...?

Olhei para baixo ao ouvir aquelas palavras, mas não vi ninguém, então devia ser só alguém falando dentro de um apartamento com a janela aberta. Senti o coração batendo forte ao subir mais um pouco, usando a calha para me equilibrar.

Quando cheguei perto o bastante para lançar uma das pernas para dentro da sacada da Liz, quase tive um treco ao olhar para baixo.

Porque eu me enganei. Calculei *muito* mal.

Com certeza a sacada era alta o bastante para que eu morresse.

Droga, droga, droga.

Joguei o peso por cima do parapeito e caí dentro da sacada de Liz, o impacto um pouco mais forte do que eu gostaria, mas ainda bem que o piso de concreto absorveu o barulho. Com o coração acelerado, tirei a mochila, abri e comecei os trabalhos.

Distribuí as velas, uma a uma, alinhando-as para formar um coração, e um coração ainda maior em volta do primeiro. Quando terminei, abri o saco de pétalas e joguei as brancas dentro do coração menor e as amarelas dentro do coração maior.

Dei um passo para trás para olhar e, *uau*, estava lindo.

Liz vai amar, pensei, tirando uma foto rápida e logo guardando o celular.

Eu ainda estava nervoso, mas agora também estava bastante entusiasmado.

Vai dar certo.

Tirei o isqueiro da mochila, me agachei e comecei a acender as velas.

Que ficaram *incríveis* no escuro.

— O que está fazendo aí em cima?

Drogaaaaa. Olhei para baixo, e o homem do primeiro andar estava olhando para cima, com cara feia e alguma coisa na mão. *Aquilo ali é uma mangueira?* De onde eu estava, era difícil distinguir.

— Shhh — falei, erguendo a mão.

— Ele está tentando colocar fogo no prédio! — gritou o cara.

Eu me dei conta de que estava com o isqueiro na mão, a chama alaranjada tremeluzindo no escuro.

— Não estou, não! — exclamei, fechando a tampinha do isqueiro e cessando o fogo, tentando gritar para o cara lá embaixo e fazer silêncio ao mesmo tempo.

Um motor começou a zumbir, então tive a impressão de que ele não estava me ouvindo, mas eu também não queria chamar a atenção da Liz.

— Nossa, eu... — Minhas palavras foram interrompidas pela mangueira de alta pressão do homem.

Caramba. Uma mangueira de alta pressão.

O barulho de motor que eu ouvi veio *daí*.

O cara apontou a mangueira para cima e jogou água em mim, na sacada, nas velas... *Drogaaaaa*. Não conseguia enxergar quase nada com aquele homem me dando um banho, e a pressão da água bagunçou as pétalas e apagou as velas.

— Será que dá para parar com isso? — gritei e sussurrei, me esforçando para enxergar enquanto aquele idiota me afogava. Tropecei e chutei algumas velas, tentando proteger os olhos com as mãos. — Não estou colocando fo...

— O que está acontecendo? — perguntou uma mulher que surgiu ao lado dele, olhando para a sacada e apontando o celular na minha direção. — É mais um gambá?

— É um garoto! Está tentando incendiar o prédio! — berrou o homem.

É, eu tinha quase certeza de que estava tendo um treco, porque meu corpo inteiro ficou dormente.

Droga, droga, droga.

Nada estava saindo do jeito que eu tinha imaginado. Até havia cogitado a hipótese de cair e morrer, mas não a de ser denunciado por tentativa de incêndio criminoso.

Eu precisava ir embora.

"House on Fire", da Sia, começou a tocar na minha cabeça (minha playlist mental resolveu fazer piada da situação). Pendurei a mochila em um dos ombros, subi na calha e virei de lado para ficar meio escondido pela lateral do prédio.

Mas não adiantou, porque eles continuaram me encarando (a mulher estava filmando, pelo amor de Deus) enquanto eu andava pela calha como se fosse *mesmo* um gambá. O prédio tinha luzes de segurança, que no momento eram meus holofotes, e eu não sabia como aquela cena poderia piorar.

Até que meu pé escorregou.

Meu pé escorregou, e eu comecei a cair.

Por sorte, caí em cima de um arbusto grande, então não morri, mas meu tornozelo doeu muito quando me levantei e saí em disparada pela rua, fugindo feito o criminoso que eu era. Só parei depois de pelo menos três quarteirões, correndo e cambaleando com o tornozelo machucado, até chegar a um cruzamento movimentado onde me senti seguro o bastante para ligar para Mick e pedir para ele ir me buscar.

Quando ele chegou, meu tornozelo estava inchado e com uma péssima aparência.

— Obrigado por ter vindo — falei, abrindo a porta do passageiro.

— Cara, o que aconteceu com você? — perguntou ele, os olhos arregalados ao ver o meu tornozelo, os arranhões nas minhas pernas causados pelos espinhos do arbusto, minhas roupas molhadas e meu cabelo encharcado.

— Você não vai acreditar — respondi, entrando e fechando a porta.

— A *Liz* fez isso com você? — questionou ele, abaixando o volume do rádio.

— Não. Mas desconfio de que ela teria gostado do espetáculo.

Como meu plano deu errado, fiquei de mau humor o resto da noite, mas, enquanto os garotos me zoavam sem parar por eu ser um bobão apaixonado, me dei conta de que era melhor fracassar quando se tinha amigos. Depois de passar dois anos sozinho com os problemas da vida me atingindo como uma mangueira de alta pressão, vi que as coisas podiam até dar errado, mas não doíam tanto quando tínhamos amigos para tirar sarro da nossa cara.

Na manhã seguinte, depois da musculação (e de levar bronca de vários treinadores por ter feito besteira e torcido o tornozelo), eu a vi.

Eu nunca saberia ao certo se Liz fazia meu tipo (*será que eu sempre gostei de ruivas de olhos verdes?*) ou se foi ela quem me fez *ter* um tipo.

Ela era o protótipo de garota ideal para mim.

A única garota para mim.

Estava andando em direção à porta, a atenção no celular, e quase me atropelou.

E eu teria deixado. *Me atropela, Libby.*

— Desculpa — resmungou, erguendo um pouco a cabeça.

Mas então seus olhos focaram em mim.

— Está com pressa, Libby? — perguntei, segurando o braço dela com delicadeza para firmá-la, evitando que tropeçasse.

— Aham.

Liz parecia estar pensando em várias coisas ao mesmo tempo. Havia uma ruguinha entre suas sobrancelhas, e me perguntei o que ela sabia sobre meu fracasso épico da noite anterior.

Será que ela sabia alguma coisa ou nem abriu a cortina depois que pulei do prédio? Eu não sabia nem *queria* saber.

— Então a gente se vê depois — respondi, indo em direção à saída.

Toda essa interação durou três segundos... quatro, no máximo... então por que eu me sentia tão *vivo*, como se o mundo estivesse girando mais rápido agora que eu tinha falado com ela?

— Wes. Espera.

Em qualquer outro momento, ouvir Liz me chamando teria me deixado em êxtase.

Mas eu sabia que não podia ser coisa boa.

— Oi — falei, despreocupado, como se a noite anterior não tivesse acontecido.

Como ela pode ter lábios tão perfeitos?

Ela reparou no meu tornozelo enfaixado.

— O que aconteceu com seu tornozelo?

— Como assim?

Mandou bem, idiota!

— Está enfaixado — observou ela, aqueles olhos verdes não me deixando escapar, seu rosto inclinado para cima para me encarar. Será que ela diminuiu um pouco ou eu que estou mais alto? Esse pensamento era idiota, mas o encaixe dos nossos corpos estava gravado em minhas lembranças, e sua cabeça parecia mais inclinada para trás do que de costume. — Você se machucou?

Ah, eu tinha me machucado, é verdade. Mas o que eu poderia dizer?

O que ela sabe?

— Eu caí — repliquei, meio sem jeito, dando de ombros, como se cair por aí fosse normal para mim.

— Ah, é? — Ela semicerrou os olhos. — Pelo jeito muita gente anda caindo por aí. Ontem aconteceu uma coisa muito estranha no meu apartamento.

Lá vem.

— É mesmo?

— Aham — respondeu ela, contraindo os lábios. — O maluco do vizinho bateu à nossa porta e disse que tinha alguém na sacada tentando tacar fogo no prédio.

Droga, droga, droga.

— Sério?

Ela inclinou a cabeça para o lado, o olhar ainda desconfiado.

— Pois é. Não tinha ninguém lá, e esse vizinho é meio que famoso por ser paranoico, sabe?

Não tinha como ela *não* saber o que havia acontecido.

— Sei.

Quer dizer... tinha alguma chance de ela estar me contando aquilo sem saber que havia sido *eu*?

Eu *jamais* teria essa sorte.

— Mas a esposa do vizinho maluco disse que tinha filmado tudo.

Nãonãonãonãonãonãonãonããããããão.

— Sério?

Ela mordeu o lábio inferior, e juro por Deus que pareceu que ela queria sorrir ao dizer:

— *Pois é*. No vídeo, um garoto cai da calha. Liz sabia, eu *sabia* que sim.

— Que estranho — comentei.

Seus lábios se curvaram em um sorrisinho, e ela balançou a cabeça.

— O mais estranho é que ele parece ser jovem, tipo, da minha idade. Estava com uma mochila do Bruins Beisebol.

— Estranho *mesmo*. — *Pelo amor de Deus*. — Quem sabe ele estava tentando fazer um gesto romântico incrível.

— Quem sabe ele estava sendo um idiota imaturo — rebateu ela, e seu sorriso desapareceu.

— Eu achei que *você* gostasse de romantismo — retruquei, inspirando o aroma do seu perfume e me dando conta de que aquele plano talvez fosse mais desafiador do que eu imaginava. — A Pequena Liz amava essas coisas.

— A Pequena Liz sumiu faz tempo — disse ela, partindo meu coração com aquelas palavras, pigarreando e ajeitando a mochila no ombro. — Só espero que o garoto tenha aprendido a lição, antes que alguém se machuque.

Eu me aproximei dela, quase colocando-a contra a parede, então baixei a cabeça para que meus lábios ficassem pertinho do seu ouvido.

O complexo esportivo Acosta estava muito barulhento, e eu precisava que ela me escutasse.

— Sabe, acho que ele não está nem aí, Libby, porque todo mundo já se machucou. Ele não tem nada a perder e só quer ganhar tudo o que sempre quis, então acho melhor você se preparar.

Ela virou um pouquinho a cabeça, para olhar bem em meus olhos.

— Me preparar? — perguntou, tentando parecer indiferente. Mas sua voz sem fôlego a denunciou. — Para o quê, exatamente?

Olhei bem em seus olhos verdes.

— Para a pressão.

CAPÍTULO TRINTA E DOIS

"Que bom que ele está solteiro, porque vou subir nele como numa árvore."

— *Missão madrinha de casamento*

Liz

Para a pressão.

Por que eu não conseguia parar de pensar nisso? No *jeito* como ele falou?

Acho melhor você se preparar.

Doze horas já tinham se passado, e eu ainda estava corada e com frio na barriga, como se aquilo tivesse acabado de acontecer.

— E aí, Liz? — cumprimentou Wade, sorrindo. — Aconteceu alguma coisa interessante na sua sacada ontem à noite?

Abaixei a câmera.

— Você ficou sabendo disso?

Alguns dos garotos do time estavam jogando basquete nas quadras que ficavam atrás do dormitório Hitch, então Clark e eu estávamos filmando, embora Clark estivesse na outra ponta da quadra.

Mickey driblava a bola com um sorrisinho bobo para mim, e Eli e Wade estavam aos risos perto de uma cesta, como se soubessem de um grande segredo ou algo assim. Eu ainda não sabia direito o que Wes tinha ido fazer na minha sacada, e estava morrendo de curiosidade.

— Cala a boca, cara — disse Mickey, com um sorriso largo. — Só porque ele não está aqui, a gente não...

— Mas não é um segredo — rebateu Wade, se aproximando e roubando a bola. — Ele só pediu para ficarmos de boca fechada *até* a surpresa. Nunca pediu que guardássemos segredo para sempre.

—Verdade — concordou Eli.

— Podem me contar, por favor? — questionei, agitada. — Tudo que eu sei é que ele escalou a sacada e caiu do prédio.

— Em uma roseira — comentou Wade, parecendo estar gostando muito de contar a fofoca, avançando pelo garrafão. — Como um idiota.

— Para com isso — protestou Mickey, erguendo a mão e tentando bloquear o arremesso do Wade sem sucesso. — Ele não estava *tentando* ser idiota, Liz. Ele quer chamar você para sair, e achou que escalar sua sacada e criar todo um cenário romântico talvez ajudasse.

— Que tipo de cenário romântico? — perguntei.

Eu ainda estava tentando processar o fato de que Wes não só tinha escalado meu prédio (*o idiota podia ter morrido*), mas também contado aos amigos que ia fazer isso.

— Tipo, só tinha água e vidro quebrado quando fui para a sacada — expliquei.

— Gente, eu faço as honras — anunciou Eli, sorrindo e saindo da quadra, vindo na minha direção, tirando o celular do bolso. — Aqui estão fotos do Wes se preparando para *cortejar* você.

Por que meu coração estava acelerado? Eu me aproximei, tentando parecer indiferente ao olhar para a tela.

— Aqui é ele voltando da floricultura — informou Eli.

Ele foi passando fotos do Wes carregando flores (*minha nossa, eram margaridas*) para dentro do alojamento. Tinham mais fotos (eram *muitas* margaridas), e engoli em seco.

Como assim, Bennett?

— Estas são minhas favoritas — comentou Eli. — Ele se dedicando muito ao projeto de Artes.

Eu me aproximei ainda mais, sentindo a garganta apertar ao olhar para uma foto do Wes sentado no chão do quarto, com fones de ouvido, colocando pétalas de flores em uma sacola. Ouvi "Stupid Face", do Abe Parker, (*I miss your stupid face*), como um sussurro quando Eli passou o dedo pela tela, mostrando mais uma foto do quarto do Wes, dessa vez com ele escrevendo um cartaz com uma canetinha.

A única palavra que ele tinha escrito era PARA.

O que mais? *O que mais?*

E o que Wes planejava fazer com aquele cartaz?

Ele tinha razão... a Pequena Liz teria amado aquilo.

Ainda bem que ela não existia mais.

Assim como Taylor Swift canta em "Look What You Made Me Do": *A Pequena Liz não pode falar com você agora. Por quê? Ah... porque ela morreu.*

— Não precisa ser babaca, Strauss — interveio Mick, se aproximando. — O resultado ficou *incrível*, apesar do seu vizinho ter destruído tudo.

Ele pegou o próprio celular e me entregou, e eu tinha quase certeza de que minha expressão já não era mais de indiferença.

Porque Wes tirou uma selfie na minha sacada. Era minha sacada na foto, mas tinha sido totalmente transformada com flores e velas.

O Wes tinha feito aquilo.

Era o tipo de coisa que a antiga Liz teria amado.

— Uau! — exclamei, piscando rápido, me sentindo meio abalada. — Isso é... uau.

— E aí? — indagou Wade, arqueando as sobrancelhas e sorrindo. — Você vai sair com ele?

— Até parece que vou discutir minha vida pessoal com você — retruquei, revirando os olhos e tentando conter o embrulho no estômago.

Ele escalou um prédio para montar todo um cenário com flores e velas para mim. *Aff, como assim, Bennett?*

Fazendo questão de parecer bem blasé, completei, em tom de provocação:

—Você não se lembra nem de me perguntar sobre a Campbell quando está sóbrio.

Isso fez Eli rir, mas Mick não se deixou distrair.

— Mas o Bennett é um garoto legal. Você devia dar uma chance para ele.

— É, Buxxie — concordou Wade. — Ele arriscou a própria vida para conquistar você.

Wes de repente apareceu, driblando uma bola, tranquilo, o que não melhorou em nada a agitação dentro de mim.

Porque ele estava com aqueles óculos de novo. Que babaca.

Ele olhou na nossa direção, como se soubesse do que estávamos falando, mas, sem nem perceber o jeito como seus amigos riam, sua atenção se fixou em mim, e ele sorriu. Um sorriso largo e incrivelmente íntimo, aquele sorriso que me deixava sem ar, e meu rosto pegou fogo na mesma hora.

—Você devia chamar ele para sair — incentivou Mick, entusiasmado. —Wes ia ficar louco.

— Tenho que trabalhar — falei, levando a câmera aos olhos.

Eu tinha mesmo que trabalhar, mas também precisava desesperadamente cobrir o rosto para que ninguém visse o quanto eu de repente estava confusa (e completamente perdida).

— Ei, Buxxie! — gritou Wade. — Me passa o número da Campbell antes de ir embora?

— O quê? — perguntei, abaixando a câmera. Amei ver que Wade Brooks parecia sincero pela primeira vez na vida. —Você quer mesmo?

— De repente estou me sentindo inspirado por idiotas românticos — respondeu, com um sorrisinho tímido. — Fazer o quê?

CAPÍTULO TRINTA E TRÊS

"Contos de fadas não existem."

— *Kate & Leopold*

Wes

—Vou ver o que o pessoal do grupo acha — disse Sarah.

— O quê? — perguntei, esfregando a testa. — Que grupo?

Eu precisava encerrar a ligação. Em geral eu ficava animado para conversar com Sarah por telefone, mas eu tinha que fazer um trabalho para a faculdade.

Por outro lado, minha irmã só falava da colega de quarto, então foi bom saber que ela tinha mais amigos na faculdade.

— O grupo que eu tenho com Noah, Adam e Michael — respondeu, como se fosse a coisa mais óbvia do mundo.

— *O quê?* — Era inacreditável, mas ao mesmo tempo fazia sentido. — Vocês têm um grupo? Me coloca lá. Agora.

— Até parece — replicou ela, se divertindo com minha reação. E, se tratando da Sarah, isso não era nada surpreendente. — A última coisa que eu quero é você lá, me desculpa.

— Sobre o que vocês conversam? Só sobre mim? — perguntei, irritado e ao mesmo tempo achando aquilo engraçado.

— Caramba, você se acha, hein? — retrucou ela. — A gente quase nunca fala sobre você. Eu gosto dos idiotas dos seus amigos, só isso.

— Sabe de uma coisa? Vamos conversar os cinco por vídeo. Agora mesmo. Me liga de volta quando todos estiverem conectados — exigi.

Levantei e fiquei andando de um lado para o outro no quarto. Os garotos que moravam comigo no alojamento tinham saído, então tudo estava silencioso.

— Ai, meu Deus! — exclamou ela, rindo, e continuava rindo quando desliguei.

Três minutos depois, eu estava no notebook conversando por videochamada com meus amigos.

— Sério, não faz sentido. — Ouvi Noah dizer, indignado. — Se alguém conhece o nome da maioria das renas do Papai Noel... Dasher, Dancer, Prancer, Vixen, Comet, Cupid, Donner e Blitzen... Com certeza essa pessoa *precisa* saber o nome da rena mais famosa de todas. Quer dizer, se você conhece todas as outras renas, é óbvio que também conhece *a mais famosa*. Que idiota!

— Ninguém fala mal do Rudolph, babaca — disse Adam.

— Que blasfêmia — concordou Michael.

— Podem parar de idiotice por cinco segundos? — perguntou Sarah.

— Por quê? — questionou Noah, confuso com a mudança de assunto.

— Porque Wes está em dúvida se deve insistir no plano de tentar reconquistar a Liz — respondeu Sarah, sorrindo como se eu fosse uma criança tola e fofinha. — Ou se seria melhor desistir, já que a primeira tentativa não deu certo.

— Desiste — disse Noah, sem pensar duas vezes. — Não vai dar certo.

— Vai, sim — retrucou Sarah, na defensiva. — Você não tem como saber!

— Joss disse que a Liz ficou superirritada quando soube que você não a traiu de verdade — argumentou ele. — Não tem como ela se encantar com esse romantismo brega vindo do *Wes*.

— Bem, eu... — comecei a falar.

— É, mas a Liz é a Liz — interrompeu Adam, confiante, como se já tivesse sacado tudo. — Ela ama essas coisas, não é?

— *Amava* — corrigiu Noah. — Segundo a Joss, ela tem, tipo, aversão a romance agora.

— Bobagem — falei, meio para mim mesmo, porque me recusava a acreditar naquilo.

— De qualquer forma, ele precisa pelo menos *tentar* — argumentou minha irmã. — O que Wes tem a perder?

Meu celular vibrou, e a última coisa que eu esperava naquele momento era uma mensagem da Liz.

Liz: Posso fazer uma pergunta?

Eu nunca escrevi uma mensagem tão rápido na vida.

Eu: Diga.

— Para quem você está mandando mensagem? — perguntou Sarah, intrometida como sempre.

— Para a Liz, então fica quieta — resmunguei.

Encarei a tela. Liz estava digitando.

Liz: Na última vez que conversamos (tirando ontem no treino de musculação), nós dois estávamos aos gritos. Então por que vc achou que fosse uma boa ideia escalar minha sacada com flores depois disso?

Aquela... não era a pergunta que eu estava esperando.

— O que ela disse? — indagou Michael, na videochamada no meu notebook.

— É, Wes — insistiu Sarah. — O que ela disse?

— Liz quer saber por que eu levei flores para ela se a gente havia brigado dias atrás — resmunguei, tentando pensar em uma boa resposta.

— Faz sentido — comentou Noah.

Eu: Só porque a gente estava gritando não quer dizer que meus sentimentos mudaram.

— O que você respondeu? — questionou Sarah.

— Não é da sua conta — retruquei. Naquele momento, eu queria que eles desaparecessem. — Shhh.

Liz: Sentimentos? Que RIDÍCULO. O cartaz também era sobre isso? "Sentimentos"?

Então ela estava tentando descobrir o que estava escrito no cartaz?

Talvez isso fosse o que eu *queria* que ela fizesse, que estivesse ao menos um pouquinho interessada no meu grande gesto romântico.

Eu: Era. E eram vários cartazes, na verdade. O primeiro dizia PARA MIM, VOCÊ NÃO É PERFEITA.

Liz: Hum... sei. Baixando minha bola.

Achei um bom sinal ela estar fazendo piada.

Eu: O segundo dizia PARA MIM, VOCÊ É TUDO.

Não esperava uma resposta rápida, porque imaginava que ela estivesse dando um gritinho, vários pulinhos ou mandando mensagem para uma amiga. Mas na mesma hora ela respondeu:

Liz: QUE BABOSEIRA, WES. Desculpa, mas você não me conhece mais. Como eu posso ser "tudo"?

— Por que está com essa cara fechada? — questionou Sarah.

— O que ela disse?

— Conta logo — pressionou Adam. — Estamos curiosos.

Saí da chamada em grupo e liguei para Liz. Eu não esperava que ela atendesse, então fiquei surpreso quando ouvi sua voz.

— Alô?

Levantei e comecei a andar pelo quarto.

— Eu conheço você — falei. — Por favor, né, Liz?

— Não conhece, não — respondeu ela, direta. — Faz anos que a gente não conversa de verdade. Como você pode achar que a gente se conhece?

— Porque a gente se conhece, simples assim — retruquei, consciente de que aquilo não fazia sentido, mas nossa história fazia, sim.

— Ah, é mesmo? Beleza. Qual é meu novo programa de TV favorito, aquele que adoro ver no final de semana?

— O quê? — Pigarreei, refletindo. — Hum, essa pergunta é uma pegadinha, porque você continua gostando de *Gilmore Girls* e dos filmes da Nora Ephron.

— Resposta errada. É futebol americano.

Liz parecia feliz por eu ter errado.

— Espera... o quê? — perguntei.

— Eu amo assistir aos jogos de futebol americano... universitário e da NFL. Está vendo? Você não sabe *nada* sobre mim agora.

— Mas eu *quero* saber — rebati, sentando na cama e virando o corpo para me apoiar na parede. Eu sabia que Liz estava tentando provar algo que não era verdade, mas, apesar disso, era bom conversar com ela por ligação de novo. — Você deveria sair comigo, assim podemos nos conhecer de novo.

— Não, obrigada — respondeu ela, sem hesitar.

— Que tal se for como amigos? — sugeri, com a mesma velocidade. Eu precisava manter o ritmo da conversa. — Não podemos sair como amigos? Não precisa ser um encontro romântico, podemos só comer alguma coisa e botar o papo em dia. Eu gostaria pelo menos de voltar a ser seu amigo. O que vai fazer sexta-feira à noite?

— Já tenho planos — replicou ela, um golpe certeiro. — Nick Stark me convidou pa...

— Para o baile de máscaras de esqui? — interrompi.

Todo mundo estava falando sobre a festa de Halloween. A única exigência do evento era ir fantasiado e usando máscara de esqui (a regra era não expor o rosto).

— Eu também vou — completei, muito animado. Era impossível manter a calma quando se tratava de Liz, ainda mais depois de descobrir que estaríamos no mesmo lugar. — Podemos curtir a festa juntos.

— Mas você não vai conseguir me encontrar — disse ela, e sua voz indicava que estava sorrindo. — Porque eu vou estar de fantasia e com uma máscara de esqui.

— Acredite, Libby — falei, imaginando seus lábios. — Eu conseguiria encontrar você numa multidão de um milhão de máscaras de esqui.

—Você nunca vai saber quem eu sou. Nunca.

Eu queria fazer um cobertor com o calor da voz dela, e me envolver nele.

— Quer apostar? — indaguei, sabendo que ia ganhar. — Se eu te encontrar, você aceita ir a um encontro comigo sábado.

— E aquela história de sairmos como amigos? — perguntou ela, parecendo se divertir com a conversa (mas isso podia ser pura imaginação minha).

— Se vamos apostar, quero apostar alto, Buxbaum — retruquei, reconhecendo a brecha para uma oportunidade inacreditável. — Topa?

— Não — respondeu ela.

Reparei que Liz estava sorrindo. Não sei explicar *como* eu sabia disso, mas simplesmente sabia.

— Ah, fala sério, vai me obrigar mesmo a fazer aquele barulho? — questionei.

— Que barulho?

— O barulho de quando imito um franguinho, porque você está cheia de medo da aposta. Você sabe que eu te conheço bem demais e vou te encontrar de primeira — provoquei, confiante de que ela não ia resistir ao desafio. — Então vai ser obrigada a suportar uma noite adorável com o charme irresistível de Wesley Harold Bennett como castigo por perder.

— Pode me poupar do seu cacarejo... eu topo a aposta — disse ela.

Eu me perguntei se Liz estava no quarto, pronta para deitar, ou estudando em algum lugar.

— Mas precisamos estabelecer regras — completou ela. — Você não pode simplesmente se aproximar de alguém e perguntar por mim, porque aí pode ganhar na sorte.

— Justo. — *Eu amo o jeito como ela pensa.* — Que tal a gente combinar uma palavra que eu tenho que dizer quando vir você?

— Uma palavra — repetiu ela com calma, como se estivesse pensando a respeito. — Gostei. Que tal dizer "eu sou um grande idiota" quando vir a pessoa que com certeza não serei eu?

— Com prazer, sua pestinha — concordei, recostando a cabeça na parede e imaginando o rosto dela. — Mas vai ser você, sim.

— Vai sonhando, Bennett — provocou.

— Já sonho com você toda noite, Buxbaum — retruquei.

O que eu queria mesmo era implorar que ela passasse o resto da vida falando comigo.

— Preciso estudar — respondeu ela, com a voz suave e sonolenta. — Até sexta-feira... se bem que você *não vai* me ver.

Eu te amo.

— Até sexta, Libby — respondi, ansioso com a esperança que corria em minhas veias. — Boa noite.

Depois que ela desligou, fiquei sentado com o celular na mão por um bom tempo, olhando para o nada. De repente, Liz era uma possibilidade de novo, como se alguma coisa pudesse *mesmo* rolar entre a gente, e essa possibilidade fosse a coisa mais assustadora no mundo inteiro.

Em determinado momento, deixei os pensamentos de lado e fiz o trabalho que precisava entregar. Eu estava formatando a droga da página de *referências* — por que isso era tão difícil? — quando meu celular começou a tocar.

Fiquei *chocado* ao ver quem estava ligando.

Helena Buxbaum.

Por que *ela* estava me ligando? A gente só tinha conversado por ligação uma vez, e já fazia uns dois anos. Foi logo depois que

Liz e eu terminamos. Na época, vi uma chamada com o código de Nebraska e atendi, imaginando que pudesse ser alguma empresa de cobrança.

Eu pensei que nunca mais ia receber uma ligação tão incrível quanto aquela.

— *Fica quieto. Não diga nada. Odeio você por ter magoado a Liz, e o Wesley Bennett que era namorado dela está morto para mim. Mas quero que o Wes Bennett, meu vizinho, saiba que estamos sempre aqui. Não importa o que aconteça, ele pode contar com a nossa ajuda, se não tiver nada a ver com nossa filha. Beleza? Tchau.*

Havia poucas pessoas no mundo que eu respeitava tanto quanto Helena.

— Alô? — falei, meio nervoso.

— Ah... Oi, Wes. Quem fala é a... hum... Helena Buxbaum. Não acredito que você atendeu — disse ela, chocada. — Eu achava que só gente velha atendia ao celular. Pensei que fosse cair na caixa postal.

— Eu vi que era você. Então *precisei* atender.

— Você tem um minutinho? Não quero te incomodar, se você estiver numa festa ou algo assim.

Isso me fez rir e relaxar.

— Tenho todo o tempo do mundo. Por incrível que pareça, não tenho nenhuma festa hoje. Pode falar.

— Tudo bem. Então, a moça que mudou para a casa de vocês... a sra. Eggers. Ela parece um pouco neurótica, aliás... Mas pelo jeito ela encontrou algumas coisas que vocês se esqueceram de levar.

— Sério? — Eu mesmo tinha dado uma olhada em tudo antes de ir embora. — O que ela achou?

— Hominhos.

Esperei que ela explicasse melhor, mas Helena não disse mais nada.

— Desculpa, você disse "*hominhos*"? — perguntei.

— Isso aí — respondeu ela, rindo. — E ela entregou seus *hominhos* para mim. Encontrou um colado atrás de cada armário. São uns bonequinhos. Posso mandar uma foto deles?
— Pode, claro — falei, ainda sem entender nada.
— Estou mandando, então.
Quando recebi a foto, surtei.
Eu tinha esquecido completamente deles.
O posto de gasolina no fim da rua tinha uma máquina de chiclete cheia de bonequinhos de plástico, que a gente comprava por vinte e cinco centavos. Sarah comprava os bonecos o tempo todo quando éramos crianças, porque era a única coisa que dava para comprar, e pelo jeito ela tinha guardado todos eles.
Guardado para colar atrás de cada armário da casa quando fôssemos vendê-la.
Olhei para a foto e balancei a cabeça, porque havia um bilhetinho colado em cada um dos bonecos que dizia ESTAMOS DE OLHO EM VOCÊ, SRA. EGGERS.
— Isso é *sério*? — questionei, rindo, ainda olhando para a foto.
— Bem que achei estranho a Sarah querer se despedir de todos os cômodos da casa.
— A sra. Eggers ficou um pouco assustada, mas eu a tranquilizei e disse que todo mundo na família Bennett tem um ótimo senso de humor. Sua irmã é minha heroína, juro!
— Ela é a minha também.
— Então, quando um de vocês estiver na cidade, pode passar aqui para pegar os bonequinhos — disse Helena, pigarreando. — Bem… Íamos gostar muito de ver vocês.
— Nós também. Obrigado por ligar para avisar dos *hominhos*, mesmo eu estando morto para você.
— Não. Você é praticamente Jesus, Wes. Ressuscitou dos mortos porque, pelo jeito, você *não* traiu a Liz.
— Entendi — respondi, mesmo sem ter ideia do quanto exatamente Helena sabia. — Ótimo.

— Então venha quando quiser — falou ela, e pareceu sincera. — Aliás, eu tenho uma lembrança muito boa do seu pai, da última vez que falei com ele. Você quer ouvir? Ou acha melhor não?

— Eu *adoraria* ouvir.

Eu me recostei na cadeira.

— Então... eu estava tendo um dia difícil porque Liz e eu brigamos, né? Isso foi *logo* depois que ela se mudou para a faculdade. Fui tirar o lixo, e Stuart também estava tirando o dele. Eu nunca conversava de verdade com seu pai, nada além de um "oi, Stuart" sempre que a gente se encontrava, cada um na entrada da sua casa, mas ele se virou para mim e perguntou se eu estava bem.

— *Sério?* — perguntei, chocado, porque meu pai não era exatamente sociável.

Não *mesmo*.

— Sério... estranho, né? E eu estava tão deprimida que acabei desabafando com ele. Contei que Liz estava ignorando minhas ligações e que ela tinha pedido um pouco de espaço. Fiquei tagarelando sobre sentir o ninho vazio tão de repente.

É, meu pai deve ter *amado* fazer a vizinha ficar toda emotiva. Provavelmente começou a chamar Helena de *vizinha doida* depois disso.

— Mas, em vez de só resmungar uma resposta qualquer, seu pai me deu um abraço.

Impossível.

— Você está brincando, né?

— Não! Eu também fiquei incrédula. E nunca vou esquecer o que ele me disse, Wes. Ele me abraçou e falou: "Vou te dizer uma coisa sobre os filhos, mocinha." E eu acho que ele nem sabia meu nome, aliás... Para ele, eu *era* a "mocinha".

Dei uma risada.

— Era como ele chamava todas as mulheres — contei, sentindo meu peito arder um pouco.

— Ele falou: "Vou te dizer uma coisa sobre os filhos, mocinha. Eles são burros com as palavras. O tempo todo. Ficam dizendo coisas da boca para fora. Ou eles estão enganados, ou estão emocionados demais... Você precisa entender que o que eles dizem não é necessariamente o que eles querem dizer."

Tentei engolir, mas minha garganta estava se fechando.

— Ele disse isso?

— Aham — garantiu ela, parecendo séria de repente. — Ele deu uma de machão e me "explicou" que nossos filhos nos amam mesmo quando agem feito babacas. Também me garantiu que eles vão crescer e se arrepender do que falaram quando deixarem de ser burros.

Dei mais uma risada, mas meus olhos estavam ardendo.

— O bom e velho Stuart — comentei.

— Como seu pai era bem severo a maior parte do tempo, achei que você fosse gostar de ouvir sobre uma gentileza dele. Provavelmente me deu o melhor conselho em relação a ter filhos que eu já recebi.

— Nos chamar de "babacas" foi o melhor conselho da sua vida? — retruquei, em tom de provocação, a voz um pouco embargada. — Por favor, né, Helena?!

— Seu pai sabia o que estava dizendo, Wes — afirmou ela, baixinho. — Ele sabia o que os filhos dele *realmente* sentiam, mesmo quando as palavras diziam o contrário.

Respirei fundo, trêmulo, me perguntando se ela tinha razão.

— Obrigado, Helena. Você é mesmo...

— Incrível, eu sei — interrompeu, também parecendo estar um pouco emocionada. — E de nada. Agora vamos voltar para a nossa festa?

— Aham — concordei, pigarreando.

— Se cuida, garoto. E a gente se vê no Natal.

— Será?

Ela deve ter esquecido que não somos mais vizinhos.

— Você quer os bonequinhos, não quer? — indagou ela, e algo naquele tom carinhoso fez meu coração amolecer. Ainda mais quando ela acrescentou: — Vou ficar irritada se não vier buscar.

— Então vai ser minha prioridade.

— A gente se vê, Wesley.

— A gente se vê, Helena — respondi, e fiquei com o celular na mesma posição até a ligação ser encerrada.

Deve ter sido coincidência, mas, naquela noite, pela primeira vez em anos eu dormi profundamente e não tive pesadelos.

CAPÍTULO TRINTA E QUATRO

"Eu te garanto que teremos dificuldades. Eu te garanto que, em algum momento, um de nós ou os dois vão querer pular fora. Mas eu também garanto que, se eu não te pedir para ser meu, vou me arrepender para o resto da minha vida. Porque eu sei, no meu coração, que você é o único pra mim."

— *Noiva em fuga*

Liz

— Não posso usar isso.

— Por que não? — perguntou Campbell atrás de mim, estudando meu reflexo no espelho. — Se quer enganar Wes, esse é o jeito. Ele vai procurar uma fantasia que você usaria, então nem vai desconfiar dessa.

Eu sentia um frio na barriga, de tão nervosa. O conselho do meu pai sobre eu não ter que me preocupar com meus sentimentos confusos em relação ao Wes foi ótimo, mas tudo desandou quando comecei a me arrumar para a festa que podia me obrigar a *sair com ele* no dia seguinte.

Será que eu queria isso?

De jeito nenhum.

Mas aquela tentativa idiota de gesto romântico me deixou balançada. Eu não era mais a Pequena Liz, mas também não estava imune a uma demonstração apaixonada como aquela.

Olhei para meu reflexo e quis colocar um casaquinho.

Eu estava com a fantasia da Campbell, um vestido de Batgirl preto de látex e botas pretas que iam até as coxas. O vestido era decotado e curto, mas o que mais me incomodava era o quanto era *justo*.

Colado no corpo, sem espaço para nenhum segredo.

— É, mas é tão... — Hesitei, virando e puxando o vestido para cobrir a bunda.

— Cuidado para não me ofender! — exclamou Campbell, cruzando os braços. — Você está lindíssima. E vai estar com o rosto coberto. Ninguém vai saber que é você se não quiser.

Olhei mais uma vez para minha imagem no espelho. *Ninguém vai saber que sou eu.*

— Só curta a festa e se divirta — disse ela, inclinando a cabeça. — E também pode ficar com pena de mim, que vou ter que usar a sua fantasia de gato.

— Mas a fantasia do *Cats* é fofa. Você vai ficar uma gracinha.

— É, "gracinha" não significa "gostosa", mas vou dar um jeito de me divertir — respondeu ela, abrindo um sorriso.

Fiquei preocupada. Ela tinha passado a noite conversando com Wade no celular e estava toda encantada. Eu gostava de vê-la feliz assim, mas estava com medo de que acabasse se magoando.

Mesmo com um garoto legal, era sempre um risco. Mas com um garoto convencido como Wade? Era preocupante.

— Vou me arrumar. E depois podemos beber alguma coisa antes de sair, combinado?

Bebemos alguns *shots*, e Leo alimentou os guaxinins.

Saímos e chamamos um carro de aplicativo. Campbell estava vestida de Bombalurina, personagem da Taylor Swift em *Cats*, Clark estava de Thor, e Leo estava de cupido (ele costurou um bolso de confete na toga e não via a hora de jogar confete nas pessoas).

— Muito bem, não esqueçam: se precisarem falar comigo, falem *baixo* — pedi, alegre por causa da bebida e entusiasmada com o desafio de não ser descoberta. — Se o Wes seguir o Thor pela festa, vai me achar rapidinho.

— Como se eu fosse ficar perto de *você* — retrucou ele. — Eu também vou procurar alguém.

— O *quê?* — perguntou Campbell. — Quem você vai procurar?

O motorista olhou para nós pelo retrovisor.

Clark deu de ombros.

— Ainda não decidi.

— *Como assim?* — quis saber Leo.

—Tem várias pessoas interessantes esperando pela gente na festa — explicou Clark, daquele jeito bem típico dele, que dava a impressão de que estava sendo irônico, mas não estava.

Tínhamos levantado as máscaras de esqui (decoradas para combinar com nossas fantasias, é óbvio) no caminho, mas cobrimos o rosto assim que paramos em frente à casa do Nick.

— Chegou a hora — declarou Campbell, abrindo a porta.

O motorista deve ter ficado assustado com os rostos cobertos, mas nem pensamos muito nisso porque quando entramos na festa já estava tudo uma loucura.

O que não foi exatamente uma surpresa.

Todos amavam o Baile de Máscaras de Esqui, então o lugar (uma casa de hóspedes em Bel Air) estava lotado. Todo mundo usava máscaras de esqui decoradas. Apesar da barulheira, ouvi a risada do Wes assim que chegamos.

Não o vi, mas sua risada era inconfundível.

Se eu fechasse os olhos, seria transportada para vários lugares graças àquela risada. Aquele som era o fio condutor, a melodia que aparecia em tantas cenas da minha vida, como o tema da Mia e do Sebastian no filme *La La Land*.

Sempre ali, tocando ao fundo.

Meus olhos percorreram o espaço, e talvez devesse ter demorado mais, porém levei apenas um minutinho para encontrá-lo.

Wes estava de Batman.

Que ironia!

Ele usava uma calça de beisebol preta, um cinto amarelo e uma camiseta de manga comprida preta com um morcego amarelo — feito de papel — colado na frente. Estava gargalhando de alguma coisa que a pessoa ao seu lado, vestida de cavalo, dizia, e olhando para ele percebi que teria encontrado Wes mesmo se ele não estivesse rindo.

Porque ninguém era igual a Wes.

Quer dizer, ele era alto, é óbvio, tinha pernas e braços compridos que denunciavam quem era a pessoa por trás da máscara, porém era mais do que isso. O jeito que ele jogava a cabeça para trás quando ria, o pomo de adão proeminente, logo abaixo de onde a máscara terminava, e o jeito tranquilo como se movia, como se pudesse dançar a coreografia de uma boy band ou erguer um carro com a mesma facilidade.

Não havia um ser humano igual a ele.

Além disso, parecia que Wes estava com uma daquelas fantasias acolchoadas para imitar músculos, mas era seu corpo de verdade.

— Preciso de uma bebida — falei.

Arrastei Campbell comigo em direção à cerveja, pensando apenas em três coisas:

Será que Wes ia me reconhecer?

Será que eu queria que ele me reconhecesse?

Eu ia mesmo sair com ele caso me reconhecesse?

CAPÍTULO TRINTA E CINCO

"Você me ama. Verdadeiro ou falso?"

— *Jogos Vorazes*

Wes

Preciso encontrá-la.

Eu estava ouvindo AJ, mas meus olhos percorriam toda a festa. Eu precisava encontrar Liz e ganhar a aposta.

— Então, ela estava com um manto comprido, como se fosse uma feiticeira, alguém da realeza ou algo assim. Ela não estava mostrando nem um centímetro de pele, tipo, não sei nem se é uma garota… pode ser um garoto, uma criança alta ou um bicho-papão baixinho… mas Mick olhou para ela e disse pra gente: "Já volto."

— Sério? — perguntei, virando para olhar para as pessoas do outro lado da sala.

— Sério. Faz uma hora que ele sumiu — respondeu AJ, balançando a cabeça. — Não sei se eles estão se pegando ou se ele foi assassinado.

—Vai saber, né? — resmunguei.

—Você está prestando atenção? — questionou AJ, parecendo irritado por trás da máscara.

— Não — admiti, me virando para examinar a cozinha. — Estou procurando a Liz.

— Ah, a Buxxie! — disse ele, rindo e balançando a cabeça.
— Eu amei essa ideia da aposta. Você precisa encontrá-la! Vou até ficar entediado quando sua aventura acabar.

— Que bom que você está se divertindo às minhas custas.

— Que tal aquela ali? — sugeriu ele, apontando para uma pessoa com uma fantasia de gato.

Era uma fantasia que a Liz usaria (ela com certeza sabia o nome daquele personagem do musical *Cats*), mas não era ela. E eu não achava isso porque reconheceria as curvas do corpo dela de olhos fechados (embora fosse uma habilidade que eu *de fato* tinha) ou algo do tipo, mas por causa das *mãos* dela.

É estranho amar as mãos de alguém?

A pessoa tinha mãos comuns, com unhas compridas cor-de-rosa, mas não eram as mãos da *Liz*. Eu tinha visto Liz tocar piano muitas e muitas vezes, e seus dedos longos e graciosos sempre me distraíram ao percorrer as teclas.

Com unhas cortadas à perfeição e quase sempre pintadas, suas mãos eram muito talentosas.

Será que estou ficando louco? As mãos dela me fazem querer escrever um haikai.

Eu estava determinado a cumprir minha missão, mas ninguém ali era Liz.

Uma hora depois, comecei a entrar em pânico.

E se ela não estivesse na festa? Ou se estivesse, mas eu não a encontrasse?

Não tinha nem pensado na possibilidade de perder a aposta.

Estressado, subi para procurar Mick, e foi quando a encontrei.

O corredor estava lotado, e eu estava quase desistindo quando senti seu perfume.

Fiquei paralisado, olhando ao redor. Tinha uma pessoa vestida de torrada (não era Liz), uma pessoa com uma fantasia de Batgirl de látex (definitivamente não era a Liz), um garoto vestido de cupido com um peito peludo que não tinha a menor chance de ser a Liz, e um Scooby-Doo (com pés grandes demais para ser da Buxbaum).

Eu me sentia cada vez mais impaciente.

Estava prestes a descer quando a Batgirl virou de lado, conversando com o cupido. Havia muito barulho para que eu ouvisse sua voz, e os olhos azuis (não verdes) se destacavam naquela máscara de esqui.

Mas aqueles lábios...

Prestei mais atenção. Os lábios vermelhos reluzentes estavam curvados em um sorriso que eu conhecia melhor que meu próprio reflexo.

Eram os lábios da Liz.

Caramba.

Meus olhos voltaram para a fantasia e eu quase me engasguei.

Aquelas botas, aquelas pernas... *uau.*

Meu olhar viajou por seu corpo, percorrendo sem pressa o látex preto que quase fez meus joelhos cederem, e, quando cheguei à máscara de esqui, não acreditei no que estava vendo.

Ela estava usando lentes de contato coloridas. *Que pestinha!* Queria gargalhar com aquela trapaceira de olhos azuis, tão esperta, assim como queria soltar uma risada alta e sair pulando e comemorando, porque, *obrigado, universo*, eu tinha ganhado a aposta.

Então ia ter aquela Batgirl só para mim por uma noite inteirinha muito em breve.

Avancei pelo corredor lotado e, quando enfim parei logo atrás dela (Liz ainda não tinha me visto no meio de todas aquelas pessoas), senti seu perfume e disse em seu ouvido:

— Eu sou um grande idiota.

Ouvi Liz arquejar. Então ela se virou e me encarou com aqueles olhos azuis enormes.

Aquele batom...

Se suas mãos me deixam distraído, seus lábios me deixam louco.

— Não acredito que você me achou — respondeu ela, a voz ofegante, os olhos arregalados, em choque.

O cupido se aproximou dela e disse algo em seu ouvido, e ela desviou o olhar de mim enquanto ouvia.

Quem era aquele garoto? Ele era meio baixinho, mas musculoso demais (na minha opinião).

E estava perto demais da Liz.

— Tentou trapacear com essas lentes azuis, hein? — provoquei. Não ia deixar um cupido qualquer roubar a atenção dela. — Sua espertinha!

— Faz parte da fantasia — disse ela, dando de ombros.

Foi difícil manter a compostura. Meus olhos definitivamente queriam passear pelo corpo dela, mas mantive-os fixos em seus lábios vermelhos e nos cílios pretos curvados, porque eu não era um babaca.

— Está dizendo que a Batgirl tem olhos azuis, Buxbaum? — retruquei. — Que você sabe disso, com certeza?

— Todo mundo sabe disso, ué — interveio o cupido, e em seguida sorriu para Liz por trás daquela máscara de esqui cor-de-rosa idiota.

Que vontade de acabar com esse cara.

— Acho que a gente devia marcar nosso encontro — falei, tocando seu braço de leve e sentindo um choque quando meus dedos deslizaram pela pele macia da Liz.

— Agora? — perguntou ela, soando irritada.

O que *me* deixou um pouco irritado.

— Façam isso depois — sugeriu o cupido, erguendo a mão como se aquilo fosse uma bobagem que pudesse esperar, e *isso* me irritou muito mais.

Então o garoto colocou a mão no bolso e jogou uma nuvem de confete rosa na minha cara.

— Eu não estava falando com *você* — rebati com os dentes cerrados, procurando uma saída daquela conversa.

Procurei um lugar, qualquer lugar, onde Liz e eu pudéssemos conversar sem aquele idiota.

O que era uma ironia, né? Cupidos não deviam atirar flechas de amor nas pessoas? Aquele garoto era um péssimo cupido. Girei a maçaneta da porta ao lado e ela abriu.

Ainda bem.

— Aqui — falei, abrindo a porta no fim do corredor. — Me dê só dois minutos.

Ela piscou várias vezes. Eu a levei com delicadeza até a porta.

— *Wes...*

— Ela já volta — falei para o cupido.

O garoto inclinou a cabeça, mas não disse nada.

Isso mesmo, cupido... quietinho!

Entramos, mas, assim que a porta se fechou, não consegui encontrar o interruptor. E estava *escuro*.

— *Wes!* — exclamou Liz, se desvencilhando das minhas mãos. — O que foi *isso*?

— Só preciso de um minuto sem o garoto de cupido se intrometendo. Cadê o interruptor? — perguntei, baixinho, tateando a parede.

— Ah, que ótimo — resmungou Liz, ligando a lanterna do celular na escuridão. — Ai, meu Deus!

— Ai, meu Deus mesmo — concordei, paralisado.

Olhei ao redor, observando a escadaria frágil e horripilante à nossa frente, as caixas empilhadas ao lado dos degraus com sabe-se lá o quê.

— Você me enfiou em um sótão? — questionou ela, em um grito sussurrado, como se tivesse alguém ali com a gente.

— Eu não sabia — respondi, estendendo a mão em direção à maçaneta. — Este lugar é assustador.

— Assustador é apelido!

Só que a maçaneta não girou. Fiz força, mas ela não cedeu.

Nem um pouquinho.

— Olha... não surta, Buxbaum. Acho que estamos trancados aqui.

— O *quê?* — indagou ela, segurando a maçaneta por cima da minha mão e tentando abri-la, mas estava completamente emperrada. — Ai, meu Deus!

— Tudo bem — falei, com calma, tirando a máscara de esqui. — Vou mandar uma mensagem para o AJ, e ele vem tirar a gente daqui.

— Também vou mandar uma mensagem para a Campbell.

Liz afastou a máscara, olhando para o celular.

Cada um mandou uma mensagem, a tela dos aparelhos brilhando naquela escuridão assustadora, mas eu não estava nervoso. Quer dizer, a festa estava tão barulhenta que ninguém ouviria se batêssemos na porta, mas nossos celulares estavam carregados, e eu estava ali com a Liz.

Mesmo um sótão escuro de repente parecia o lugar perfeito.

Em pleno escuro, ao lado dela, eu sentia um frio na barriga congelante. *Ela está tão pertinho.* Era a última coisa que eu devia estar pensando, mas meu corpo só conseguia se concentrar em seu cheiro e naquelas botas que estavam tão perto de mim que eu poderia tocá-las.

A tela do meu celular acendeu.

AJ: Estou indo.

— A Campbell também — comentou ela, a tela do celular da Liz também tinha acendido.

— Desculpa ter trazido você para cá — falei, embora não estivesse arrependido por estar trancado com ela no escuro, só se *ela* parecesse infeliz por estar em um sótão escuro comigo.

Eu esperava uma resposta sarcástica, mas tudo que ela disse foi:

— Por que universitários têm um sótão assim?

Ela estendeu o celular, iluminando as caixas cobertas de teias de aranha e formas borradas amontoadas naquele espaço pequeno.

— Porque eles são *serial killers*, óbvio — brinquei, mas meus olhos estavam fixos em seu cabelo na escuridão, na perfeição do seu perfil à luz fraca do celular.

— Óbvio — concordou ela, olhando para mim, vendo que eu a estava observando e logo desviando o olhar.

Ouvi um barulho, como se alguém estivesse girando a maçaneta, mas coloquei a mão e ela não se mexeu. Nadinha.

— Powers? — gritei, me aproximando mais da porta.

Ouvi as vozes dos garotos, mas havia muito barulho para que eu entendesse o que eles estavam dizendo.

A tela do meu celular acendeu.

AJ: Tem um probleminha.

— Ah! — falei.

— Campbell disse que a maçaneta não vira — contou Liz. — Vão procurar o Stark para ver se ele tem uma chave.

— Uma chave? — perguntei, dobrando os joelhos e erguendo o celular para estudar a maçaneta. — Deste lado não parece ter fechadura.

— *Que maravilha* — resmungou ela, irritada.

— Ele deve ter uma chave. — Tentei acalmá-la.

— Você mesmo falou que não parece ter fechadura — rebateu, a voz cheia de frustração.

— Fica tranquila, Buxbaum, vai ficar tudo bem — garanti, me perguntando se aquela irritação era por causa do sótão ou por minha causa. — Você é claustrofóbica?

— *Não* — retrucou ela. — Eu só não queria estar aqui.

Então era por *minha causa*.

— Eles vão encontrar nossos corpos inchados e cheios de mordidas de aranha quando conseguirem destrancar — acrescentou Liz.

Era uma frase que a Pequena Liz diria, e a decepção anterior deu lugar ao entusiasmo.

— Caramba. Como você é sombria.

— Ué, algum bicho teceu todas essas teias, né?

— Prefiro não pensar nisso — respondi, virando a cabeça. — O que será que tem lá em cima?

— Um cemitério de bonecas e manequins bizarros, eu diria.

Ouvi o celular da Liz vibrar, vi a tela acender, então ela falou:

— É a Campbell.

Fiquei olhando seu rosto enquanto ela lia a mensagem.

— *Nãonãonãonão* — lamentou ela, olhando para mim. O rosto de Liz estava iluminado pela tela do celular, os lábios reluzentes, e alguma coisa naquela visão fez meus batimentos acelerarem.

— Olha!

Liz estendeu o celular para que eu pudesse ler a mensagem. O proprietário da casa tinha a chave, mas ele morava a meia hora de distância. Campbell e Leo iam buscar a chave, mas teríamos que esperar eles voltarem.

Eu sabia que não deveria ficar feliz, ainda mais porque era *óbvio* que a Liz estava chateada, mas como eu poderia me conter? Tinha acabado de ganhar meia hora com ela. E ia aproveitar ao máximo aquela situação, tentando melhorar as coisas entre nós dois.

— Já sei o que podemos fazer enquanto esperamos — declarei.

A expressão dela foi impagável, como se Liz achasse mesmo que eu iria sugerir que a gente se beijasse naquele sótão bizarro cheio de teias de aranha.

— Que mente poluída, Buxbaum — brinquei, rindo um pouco. — Minha sugestão é que a gente jogue vinte perguntas, para se conhecer.

— Achei que você já me conhecesse melhor do que ninguém — rebateu ela, em tom de provocação.

— Bem, então é minha chance de provar isso — falei, me perguntando se era possível perder o fôlego por causa do perfume de alguém.

Porque eu não conseguia me controlar, respirando rápido demais sempre que estava perto dela. Só para sentir seu cheiro.

— Mas primeiro vamos ver o que tem lá em cima — sugeri.

— Está falando sério? — perguntou ela, com a voz estridente. — Não vou subir essa escada. De jeito nenhum.

— Ah, Libby, vamos — incentivei, acendendo a lanterna e me aproximando da escada. — Cadê seu espírito aventureiro?

— É isso que a vítima diz em todo filme de terror.

Ela tinha razão, mas, quando coloquei o pé no primeiro degrau, reparei em uma coisa.

— Tem uma janela aqui.

— De onde o Chucky pode nos empurrar para nos matar? — retrucou ela, em tom brincalhão e hesitante ao mesmo tempo.

— Segura a minha camiseta e vem comigo. Vou enfrentar qualquer vilão que aparecer. Prometo.

— É, mas e se você for o vilão?

— O vilão que leva você até o sótão assustador depois de se certificar de que ninguém tem a chave da porta? — questionei, querendo dar um riso de êxtase quando senti seus dedos na barra da minha camiseta. — Eu diria que sou um vilão brilhante.

— É, e eu sei que você não é brilhante — provocou ela, o que pareceu uma vitória.

As provocações sempre foram a forma como a gente se comunicava, então era um indício de que a situação estava melhorando entre nós quando ela esquecia o que havia acontecido e me zoava.

Comecei a subir a escada, e ela me seguiu, segurando a parte de trás da minha camiseta. Eu não esperava que Liz fizesse isso, que me tocasse, então subi os degraus sem a menor pressa.

E, quando chegamos ao topo, uma surpresa... não tinha nada ali.

— Está praticamente vazio — comentei, usando a lanterna do celular para iluminar o espaço.

O sótão grande e amplo estava quase completamente vazio, a não ser por algumas caixas pequenas e uma cadeira de balanço. Era o total oposto do andar de baixo.

— Os fantasmas devem morar aqui — comentou Liz, as mãos ainda nas minhas costas. — Deram uma de Marie Kondo e organizaram tudo.

— Faz sentido — concordei, indo até a janela.

Tentei abrir e, depois de um tempo, consegui. *Isso!* O que eu vi era exatamente o que estava torcendo para encontrar.

— Ah! — falei, sem querer me virar, para que ela não soltasse minha camiseta. — Isso é perfeito.

Saí pela janela até o telhado, que, por sorte, era o lugar perfeito para que a gente ficasse sentado junto. Não era muito inclinado e tinha uma área bem plana logo abaixo da janela, como se o local tivesse sido projetado especialmente para permitir que o morador observasse as estrelas à noite.

— Não sei se a gente deveria ficar no telhado — comentou ela, saindo pela janela atrás de mim. Mas logo ouvi um suspiro.

— Uau.

Nessa hora, olhei para ela. E Liz sorriu, soltando minha camiseta.

— Pois é — falei. — Nada mau para quem ficou preso em um sótão.

— As crianças da família Dollanganger iam amar isso.

— Senta — pedi, apontando para a parte reta em frente à janela que tinha uma viga de madeira em vez das telhas. — E quem é a família Dollanganger?

— *O jardim dos esquecidos...* — disse ela, me encarando como se aquela resposta devesse fazer sentido. Então segurou o vestido (*minha nossa, aquele vestido*) para se sentar no telhado. — O livro, sabe?

— Nunca ouvi falar — respondi, me posicionando ao lado dela.

— Não perdeu muita coisa... não é tão bom assim — comentou ela, se virando para o céu noturno. — A vista até que é bem incrível.

— Uau.

Apoiei os braços nos joelhos e olhei para baixo.

A gente não só conseguia ver as estrelas, como também tínhamos uma bela vista das ruas do bairro. Eu não havia planejado ficar preso no sótão com a Liz, mas as circunstâncias eram maravilhosas.

— Então, primeira pergunta.

— Não aceitei jogar vinte perguntas — rebateu ela. — Só para deixar claro.

— Que fique claro que a srta. Buxbaum vai responder sob coação. Pergunta número um: hoje em dia, qual é sua comida preferida?

Percebi que Liz estava pensando. Parecia hesitante, tentando dar um jeito de *escapar*. Mas era uma pergunta fácil, então ela ia responder.

— Nos últimos tempos, estou viciada em tacos. Os tacos de rua em Los Angeles são maravilhosos.

— Interessante. — Pensei mais uma vez no quanto ela tinha mudado. — Ainda não comi tacos em Los Angeles.

Olhando para a cidade, ela perguntou:

— O que está esperando, Bennett?

— Que seja de graça — admiti. — Comer no campus não me custa nada, então o B-Plate e o Rendezvous são meus novos restaurantes favoritos.

— É uma solução inteligente — comentou ela, se virando para mim.

Eu me perguntei em que ela estava pensando. De algum jeito, eu sabia que Liz ficara se questionando sobre a minha situação financeira.

— Bem, a *minha* primeira pergunta — continuou Liz —, feita sob coação, é: onde Otis está morando?

Isso me fez rir, porque ela sempre fingiu achar meu cachorro irritante, mas dava comida para ele escondida pela cerca.

— Ele agora é filho adotivo de um tal de Michael Young.

— Mentira! — exclamou ela, os olhos arregalados, esquecendo que não sabia mais como agir perto de mim. — Sério?

Assenti.

— Ele não ia poder vir comigo nem com a Sarah para a faculdade, e fiquei com medo de que acabasse sendo deixado de lado se ficasse com a minha mãe. Então o Michael agora é pai dele, e fazemos videochamada uma vez por semana.

— Não acredito — respondeu ela, sem conseguir evitar um sorriso.

—Você tinha toda razão quando Michael voltou e você agiu como se ele fosse a melhor pessoa do mundo — falei, cutucando-a com o ombro. — Ele é mesmo ótimo.

— Fico feliz de saber que eu estava certa. — Ela me cutucou de volta, e eu sabia que Liz estava pensando no quanto ele me ajudou. — Pergunta número dois, feita sob coação, lógico.

— É *minha* vez — reclamei, franzindo a testa, embora eu quisesse mesmo fazer uma dancinha de felicidade, porque ela tinha encostado o ombro no meu.

E Liz queria fazer perguntas para *mim*.

Por favor, que isso não seja um sonho.

— Não estou nem aí — respondeu ela. — Segunda pergunta: como você me reconheceu? Eu devo ter esquecido um detalhezinho e preciso saber o que foi.

Será que havia um jeito de responder sem que eu colocasse em palavras toda minha obsessão por ela? "Eu fiquei procurando suas unhas perfeitas" era uma resposta tão maluca que ela pediria uma medida restritiva.

Mas também... de que adiantaria mentir? Eu não queria mais mentir para ela.

— Seu cheiro — expliquei, e é *óbvio* que minha voz ficou embargada, como se eu fosse um adolescente apaixonado. — Senti seu perfume, e aí vi seus lábios.

— *Meus lábios?* — repetiu ela, bufando como se tivesse sido uma coincidência boba.

— Libby, não sei se você sabe disso, mas eu sou *obcecado* pelos seus lábios. — Era melhor não continuar com a explicação,

mas ela começou a piscar, desconcertada, e eu me empolguei:
— Nunca vi nada tão lindo quanto seus lábios, seu sorriso, então esse batom vermelho reluzente é, tipo, um pedaço de tecido vermelho, e eu sou...

— Por favor, agora não diga que você é um touro — interrompeu ela.

— É como um pedaço de tecido vermelho para este touro — acrescentei, incapaz de desviar a atenção de seus lábios.

— Quero distância de garotos que se referem a si mesmos como bovinos perigosos — sussurrou ela, e sua voz não passou de um suspiro.

— Bovinos perigosos? — repeti, o olhar fixo no dela, tão pertinho, e eu nem sabia mais do que estávamos falando com seus lábios quase colados nos meus. — Você sabe *mesmo* como fazer um garoto se sentir constrangido.

Ela deu de ombros.

— Qualquer garoto que se compare a um touro *é* constrangedor por si só.

— Que cruel — comentei, balançando a cabeça e voltando a me concentrar na boca dela, naqueles lábios perfeitos. — Mas não consigo tirar os olhos da sua boca, é sério.

Ela engoliu em seco, mas não disse nada, e eu não sabia se isso era bom ou mau sinal.

— Posso fazer uma pergunta? — questionei, focando em seus olhos como se um fio invisível me puxasse até ela.

— É assim que o jogo funciona — falou, mas saiu quase como um sussurro.

— Se a gente fosse só um Batman e uma Batgirl qualquer em uma festa, sem um passado, e a gente ficasse trancado em um sótão e fugisse para o telhado...

Liz me olhou com interesse, e foi como se eu estivesse completamente inebriado.

— E... — incentivou ela, e dessa vez foi *mesmo* um sussurro.

— E eu fizesse isto... — Abaixei a cabeça e respirei o mesmo ar que ela. — Você deixaria eu te beijar?

— Nesse caso... — respondeu ela, seus lábios quase tocando os meus. — Acho que sim.

Minha cabeça explodiu.

— Mas não é esse o caso... — sussurrou ela, quase fechando os olhos.

— Mas...

Passei os dedos pelo seu rosto, minha mão tremendo enquanto ela me encarava. Liz não se afastou.

— E se a gente fingisse? — sugeri.

Ela engoliu em seco e ficou em silêncio.

E mesmo assim não se afastou.

Parecia que estávamos orbitando um em volta do outro, pairando, esperando que alguma coisa acontecesse.

Então baixei a cabeça e falei, assumindo o papel de Batman:

— Por favor, Batgirl.

— Hum — sussurrou ela.

Em seguida, Liz deslizou os dedos pelo meu cabelo e puxou minha cabeça, aproximando nossos lábios.

O tempo começou a passar mais devagar, tudo em câmera lenta. Quando minha boca encontrou a dela, senti suas mãos em mim. Todas as minhas terminações nervosas pareceram alertas, cada pelo do corpo ficou arrepiado, porque a presença de Liz dominava todos os meus sentidos.

E aí tudo explodiu.

Saiu do controle.

De repente, minha boca se abriu para receber a dela, minhas mãos deslizaram por sua pele macia, e segurei seu rosto. Estremeci quando ela inclinou a cabeça e abriu os lábios junto dos meus, seus dedos puxando meu cabelo de leve e a língua se insinuando dentro da minha boca. O jeito como Liz me beijou foi muito sensual, e minha cabeça explodiu quando ela soltou um murmúrio — de impaciência — que deixou toda a indecisão para trás.

Eu me esqueci de tudo — onde estávamos, como manter a calma — e devorei cada centímetro de sua boca, desesperado por todos os beijos que Liz estivesse disposta a me dar. Ela assumiu o controle, suas leves mordidas me levando à loucura enquanto a língua me aquecia com voracidade, e senti um aperto no peito.

Será que estou tendo um infarto?

Liz sempre beijou como se fosse uma deusa mitológica do amor, exigindo tudo e entregando ainda mais, e (*caramba, obrigado, universo!*) isso não tinha mudado.

Senti meu coração acelerar e um pensamento (*é a Liz, é a Liz*) gritar em minha cabeça. Levei as mãos até a cintura dela e a puxei para ainda mais perto de mim naquele telhado, abraçando-a e apertando seu corpo contra o meu com mais força (*ela é o meu lar, ela é o meu lar, ela é o meu lar, ela é o meu lar*), enquanto eu devorava seus doces lábios como se fossem uma iguaria que eu nunca mais provaria de novo. Eu queria segurá-la ali e nunca mais soltar. Aproveitei cada segundo, sentindo os braços dela ao redor dos meus ombros, aceitando tudo que Liz estava disposta a me dar e puxando-a para mim.

Sua respiração ficou irregular, e adorei isso, porque a minha também estava. Eu ouvia os barulhos da rua lá embaixo, mas tudo que importava era Elizabeth Buxbaum. Nem um estádio cheio de figuras religiosas nos assistindo teria feito eu me conter naquele momento.

Nem um pouco.

Não mesmo.

Aproveitem o show, pessoal.

Abri os olhos. Precisava confirmar que era mesmo Liz e que ela estava de fato em meus braços, e seus olhos reluzentes se abriram no mesmo instante. Trocamos algo naquele olhar — perguntas, talvez —, mas não paramos de nos beijar. Nossas bocas foram ficando lentas, línguas roçando e dentes mordiscando, e de algum jeito aquilo era ainda mais sensual do que os beijos selvagens e vorazes.

Foi como tantas outras vezes, beijos roubados em momentos tranquilos — no quarto dela na universidade, no meu, na praia ao pôr do sol —, antes de eu ter perdido a cabeça e perdido Liz também.

Ela piscou, atônita, e uma ruguinha se formou em sua testa.

Afastei os lábios só um pouquinho e sussurrei:

— Tudo bem, Libby?

CAPÍTULO TRINTA E SEIS

"Bom, não é que eu não goste de você, Susan, porque afinal em momentos de paz quando me senti atraído por você... é, o fato é que não ouve muitos momentos de paz."

— *Levada da breca*

Liz

Se eu estava bem?

Depende.

Por um lado, eu estava com calor e frio ao mesmo tempo, me sentindo mais viva do que me sentia em anos. *Dois anos*, para ser exata. Por outro, senti o estômago revirar quando olhei para ele, porque aquela era uma péssima ideia. *Aquele rosto lindo* era o que eu sempre tinha imaginado nas vezes em que chorei ao longo daqueles anos.

Embora Wes *não* tivesse me traído, minha mente não esquecia o fato de que ele era a personificação do meu coração partido.

Nossa, eu estava mesmo me dispondo a viver tudo aquilo de novo com ele?

Eu era uma boba, não era?

Uma tremenda boba.

E meio que queria continuar ali, sendo boba.

Assenti, concentrada em seus olhos castanhos e me perguntando como eu poderia me sentir segura com aquela situação. Ele me observou, a expressão indecifrável, os dedos acariciando minhas costas.

— Não acredito que o Otis mora com o Michael agora — falei.

Ele franziu um pouco as sobrancelhas, como se estivesse um pouco confuso.

Ou como se não tivesse gostado do que eu disse.

Acho que Wes esperava que conversássemos depois do beijo, porque, por mais que quiséssemos fingir, não éramos o Batman e a Batgirl em uma festa qualquer. Super-heróis de mentirinha não se beijavam *assim*. Tudo naquele beijo foi como voltar para casa, como um reencontro, um acordo.

Aquele beijo foi digno dos protagonistas de uma história de amor, correndo um em direção ao outro enquanto a música chegava ao seu ápice.

Aquele beijo foi Elizabeth Bennet dizendo ao sr. Darcy que as mãos dele estavam frias.

Nossa, foi o beijo que diz para os telespectadores que os personagens vão *enfim* ficar juntos.

Mas nós não tínhamos chegado a nenhum acordo, e eu não estava pronta para conversar.

Porque eu não sabia o que estava sentindo ou o que queria.

— É, e ele ama morar com o Michael — respondeu Wes, sem tirar as mãos da base das minhas costas, me segurando, e senti o toque de todos os seus dedos.

Seus olhos escuros eram intensos, tão *fixos* em mim que Wes parecia enxergar todos os meus pensamentos.

— A gente acabou de se beijar, Libby — disse ele.

Engoli em seco e me virei para a noite lá embaixo, porque não aguentava encará-lo. Olhar para Wes estava me deixando muito confusa.

— A gente estava fingindo, lembra? — retruquei.

Ele fez um barulhinho debochado.

— Por favor...

— O quê? — perguntei, como se não fosse nada de mais.

Como se aquele beijo não tivesse confundido meus pensamentos.

— Como assim *o quê*? — indagou ele, meio sorrindo, mas com a voz bem séria. — Isso não foi fingimen...

— Liz? — chamou Leo de dentro do sótão.

— Aqui fora — gritei, me afastando um pouco do Wes e levantando sem jeito.

Cambaleei por conta do salto fino, mas a mão dele estava *bem ali*, me firmando, como se pertencesse ao meu corpo.

—Tem certeza de que está tudo bem? — questionou ele, baixinho, me observando com uma expressão indecifrável.

— Estou bem — falei, fitando aqueles olhos escuros.

De repente, Leo surgiu na janela.

—Vocês estão livres — anunciou ele.

Campbell estava ao lado de Leo com uma lanterna *de verdade*.

As máscaras de esqui deles me deixaram meio desnorteada, porque eu estava a um milhão de quilômetros dali, em um mundo onde só havia Wes Bennett e as estrelas.

— Obrigada por terem ido buscar a chave — falei, me abaixando para entrar.

— Imagina — disse Leo, me ajudando. — Foi terrível?

Senti Wes atrás de mim. Ele também estava esperando aquela resposta.

Não, não foi nada terrível. Era isso que me confundia no fim das contas. Estar com Wes nunca era terrível. Eu podia ficar trancada em um sótão bizarro cheio de aranhas, ser obrigada a me refugiar no telhado, mas acabava me divertindo.

E ser beijada *daquele* jeito, como se ele estivesse indo para a guerra e soubesse que nunca mais ia beijar alguém...

— Não — respondi, e percebi que minhas mãos estavam tremendo. — Eu estava com o Batman, então ficou tudo bem.

— E aí, Wes? — cumprimentou Campbell, sorrindo para ele e me lançando um olhar de "que droga, hein?". — Se você é mesmo o Batman, por que não conseguiu sair daqui?

—Talvez eu não quisesse sair — retrucou ele, com aquela voz grave. *Sério*, eu não podia olhar para ele.

Leo deu uma risadinha.

— E quem é *você*? — perguntou Wes.

A voz dele tinha o mesmo tom que Wes teria usado se estivesse com muito nojo.

— Eu sou o cupido, o deus do amor — respondeu Leo, todo dramático, jogando um punhado de confetes no Wes. — Vamos tomar alguma coisa, menino Batman.

— *Ei!* Menino, não. É Bat*man*, um *homem* — resmungou Wes.

Leo e Campbell caíram na gargalhada.

Todos saímos do sótão e, assim que pisamos no corredor, voltamos ao caos barulhento da festa, que estava ainda mais cheia do que antes. Depois de descer a escada atrás do Leo, morrendo de vergonha porque tinha perdido minha máscara de esqui, e todo mundo ver que a Batgirl de látex era a Liz Buxbaum, eu me virei e percebi que Wes tinha sumido.

Dei uma olhada na multidão, mas não o vi em lugar algum, e fiquei em pânico.

Será que agora ele ia me evitar? Será que estava irritado?

Eu odiava o quanto Wes ainda conseguia me deixar insegura depois de tudo que tinha acontecido, como se as coisas pudessem mudar a qualquer momento.

Mas então meu celular vibrou.

Wes: Três coisas, Buxbaum

Wes: Estou mais obcecado por seus lábios do que nunca

Wes: AJ quase entrou em uma briga, então estamos indo embora antes que ele faça algo idiota

Wes: Passo pra te buscar amanhã às sete da noite

CAPÍTULO TRINTA E SETE

"Nunca vou parar de tentar. Quando se acha nossa alma gêmea, nós não podemos desistir."

— *Amor a toda prova*

Wes

— Nossa, olha só para o nosso garoto!

Entrei na sala e dei uma voltinha, sorrindo para AJ e Wade, que tiraram sarro do meu paletó e da minha gravata. Eu sabia que talvez tivesse exagerado, mas aquele não era um encontro qualquer.

Era o encontro que podia mudar tudo.

Então, sim, eu caprichei um pouco mais na minha aparência.

— Mick está no quarto? — perguntei, ansioso para ir logo.

Ele tinha topado me emprestar a Alice, o carro dele (depois de eu implorar muito), então eu queria pegar logo a chave e sair.

— Aham — respondeu Wade. — Mas acho que está falando no celular.

Bati à porta e a abri.

— A chave, por favor — pedi.

Mickey tirou os olhos do computador e perguntou:

— Você já está pronto?

— Oi, Wes — cumprimentou a mãe dele, sorrindo na tela. Ele conversava com ela todos os dias, era um verdadeiro filhinho da mamãe, e eu estaria mentindo se dissesse que não sentia um pouco de inveja do quanto eles eram próximos. — Como está o tornozelo?

Olhei para Mick, que deu de ombros.

— É uma história engraçada — falou Mick —, então tive que contar para ela.

— Está melhor, sra. Solomon — respondi. — Obrigado.

— Belo terno — elogiou ela, fazendo um gesto para que eu desse uma voltinha. — Hoje é o grande encontro?

— Nossa, Mick contou minha vida inteira para a senhora? — perguntei, rindo, embora estivesse muito nervoso.

— É lógico. Ela gosta de saber o que meus amigos andam aprontando — disse Mick, tirando o chaveiro do bolso e o jogando para mim. — Cuida da Alice... ela é frágil.

— Pode deixar. Obrigado mesmo, cara.

— Sem problema.

— Boa noite, sra. Solomon — falei, acenando para a mãe dele.

— Boa noite e boa sorte, Wesley.

Assim que fechei a porta do quarto e ele voltou a falar com a mãe, calcei os sapatos. Foi difícil amarrá-los enquanto eu mostrava o dedo do meio para AJ e Wade, porque eles estavam tirando fotos minhas como pais orgulhosos do filho indo para o baile de formatura.

Dei risada quando eles se despediram todos amorosos. No caminho até o apartamento da Liz, comecei a ficar nervoso. Não pelo fato de estar com ela, isso era a coisa mais fácil do mundo.

Eu estava nervoso porque me sentia muito esperançoso.

Tudo o que eu queria estava tão perto (*enfim ao meu alcance*) que eu estava morrendo de medo que simplesmente desse tudo errado.

Isso explicava por que mal consegui falar quando Liz abriu a porta e disse:

— Oi.

Não consegui pensar em uma resposta, ou em qualquer palavra, então repeti a da Liz, com o coração disparado:

— Oi.

Ela estava na porta do apartamento. Parecia uma deusa, e eu fui reduzido a um homem das cavernas a encarando, boquiaberto. Liz estava com um vestidinho preto que deixava seus ombros à mostra, assim como boa parte das pernas, e usava sapatos de salto alto preto com tiras ao redor do tornozelo.

Isso me distraiu demais.

— Parece clichê dizer isso no começo de um encontro — falei, perdido naqueles cachos longos que emolduravam seu rosto —, mas você está tão maravilhosa, Buxbaum.

O arco de suas sobrancelhas, o rubor em seu rosto, o brilho em sua boca... Será que algum dia eu me cansaria de olhar para ela? Seu rosto era a única coisa que meus olhos queriam ver.

E o cheiro dela também era incrível.

— Obrigada — disse ela, com um sorriso. — Você fica bonito de terno, Bennett.

— Para de dar em cima de mim... eu acabei de chegar — brinquei, tentando me acalmar.

Mas aquela noite parecia importante para nós dois, uma oportunidade. Não havia margem para erro, então eu estava determinado a fazer valer a pena.

— Desculpa ser tão assertiva — respondeu ela, em tom de provocação. — Foi mal.

— Você precisa ir mais devagar — retruquei, amando seu sorriso quando ela inclinou a cabeça e fingiu irritação. — Vem que eu te ensino a flertar com as pessoas.

— É disso que tenho medo.

Nenhum de nós disse uma palavra sequer no elevador, mas fiquei impressionado com minhas habilidades de parecer descontraído apesar do aperto no peito e dos batimentos acelerados, que certamente estavam na casa dos três dígitos (nem um pouco saudável).

Até aqui, tudo bem.

— Mickey me emprestou o carro. Eu dei uma aspirada nele, mas o carro é meio temperamental — expliquei quando saímos do prédio dela.

— Alice e eu somos velhas amigas, tudo bem — respondeu Liz. — Pelo menos está andando.

Eu continuava maravilhado com o fato de ela ser amiga dos garotos do time, que eram meus novos amigos.

—Verdade — concordei, e fiquei feliz por ela parecer nervosa.

A minha esperança era que isso significasse que Liz também entendia a importância daquela noite. O bom era que nós dois parecíamos nervosos, mas não era um constrangimento marcado por tensão.

Era uma ansiedade que todo mundo sente por causa de um primeiro encontro.

Mas então eu dei a partida e as coisas ficaram estranhas.

Ela estava colocando o cinto quando arranquei, e cantarolou junto da música do rádio.

Três segundos depois, Liz perguntou:

— É "City of Stars", do filme *La La Land*?

Mantive os olhos no trânsito.

— É, sim — respondi, tentando não parecer muito convencido com a escolha.

— Uau! — exclamou ela, um pouco confusa com aquela música ressoando na lata-velha do Mick. Confusa, não encantada. — Faz muito tempo que não escuto essa.

Eu tinha colocado aquela de propósito, porque Liz amava essa música, então fiquei chocado quando ela apertou o botão para trocar para a próxima.

Fazer o quê, né?

Infelizmente, as músicas estavam no modo aleatório, e começou "Club Sandwich", do Joey Valence & Brae. Então, em vez de uma música romântica, o interior da Alice foi tomado por um punk meio rap sobre comer um sanduíche *na balada*.

Uma música ótima para correr, mas não muito boa para um encontro.

— Que música é *essa*? — questionou ela.

Dei uma espiada em sua direção, e parecia que ela estava segurando um sorriso. Então tudo bem.

— "Club Sandwich" — respondi, rindo, porque era *ridículo* que minha música perfeita para o encontro tivesse sido substituída por uma dupla de hip-hop. — É ótima para se exercitar.

— Não sei se acredito em você — provocou ela, *enfim* sorrindo.

I'm in the club with my sandwich
Yo, call that a club sandwich…

— É, eu entendo — admiti. — Mas mereço parabéns por ter encontrado uma música que Liz Buxbaum não conhece, né?

— Aham — concordou ela, conectando o próprio celular no rádio por Bluetooth. — Aqui… para purificar o ambiente.

Reconheci a música logo na primeira nota, embora ela provavelmente imaginasse que não. Eu ouvi muito LANY na Área Secreta quando estava sozinho e depressivo em Omaha, e "Cowboy in LA" era uma das minhas músicas preferidas para cutucar aquela ferida irônica que minha vida tinha se tornado na época.

— Aonde você vai me levar? — indagou ela, olhando pela janela.

Eu achava que tinha escolhido o lugar *perfeito*, mas quando ela passou a música que eu pensava que seria a trilha sonora perfeita, comecei a duvidar da minha decisão.

— No Smoke House.

Quando nos mudamos para Los Angeles, dois anos antes, sempre dizíamos que um dia iríamos ao restaurante do filme *La La Land*. Então, para aquela noite… que lugar seria melhor do que aquele, com a música preferida da Liz como trilha sonora tocando no caminho até lá?

Ela ficou em silêncio, e eu me perguntei se tinha feito uma péssima escolha. Queria proporcionar uma noite perfeita para Liz, um novo começo para a nova versão da nossa história e, para falar a verdade, eu tinha acreditado que estava arrasando.

Eu não saberia dizer por quê, mas percebi que alguma coisa estava errada.

— Pode ser?

— Lógico — respondeu ela, forçando um sorriso. — Estou animada.

Eu estava desconfiado de que *não* era verdade.

Mas por quê?

Será que Liz odiava *La La Land* agora? Nossa, ela amava aquele filme, embora chorasse sempre.

Odeio não conhecer a Liz como eu conhecia.

Eu estava fascinado pela pessoa que ela tinha se tornado, mas aquela noite parecia ser uma daquelas em que era crucial acertar todas as respostas. Então não fiquei feliz quando, ao parar na entrada do estacionamento, o motor fez um barulho estranho. Pareceu uma tosse, e então o carro engasgou e morreu.

Não, não, não, não.

— Isso não é nada bom — resmunguei, virando a chave e acelerando, mas o carro chiou e não pegou. — Vamos, Alice!

Droga.

— Boa noite, senhor — falou o manobrista, abrindo minha porta e olhando para o carro como se fosse doloroso ser obrigado a encostar naquela lata-velha.

— Senhorita. — Ouvi outro funcionário elegante cumprimentar Liz ao abrir sua porta.

— Só um segundo — pedi, tentando dar a partida. — Ela precisa de um minutinho.

Droga, droga, droga.

Liz saiu do carro e subiu no meio-fio, e fiquei tentando fazer o carro pegar várias vezes, mas não estava dando certo.

Que loucura, né? Eu sentia a cara feia do manobrista olhando para mim.

— Não sei o que está acontecendo — expliquei, virando a chave várias vezes como um idiota.

— Senhor, precisamos tirar o carro da entrada do estacionamento — disse o manobrista.

Ah, jura?!

— Estou tentando, amigão — rebati.

Minha vontade era que o manobrista desaparecesse.

— Não podemos deixar o veículo parado aqui — insistiu o funcionário, fazendo um gesto para Liz, como se ela tivesse o poder de ligar o carro num passe de mágica.

— Nós também não — respondeu ela, em voz alta. — Estamos fazendo o possível para resolver.

— Senhor, vai ser necessário empurrar o carro até ali — instruiu o manobrista, dessa vez para mim, apontando para uma vaga nos fundos. — Depois pode chamar um guincho.

Eu senti os outros clientes e Liz me observando. Morri de vergonha. Ela devia estar muito constrangida por estar ali comigo.

E por aquela situação toda.

— Bem, então vou precisar da sua ajuda — falei para o manobrista, cerrando os dentes de raiva. — Poderia entrar no carro e dirigir enquanto eu empurro?

— Infelizmente é contra as normas da casa — respondeu ele, parecendo muito feliz com a existência das tais normas.

É, infelizmente mesmo, seu babaca.

— Eu dirijo — ofereceu Liz, dando a volta no carro. — Mas vou dizer uma coisa... Você não é lá muito prestativo, Gregor.

Eu teria dado risada, mas estava ocupado descendo do carro e sendo o foco da atenção de todos ao redor. Em minha visão periférica, percebi que minha gravata estava torta.

—Vou ligar para o Mickey, porque você *não* vai ajudar vestida assim — falei para Liz, com o rosto ardendo de vergonha.

—Vou, sim — rebateu ela, revirando os olhos como se achasse ridícula a ideia de não ajudar.

— Não vai, *não* — repeti, e dessa vez *eu* revirei os olhos.

— Cala a boca e empurra, Bennett. Eu dirijo — insistiu ela, colocando as mãos em meu peito e me dando um empurrãozinho. — E pode parar com essa cara emburrada.

Caramba, eu amo essa garota.

Olhei para sua expressão teimosa.

— *Tá bem* — respondi.

Ela entrou no carro e colocou em ponto morto.

—Vai — gritei.

E Liz dirigiu enquanto eu empurrava. A noite estava quente, então eu estava suando muito quando o carro enfim parou no lugar que o manobrista tinha indicado. Ela desceu.

— *Mil desculpas* por tudo isso — falei, pegando a chave e colocando a mão nas costas da Liz, guiando-a até a calçada em frente ao restaurante.

— Não tem problema — respondeu ela, dando de ombros. — O carro nem é seu.

Liguei para o guincho e, depois de acertar os detalhes, estendi a chave para Gregor, o Babaca.

— Temos uma reserva, e o guincho chega daqui a uma hora para pegar o carro. Aqui está a chave.

Gregor olhou para o chaveiro como se fosse nojento.

— Sinto muito, senhor, mas vai ter que ficar com o carro até o guincho chegar.

— Mas vamos perder a reserva — argumentei, calmo, me recusando a deixar que a raiva levasse a melhor. — Já informei que a chave está com o manobrista.

— São normas da empresa... O senhor precisa ficar com o carro.

— Podemos mudar a reserva? — interveio Liz. — Entramos assim que vierem buscar o carro.

— Sinto muito, senhorita, mas estamos lotados hoje, então não podemos fazer nenhuma alteração na reserva.

—Vou deixar a chave no carro, então — retruquei.

Minha vontade era surtar, dar um ataque. Por que aquilo estava acontecendo logo na noite em que deveríamos aproveitar um encontro *perfeito*?

— Senhor, precisa ficar com o carro até o guincho chegar.

Olhei para Liz, então me virei para Gregor.

— E se eu não ficar? — indaguei.

— Infelizmente, vamos guinchar seu carro se o senhor não permanecer junto do veículo. Aqui é uma área particular.

— Ora, que sugestão perfeita. Porque o carro *já vai* ser guinchado — rebati, com os dentes cerrados. Minha vontade era socar Gregor, o Babaca. — Nós vamos entrar para comer, Greg.

Peguei a mão de Liz e tentei levá-la até o restaurante, mas ela nem se mexeu. Olhou para mim e disse:

— Wes, é o carro do Mick. É a Alice. Não podemos deixar que acabe sendo rebocado para um lugar qualquer.

Passei a mão pelo cabelo e percebi que o encontro perfeito estava arruinado.

— Mas temos uma reserva.

— Eu nem estou com fome — respondeu ela, dando de ombros. Então acrescentou, bem alto: — E fiquei sabendo que a comida daqui é uma *droga*.

Casa comigo, Buxbaum.

Ela apertou minha mão.

—Vamos esperar pelo guincho — falou Liz —, e depois pensamos em um plano B.

Soltei um suspiro, estudando seus olhos em busca de qualquer pingo de decepção, mas não encontrei nada.

— Tem certeza?

— Sim — disse ela, assentindo. — O plano B é sempre mais divertido.

CAPÍTULO TRINTA E OITO

"Meus pesadelos normalmente têm a ver com perder você. Eu fico legal quando percebo que você está aqui."

— *Jogos Vorazes: Em chamas*

Liz

— Ele está olhando?

Dei uma espiada na direção do manobrista. Minha barriga estava doendo de tanto rir.

— Ah, está, sim. Ele quer *matar* a gente.

— Ótimo — respondeu Wes, abrindo um sorriso.

Ele sentou no porta-malas ao meu lado, na toalha de plástico vermelha e branca que tinha estendido ali.

Quando eu disse as palavras "plano B", Wes ficou com aquele brilho nos olhos. Em um instante, já quis aprontar. Wesley Bennett reuniu uma energia que só ele tinha — abriu o aplicativo de delivery no celular e fez um pedido. Vinte minutos depois, estávamos tendo um jantar à luz de velas no porta-malas do carro.

Ele encomendou pelo aplicativo a toalha, as velas e um globo espelhado a pilha, e depois um lanche do McDonald's. Ficamos ali comendo Big Mac, sentados, e os alto-falantes do carro do Mick reproduziam a música "Fuck You", da Lily Allen.

Sem parar, uma vez após a outra.

— Boa escolha musical, Buxbaum — elogiou Wes, levando o hambúrguer à boca.

Percebi que não havia conseguido tirar os olhos dele desde que Wes foi me buscar. Ele sempre foi muito bonito, mas, depois de tanto tempo, era muito mais que isso.

Wes estava maior, mais forte, mais musculoso... quase lindo demais para ser verdade.

E o terno amplificava aquela beleza toda, elevando-a a um nível impressionante. Quase engoli o chiclete quando ele apareceu à minha porta para me buscar.

— Achei que a versão da Lily Allen seria mais elegante que a do CeeLo Green — comentei, feliz por estar escuro demais para ele ver meu rosto corado.

— E é por isso que você é a especialista — retrucou ele, dando uma mordida no hambúrguer. — Elegância incomparável.

Comecei a rir, feliz pelo carro ter dado problema.

Porque eu me sentia mais segura com Wes quando estávamos bem longe de ser quem havíamos sido quando namoramos. Lanchar sobre o porta-malas de um carro em frente a um restaurante famoso de Burbank era uma versão muito diferente de nós dois. Parecia que éramos apenas dois estudantes da Universidade da Califórnia em um encontro, não ex-namorados com um passado complicado.

E com isso eu conseguia lidar.

Era como se nossa história fosse cansativa e confusa demais para o meu coração, como uma questão difícil em uma prova de Álgebra, então parecia mais fácil pulá-la e simplesmente passar para a próxima. Era uma questão importante, óbvio, mas como eu ia entregar a prova se não sabia nem como começar a resolver aquela equação?

Era complexo demais.

Quando ouvi "City of Stars" a caminho do restaurante, não consegui parar de pensar em todas as vezes em que assistimos ao filme juntos. Nós achávamos fofo eu *sempre* cair no choro quando Mia via Sebastian no restaurante, e Wes fazia questão de me beijar até que eu parasse de chorar.

Então, ele ter feito uma reserva no *restaurante do filme*, o lugar de que tanto falamos na *primeira vez* que estudamos na Universidade da Califórnia juntos... Nossa, tive que me segurar para não ficar com os olhos marejados quando Wes me contou, todo orgulhoso, sobre seu plano romântico incrível.

Era avassalador demais me reconciliar com tudo aquilo.

Mas estar ali com ele no porta-malas do carro era diferente o bastante para que eu pudesse relaxar um pouco. A parte de mim que queria muito ficar com Wes queria seguir por aquele caminho, desejava apenas fingir que o passado não existia, nem que fosse só por uma noite.

Não fazia muito sentido, mas meio que parecia uma brecha. Um jeito de pular para a parte boa.

— E aí, como vai o estágio com a Lilith? — questionou ele, pegando o refrigerante. — Fiz umas pesquisas e descobri que ela é, tipo, bem importante, né?

— Pois é — respondi, pegando uma batata frita. — Ela é influente, e é uma oportunidade incrível.

Desatei a falar, porque era impossível não ser fã da Lilith. Contei ao Wes sobre o trabalho dela, as ideias que ela tinha para minha carreira, e ele fez todas as perguntas certas.

— Então você conseguiu um emprego na área de licenciamento, com um salário bom e benefícios, e sua função é colaborar com todas as pessoas com quem você quer trabalhar depois, como supervisora musical? Que genial!

— Aham! E ela me ajuda muito todos os dias. É loucura o quanto eu já aproveitei desse estágio, e está só começando.

— Mas você não está enlouquecendo com tanto beisebol? — indagou ele, estendendo a mão para pegar o picles do meu hambúrguer. — Espera... posso?

Isso me fez rir.

— Sim, eu continuo odiando picles. Pode pegar.

— Oba! — exclamou ele, comendo o picles.

— E estou, *sim*, enlouquecendo com tanto beisebol, mas só porque é difícil arranjar tempo para estudar — falei, limpando os dedos em um guardanapo. — Na verdade, eu gosto de produzir conteúdo sobre esportes, acredite se quiser.

— Eu esqueci de dizer que o Reel com a música "Supermassive Black Hole" ficou muito bom, Libby — comentou ele, pegando algumas batatas fritas. — Acho que assisti umas cem vezes.

— Só porque aparece você arremessando, seu convencido — provoquei.

Wes riu, e senti meu coração amolecer. Ele estava com os olhos semicerrados, as covinhas aparecendo, e eu quis ficar ali sobre o porta-malas daquele carro, rindo com ele, para sempre.

— Admito, você *de fato* conseguiu me deixar incrível. Mas a escolha da música, os ângulos da câmera, o jeito como você combinou o arremesso com o trecho *perfeito* da música... parecia um curta-metragem, sério!

— Obrigada — falei, olhando para baixo, constrangida ao perceber o quanto gostei do elogio. Precisava mudar de assunto. — E você? Como lida com tanta Matemática e Ciências sendo que sua vida é o beisebol?

— Quer saber a verdade? — perguntou ele, com aquele sorriso travesso. — Ou é melhor eu tentar parecer descolado?

— Só a verdade — afirmei, curiosa.

— A verdade é que acho que amo tanto as matérias de Matemática e Ciências quanto eu amo beisebol. O difícil é achar *tempo*. Mas as aulas são um desafio divertido.

— Caramba, você é *mesmo* um baita nerd — brinquei, balançando a cabeça. — E ainda quer se formar em Engenharia Civil?

Wes assentiu.

— Eu ia mudar para Arquitetura, mas percebi que ia ter que projetar coisas envolvendo ventilação e iluminação. Eu gosto de ser um pouco mais criativo que isso.

Era estranho pensar nisso considerando que tínhamos a mesma idade, mas fiquei muito orgulhosa dele ao ouvi-lo falar sobre seus objetivos profissionais. Wes queria se especializar em Engenharia Hídrica, projetar represas e focar em gestão de bacias hidrográficas (eu nem sabia o que isso queria dizer), e estava tão determinado que era até inspirador.

Wes Bennett sabia o que queria.

O celular dele acendeu, e o nome do Wade surgiu na tela.

— Ah, *não* — resmungou ele, sorrindo. — Olha só isso.

Wade: Manda uma selfie. Depois de muita discussão por aqui, decidimos que não acreditamos que a Buxxie aceitou sair com você.

— Eu devia me recusar a tirar uma selfie — falei, rindo. — Só para deixar seus amigos acreditarem que você é mentiroso.

— Mas você não vai fazer isso — rebateu ele, se aproximando e afastando o celular para tirar a foto. — Sorria, Buxbaum.

Ele tirou a selfie, e nós dois abrimos um sorriso bobo ao conferir como ficou.

Porque era uma foto ótima de duas pessoas muito bem-vestidas lanchando no porta-malas de um carro.

— Ele vai encher tanto o meu saco por causa desse jantar chique — observou Wes, mandando a foto.

— É, vai mesmo. Como ele pode ser tão insuportável e tão fofo ao mesmo tempo?

— É um dom.

Depois disso, mudamos o assunto para Wade e Campbell, o que me deixou ainda mais feliz, porque eram dois amigos que não tinham nada a ver com nosso passado. Ele me disse que Wade gostava *mesmo* dela, a ponto de ficar nervoso ao pensar em chamá-la para sair.

— Seu guincho chegou — gritou Gregor da entrada do restaurante, de onde tinha ficado nos olhando de cara feia.

— Obrigado. Ao Gregor! — exclamou Wes, erguendo o copo de refrigerante para um brinde.

— Ao Gregor — repeti, aproximando meu copo do dele.

As luzes amarelas do guincho iluminaram a escuridão, e de repente fiquei um pouco triste.

Porque estava me divertindo muito com Wes.

CAPÍTULO TRINTA E NOVE

"Eu diria que foi o destino, mas você
deve ter escolhido se atrasar."

— *Amor à primeira vista*

Wes

Não quero que a noite acabe.

Não foi um encontro perfeito, mas Liz não pareceu se importar. Mesmo espremida no banco da frente do reboque entre mim e o motorista, ela estava sorrindo.

Preciso de mais tempo.

Por isso, quando paramos em um semáforo ao lado da escola que ficava na rua do campus, aquela que Mick e eu invadimos algumas vezes, tive uma ideia.

— Podemos descer aqui? — perguntei ao motorista. — Você pode deixar o carro em qualquer vaga no estacionamento do dormitório Hitch, na Universidade da Califórnia.

O homem se virou para mim como se eu fosse maluco.

—Vocês querem descer aqui?

Liz, por outro lado, semicerrou os olhos e me encarou como se estivesse esperando ouvir mais detalhes do meu plano.

— Preciso só pegar minha mochila no banco de trás do carro — falei para o motorista. —Você se incomodaria?

Ele checou o retrovisor e deu de ombros.

— Não tem nenhum carro vindo. Pode ir.

— Topa continuar nosso encontro em outro lugar? — perguntei para Liz.

Ela revirou os olhos.

— Não tenho mais nada para fazer, então tudo bem — respondeu ela, fazendo de mim o garoto mais feliz do mundo.

Abri a porta e descemos do caminhão. Em seguida corri até o carro para pegar minha mochila antes que o motorista fosse embora.

De repente nos vimos envoltos pelo silêncio da noite naquele bairro residencial.

— Uau, tudo está tão quieto — comentou ela, quase num sussurro, parada na calçada ao meu lado. — E aí, qual é o plano?

— Pensei em rebatermos umas bolas.

Eu havia percebido que Liz sempre prestava bastante atenção nos treinos dos rebatedores. Era como se ela estivesse em todos os lugares ao mesmo tempo, tirando milhões de fotos, fascinada... então por que não rebater algumas bolas?

— A escola está fechada, idiota — retrucou ela, examinando o campo de beisebol vazio e escuro com os olhos semicerrados.

— Se eu me lembro bem, você sabe pular cercas.

Liz fez um barulhinho que pareceu uma mistura de risada e gemido.

—Verdade, mas nunca fiz isso usando salto alto.

— Eu lanço você por cima da cerca — sugeri.

— Não, obrigada — respondeu ela, me julgando um pouco, mas então deu um sorriso.

Nossa, eu amo essa garota.

— Posso subir com você nas costas.

— Isso não faz sentido.

— Faz, sim — rebati, me aproximando da cerca para jogar minha mochila por cima dela. — Sobe nas minhas costas, se segura, e eu pulo a cerca.

Liz semicerrou os olhos.

— Acho que não vai dar certo — disse ela.

— Pois eu acho que vai, Libby... Vamos — insisti, dobrando os joelhos e dando um tapinha na minha própria bunda. — Suba.

Ela soltou uma risada alta e balançou a cabeça.

— É uma péssima ideia, Wes.

— Mas tira esse sapato — pedi, estudando seus pés. As pernas dela ficavam incríveis com aqueles saltos, mas eles não eram ideais para pular cercas. — Não quero que quebre o tornozelo quando aterrissarmos.

— Quando *aterrissarmos*? — repetiu ela, rindo mais ainda. — Então você reconhece que vamos cair.

— "Aterrissar" é uma palavra que abrange qualquer tipo de aterrissagem, Liz, seja de pé ou de bunda. Tira o sapato, meu bem, e vamos logo.

— Você não para de me coagir — retrucou ela, em tom de provocação.

— E você é uma frangote medrosa.

— Não faça...

— Não me obrigue a fazer, então — provoquei, distraído com o brilho em seus olhos.

— Me poupa do seu cacarejo, Bennett — disse ela, se abaixando e tirando o sapato do pé esquerdo. — Aliás... como eu vou ver a bola no escuro?

— Eu tenho lanternas na mochila.

— Isso é coisa de quem joga beisebol? — perguntou ela, se livrando do sapato do pé direito. — Carregar lanternas por aí?

— Não, mas eu não sou um jogador de beisebol normal.

— Verdade. — Ela pisou no chão e segurou os sapatos nas mãos. — Beleza. E agora?

— Agora... — falei, pegando os sapatos dela e jogando-os por cima da cerca. — Bem, agora você sobe em mim, bem obediente.

— Eu vou fingir que você não disse isso.

— Ah, e eu vou fingir que no fundo você amou.

Ela voltou a rir, e eu me abaixei para que ela pudesse pular nas minhas costas.

— Se concentra em segurar firme, eu dou um jeito de levar a gente até o outro lado.

Senti um calor percorrer meu corpo quando ela abraçou meu pescoço e pulou, minhas mãos segurando suas pernas macias.

— Tudo bem? — indagou ela, e senti seu hálito quente na lateral do pescoço.

— Querida, eu nunca estive melhor.

CAPÍTULO QUARENTA

"Não importa o que vai acontecer amanhã,
nem no resto da minha vida, estou feliz agora."

— *Feitiço do tempo*

Liz

— Quero uma bola na zona de strike desta vez, Bennett.

— Eu estou lançando bolas fáceis, Buxbaum — gritou Wes, no montinho. — Vamos.

Naquele momento, ele estava só com uma camiseta branca e a calça do terno, fazendo careta.

— Aham, bolas fáceis que são todas altas e tortas — berrei de volta, e ri quando ele fingiu que ia jogar a bola em mim.

Fazia pelo menos uma hora que estávamos jogando, e nenhum de nós ia pedir para parar. Ele me deu a camisa social branca para que eu colocasse por cima do vestido, e seu paletó estava largado na grama do campo escuro, sobre meus sapatos.

Nós estávamos desgrenhados, só o *home plate* e o montinho iluminados, e tudo parecia incrível.

Eu estava com Wes fazia horas, e tinha finalmente conseguido esquecer o nosso passado. Tinha parado de pensar demais. A noite estava sendo apenas *divertida*.

— Se prepara — gritou ele, sem desviar a atenção de mim.

— Ah, eu nasci preparada! — exclamei, afundando os pés na terra ao redor do *home plate*.

Wes lançou um arremesso bem fraquinho, e eu acertei em cheio. O taco de alumínio tiniu, uma música para os meus ouvidos, e eu gritei e saí correndo para a próxima base.

(Como éramos só nos dois, inventamos algumas regras. O corredor tinha que correr até que o defensor pegasse a bola ou estivesse a dois metros de uma bola no chão. Só então era permitido parar em uma base.)

Wes pegou a bola, mas acabou a derrubando — era óbvio que havia sido de propósito —, e eu continuei correndo até que ele voltasse a pegá-la, conforme nossas regras.

—Você não acha que vai conseguir voltar ao *home plate*, acha? — Ouvi Wes gritar quando não parei na terceira base.

Parecia que ele estava correndo na minha direção.

Tudo que fiz foi berrar:

— Aaaaaaaah!

E então corri o mais rápido possível até o *home plate*.

Senti quando ele se aproximou, e na sequência Wes me tocou com a bola.

— Nãooooooooooo! — gritei.

Mas de repente seu braço envolveu minha cintura e me manteve em pé, para que ele não me derrubasse.

Em seguida, Wes me ergueu do chão, abraçando minha cintura.

— Bennett — falei, gargalhando. — Me solta!

— Só quando retirar o que disse sobre meus arremessos serem "altos e tortos" — declarou ele, a voz grave como um rosnado em meu ouvido.

— Não retiro nada do que disse — rebati, ofegante por causa da corrida. —Você sabe que eu não vou fazer isso.

— Bem, então... — falou ele, me colocando no chão e dando um jeito de me virar para que ficássemos de frente um para o outro, sem me soltar. — Acho que vou ter que te ensinar uma lição.

— Ah, poxa — respondi, a respiração acelerada por causa do calor daqueles olhos fixos em mim. — Por favor, me en...

Sua boca me interrompeu.

Em um segundo eu estava falando, e no outro os lábios dele estavam nos meus, sua língua em minha boca, nós dois arfando, gemendo. *Minha nossa*, pensei, e seus braços me puxaram mais para perto, meu corpo inteiro colado no dele, e meus olhos se fecharam no mesmo instante.

Como é bom estar de volta nos seus braços, Wes.

CAPÍTULO QUARENTA E UM

"Lá estava eu, na igreja, e, pela primeira vez na minha vida,
eu percebi que estava apaixonado por uma pessoa.
E não era a pessoa que estava de véu perto de mim.
É a pessoa que está na minha frente agora... na chuva."

— *Quatro casamentos e um funeral*

Wes

No instante em que meus lábios tocaram os dela, a provocação ficou para trás, e tudo que restou foi o desejo. Beijei seus lábios do único jeito que eu sabia — obcecado, louco, carente —, e Liz retribuiu com a mesma intensidade, o que me deixou ainda mais louco.

Apertei a cintura dela, e tudo que importava naquele momento era que Liz estava me beijando como se nunca fosse parar. Sentia cada centímetro do corpo dela pressionando o meu e, quando seus dedos deslizaram por baixo de minha camiseta, rosnei como um animal feroz.

Eu sentia um desejo primitivo por ela.

Larguei a bola de beisebol e puxei Liz com mais força, nossos corpos se encaixando como se jamais tivessem se esquecido um do outro, como uma chave encontrando a única fechadura em que se encaixa. Soltei um palavrão quando senti suas pernas envolverem minha cintura, meus joelhos quase cedendo à intensidade da atração que sentia por ela.

Segurei as pernas de Liz com as mãos e comecei a andar, me afastando do *home plate* em direção ao banco de reservas. Quando ela me apertou ainda mais com as pernas longas e nuas, eu estava ardendo em chamas. O campo parecia mais silencioso quando chegamos à área do banco de reservas, e eu só parei de andar quando Liz já estava com as costas tocando a parede na escuridão. Prendi seu corpo ali com o meu, e nos beijamos como se estivéssemos prestes a morrer e aquele fosse nosso último momento juntos.

Minha impressão era que eu tinha passado a vida inteira sentindo saudade de Liz.

E ela enfim estava em meus braços, me beijando como se tivesse passado a vida inteira sentindo saudade *de mim*.

Para falar a verdade, fiquei apavorado. Ter Liz em meus braços, retribuindo todos os meus beijos depois de termos passado algumas horas juntos era aterrorizante de tão perfeito.

Era como se tudo que eu sempre quis estivesse se realizando, todos os desejos se tornando realidade ao mesmo tempo.

Era a *minha* Liz, de volta em meus braços. Até que enfim.

— Caramba, eu te amo — falei, sem afastar os lábios dos dela, meu corpo inteiro entregue àquilo que finalmente tinha reencontrado. Eu me apoiei nela, sentindo seu perfume enquanto seus dedos agarravam meus ombros. — Senti tanto sua falta.

— Wes — sussurrou ela, os olhos ainda fechados. — Não.

— O quê? — perguntei, me afastando um pouco, ofegante, procurando aqueles olhos verdes que se abriram devagar, como as asas de uma borboleta.

Ela balançou a cabeça.

— Não diga isso.

— Isso o quê? — questionei, abaixando a cabeça e passando o nariz por suas lindas sardas, enterrando os dedos na maciez das bochechas.

— Que você me ama — falou ela, franzindo a testa.

— Por que não?

— Porque você não pode dizer isso — respondeu ela, balançando a cabeça. — É cedo demais.
— Cedo demais? — indaguei, quase rindo. Como podia ser cedo demais? — É sério?
— Esse é, tipo, nosso primeiro encontro — argumentou ela, tirando as mãos dos meus ombros e esfregando a boca, levando os pés ao chão e se afastando de mim. — Não é possível que você já me ame.
Senti a distância entre nós aumentar, centímetros que pareciam quilômetros, minhas mãos vazias de repente.
Vendo Liz se afastar, falei:
— Bem... eu amo.
— Não ama, *não* — insistiu ela, enfática, quase como se estivéssemos discutindo.
Ela abriu um sorriso, parecia estar brincando, mas foi um sorriso forçado.
— Por favor, me ajuda a entender o que está acontecendo, Libby — pedi, sentindo o estômago embrulhar quando aquilo que eu tanto desejei parecia ainda mais distante. — Porque eu nunca *deixei* de amar você.
Ela balançou a cabeça, colocando o cabelo atrás da orelha e mordendo o lábio inferior. Parecia assustada.
— Não — disse ela. — Não vamos falar sobre isso. Não quero falar sobre o passado.
— Eu não... — *O que está acontecendo?* Meu foco foi todo para os seus olhos. — Não estou falando sobre o passado, Liz. Estou falando sobre o que sinto por você.
— Wes — prosseguiu ela, com os dentes cerrados, como se estivesse se esforçando para não perder a paciência ou algo assim. — Não quero que seja assim. Vamos só seguir em frente, beleza? Vamos, tipo, fingir que isso é algo novo. Que você é um calouro que me chamou para sair. E foi incrível. Não pode ser só isso por enquanto?

Senti uma dor (*era dor mesmo?*) no peito quando ela disse aquilo, porque durante todo aquele tempo eu pensei que estivéssemos voltando um para o outro... Na verdade, Liz estava tentando fingir que eu era outra pessoa. Esquecer tudo o que sabia sobre mim.

É isso que ela precisa fazer para ficar comigo?

Engoli em seco e tentei dizer alguma coisa, mas apenas uma resposta me ocorreu.

— Não.

Ela franziu o cenho.

— Não?

— Não somos só isso, Libby. Não pode fingir que sou um garoto que você acabou de conhe...

— Por que não? Assim a gente pode seguir em frente — interrompeu, parecendo frustrada e quase desesperada para me convencer.

— Porque você não devia ter que me dividir em duas pessoas na sua cabeça para conseguir me amar — respondi, alto demais e com a voz falhando, mas *que se dane.* —Você não entende, Liz? Ou você me ama ou não me ama — falei, sem querer encarar a realidade por trás dessa declaração. — Porque eu não sou seu vizinho, ou o babaca que partiu seu coração, ou um calouro que saiu com você. — Respirei fundo e comecei a dizer o que, pelo jeito, ela nunca quis ouvir: — Eu sou só Wes Bennett, Libby, o garoto que não consegue se lembrar de um único dia na vida em que não amou você.

Liz ficou me encarando com os olhos arregalados, paralisada, talvez achando que eu estava completamente desequilibrado. Senti que eu devia dizer mais alguma coisa, dizer que era tudo brincadeira ou que, na verdade, estava tudo bem... mas a verdade é que as coisas não estavam nada bem.

— Você sabe quantas vezes meu despertador tocou à 0h13 sem você? Nessa madrugada ia fazer setecentos e vinte dias — falei, as palavras queimando minha garganta. — A última coisa que eu quero é fazer algo que aumente esse número, mas também não posso deixar que você apague nossa história. Não quero relembrar as coisas ruins, mas me recuso a esquecer as boas. — Eu me concentrei nos olhos da única pessoa que já amei e confessei: — Porque nossos bons momentos me salvaram durante as setecentos e dezenove vezes que o despertador tocou à 0h13 e eu estava sozinho.

— Caramba, Wes — respondeu ela, enxugando as lágrimas e se aproximando. — Quando você me contou a verdade naquele dia, eu fiquei tão brava por você ter desistido de nós dois. Por não ter conversado antes de decidir terminar comigo... Não consegui pensar em mais nada. Eu sabia que você estava tentando fazer a coisa certa, mas também sabia que meu coração nunca ia se recuperar daquela perda, sabe?

Senti uma dor, a mesma que sempre sentia ao pensar no quanto eu havia magoado Liz.

— Então eu acho que minha raiva me deixou confusa, e não enxerguei o sacrifício que você escolheu fazer — continuou ela. — Eu estava tão chateada com você que não parei para pensar em como deve ter sido passar por aquilo.

Eu queria muito tocar nela, mas estava com medo, porque não sabia o que Liz estava querendo dizer.

— E nem nos meus sonhos mais loucos — disse ela, a voz embargada —, eu teria imaginado que, quando eu passei todas as madrugadas chorando, à 0h13, você também estava aos prantos.

Você não faz ideia, Libby.

— Mas vou confessar. — Seus olhos brilhavam ao me encarar. — Eu amei você, e senti sua falta, e odiei você, e me arrependi de ter namorado você, mas nunca te perdoei e nunca esqueci você. Então eu...

— Com licença — falou uma voz grave, e uma lanterna forte nos iluminou. — Vocês têm permissão para estar aqui?

Meus olhos se ajustaram à claridade, então vi um policial parado em frente ao banco de reservas, nos observando.
Havia uma viatura com as luzes acesas no estacionamento.
Olhei para Liz, e ela olhou para a viatura, os olhos arregalados.
Ah, droga.

CAPÍTULO QUARENTA E DOIS

"Eu vou te amar para sempre."

— La La Land

Liz

Não desista.

Eram sete horas da manhã, o sol batia bem nos meus olhos e eu não estava no clima para correr.

Mas me sentia decidida a não desistir.

Em geral, correr acalmava minha mente, mas naquele dia só estava me deixando *mais* estressada, porque a noite anterior se repetia sem parar na minha cabeça.

Estava tudo perfeito...

E de repente não estava mais.

Aí o policial apareceu.

Cooooomoooo que a noite acabou daquele jeito?, pensei (na forma de um grito mental) ao passar pelo parque de esculturas. Estávamos nos beijando no banco de reservas, de repente começamos a brigar, e então acabamos interrogados pelos policiais por ter invadido a escola.

O policial Nerada nos deu um sermão por termos entrado ali escondidos, disse que poderia alegar invasão de propriedade (mas não fez isso), e depois nos levou até em casa como se fôssemos duas crianças travessas.

Como o dormitório Hitch ficava mais perto que o meu apartamento, ele deixou Wes primeiro. E, quando desci da viatura, eu já tinha recebido uma mensagem.

Wes: Posso ir aí pra gente conversar?

Passei os vinte minutos seguintes vidrada na mensagem, tentando decidir o que responder.

Isso deixou Clark enlouquecido, porque ele tinha virado cem por cento time Wes.

— Por que você não quer falar com ele?
— Não vai responder, Liz?
— Você é um monstro.

Para falar a verdade, *sim*... eu ainda sentia muitas coisas por Wes. Talvez esses sentimentos nunca tivessem ido embora ou talvez ele tivesse conseguido fazê-los ressurgir, mas aquela noite que passamos juntos me deixou com a forte impressão de ser mesmo amor.

E esse era o problema.

Eu ainda não sabia se queria ceder a esse sentimento. Havia uma voz bem forte na minha cabeça me avisando que era mais seguro seguir em frente e superar Wes de vez. Foi bom saber que ele nunca me traiu e que não era um babaca, mas isso não queria dizer que voltar a namorar com ele seria *bom* para mim.

Então, quando ele ligou (três vezes), depois de eu ter ignorado a mensagem, desliguei o celular.

Naquela hora, Clark foi dormir indignado.

Mas eu precisava pensar um pouco.

Embora fosse irracional, um pensamento me ocorreu naquela madrugada, enquanto eu maratonava *Friends* até as duas da manhã no sofá da sala. Eu sabia que Wes estava arrependido por ter me magoado, e ele com certeza estava sofrendo muito na época e fez o que achava melhor... Mas será que ele agiria de outra forma se algo ruim voltasse a acontecer?

Se ele machucasse o ombro ou perdesse a bolsa de estudos e tivesse que desistir da faculdade... Será que nós dois enfrentaríamos esse desafio juntos? Ou será que ele se afastaria de mim de novo? Era um cenário improvável, mas minha parte cautelosa insistia nesse questionamento.

Eu ainda estava pensando nisso quando terminei de correr, durante o banho e quando entrei no Morgan para fazer upload de alguns vídeos e conferir se estava tudo certo com o equipamento. Ia gravar o jogo-treino que aconteceria mais tarde.

Será que a história iria se repetir?

Não queria encontrar Wes enquanto não tivesse posto meus pensamentos em ordem, então aquele jogo-treino veio em péssima hora.

Porque eu não tinha como me livrar daquele compromisso sem ficar parecendo uma covarde.

Eu me sentei à mesa de trabalho e me distraí editando um vídeo até Clark aparecer.

— E aí? — cumprimentou ele, largando as coisas em cima da mesa. — Falou com ele?

— Não — respondi, sem tirar os olhos do computador.

— Você está sendo insensível — comentou ele, mal-humorado, e ouvi o som do notebook dele ligando. — Pelo menos responda à mensagem do Wes.

— Mas eu não posso — falei, passando a mão no cabelo. — Ele vai querer conversar, e eu ainda não sei o que estou sentindo, então não posso ter essa conversa.

— Pode, sim — rebateu ele, digitando alguma coisa. — Não sei qual é o seu problema, Liz. Desde que te conheci, você sempre foi sensata. Nem um pouco dramática. Mas, por algum motivo, está parecendo uma adolescente.

— Não estou, não — retruquei, virando a cadeira e empurrando-a para trás, fazendo cara feia. — A situação não é tão simples quanto você pensa.

— É, sim.

— Não é, não!

— É, sim. Sério, Liz! — disse ele, me encarando com aqueles óculos redondos ridículos do mesmo tom de azul dos Bruins. — O Bennett ama você, está arrependido por ter te magoado e quer uma segunda chance. Se você gosta dele... por que não tenta?

Suspirei.

— Não é tão fácil assim.

— É, sim. Ah, você que sabe — falou ele, se levantando. — Vou pegar um café, e não me peça para pegar um para você porque eu não vou trazer.

— *Clark!*

— É sério — afirmou ele, saindo da sala e me deixando sozinha com um silêncio que eu não queria de jeito nenhum.

Que maravilha.

Eu me levantei, sabendo que devia conversar com ele e, quando a porta se abriu um minuto depois, falei, sem me virar:

— Eu sabia que você não ia conseguir ficar bravo comigo.

Mas então ouvi um barulho bem familiar.

E senti o cheiro dele.

Respirei fundo e me perguntei se aquilo era fruto da minha imaginação.

— Libby — chamou Wes atrás de mim, e sua voz saiu grave e rouca, como se ele ainda não tivesse falado nada naquela manhã. — Podemos conversar, por favor?

Eu me virei, e meu coração disparou.

Ele estava ao lado da mesa vazia do Clark, a um passo de distância, olhando para mim com uma seriedade que eu quase nunca via em seu rosto. Os óculos amplificavam essa intensidade de alguma forma, seus olhos escuros me observando por trás das lentes. As pontas de seu cabelo pareciam úmidas, como se ele tivesse acordado, tomado banho e a caminhada pelo campus não tivesse sido suficiente para secar os cachos por completo. Estava com uma calça de moletom cinza e um moletom branco dos Bruins. Ao que parecia, tinha corrido até ali.

— Hum, então... — falei, me sentindo trêmula.

Meus olhos encontraram os de Wes, sem saber como expressar tudo que eu estava pensando desde a noite anterior. Vê-lo ali fez eu me esquecer de todas as minhas hesitações.

— Acho melhor não — respondi, por fim.

Ele contraiu o maxilar e franziu o cenho.

— Você acha *melhor não*?

Assenti, ajeitando o cabelo atrás da orelha.

— É... hum... acho que eu preciso de um tempo para pensar. Sozinha.

CAPÍTULO QUARENTA E TRÊS

"Eu me senti tão em paz... e seguro... porque eu soube que, fosse o que fosse, daquele dia em diante, nada poderia ser tão ruim... porque eu tinha você."

— *17 outra vez*

Wes

Tempo para pensar? Sozinha?

— Mas por quê? — perguntei, dando um passo para a frente. — Quer dizer, tivemos *dois anos* para pensar sozinhos. Você não acha que seria bom pensarmos sobre isso *juntos*?

Liz esfregou a testa com os dedos, se concentrando em algum ponto atrás de mim, como se preferisse fazer qualquer coisa a me encarar.

Quando respondeu, sua voz saiu baixa:

— Eu não sei... Eu não *consigo* conversar agora.

— Não quero pressionar você — falei, tentando soar calmo, mas na verdade estava surtando.

Eu estava surtando desde o instante em que o policial apareceu e Liz parou de me responder, porque era impossível aceitar que tínhamos avançado tanto e agora estávamos recuando. Toquei seu queixo, e meu dedo se acomodou naquela covinha delicada, desesperado para que ela conversasse comigo.

— Mas acho que *precisamos* conversar, Libby... — continuei. — Acho que a gente precisa conversar para enfim seguir em frente. Muito tempo se passou e muitas coisas aconteceram...

mas quando estamos juntos, só nós dois, é tudo igual, não é? Eu *sei* que você também se sente assim, então vamos conversar logo para a gente poder se resolver.

— Mas eu não sei se eu quero isso — declarou ela, mordendo o lábio e piscando rápido.

A sensação era de que alguém havia dado um golpe em meu peito. Talvez eu tenha até me encolhido um pouco. Analisei o rosto dela, procurando algum traço de mentira naquelas palavras.

—Você não sabe se quer? — questionei.

Ela virou o rosto para afastar meu toque e respondeu, sua voz ainda mais baixa:

— Quer dizer, está tudo acontecendo tão rápido... Um mês atrás, eu achava que você estava do outro lado do país, e en...

— E nada disso *importa*, Libby — interrompi, respirando fundo, tão frustrado que desejei bater a cabeça na parede.

Eu havia me afastado porque acreditei que fosse o melhor para ela, e, quando consegui me reaproximar, estava decidido a ser paciente. A ir devagar, conquistar a amizade dela primeiro, aceitar o que Liz estivesse disposta a me oferecer, até que finalmente voltasse para mim.

Mas ser paciente não estava funcionando.

Nem um pouco.

Pigarreei e tentei mais uma vez:

— Podemos conversar sobre tudo que aconteceu, discutir se ainda nos conhecemos de verdade e se vamos conseguir superar o passado, mas precisamos admitir que, quando estamos sozinhos, ainda somos as mesmas pessoas de antes. Sou o garoto que sempre fui. O mesmo Wes que faz tudo *por você* e *com você*.

Liz olhava para mim, ouvindo tudo com o cenho franzido, como se eu tivesse perdido completamente a cabeça.

—Você está me olhando como se eu fosse louco, Liz — continuei. — E você tem razão, eu sou mesmo. Eu sou louco *por você*. — Dei de ombros, porque era verdade. — Quando estou perto de você... é como se eu pudesse enfim respirar. É como se eu respirasse *por você*, como se eu existisse para estar *ao seu lado*. Sei que esses sentimentos devem ser assustadores demais, que colocam muita pressão em você, e sinto muito por isso. De verdade. Mas é como me sinto. Como sempre me senti.

Eu precisava mudar a expressão dela, encontrar as palavras perfeitas para dissipar a dúvida em seus olhos, mas eu só pensava em "eu te amo", que eu sabia que ela não queria ouvir, e em versos aleatórios de músicas românticas.

Como posso convencê-la a me dar uma segunda chance?

Passei as mãos pelo cabelo, desesperado, e deixei escapar uma risada, embora nada daquilo fosse engraçado.

— E você me estragou, Libby — comentei, minha voz falhando —, porque agora eu fico pensando em versos de música em vez de pensar com minhas próprias palavras. Tento sempre encontrar palavras para te convencer a ficar comigo, e sabe o que me vem à cabeça? *Você me mostrou cores que eu sei que não consigo ver com mais ninguém.* Essas palavras não são *minhas*, e, caramba, eu nem sei de qual música ou álbum elas são, mas é exatamente como me sinto. *Você me ensinou uma língua secreta que eu não posso falar com mais ninguém...* Eu não consigo lembrar quem escreveu isso, mas é o que eu sinto de verdade, aqui no fundo. Você mudou a minha existência, juro, e ficar *sem você* deixa tudo silencioso, sombrio, sem graça. Menor. E eu *odeio* isso.

Ela abriu a boca para falar, mas eu não suportaria se Liz colocasse um fim em tudo, então a interrompi:

— Você pode ficar um tempo sozinha para pensar, Libby. E pode se afastar de mim e decidir que não vale a pena correr esse risco — afirmei, encostando a testa na dela por um instante e logo me afastando. — Não tem nada que eu possa fazer para impedir isso. Mas saiba que, não importa o que você decidir, e não importa o que acontecer, eu vou me sentir assim por você pelo resto da vida.

— Peguei um café para você mesmo assim — disse Clark, entrando no escritório com duas bebidas, quase me atropelando.
— Ah! E aí, Wes?

Olhei nos olhos dela, ignorando Clark, meu peito queimando.
— Nunca vai existir outra pessoa para mim — falei. — Ponto-final. Então você pode pensar e fazer o que precisa fazer. Mas Lizzie... Vale a pena correr esse risco por *nós*. Sempre vai valer.

Não sei como, mas me obriguei a me afastar dela. Passei por Clark e saí do escritório sem olhar para trás, porque eu não sabia se suportaria o que quer que acontecesse em seguida.

O resto da manhã foi um borrão. Fiz tudo no automático com os garotos: tomei café da manhã, fui até o Jackie e vesti o uniforme, mas eu me sentia anestesiado. Como se o mundo estivesse girando ao meu redor, mas eu continuasse paralisado. Porque eu ia perder a Liz (*se é que algum dia ela chegou perto de ser minha*) e parecia que não havia nada que eu pudesse fazer para mudar isso.

Fiquei parado em frente ao meu armário antes do treino, tentando ao máximo afastar a confusão de pensamentos e me concentrar em jogar beisebol.

Mas, além de tudo o que estava acontecendo, voltei a ouvir a voz do meu pai.

Se ficar pensando naquela garota ruiva no dia do jogo, Wesley, você vai estragar tudo. Isso é fato.

Maravilha. *Muito útil... Valeu, pai.*

Mas eu não conseguia parar. Liz continuava na minha cabeça quando entramos em campo, e continuou ali durante o aquecimento. Minha habilidade de desligar o mundo lá fora estava falhando, eu só conseguia pensar *nela* e em *nós dois*. Ficava me perguntando se tudo havia acabado entre a gente antes mesmo que tivéssemos a chance de recomeçar.

Dei uma espiada na arquibancada enquanto aquecia com Mick e, quase como se minha mente a tivesse invocado, ali estava ela.

Ela não estava no campo, nem trabalhando no banco de reservas. Liz estava atrás do *home plate*, a algumas fileiras de distância, com uma lente de longo alcance no colo.

E sua atenção estava em mim.

Nossos olhares se encontraram (*por favor, Libby*), e tentei decifrar sua expressão. Procurei algum sinal que pudesse me dar esperança. A inclinação da cabeça, o sorriso discreto, o piscar dos olhos... Analisei tudo, mas não encontrei nada.

Então ela se concentrou na câmera, como se nem quisesse me ver.

— O que foi isso, Bennett?

Eu me virei e vi Mick com a mão levantada, como se estivesse esperando que eu lançasse a bola. Ele balançou a cabeça e riu como se a cena fosse engraçadíssima.

— Quel tal prestar atenção, seu idiota apaixonado?

— Cala a boca e lança — resmunguei, meio envergonhado.

Wesley, você vai estragar tudo. Isso é fato.

CAPÍTULO QUARENTA E QUATRO

> "Sinto que te conheço a vida toda,
> mas já te falei que eu te amo?"
>
> — *Descendentes 3*

Liz

Quero ir para casa.

Vi Wes retomar o aquecimento e fiquei tão nervosa que tive certeza de que poderia vomitar a qualquer momento. Porque o jeito como ele me olhou no campo, depois de tudo o que *disse* no escritório, foi avassalador.

— Que dia perfeito — comentou o garoto atrás de mim, e ele não estava errado.

O dia estava ensolarado e quente, sem nuvens no céu, e como era o último jogo-treino da pré-temporada, o estádio se encontrava lotado. Mas eu não me importei, porque só conseguia pensar no lançador.

Eu vou me sentir assim por você pelo resto da vida.

Caramba, quem fala esse tipo de coisa?

Clark foi especialmente gentil comigo no caminho, porque comecei a chorar depois que Wes saiu do escritório, e por algum motivo isso piorou a situação. Eu precisava esquecer tudo e trabalhar, então, quando chegamos ao estádio e Lilith estava nos esperando, fiquei aliviada. Ela estava a toda com os equipamentos de produção, e foi logo pedindo um favor.

— Tudo bem? — perguntei, abrindo o bolso da mochila para pegar meus óculos escuros.

—Você poderia ficar na arquibancada e filmar os torcedores? — pediu ela, apontando para o *home plate*. — Também quero fotos do ponto de vista das arquibancadas, como se fossem da perspectiva de um torcedor. Pode fazer isso?

Se eu podia fazer isso? Não precisaria interagir com Wes... nem com ninguém do time!

Ela não podia ter pedido um favor mais maravilhoso.

— Lógico — concordei. — Me diga o que devo fazer.

Lilith queria que eu ficasse com a multidão, e não perto do banco de reservas. Então andei pelas arquibancadas antes do jogo, fotografando os torcedores enquanto eles compravam comida e pareciam propagandas ambulantes do time de beisebol da Universidade da Califórnia.

Foi uma bela forma de escapar do estresse com Wes, e eu poderia ficar um tempo sem pensar nisso.

O único problema foi que, quando o time entrou em campo para aquecer, a primeira coisa que eu vi foi justamente Wes. Se eu olhasse para a frente, ali estava ele.

No centro do meu campo de visão.

E era impossível desviar a atenção dele.

Sempre fui obcecada pela postura do Wes quando ele estava jogando, mas, naquela tarde, depois de tudo o que ele havia dito, eu não conseguia parar de observá-lo.

É como se eu respirasse por você, *como se eu existisse para estar* ao seu lado.

E então ele me viu.

Arquejei e virei a cabeça, mas não sem antes encontrar aqueles olhos castanhos tempestuosos que pareciam enxergar minha alma.

O jogo começou, e fiquei sentada no meu lugar atrás do *home plate*, mais ou menos na oitava fileira, registrando tudo o que acontecia bem do centro da arquibancada. Minha visão periférica estava o tempo todo ciente de onde o lançador alto que vestia a camiseta 32 se encontrava, mas me recusei a prestar atenção.

Até ele ir para o montinho.

Foi um treino tranquilo em que todos jogaram, e pelo jeito a quarta entrada era dele. Observei quando Wes pisou em campo, e a intensidade de seu rosto despertou lembranças do nosso beijo contra a parede do banco de reservas.

A lembrança de que ele sabia *muito bem* quantas madrugadas, à 0h13, tínhamos passado separados.

Setecentas e dezenove.

E de quando ele disse: *Como se eu existisse para estar* ao seu lado.

Seus olhos encontraram os meus através da lente da câmera, e ele engoliu em seco e firmou o maxilar bem-definido. Fiquei sem fôlego. Não fazia ideia de que expressão era aquela (*raiva? tristeza?*), mas senti um frio na barriga quando nos entreolhamos.

E de repente o momento passou, porque ele começou o movimento para arremessar.

O primeiro arremesso foi uma bola rápida que o rebatedor nem tentou rebater.

Caramba, ele é bom.

Wes pegou a bola que Mick jogou de volta, traçou a costura com os dedos e se preparou para o lançamento seguinte. Respirou fundo, ergueu a perna da frente e arremessou o que me pareceu uma bola curva rápida. (Eu ainda não era muito boa em identificar arremessos.)

Desta vez, o rebatedor conseguiu rebater e mandou a bola de volta para o campo interno à meia altura.

Direto para Wes.

A bola acertou seu peito em cheio e caiu no gramado. O jogador de primeira base correu e pegou a bola, voltando para a base para eliminar o rebatedor, e tudo aconteceu tão rápido que Wes pareceu nem se importar.

Mas de repente ele levou a mão ao peito e fez uma careta, deu alguns passos e caiu no gramado.

— *Wes!*

Eu me levantei de um salto, o coração na boca ao vê-lo rolar de lado. A arquibancada arquejou em uníssono, os treinadores — e jogadores — correram até ele, e ficou difícil enxergar o que estava acontecendo com todos amontoados ao seu redor.

E Wes estava virado para o outro lado.

Saiam da frente!, quis gritar para cada uma das pessoas encobrindo minha visão. Eu não conseguia enxergar Wes, e precisava saber se os olhos dele estavam abertos.

Os olhos dele estão abertos???

— Ele está consciente? — gritei, para ninguém e para todo mundo, atenta às pernas dele, procurando qualquer sinal de que ele estivesse se mexendo.

Mas... nada. Suas pernas compridas, cobertas pela calça de beisebol branca e pelo meião azul, estavam imóveis.

E ele estava *caído no chão.*

Por favor, universo, que ele esteja bem. Por favor, por favor, por favor, por favor.

O medo se espalhou pelo meu peito, e fiquei na ponta dos pés, tentando enxergar, mas não consegui ver *nada*, porque todo mundo na minha frente estava em pé também.

— Com licença — berrei, pegando minhas coisas. — Preciso passar!

Abri caminho entre as pessoas da minha fileira, sem enxergar direito por conta das lágrimas, tentando sair dali. Fui esbarrando em todos os torcedores, com os braços cheios de equipamentos e correndo para chegar mais perto do Wes. *Ele precisa estar bem. Por favor, por favor, esteja bem.* Quando enfim cheguei ao final da fileira, corri pela escadaria em direção ao campo. Fiquei olhando através da rede quando o treinador Ross agachou ao lado dele e disse alguma coisa que não consegui ouvir.

Por favor, senta, Wes.

Caramba, por favor, senta.

Os segundos se arrastavam e se tornavam horas enquanto o único garoto que eu já amei estava deitado de lado no meio do campo de beisebol.

E eu queria dizer isso a ele.

Agarrada à rede, esperando para ver qualquer sinal de que Wes ia ficar bem, eu queria *muito* gritar as palavras que já devia ter dito. Eu precisava ver seu rosto, ver seu sorriso, porque minha mente só me mostrava o olhar triste que havíamos trocado minutos antes.

Nunca vai existir outra pessoa para mim também, Wes. Então você precisa ficar bem.

— Liz.

Eu me virei para a direita e vi Clark correndo na minha direção. Quando chegou ao meu lado, aqueles braços enormes me abraçaram.

— Ele vai ficar bem, Lizinha.

— Vai mesmo? — perguntei, chorando na camiseta dele, mas logo me afastando para voltar a acompanhar o campo. — Porque Wes ainda não se mexeu.

— Mas pelo menos está acordado. Foi o que...

— Está *mesmo*? — insisti, com a mão no peito, com medo de acreditar. — Tem certeza?

— Tenho — respondeu ele, assentindo. — Acho que só estão tomando cuidado extra porque ele quebrou as costelas ou algo assim.

Quebrou as costelas.

E, quando Clark terminou de falar, Wes se sentou devagar.

— Graças a Deus — sussurrei, secando as lágrimas que nublavam minha visão.

Ross e outro treinador ajudaram Wes a se levantar, e me senti aliviada. Só que Wes estava com uma expressão estranha. Parecia aéreo, e ainda devia estar com muita dor quando os treinadores o tiraram do campo.

Fiquei ali parada, em choque por alguns minutos. Os torcedores aplaudiram e o jogo recomeçou, mas não pude mais esperar.

Eu precisava ir até ele.

— Vamos — falei, apontando na direção de Wes. — Ele não está bem.

— Liz! — chamou Lilith, me agarrando pela manga. Eu não tinha percebido que ela estava ao meu lado. — Escuta — disse ela, se aproximando e falando baixinho, olhando em volta para se certificar de que ninguém estava ouvindo. — Eles vão levar o Wes até a ambulância. Ele vai ser levado ao hospital Ronald Reagan. Ross acha que Wes está bem, mas querem fazer radiografias para descartar a hipótese de fratura nas costelas ou de perfuração no pulmão.

— Isso pode ter acontecido? — perguntei, me sentindo meio tonta.

Ambulância. Perfuração no pulmão.

Ouvi uma sirene a distância e me senti enjoada.

Meu Deus, por favor, que ele esteja bem.

— Ele arremessa a cento e quarenta e cinco quilômetros por hora, é uma possibilidade, com certeza — afirmou ela, estendendo o braço para tirar a câmera das minhas mãos. — Clark, preciso que leve Liz até o hospital. Pode fazer isso?

— Óbvio — respondeu ele, olhando para mim e abrindo um sorriso gentil.

Lilith estava me observando de um jeito tão maternal que minhas lágrimas voltaram na hora.

Engoli em seco.

— Obrigada — falei.

Clark e eu fomos correndo até o carro e, logo antes de abrir a porta, ouvi Lilith gritar:

—Vai atrás dele, Buxbaum.

★ ★ ★

Quando Clark enfim parou em frente à entrada do pronto-socorro, abri a porta e saí correndo.

— Eu vou estacionar — gritou ele pela janela. — Encontro você lá dentro.

Quando entrei, no entanto, a recepcionista não quis me fornecer informações e não liberou que eu visse Wes naquele momento, porque eu não era da família.

Mesmo depois de eu ter implorado.

Com lágrimas e choramingos.

Então fui obrigada a esperar.

— Assim que ele estiver estável e tiver sido examinado pelo médico, posso chamar alguém da enfermagem para levar você até lá — disse a mulher, me encarando como se eu fosse o ser humano mais irritante do planeta. — Por enquanto, sente-se ali e aguarde.

— Não consigo sentar — falei para mim mesma, me afastando do balcão.

Havia uma sala de espera cheia de cadeiras disponíveis, mas eu não podia apenas me sentar ao lado de estranhos e ficar quietinha como se estivesse tudo bem. *Nada estava bem*. Olhei em volta, procurando um lugar onde pudesse andar de um lado para o outro sem enlouquecer todo mundo ao redor.

Mas então ouvi:

— Liz?

Eu me virei e vi o treinador Ross vindo na minha direção.

Nunca tínhamos sido apresentados nem conversado, então fiquei um pouco chocada ao ouvi-lo me chamar. Ele tinha fama de... hum, ser *bonitão*, mas tudo que notei foi a sobrancelha franzida e a expressão séria.

— Como o Wes está? — perguntei, correndo até o homem. — Ele está bem?

A atenção dele se deteve nas outras pessoas na sala de espera.

— Por que não vem comigo? — sugeriu ele.

Senti meu estômago revirar quando Ross disse isso, porque era como se ele não quisesse me contar uma notícia ruim na frente de estranhos. Ross colocou a mão em minhas costas e me conduziu pelas portas da área restrita — que a recepcionista abriu para *ele* com um enorme sorriso —, e senti vontade de gritar.

Assim que entramos, o treinador apontou para uma sala de espera pequena.

— Lilith me ligou para avisar que você estava a caminho, então achei que pudesse preferir esperar aqui.

— A gente não pode ver o Wes? — questionei, esticando o pescoço para enxergar o final do corredor.

Não queria entrar em uma salinha onde Wes *não* estava.

— Os médicos deram analgésicos para ele, então Wes está descansando enquanto esperamos o resultado dos exames de sangue.

— Exames de *sangue*? — indaguei, afastando o cabelo do rosto. — Por que ele fez exames de sangue?

Ross sorriu, como se me achasse engraçada.

— Nossa, Liz... Relaxa! — falou ele. — Wes vai ficar bem.

— Vai? — Encarei Ross, sem saber se ele estava falando sério. — Mesmo?

— Ele machucou algumas costelas e não consegue respirar muito fundo no momento, mas está bem — explicou Ross, sorrindo, como se o desconforto de Wes fosse divertido para ele. — Os exames de sangue são apenas para garantir que o coração está funcionando direitinho, mas pelas radiografias e pela tomografia parece estar tudo bem. Wes só vai ter que passar a noite aqui em observação.

— Que notícia boa — respondi, tão aliviada que até fiquei meio tonta. Pisquei várias vezes, evitando chorar de novo. Eu precisava me sentar, embora me recusasse a fazer isso. — Preciso ver como ele está. Prometo que não vou acordá-lo nem nada, mas não posso espe...

— Quarto oito — interrompeu Ross, olhando para mim como se sentisse pena. — No fim do corredor.

CAPÍTULO QUARENTA E CINCO

"O meu coração pertence a outra pessoa,
há muito tempo, e ainda está com ela."

— *Doce lar*

Wes

Contraí o maxilar e fechei os olhos, tentando sobreviver sem respirar, porque sempre que eu respirava parecia que alguém chutava meu peito. A enfermeira me deu um remédio para dor antes de dar entrada na minha internação, mas não estava fazendo efeito.

E eu precisava ir ao banheiro.

Sabia que se apertasse o botão para pedir ajuda, conforme a enfermeira me instruíra, ela não só atravessaria o corredor segurando minha mão, mas também entraria comigo no banheiro masculino. Aquele era o trabalho dela, claro, mas eu não queria um contato tão... *íntimo*.

Então cerrei os dentes e sentei com as pernas para fora da cama.

Drogaaaaaaaaaaaaaa.

Meu peito doía tanto que eu via estrelas, e coloquei a mão na altura do coração na tentativa de aliviar a dor, obrigando meu corpo a se levantar.

— Ai, *droga* — resmunguei, me abaixando e pressionando com as mãos o local em que a dor me apunhalava como uma lâmina quente.

Ainda estava chocado com o fato de a bola não ter quebrado todas as minhas costelas, porque era como se eu tivesse sido atingido por uma bala de canhão.

Durante uns trinta segundos depois que caí, fiquei morrendo de medo de ter uma parada cardíaca de *tanta* dificuldade que senti para respirar. Ainda bem que Ross estava lá para me ajudar.

Tomei o cuidado de sair do quarto em silêncio (curvado e arrastando os pés, como um senhor de cem anos) e entrei de fininho no banheiro do outro lado do corredor. Tudo doeu enquanto eu estava de pé, mas foi ainda pior quando me abaixei para lavar as mãos.

E então pensei em Liz, o que fez meu coração doer também.

Será que ela sabe? Será que se importa?

Era estranho pensar *nisso* naquele momento, mas eu não conseguia evitar. Pelo visto, estava destinado a passar o resto da vida pensando na garota que talvez nem quisesse pensar em mim.

Então, quando saí do banheiro e atravessei o corredor, não consegui acreditar no que ouvi.

— ... então fique descansando enquanto eu falo, tudo bem?

Era Liz.

O que é isso?, pensei ao ouvir a voz dela. *Por acaso eu morri?*

Porque parecia muito a Libby.

Parei à porta do quarto, semicerrei os olhos e, *caramba, era verdade*, era mesmo o cabelo da Liz. Ou eu estava morto e o céu era um quarto de hospital, ou ela estava ali, falando com a cortina ao redor da minha cama.

— Não posso esperar mais um segundo para dizer isso, Wes, então, se estiver dormindo, vou ter que repetir quando você acordar.

Ela acha que estou ali na cama. Eu sabia que devia dizer que não estava, que estava acordado e ouvindo cada palavra, mas não quis interromper.

Coloquei a mão no batente da porta para me apoiar, incapaz de ignorar a dor que senti no peito.

— Ontem à noite, quando aquele policial nos flagrou, eu *achei* que estivesse dividida. Hoje de manhã, também achei que estava confusa com tudo. Mas eu fui uma idiota, Wes — disse ela, a voz embargada, como se estivesse muito emocionada. — Porque quando vi que você foi atingido por aquela bola e estava caído no campo...

A voz dela falhou, e Liz hesitou, tentando se controlar, o que fez com que *eu* tivesse que *me* controlar porque... *nossa*. Liz estava ali, no meu quarto no hospital, e parecia que ela não tinha gostado de eu ter levado uma bolada no peito. Eu estava me contentando com muito pouco, mas tenho que admitir que prendi o fôlego e esperei que ela continuasse.

Ela está aqui.

— Quando vi que você foi atingido, percebi que não existe confusão nenhuma. Eu amo você. É *óbvio* que amo você. Você é o Wes. É o *único* garoto que eu amei em toda a minha vida. Acho que amo você desde que você me imprensou contra o carro depois do baile e me beijou à 0h13.

Perdi o fôlego, mas dessa vez não tinha a ver com ser atingido por uma bola de beisebol. Levei a mão à boca para me impedir de dizer qualquer coisa enquanto ouvia Liz dizer tudo o que eu passei quase dois anos sonhando em ouvir.

Caramba, o que eu sonhava ouvir desde sempre.

É o único garoto que eu amei em toda a minha vida.

Não poder ver o rosto dela estava me matando, mas eu tinha muito medo de que, se dissesse uma única palavra, ela desaparecesse... e aquele momento também.

E eu faria qualquer coisa para impedir que aquele momento desaparecesse.

— Então não quero perder nem mais um segundo *pensando* na gente, porque já está tudo resolvido, né? — continuou ela, respirando fundo, trêmula. — Nunca vai existir outra pessoa para mim. Ponto-final. Então vamos voltar, Wes. Quero *nós dois* juntos agora. Com força total. Vamos pular logo para a parte boa, para as mensagens de texto sobre coisas idiotas, tipo os memes de guaxinim.

Abri a boca para responder, porque precisava desesperadamente ver aqueles olhos de esmeralda enquanto seus lábios maravilhosos diziam aquelas palavras perfeitas, mas então respirei fundo (*droga, droga, droga, isso dói*) e não consegui falar.

Levei as mãos às costelas e cerrei os dentes para não fazer barulho. Como meu peito podia doer tanto quando meu coração estava enfim curado?

— Aliás, é muita ironia você ter citado logo a letra de "illicit affairs", da Taylor Swift, porque eu bani essa música da minha vida. *Sério.* Tirei das minhas playlists depois que terminamos, porque dois versos específicos, exatamente os que você mencionou, eram tão perfeitos em descrever a gente que eu ficava *arrasada* sempre que ouvia a música.

Tentei engolir, mas minha garganta estava apertada demais.

Era óbvio que eu tinha escolhido versos de uma música que ela associava a nós dois.

O universo estava agindo, era a mente por trás de tudo, *juro*.

— Porque eu também nunca deixei de amar você — admitiu ela.

Eu precisava interrompê-la, obrigá-la a repetir aquela frase. *Cem vezes*, e depois mais mil.

Eu também nunca deixei de amar você.

Ela deu uma risada baixinha.

— Mas, só para você saber, na verdade talvez eu tenha começado a amar você no dia em que colocou sua camisa no meu nariz sangrando, não na noite do baile. Mas a gente pode discutir isso depois.

Foi impossível continuar quieto.

Liz estava ali, ela era minha garota, e um único segundo seria tempo demais.

Meu coração estava martelando, ressoando em meus ouvidos. Então falei:

—Você sabe que isso é mentira.

CAPÍTULO QUARENTA E SEIS

"Nenhum espaço de tempo com você seria suficiente.
Comecemos com para sempre."

— *Amanhecer: Parte 1*

Liz

— Ai, minha nossa!

Arquejei e me virei, colocando a mão no peito.

Ali estava Wes. Não na cama atrás da cortina, mas *atrás de mim*, junto à porta do quarto. Seu cabelo estava bagunçado, a mão esquerda na altura das costelas, e ele vestia uma camisola hospitalar azul-bebê e meias amarelas.

Eu não queria chorar de novo, mas vê-lo ali em pé, tão absurdamente lindo, fez as lágrimas surgirem.

Obrigada, universo.

Apontei para a cortina e, sem jeito, disse:

— Achei que você estivesse ali na cama.

Ele entrou no quarto e fechou a porta, os lábios contraídos.

— Eu saí, e quando voltei para cá, você estava aí — explicou ele, me encarando.

A expressão em seu rosto era indecifrável. Ele não parecia *bravo*, mas também não parecia feliz. Isso era assustador, porque eu tinha acabado de revelar minha alma para ele. Dava para sentir meu coração acelerado, minhas mãos trêmulas, meu rosto pegando fogo, e me perguntei no que Wes estaria pensando.

— Então você ouviu... é... o que eu falei...

— Eu ouvi tudo — respondeu ele, contraindo o maxilar. — E duvido.

— O quê? — Eu estava tão desesperada para dizer que o amava que nem imaginei que ele pudesse não acreditar. — De que parte?

— Bem, primeiro venha aqui — pediu ele, a voz meio rouca. — Porque eu vou morrer se não tocar em você logo.

Atravessei o quarto em um segundo, quase correndo na direção dele com as pernas trêmulas, aqueles olhos castanhos fixos em mim como uma fogueira em brasa. *Caramba, como eu amo esse garoto.*

Parei na frente dele, inclinando a cabeça para trás para enxergar bem seu rosto, e senti um frio na barriga.

— Eu duvido que você tenha começado a me amar naquele dia, Buxbaum — continuou, colocando as mãos grandes na minha cintura e me virando, pressionando minhas costas na porta fechada. — Não foi no baile *nem* na noite do nariz de sra. Cabeça de Batata.

— Não? — perguntei.

Senti meu coração amolecer quando seus olhos escuros se tornaram brincalhões.

Cada centímetro de preocupação se dissipou quando Wes me encarou como se quisesse rir.

— De jeito nenhum! — respondeu, com aquele sorriso largo que me dava a impressão de enfim estar em casa. Ele continuou, e sua voz soou baixinha e rouca, *muito* íntima: — Você se apaixonou por mim no terceiro ano do ensino fundamental, no dia em que me deu um soco na cara. Admita.

— No dia em que você contou para toda a escola no recreio que minha calcinha tinha unicórnios? — questionei, apoiando as mãos em seu peito, tomando o cuidado de não encostar onde ele sentia dor. — Acho difícil. Eu odiei você naquele dia.

— Eu despertei a *paixão* em você naquele dia — provocou Wes, envolvendo meu pulso com os dedos longos. — A linha tênue entre amor e ódio.

— Ah, é mesmo? — questionei, e meu sorriso se derreteu quando Wes me lançou um olhar ardente.

— Sempre, Buxbaum — respondeu ele, aproximando a boca da minha.

Minha nossa, pensei, minhas pernas quase cedendo quando os lábios dele tocaram os meus, a boca me provocando com mordidinhas, lambidas... Wes Bennett nasceu sabendo o que fazer, juro por Deus. Fiquei observando Wes, meu corpo inteiro trêmulo enquanto a boca dele continuava brincando com a minha, e então meus olhos não conseguiram mais ficar abertos.

Pressionei os dedos em seu peito e, como se isso fosse um sinal, tudo mudou de repente. Ele fez um barulhinho, inclinou a cabeça e aprofundou o beijo, os lábios famintos. Prendeu minhas mãos contra a porta, ao lado da minha cabeça, intensificando ainda mais o beijo. Ergui o rosto e me ofereci por inteiro, subindo nas pontas dos pés para recebê-lo quando se inclinou sobre mim, me imprensando com seu corpo firme contra a porta.

Ele afastou a cabeça e me encarou, os olhos tomados por uma intensidade voraz.

— Repete.

Engoli em seco quando suas mãos pressionaram as minhas contra a porta. Olhei em seus olhos e disse:

— Eu amo você.

— De novo — pediu ele, a voz baixa, os olhos misteriosos.

Wes apoiou boa parte do peso do corpo nas mãos e em mim, engolindo em seco, sem desviar a atenção da minha boca.

— Eu amo você, Wes Bennett — confessei, me perguntando como um dia acreditei que pudesse negar isso. — Não consigo me lembrar de um dia na vida em que não tenha amado você.

Ele contraiu e relaxou o maxilar.

— Por favor, que isso seja real — sussurrou.

— É real — falei, beijando seu queixo. — E desculpa. Por cada momento em que você teve que lidar com tudo sozinho. Desculpa por não ter estado ao seu lado.

— Eu é que peço desculpa, Libby — respondeu ele, o rosto vermelho, contraindo e relaxando o maxilar mais uma vez. Sua voz não era mais que um murmúrio, e ele roçou o nariz na minha bochecha. — Por cada lágrima que você derramou por minha causa.

Pisquei e respirei fundo, sentindo Wes pertinho, tentando não chorar mais.

— Acho que não foi culpa sua. Nem minha. Acho que foi a *vida* que fez a gente chorar.

— *Droga* — disse ele

Em seguida, cerrou os dentes, fechou os olhos e soltou minhas mãos.

— O que foi? — perguntei, estudando seu rosto. — O que aconteceu?

— Eu só... — resmungou ele, balançando a cabeça. — Preciso de um segundo.

E de repente eu me toquei. Examinei Wes e vi o suor em sua testa, todos os músculos do rosto contraídos, e sua mão esquerda segurava o peito.

— Wes! — exclamei, colocando as mãos em seu rosto. — Ai, droga... Você está com dor?

— Você não faz ideia, Libby — respondeu ele, soltando o ar, suas palavras um mero gemido. — Pode me dar, tipo, dois minutos e eu...

— *Dois minutos?* — repeti. — Você precisa descansar... fala sério!

— *É sério* — disse Wes, com um choramingo, como se estivesse sentindo dor só de falar. — A gente está no meio de um momento importante, caramba.

Eu queria rir, mas me contive e só abri um sorriso. Segurei seu braço e o levei para a cama com cuidado. Wes suspirou e colocou as mãos nas costas.

— Não quero que você esteja choramingando de dor no nosso *momento importante*, Bennett.

— Não estou choramingando — rebateu ele, *choramingando*.

— Doía tanto assim quando você estava deitado?

— Não — respondeu ele, tenso, como se estivesse tentando não respirar. — Melhora quando eu estou deitado.

— Mas você ficou em pé todo esse tempo para me beijar.

Como eu poderia amar outra pessoa além daquele garoto idiota, generoso e incrível?

— Pode ir deitando ali — falei, apontando a cama.

— Mas eu não quero — retrucou ele, tirando uma das mãos das costas por uma fração de segundo para me puxar pelo cabelo. — Estou com medo de que você desapareça se eu tirar as mãos de você.

— Não vou desaparecer, Wes — garanti, abrindo a cortina em volta do leito e levantando o cobertor para que ele pudesse se deitar. — Não *posso* desaparecer, na verdade. Porque você é o único que sabe nossa língua secreta, lembra?

— Como eu poderia esquecer, Liz? — respondeu ele, baixinho, me olhando de um jeito que me fez querer chorar de novo.

— Bem, você esqueceu que essa música é do *Folklore*, da Taylor Swift, então...

— Liz, você vai mesmo encher meu saco por causa disso sendo que eu quase *morri*? — indagou ele, rindo e resmungando um palavrão por conta da dor.

— Acho que não dá para dizer que você quase morreu — murmurei, em êxtase por termos voltado a ser *nós dois*. Estendi a mão para tocar no cabelo dele e abri um sorrisinho apaixonado.

— Agora deita.

Wes soltou palavrões ininterruptos por alguns minutos ao se deitar, e eu arrastei uma cadeira até a lateral da cama para poder segurar a mão dele.

Também estou com um pouco de medo de parar de tocar nele.

Como se tivesse lido meus pensamentos, Wes disse:

— Promete que é real?

Assenti, tão feliz que meu peito também chegava a doer.

— Prometo. Se a nossa vida fosse um filme, as primeiras notas da música da cena final estariam tocando agora mesmo.

— Ah, é? — perguntou ele, sorrindo e apertando minha mão. — E que música seria, Buxbaum?

— "One and Only", da Adele — falei, sem nem precisar pensar.

Era a música perfeita para a cena. Os dois protagonistas enfim juntos no quarto número oito: a música foi feita para aquele momento.

You're the only one that I want

— Boa escolha — elogiou ele, os olhos semicerrados, sorrindo. — Siri, toca "One and Only", da Adele.

Não sei como o celular dele captou o pedido, mas, de algum lugar naquele quarto, vieram as primeiras notas da música.

— Nossa. Impressionante.

— Sou mesmo, não sou? — Ele deu aquele sorriso que me fazia derreter por dentro, soltou minha mão e em seguida a levou até meu rosto. — E qual seria o grande diálogo do final do nosso filme?

Era difícil pensar com ele me olhando daquele jeito, com o polegar acariciando minha pele.

— Hum...

— Que tal que você sempre quis ser Elizabeth Bennet, de *Orgulho e preconceito*, e eu sou o único garoto que pode tornar esse sonho realidade? — sugeriu ele, me puxando pelo cabelo mais uma vez.

— Ah, essa é boa — respondi, feliz ao ver Wes enrolar uma mecha em seu punho. — Mas teoricamente existem outros garotos com o sobrenome Bennett no mundo.

— Não para você — rebateu ele, puxando um pouquinho mais forte. — Para você, eu sou o único. É como a Adele está cantando na música.

— Aí você forçou a barra, não acha? — provoquei.

— Mas sou o Bennett perfeito para você, não sou?

Estudei o rosto dele, aqueles olhos que pareciam felizes como nunca, e falei:

— O *mais* perfeito.

EPÍLOGO

OMAHA, (MAIS OU MENOS) SEIS MESES DEPOIS

CAMPEONATO UNIVERSITÁRIO JOGO FINAL

> "Você é perfeito. Você, e a bola, e o diamante, vocês são uma coisa perfeita, linda. Você pode ganhar ou perder o jogo, sozinho. Não precisa de mim."
>
> — *Por amor*

Wes

— Muito bem, Bennett... vá substituir o Benevento.

Assenti, respirei fundo e deixei o banco de reservas.

Segunda entrada com corredores em todas as bases.

Não era exatamente como eu imaginava entrar no último jogo da temporada, mas quando as coisas acontecem de acordo com os nossos planos? Em geral, Benevento era um sucesso, mas seus arremessos estavam caóticos, e passamos de uma vitória de 2 a 0 para uma virada no placar de 3 a 2 com corredores em todas as bases.

Nenhum rebatedor eliminado.

Os rebatedores da Universidade do Estado da Luisiana estavam arrasando, e o estádio lotado estava barulhento e eufórico. Fui para o montinho e Bennie para o banco de reservas. Tentei me desligar do mundo ao ouvir o início de "Power", e o estádio ficou ainda mais barulhento.

Eu tinha me tornado um mestre em silenciar o mundo durante os jogos. Esse era meu novo superpoder. Meu pai sempre achou que fosse o responsável pela minha bola rápida e pela minha bola curva, mas na verdade o legado dele era o meu foco no jogo. Ele consolidou em mim a ideia de que o beisebol vinha em primeiro lugar, e, contanto que eu conseguisse silenciar a voz *dele*, todo o resto desaparecia quando eu entrava para arremessar.

Mas aquela semana estava sendo um desafio.

A imprensa (a ESPN, o canal de TV local de Omaha, a Fox Sports) estava enlouquecida com a minha história. Eu não era só o garoto nascido e criado ali, voltando para a cidade natal para arremessar na primeira divisão do campeonato universitário, também era o garoto de Omaha que havia largado a faculdade cerca de dois anos atrás para ajudar a família após a morte do pai.

Estava todo mundo amando essa versão de mim.

E tudo bem. Eu entendia... Era uma ótima história.

Mas, com isso, senti uma pressão fora do comum, uma dúvida que em geral não existia, e me perguntava: e se eu for uma baita decepção?

Afinal, todo mundo que eu conheci ao longo da vida tinha aparecido para ver o jogo.

Meus amigos da escola, minha professora de Matemática, a sra. Scarapelli (que morava no fim da rua e que usou uma camiseta estampada com meu rosto durante todo o campeonato), minha mãe, meus primos, meus colegas de quando trabalhei no mercado, os pais da Liz, os treinadores da minha infância... todas as pessoas do meu passado.

Além dos torcedores dos Bruins, dos familiares dos meus companheiros de time e — ah, lógico — dos representantes da liga profissional.

Meu coração e meus sonhos estavam todos ali.

Respirei fundo, tentando gravar o momento na memória quando a voz de Kanye West rosnou as palavras *"No one man should have all that power"*. Eu queria reter cada detalhe daquela cena, embora estivesse me esforçando para agir como se fosse um jogo qualquer.

Subi no montinho, estudei o banco de reservas do time adversário e fiz minha listinha mental, visualizando como eu ia eliminar os rebatedores, um a um. Foi uma temporada longa — imaginei o mural no Estádio Jackie Robinson que nos incentivava a ganhar o título — e estávamos ali para cumprir nossa missão.

Estávamos ali para vencer.

Mas não pude deixar de dar uma espiada (uma distração de um segundo) quando ouvi aquele som.

O assovio da Liz.

Sim, eu conseguia *distinguir* o assovio dela em um estádio com milhares de pessoas.

Ela criou aquele assovio para que isso fosse possível. Estava muito orgulhosa por ter aprendido a assoviar com os dedos na boca (alto pra caramba) e, para que eu conseguisse diferenciar o dela dos demais, Liz soltava cinco assovios rápidos, em sequência.

Era bobo, inteligente e eficaz, como a Liz.

Olhei na direção da primeira base e ali estava ela, na quarta fileira; o lugar que tinha ocupado durante toda a temporada. Mas naquele dia ela estava diferente.

Eram os mesmos óculos escuros e a mesma fita azul amarrada no cabelo, mas dessa vez ela estava com uma camisa de jogo da Universidade da Califórnia. Só isso já era incrível, porque Liz achava idiota usar camisa de time sem ser jogador. E (*minha nossa*) a camisa dela ainda por cima tinha o meu número.

O número 32 estava costurado logo abaixo da UNIVERSIDADE DA CALIFÓRNIA em seu peito, e (*socorro*) ela deu uma voltinha, como se soubesse que eu estava olhando e exatamente o que eu estava pensando.

Estava escrito BENNETT em suas costas, logo abaixo das pontas do cabelo encaracolado.

Elizabeth Bennett, senhoras e senhores.

Buxbaum.

Quer dizer... Elizabeth *Buxbaum*.

Girei a bola, passando o indicador pela costura, e respirei fundo.

E, quando me preparei para arremessar, ouvi a voz do meu pai.

Pela primeira vez em meses.

Mas ele não estava gritando.

Desta vez, no lugar de *faça um bom lançamento* ou alguma crítica, ele repetiu as palavras que Liz tinha mandado naquele bilhete no primeiro amistoso, meses atrás. Sua voz estava calma, quase reconfortante, quando o ouvi dizer: *É só arremessar, Bennett. Você consegue.*

Então eu arremessei.

EXT. ESTÁDIO CHARLES SCHWAB FIELD OMAHA — DIA

As primeiras notas de "Dreamland", de Alexis Ffrench, James Morgan e Royal Liverpool Philharmonic Orchestra começam a tocar.

Wes arremessa e ouvem-se gritos da multidão. A câmera acompanha uma folha verde que sobe no campo externo e sai flutuando do Estádio Charles Schwab Field Omaha.

A folha rodopia pelo céu de verão, dançando sobre o centro de Omaha, e mergulha para pousar brevemente no letreiro neon da hamburgueria Stella's, para logo voltar a flutuar.

A câmera paira pelo céu azul com a folha até o cemitério Oak Lawn, então desce até o nível da rua. A folha pousa ao lado de um pássaro, um cardeal que está sobre uma lápide, e volta a subir, sobrevoando a rua Teal.

Ela vai dançando devagar em direção ao chão, se movendo entre duas casas, até enfim pousar no para-brisa do carro de Liz, estacionado na rua entre as duas casas.

FADE OUT

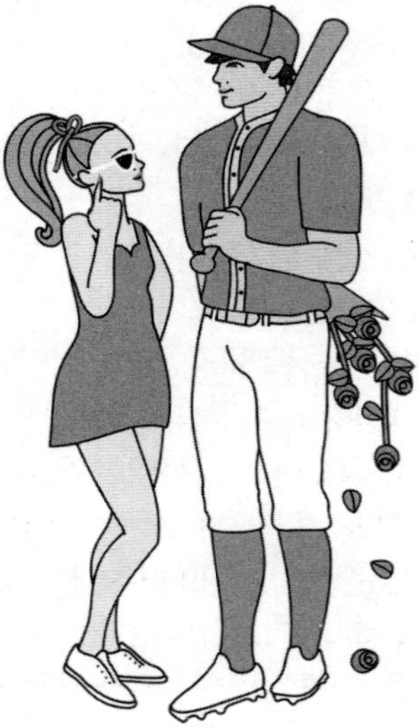

TRILHA SONORA DO WES E DA LIZ

VERSÃO 2.0

1. Trouble's Coming | Royal Blood
2. Ever Since New York | Harry Styles
3. Congrats | LANY
4. Heaven Angel | The Driver Era, Ross Lynch, Rocky
5. Use Me | Blake Rose
6. Disaster | Conan Gray
7. august | Taylor Swift
8. Everywhere | Niall Horan
9. Pink + White | Frank Ocean
10. Supermassive Black Hole | Muse
11. Chanel No. 5 | VOILÀ
12. Sad Songs In a Hotel Room | Joshua Bassett
13. Everywhere, Everything | Noah Kahan, Gracie Abrams
14. The Deepest Blues Are Black | Foo Fighters
15. Old Days | New Rules
16. Rewrite the Stars | Jess and Gabriel
17. Anyone Else | Joshua Bassett
18. House on Fire | Hembree
19. Stupid Face | Abe Parker
20. You Could Start a Cult | Niall Horan, Lizzy McAlpine
21. Hate That You Know Me | Bleachers

22. City of Stars — Da trilha sonora de *La La Land* | Ryan Gosling, Emma Stone
23. Club Sandwich | Joey Valence & Brae
24. cowboy in LA | LANY
25. Fuck You | Lily Allen
26. illicit affairs | Taylor Swift
27. Mastermind | Taylor Swift
28. One and Only | Adele
29. Bloom | Aidan Bissett
30. Dreamland | Alexis Ffrench, James Morgan, Royal Liverpool Philharmonic Orchestra
31. Confessions Nocturnes | Diam's, Vitaa
32. Dernière Danse | Indila

AGRADECIMENTOS

Primeiro e mais importante, agradeço a Deus por me dar muito mais do que eu poderia merecer.

Obrigada, Kim Lionetti, minha agente incrível, por dirigir o ônibus nessa viagem maravilhosa que eu nunca mais quero que termine. Acabei de chamar você de motorista de ônibus? Sim. É uma analogia péssima? Aham. Mas você entendeu, né? Sua rota é a minha preferida, e espero que você passe para me buscar e me levar ao meu destino para todo o sempre — aaaaaaaff, isso ficou muito ruim, e eu preciso parar. VOCÊ É MUITO MAIS QUE UMA MOTORISTA DE ÔNIBUS PARA MIM e eu amo você. (Além disso, sua filha, Samantha, é o máximo.)

Nicole Ellul, você é a editora dos sonhos. Você deixa minhas histórias MUITO MELHORES, e peço desculpas por ter obrigado você a editar três versões completamente diferentes deste livro. Você foi paciente até chegarmos à versão certa — isso para não dizer com todas as letras que as duas primeiras eram terríveis —, e tenho muita sorte de ter você ao meu lado.

Agradeço a *todo mundo* da Simon & Schuster. A equipe incrível da Simon Pulse — e minha editora de livros infantojuvenis, Jessi Smith — me deu uma baita oportunidade com *Melhor do que nos filmes*, e desde então tudo isso tem sido a realização de um sonho. Um agradecimento especial a Sarah Creech por criar minhas capas maravilhosas, Liz Casal por ser uma ilustradora maravilhosa e criar obras-primas da comédia romântica, Emily Ritter e Amy Lavigne por serem deusas das redes sociais, Anna Elling por sempre estar incrivelmente cuidando de tudo e Amanda Brenner, Sara Berko, Cassandra Fernandez, Kendra Levin e Justin Chanda.

Eu recebi muita ajuda com a pesquisa sobre a Universidade da Califórnia, e as pessoas foram muitíssimo generosas com seu tempo e seu conhecimento. Graças a elas, passarei o resto da vida torcendo pelos Bruins.

Obrigada, Jack O'Connor, por me deixar invadir suas mensagens e te encher de perguntas sobre o time de beisebol da Universidade da Califórnia. Sua disposição em responder às dúvidas mais idiotas (e eu tinha muitas) merece toda a minha gratidão. Você não faz ideia do quanto me ajudou com este livro (ah, e se tiver alguma coisa errada em relação aos trechos sobre beisebol, a culpa é minha, não do Jack).

Obrigada, Michelle Chen, por ter me ajudado TANTO. Quando fiz uma pergunta sobre os dormitórios, você foi até lá e me mandou um vídeo. Quando perguntei sobre os refeitórios, você me mandou links dos cardápios. Você foi uma heroína e me fez sentir como se eu estivesse em Westwood, em Los Angeles, e sou muito grata por isso. Eu já achava você incrível, mas agora você está em outro nível. #maravilhosa

Obrigada, Lauren Mueller, legado maravilhoso dos Bruins, por me oferecer tantas informações de que eu nem sabia que precisava. O Fat Sal's, o sinal dos quatro dedos esticados que o time faz, a logística para ir do campus até o estádio Rose Bowl de ônibus em dia de jogo... você é uma enciclopédia humana de tudo que envolve a Universidade da Califórnia, e nem sei como agradecer.

Obrigada, Suzi Mellano, por inspirar a personagem Lilith. Tenho certeza de que errei muitas coisas a respeito do que você faz, mas me impressiono sempre com seu talento e quero ser como você quando crescer (quer dizer... se eu fosse mais jovem do que você, criativa e soubesse usar uma câmera).

Escrever este livro foi uma jornada, e agradeço muito a meus queridos amigos (posso chamá-los de leitores beta? Não sei muito bem a definição de leitor beta) que aguentaram minhas tantas repetições. Lindsay Grossman e Misty Wilson, obrigada por usarem palavras gentis que basicamente significavam *AINDA NÃO ESTÁ LEGAL*; Wes e Liz agradecem. Abi Griffin e Dani Guevarra, vocês leram muito material péssimo com entusiasmo e nunca reclamaram, merecem um prêmio por isso.

Serei para sempre grata aos criadores de *edits* (não deve ser o termo correto, mas quem se importa?) no TikTok, Twitter e Instagram. Sempre que vejo um vídeo sobre um dos meus livros ou personagens, eu choro (sério). Porque, *caramba*, vocês pegam esses personagens da minha imaginação boba e os transformam em algo real que eu posso ver (e o mundo todo também)! É como ser apresentada a alguém que a gente conheceu apenas em sonho, e nunca vou me cansar disso. É pura magia e eu nem mereço isso (e nunca vou me cansar de assistir a esses vídeos).

E os... hum... como chamá-los? *Influenciadores de livros?* Não sei se é o termo certo, mas agradeço às pessoas maravilhosas que usam suas plataformas para LER LIVROS e FALAR SOBRE LIVROS e nos entretêm com seu amor pelos livros. É um entretenimento sem igual, vocês não acham? Haley Pham e Steph Bohrer, vocês são pura serotonina literária, e adoro o conteúdo de vocês. E Larissa Cambusano, você sempre me faz gargalhar — feito uma doida — enquanto acrescento títulos demais à minha lista de leitura. Aliás, para sua informação, eu COM CERTEZA assistiria a um reality show que fosse apenas seu dia a dia com o Giant.

Agradecimentos aleatórios a pessoas que me trazem muitas alegrias aleatórias: Taylor Swift, Gracie Abrams, Noah Kahan, minhas amigas Berkletes, minhas amigas (taygracie's version), Emma, Diana, Sude, Eva, a outra Emma, Colleen, minha melhor amiga de Omaha (Jenn), Joyful Chaos Book Club (ou "idiotas que gostam de Tater Tots", mas eu perdoo porque adoro todos), a incrivelmente talentosa @belltcvia, a também incrivelmente talentosa Annika @dunderperks, LizWesNation, Diana, Cleo, Allison Bitz, Chaitanya, Mylla, Becca, Anderson Raccoon Jones, Lori Anderjaska, Clio, Aliza, Tiffany Fliedner, as seguidoras do Wes Bennett, Carla, Caryn, Alexis, Ally Bryan, Anna-Marie, Katie Prouty, Jill Kaarlela, Brittany Bunzey, Shaily, Steph Bolan e Marisol Barrera.

Também agradeço a Sara Echeagaray e Saylor Curda, por serem minhas adoráveis amigas descoladas de Los Angeles.

Este livro foi escrito em Omaha, St. Louis, Dallas, na Cracóvia, no Rio de Janeiro, em Miami, Frankfurt, Denver, Charlotte, Los Angeles e Fort Myers, então agradeço a cada aeroporto e hotel que permitiu que eu ocupasse seus espaços brincando com meus amiguinhos no notebook. Também agradeço a cada livraria e festival que me recebeu e me permitiu fazer novas amizades em lugares legais. (O fato de agora eu ter amigos na Polônia e no Brasil ainda deixa minha cabecinha do Meio-Oeste dos Estados Unidos abismada.)

E a todas as livrarias que eu já amei (ou, neste caso, algumas das livrarias e dos festivais incríveis que me receberam este ano): Barnes & Noble, Indigo, Monarch Books em Kansas City, Bookworm em Omaha, Novel Neighbor em St. Louis, Livraria da Travessa no Rio de Janeiro, Bienal do Livro Rio, Feira Internacional do Livro na Cracóvia, Feira do Livro de Madri, Fnac Paris, Gibert, La Mouette Rieuse, Dussmann e Thalia Buchhandlung. Eu me senti muito acolhida e bem-vinda em todos os lugares que visitei, toda a minha gratidão a vocês.

Como sempre, agradeço à minha família incrível por nunca deixar de ser incrível.

Mãe, obrigada por TUDO. Posso ter demorado um bom tempo para entender, mas herdei de você um amor obsessivo pela leitura que é o cerne deste sonho. Você é forte e linda, engraçada e gentil, e sou muito abençoada por poder chamar você de minha mãe.

Pai, sinto sua falta todos os dias e sei que você — o Clark Griswold da vida real — ia adorar todas as histórias de viagens.

E o que posso dizer dos meus filhos? Cass, Ty, Matt, Joey e Kate, mais uma vez vocês não fizeram absolutamente NADA para contribuir com este livro. Tendo dito isto, continuo amando vocês. Na verdade, acho que vocês são os seres humanos mais engraçados e descolados que eu conheço. Terrance e Jordyn, vocês são heróis por suportar a loucura da família Kirkle; sei que é MUITA.

E finalmente — finalmente — KEVIN. {suspiro apaixonado} Obrigada por apoiar meus devaneios, por sempre garantir que eu coloquei um detector de monóxido de carbono na mala e por deixar a vida tão divertida para Katie quando eu viajo que ela fica triste ao ver que voltei. Dizer que eu amo você (EU AAAAAMO VOCÊ) é muito pouco para o que eu sinto. Você é minha pessoa preferida no mundo inteiro. Minha felicidade *é* você. E você continua me impressionando com sua capacidade de ser a melhor versão de um ser humano e de ser tão engraçado que eu choro de rir pelo menos uma vez antes de você ir para o trabalho todas as manhãs. Você foi a inspiração para o Wes Bennett, e eu nunca vou entender como tenho a sorte de ser amada por você.

1ª edição	NOVEMBRO DE 2024
reimpressão	MAIO DE 2025
impressão	LIS GRÁFICA
papel de miolo	LUX CREAM 60 G/M²
papel de capa	CARTÃO SUPREMO ALTA ALVURA 250 G/M²
tipografia	BEMBO STD